CW01662336

Exlibris

Sabine Spiering

Lief leven

Boeken van Alice Munro bij De Geus

De liefde van een goede vrouw
Liefde slaapt nooit
Stilte
Weg van haar
Het uitzicht vanaf Castle Rock
De droom van mijn moeder

FSC
www.fsc.org
MIX
Papier van
verantwoorde herkomst
FSC® C110751

Alice Munro

Lief leven

VERHALEN

Uit het Engels vertaald door
Pleuke Boyce

DE GEUS

Tweede druk, 2013

Deze uitgave is tot stand gekomen met een bijdrage van
The Canada Council (Ottawa)

Canada Council
for the Arts

Oorspronkelijke titel *Dear Life*, verschenen bij Alfred A. Knopf
Oorspronkelijke tekst © Alice Munro, 2012
Nederlandse vertaling © Pleuke Boyce en De Geus BV, Breda 2012
Omslagontwerp Mijke Wondergem
Omslagillustratie © Arcangel/Hollandse Hoogte
ISBN 978 90 445 2360 7
NUR 304

Niets uit deze uitgave mag verveelvoudigd en/of openbaar gemaakt worden door middel van druk, fotokopie of op welke wijze dan ook, zonder voorafgaande schriftelijke toestemming van De Geus BV, Postbus 1878, 4801 BW Breda, Nederland. Telefoon: 076 522 8151. Internet: www.degeus.nl.

Wilt u het gratis magazine *Geuzennieuws* met informatie over onze nieuwe uitgaven ontvangen, ga dan naar www.degeus.nl en meld u aan.

Inhoud

Voorwoord van Herman Koch 7

Japan bereiken 11
Amundsen 41
Weg uit Maverley 80
Grind 106
Toevluchtsoord 126
Trots 151
Corrie 174
Trein 196
Met uitzicht op het meer 240
Dolly 257

FINALE
Het oog 283
Nacht 298
Stemmen 313
Lief leven 327

HERMAN KOCH

Helemaal niet zo vanzelfsprekend

Wat wil het voorwoord? Aangezien u dit boek al in handen hebt en op deze pagina hebt opengeslagen, of beter nog, hebt afgerekend en mee naar huis hebt genomen, zou ik u met klem willen aanraden om het nu volgende over te slaan en onmiddellijk met het eerste verhaal te beginnen – met de eerste zin van dat verhaal. Staat u toch nog in de boekwinkel, twijfel dan niet langer: tel uw geld of check het saldo van uw pinpas, blijf rustig ademhalen, loop niet te gehaast naar de kassa. Wanneer de verkoper of verkoopster vraagt of het een cadeautje is dat misschien moet worden ingepakt, kijkt u hem of haar recht in de ogen en antwoordt al even kalm: 'Nee, het is voor mezelf.'

Voor mezelf. Dit is een beetje wat alle boeken van Alice Munro aankleeft. Want waarom zou je iemand een *verhalenbundel* cadeau geven? Korte verhalen van een schrijfster uit Canada. Je hebt het bonnetje bewaard. 'Je kunt het altijd ruilen', mompel je nauwelijks verstaanbaar en je slaat nu wel je ogen neer.

Alice Munro hou je voor jezelf. Een goedbewaard geheim. Net als het bandje dat je nog in die vochtige kelder hebt horen spelen en waarvan je toen al zeker wist dat ze 'later heel groot zouden worden'. Als het bewuste bandje, wanneer dat later eenmaal is aangebroken, hele stadions uitverkoopt, ben je al lang afgehaakt. 'Ik vind wat ze nu doen niet zo goed meer', zeg je. Je hebt inmiddels alweer een ander bandje alleen voor jou, in een nog vochtiger kelder.

Ik moet hier eerst iets zeggen over mijn eigen relatie tot korte verhalen. Ik heb namelijk hetzelfde als iedereen: in eerste instantie niet zo'n zin. Geef mij maar een roman waarin je jezelf kunt verliezen. Het hoeft niet eens zo'n hele dikke te zijn. Een kort verhaal dat alweer is afgelopen voordat het goed en wel is begonnen – waarom zou je? Wanneer iemand op mijn verjaardag met een verhalenbundel aan komt zetten, kijk ik in eerste instantie waarschijnlijk zoals een kind kijkt dat op zijn verjaardag twee paar sokken cadeau krijgt: dikke sokken voor de winter, of een onderbroek. Ik vraag nog net niet of de gever het bonnetje heeft bewaard.

Je hoort weleens mensen beweren dat in 'deze jachtige tijd' lezers eerder naar verhalen zouden moeten grijpen. Tijd voor die dikke romans is immers moeilijker vrij te maken dan voor een kort verhaal. Maar met dit soort beweringen schieten we niks op – en nog minder met de mensen die er hardop uiting aan geven.

Er zijn twee soorten korteverhalenschrijvers. De eerste soort schrijft eigenlijk vooral romans, en doet het korte verhaal er als een tussendoortje bij: vaak ook op verzoek of in opdracht. Vrijwillig zou hij of zij net zomin voor het schrijven van een kort verhaal te porren zijn als voor het lezen ervan. De schrijver van de tweede soort schrijft *alleen maar* korte verhalen. Een heel enkele keer laat hij of zij zich verleiden tot het schrijven van één roman (het blijft ook echt altijd bij die ene poging), om daarna snel (en geschrokken) terug te keren naar wat hij of zij toch het beste kan: korte verhalen schrijven. In tegenstelling tot de gedwongen korteverhalenschrijver is de schrijver of schrijfster van de tweede soort wel op vrijwillige basis aan die ene roman begonnen, vaak misleid door het ingefluisterde misverstand dat je 'er pas echt bij hoort' wanneer je hebt bewezen dat je ook een werk van langere ademt aankunt.

Alice Munro behoort tot deze tweede soort. Die ene roman die zij schreef heet *Lives of Girls and Women*. Hij is helemaal niet slecht, hij is zelfs beter dan een heleboel andere romans, hij is alleen niet beter dan haar korte verhalen. Alice Munro schreef *Lives of Girls and Women* in 1971, daarna keerde zij voorgoed terug tot de verhalen; de meeste worden eerst gepubliceerd in *The New Yorker*, gemiddeld elke drie jaar verschijnt er een nieuwe bundel.

Hoe kun je mensen aan het lezen van een verhalenbundel krijgen? Een verhalenbundel van een in ons land zo goed als onbekende schrijfster uit Canada? Het antwoord luidt dat dat helemaal niet kan. Het enige juiste antwoord zou moeten zijn dat dat ook helemaal niet hoeft.

Het lastige met korte verhalen is dat je ze moeilijk kunt samenvatten; daarvoor zijn ze inderdaad echt te kort. Een vrouw heeft een saai huwelijk, op een feestje wordt zij dronken en ontmoet zij een interessante man. Een man die zij vervolgens niet meer uit haar hoofd kan zetten. Verder mogen we niet gaan, anders verpesten we alles. In de trein onderweg naar Toronto gebeurt er iets, we zeggen niet wat; de vrouw loopt van de ene wagon naar de andere, ze passeert het gangetje waar twee wagons aan elkaar zijn gekoppeld. Dan lezen we de volgende zinnen: 'Je liep altijd snel deze gangetjes door, omdat het gebonk en geslinger je eraan herinnerden dat alles in elkaar gezet was op een manier die helemaal niet zo vanzelfsprekend leek. Bijna terloops, maar veel te gehaast, dwars door al dat gebonk en geslinger.'

Dit soort zinnen hoef je niet over te lezen omdat je niet zou begrijpen wat er staat. Dit soort zinnen lees je over – ik lees ze althans een paar keer over – omdat er in eenvoudige bewoordingen iets wordt gezegd over alles. Over de gemoedstoestand van de vrouw op dat moment, over haar leven met een saaie man, over een mogelijke toekomst met een interessante man, maar ook over het leven zelf, om het maar eens keer te zeggen zoals het is.

Bovendien zegt Alice Munro hier iets over zoiets alledaags als de verbinding tussen twee treinwagons op een manier dat je wanneer je de eerstvolgende keer zelf gehaast van de ene naar de andere wagon loopt, onvermijdelijk aan deze zinnen zult moeten denken, maar vooral ook aan de manier waarop de dingen niet zo vanzelfsprekend aan elkaar zijn vastgemaakt als het lijkt.

'Japan bereiken', heet het verhaal waaruit deze passage afkomstig is. Ik zal verder niets verpesten door nog meer te vertellen of nog meer citaten te geven. Alleen de eerste zinnen van dit verhaal, dat tevens het eerste verhaal van deze bundel is.

'Toen Peter haar koffer de trein in gedragen had, leek hij weer zo snel mogelijk te willen uitstappen. Maar niet om weg te gaan.'

Die eerste zinnen had u ook zelf kunnen lezen. Evenals de zinnen daarna.

Nogmaals: het hoeft allemaal niet. Het is geen cadeautje. Het is voor uzelf.

Japan bereiken

Toen Peter haar koffer de trein in gedragen had, leek hij weer zo snel mogelijk te willen uitstappen. Maar niet om weg te gaan. Hij legde haar uit dat hij alleen bang was dat de trein zou gaan rijden. Op het perron, terwijl hij opkeek naar hun raampje, begon hij te wuiven. Te glimlachen en te wuiven. De glimlach voor Katy was breed en zonnig, zonder een spoor van twijfel, alsof hij geloofde dat ze altijd een wonder voor hem zou blijven en hij voor haar. Uit de glimlach voor zijn vrouw sprak hoop en vertrouwen, vermengd met een zekere vastberadenheid. Iets wat niet eenvoudig onder woorden gebracht kon worden en misschien ook nooit zou worden uitgesproken. Als Greta er een opmerking over had gemaakt, zou hij hebben gezegd dat ze niet zo dwaas moest doen. En ze zou het met hem eens geweest zijn en hebben gedacht dat het onnatuurlijk was als mensen die dagelijks met elkaar omgingen steeds met verklaringen moesten komen.

Toen Peter nog een baby was, was zijn moeder met hem door een gebergte, waarvan Greta steeds de naam vergat, uit Sovjetcommunistisch Tsjechoslowakije naar West-Europa gevlucht. Er waren natuurlijk andere mensen bij geweest. Peters vader had ook met hen mee willen gaan, maar was vlak voor de datum van het geheime vertrek naar een sanatorium gestuurd. Hij had hen zodra dat mogelijk was achterna willen komen, maar was in plaats daarvan gestorven.

'Ik heb dat soort verhalen gelezen', had Greta gezegd

toen Peter er haar de eerste keer over had verteld. Ze had uitgelegd dat de baby in die verhalen onveranderlijk was gaan huilen en gesmoord of gewurgd had moeten worden zodat het geluid de hele clandestiene groep niet in gevaar zou brengen.

Peter zei dat hij nog nooit zoiets had gehoord en had niet willen zeggen wat zijn moeder onder zulke omstandigheden zou hebben gedaan.

Wat vaststond was dat ze naar British Columbia was gekomen, waar ze beter Engels had geleerd en lerares op een middelbare school was geworden in wat toen handelswetenschap heette. Ze had Peter alleen opgevoed en hem laten studeren en hij was nu ingenieur. Wanneer ze naar hun appartement en later hun huis kwam, ging ze altijd in de voorkamer zitten en kwam de keuken niet in tenzij Greta haar uitnodigde. Dat was haar manier. Horen, zien en zwijgen had ze tot het uiterste doorgevoerd. Horen, zien en zwijgen, je niet opdringen, niets suggereren, hoewel ze in iedere huishoudelijke vaardigheid en kunst haar schoondochter ver achter zich liet.

Ook had ze het appartement waarin Peter was opgegroeid verkocht en een kleinere woning zonder slaapkamer met alleen ruimte voor een uitklapbare sofa betrokken. Zodat Peter niet weer bij zijn moeder in kon trekken? had Greta geplaagd, maar ze had ontsteld gekeken. Ze had moeite met grapjes. Misschien was het een taalprobleem. Maar ze sprak nu altijd Engels en het was de enige taal die Peter kende. Hij had handelswetenschap op school geleerd – hoewel niet van zijn moeder – terwijl Greta *Paradise Lost* had bestudeerd. Ze vermeed alles wat nuttig was als de pest. Hij leek het tegenovergestelde te doen.

Met het raampje tussen hen in, terwijl Katy hen aan het wuiven hield, wierpen ze elkaar komische blikken toe vol overdreven genegenheid. Ze bedacht hoe knap hij was en zich dit zo weinig bewust leek. Hij had gemillimeterd haar, naar de mode van die tijd – zeker als je zoiets als ingenieur was – en zijn lichte huid werd nooit rood zoals die van haar, nooit vlekkerig door de zon, maar was altijd regelmatig bruin, ongeacht het seizoen.

Zijn meningen waren net zoiets als zijn gelaatskleur. Als ze naar een film geweest waren, wilde hij er na afloop nooit over praten. Hij zei dat hij hem goed, of vrij goed, of wel aardig had gevonden. Hij zag niet in waarom hij er meer over zou zeggen. Naar de televisie kijken of een boek lezen, deed hij op min of meer dezelfde manier. Hij schortte zijn oordeel op. De mensen die erachter zaten hadden waarschijnlijk hun uiterste best gedaan. Greta ging daar dan onmiddellijk tegenin door te vragen of hij dat ook over een brug zou zeggen. De mensen die hem gebouwd hadden, hadden hun uiterste best gedaan, maar dat was niet goed genoeg geweest en dus was hij in elkaar gestort.

In plaats van met argumenten te komen, lachte hij dan.

Dat was niet hetzelfde, zei hij.

Nee?

Nee.

Greta had moeten beseffen dat deze houding – tolerant, ieder het zijne – een zegen voor haar was, want ze was een dichter en er stonden dingen in haar gedichten die absoluut niet vrolijk of eenvoudig uit te leggen waren.

(Peters moeder en de mensen op zijn werk – degenen die ervan wisten – zeiden nog steeds dichteres. Ze had het hem af kunnen leren. Verder was dat bij niemand nodig geweest.

De familieleden die ze in haar leven achter zich gelaten had en de mensen die ze nu in haar rol van huisvrouw en moeder kende, hoefde het niet afgeleerd te worden omdat ze niets van deze vreemde bezigheid af wisten.)

Het zou later in haar leven moeilijk uit te leggen zijn wat in die tijd door de beugel kon en wat niet. Je zou kunnen zeggen dat feminisme niet door de beugel kon. Maar dan zou je uit moeten leggen dat feminisme niet eens een woord was dat mensen in de mond namen. En dan zou je een verward verhaal afsteken dat het al verdacht was als je een serieus idee had, laat staan ambitie, of misschien zelfs een echt boek las, en dat zoiets als reden zou worden gezien dat je kind longontsteking had gekregen, en dat een politiek getinte opmerking op een bedrijfsfeestje je man zijn promotie kon kosten. Het gaf niet voor welke partij je die opmerking maakte. Het probleem was dat je als vrouw een mening had verkondigd.

Men zou lachen en zeggen: o, je maakt maar een grapje en ze zou moeten zeggen: nee, niet echt. Dan zou ze vertellen dat er één uitzondering was, namelijk dat als je poëzie schreef je net iets beter een vrouw kon zijn dan een man. En dat het woord 'dichteres' dan goed van pas kwam, als een web gesponnen suiker. Peter zou die gevoelens niet gehad hebben, zou ze zeggen, maar hij was tenslotte in Europa geboren. Hij zou echter wel geweten hebben hoe de mannen met wie hij werkte geacht werden over zulke dingen te denken.

Die zomer zou Peter een maand of misschien langer leidinggeven aan een karwei dat in Lund werd uitgevoerd, ver noordwaarts, het noordelijkste punt in feite dat op het vasteland bereikbaar was. Er was geen accommodatie voor Katy en Greta.

Maar Greta had contact gehouden met een meisje met wie ze in Vancouver op de bibliotheek had gewerkt en die nu getrouwd was en in Toronto woonde. Zij en haar man – die leraar was – zouden die zomer een maand naar Europa gaan en ze had zich in een brief afgevraagd of Greta en haar gezin misschien zo goed wilden zijn – ze was erg beleefd – om een tijdje in hun huis in Toronto door te brengen, zodat het niet leeg zou staan. En Greta had teruggeschreven en haar over Peters werk verteld, maar het aanbod voor zichzelf en Katy aangenomen.

Daarom wuifden ze nu zo hard vanaf het perron en vanuit de trein.

Er was toen een tijdschrift dat *The Echo Answers* heette en onregelmatig in Toronto verscheen. Greta was het in de bibliotheek tegengekomen en had wat gedichten ingestuurd. Twee van die gedichten waren gepubliceerd en het resultaat was dat toen de redacteur van het blad in de herfst naar Vancouver kwam, ze op een feestje was uitgenodigd, met andere schrijvers, om kennis met hem te maken. Het feestje werd gegeven in het huis van een schrijver wiens naam, zo leek het, ze al haar hele leven kende. Het werd laat in de middag gegeven, wanneer Peter nog op zijn werk was en daarom had ze een babysitter laten komen en de bus uit Noord-Vancouver, over de Lion's Gate-brug en door Stanley Park, genomen. Toen had ze voor Hudson's Bay moeten wachten voor de lange rit naar de universiteitscampus, waar de schrijver woonde. Ze was bij de laatste halte uitgestapt, had de straat gevonden en was hem op gelopen en had ondertussen de huisnummers afgespeurd. Ze droeg hoge hakken, waardoor ze niet snel vooruitkwam. En ook haar chicste zwarte jurk, die van achteren met een rits sloot en haar middel vrijliet en altijd een beetje te nauw bij de heupen was. Ze vond dat ze er nogal belachelijk in uitzag, terwijl ze enigszins struikelend langs de bochtige, trottoirloze straten liep, de enige die hier in de late middag te bespeuren was. Moderne huizen, grote ramen, zoals in iedere riante buitenwijk, een heel andere buurt dan ze verwacht had. Ze begon zich af te vragen of ze zich in de straat had vergist en vond dat geen vervelende gedachte. Ze zou terug kunnen lopen naar de bushalte, waar een bankje stond. Ze zou haar schoenen uit kunnen doen terwijl ze de langzame, eenzame rit naar huis aanvaardde.

Maar toen ze de geparkeerde auto's en het nummer zag, was het te laat om nog om te keren. Er kwam geroezemoes door de gesloten deur naar buiten en ze moest twee keer bellen.

Ze werd door een vrouw begroet die iemand anders leek te verwachten. Begroet was niet het juiste woord, de vrouw opende de deur waarop Greta zei dat hier zeker het feest werd gegeven.

'Waar lijkt het anders op?' zei de vrouw terwijl ze tegen de deurpost leunde. Ze versperde de deuropening totdat zij – Greta – vroeg of ze binnen mocht komen, waarop een beweging volgde die behoorlijk wat moeite leek te kosten. Ze vroeg Greta niet of ze mee wilde komen, maar dat had Greta toch gedaan.

Niemand zei iets tegen haar of besteedde aandacht aan haar, maar na een tijdje hield een meisje van een jaar of vijftien haar een blad voor, vol glazen met wat roze limonade leek. Greta pakte er een en dronk het in één dorstige teug leeg en nam er toen nog een. Ze bedankte het meisje en probeerde een gesprek over de lange warme wandeling aan te knopen, maar het meisje was niet geïnteresseerd en wendde zich af om anderen te bedienen.

Greta liep verder. Ze glimlachte aanhoudend. Niemand keek haar met herkenning of genoegen aan en waarom zou men ook? De mensen keken langs haar heen en gingen door met hun gesprekken. Ze lachten. Iedereen behalve Greta was met vrienden, grapjes en geheimpjes toegerust en iedereen leek iemand gevonden te hebben die blij was hen te zien. Op de jongelui na, die stuurs en gestaag met hun roze drankjes rondgingen.

Maar ze gaf het niet op. De drank hielp en ze besloot nog een glas te nemen als het blad weer langskwam. Ze zocht naar een groepje waar een opening was, zodat ze zich daarbij kon voegen. Ze leek haar kans te krijgen toen ze de namen van een paar films hoorde. Europese films, die men rond die tijd in Vancouver begon te vertonen. Ze hoorde de naam van een film waar zij en Peter naartoe waren geweest. *Les quatre cents coups*. 'O, die heb ik gezien.' Ze zei het luid en enthousiast en ze keken haar allemaal aan en een van hen, die klaarblijkelijk het woord deed, zei: 'O, werkelijk?'

Natuurlijk was Greta dronken. Pimms No. I en roze grapefruitsap, haastig naar binnen geslagen. Ze trok zich de neerbuigendheid niet aan zoals ze anders misschien gedaan zou hebben. Ze drentelde verder in de wetenschap dat ze niet meer helemaal helder was, maar met het gevoel dat er een opwindende sfeer in de kamer hing waarbij alles geoorloofd was, en dat het niet gaf dat ze met niemand kennismaakte en ze gewoon wat rond kon lopen om haar eigen oordeel te vormen.

Onder een boog stond een groepje dat er belangrijk uitzag. Daartussen ontdekte ze de gastheer, die ze al zo lang van naam en van foto's kende. Hij converseerde luid en gejaagd en er leek iets van gevaar om hem en een paar andere mannen te hangen, alsof ze je liever beledigden dan je aankeken. Hun vrouwen, dacht ze nu, vormden de kring die ze had geprobeerd binnen te dringen. De vrouw die naar de deur gekomen was, hoorde bij geen van beide groepjes en was zelf schrijver. Greta zag dat ze zich omdraaide toen iemand haar naam riep. Het was de naam van iemand die had bijgedragen aan het tijdschrift waarin ze zelf gepubliceerd had. Kon ze zich op basis daarvan niet aan haar gaan voorstellen? Een collega, ook al had ze koel gedaan aan de deur.

Maar de vrouw had nu haar hoofd op de schouder van de man gelegd die haar naam geroepen had en ze zouden waarschijnlijk niet gestoord willen worden.

Deze bespiegeling bracht Greta ertoe te gaan zitten en omdat er geen stoelen waren, ging ze op de grond zitten. Ze kreeg een ingeving. Ze bedacht dat als ze met Peter naar een ingenieursfeestje ging, er een prettige sfeer heerste hoewel de conversatie saai was. Dat kwam omdat de pikorde voor iedereen al vaststond, althans voor een tijdje. Hier was niemand veilig. Er kon achter je rug over je geoordeeld worden, ook al werd je werk uitgegeven en was je bekend. Je moest iedereen met je eruditie aftroeven, wie je ook was.

Terwijl ze zo had gehoopt op een uitgestoken hand en een mogelijkheid tot conversatie.

Toen ze haar theorie over de onaardigheid had uitgewerkt, voelde ze zich opgelucht en kon het haar niet meer schelen of er iemand tegen haar praatte of niet. Ze trok haar schoenen uit en dat was een hele bevrijding. Ze zat met haar rug tegen een muur met haar benen voor zich uit op een van de minder drukke doorgangen. Ze wilde het risico niet lopen dat ze haar drankje over het tapijt morste en daarom dronk ze haar glas snel leeg.

Er boog zich een man over haar heen. Hij zei: 'Hoe ben je hier gekomen?'

Ze had medelijden met de saaie voeten die daar stonden. Ze had medelijden met iedereen die moest staan.

Ze zei dat ze uitgenodigd was.

'Jawel. Maar ben je in je auto gekomen?'

'Ik ben komen lopen.' Maar dat was niet genoeg en na een tijdje slaagde ze erin de rest te vertellen.

'Ik ben met de bus gekomen en heb daarna gelopen.'

Een van de mannen die in de speciale kring had gestaan, stond nu achter de man met de schoenen. Hij zei: 'Uitstekend idee.' Hij leek nu bereid om met haar te praten.

De eerste man leek dat niet erg op prijs te stellen. Hij had Greta's schoenen gepakt, maar ze wilde ze niet en legde uit dat ze te veel knelden.

'Dan neem je ze maar mee. Of anders doe ik het. Kun je opstaan?'

Haar blik zocht de belangrijkere man, om haar te helpen, maar hij was er niet meer. Nu wist ze weer wat hij geschreven had. Een toneelstuk over de Doechoboren, waar veel over te doen was geweest omdat de Doechoboren naakt op het toneel zouden moeten staan. Natuurlijk waren het geen echte Doechoboren maar acteurs geweest. En uiteindelijk hadden ze niet naakt mogen zijn.

Ze probeerde dit aan de man die haar hielp opstaan uit te leggen, maar het interesseerde hem duidelijk niet. Ze vroeg wat hij schreef. Hij zei dat hij niet zo'n soort schrijver was, hij was journalist. Hij was hier met zijn zoon en dochter, die kleinkinderen van de gastheer waren. Zij – de kinderen – hadden de drankjes rondgebracht.

'Dodelijk', zei hij over die drankjes. 'Misdadig.'

Nu waren ze buiten. Ze liep op kousenvoeten over het gras en wist maar net een plas te ontwijken.

'Er heeft hier iemand overgegeven', zei ze tegen haar metgezel.

'Inderdaad', zei hij en hielp haar een auto in. Door de buitenlucht was haar stemming van een soort vervoering omgeslagen in iets wat meer op verlegenheid en zelfs schaamte leek.

'Noord-Vancouver', zei hij. Dat moest ze hem verteld hebben. 'Oké? Daar gaan we dan. De Lion's Gate.'

Ze hoopte dat hij niet zou vragen wat ze op het feestje deed. Als ze zou moeten zeggen dat ze een dichter was, zou haar huidige toestand, haar dronkenschap, als akelig typerend beschouwd worden. Het was buiten niet donker, maar het was avond. Ze leken de juiste richting uit te gaan, langs het water en daarna een brug over. De Burrard Street-brug. Toen meer verkeer; steeds als ze haar ogen opendeed zag ze bomen voorbijgaan, maar dan vielen haar ogen weer dicht zonder dat ze het wilde. Toen de auto stilhield wist ze dat ze nog niet thuis konden zijn. Dat wil zeggen, bij haar.

Het gebladerte van grote bomen boven hen. Er waren geen sterren te zien. Maar wel een glans van water, tussen waar ze stonden en de lichten van de stad.

'Blijf lekker zitten en denk goed na', zei hij.

Ze was verrukt over die woorden.

Denk goed na.

'Over hoe je naar binnen zult gaan, bijvoorbeeld. Kun je het waardig doen? Je mag niet overdrijven. Of nonchalant? Ik neem aan dat je een echtgenoot hebt.'

'Dan moet ik jou toch eerst bedanken omdat je me naar huis gereden hebt', zei ze. 'Je zult dus moeten zeggen hoe je heet.'

Hij zei dat hij haar dat al verteld had. Misschien al twee keer. Maar hij wilde het best nog eens zeggen. Harris Bennett. Bennett. Hij was de schoonzoon van de mensen die het feest gegeven hadden. Het waren zijn kinderen die de drankjes rondgebracht hadden. Zij en hij waren overgekomen uit Toronto. Was ze nu tevreden?

'Hebben ze een moeder?'

'Die hebben ze zeker. Maar ze ligt in het ziekenhuis.'

'Dat spijt me.'

'Dat hoeft niet. Het is een heel redelijk ziekenhuis. Voor psychische problemen. Of misschien zou je emotionele problemen moeten zeggen.'

Ze begon hem haastig te vertellen dat haar man Peter heette en ingenieur was en dat ze een dochter hadden die Katy heette.

'Dat klinkt allemaal heel mooi', zei hij en hij begon de auto achteruit te rijden.

Op de Lion's Gate-brug zei hij: 'Mijn excuses voor hoe ik daarnet klonk. Ik vroeg me af of ik je zou kussen en ik besloot het niet te doen.'

Ze dacht dat hij bedoelde dat ze op een bepaalde manier niet goed genoeg was om gekust te worden. Ze voelde zich zo gekwetst dat ze met een schok weer nuchter leek te zijn geworden.

'Als we de brug over zijn, gaan we dan rechts Marine

Drive op?' vervolgde hij. 'Ik vertrouw erop dat jij de richting aangeeft.'

De daaropvolgende herfst, winter en lente ging er nauwelijks een dag voorbij dat ze niet aan hem dacht. Alsof je steeds dezelfde droom had zodra je ingeslapen was. Ze leunde haar hoofd tegen het kussen van de sofa en dacht dat ze in zijn armen lag. Je zou denken dat ze zich zijn gezicht niet meer zou herinneren, maar ze zag het gedetailleerd voor zich, het gerimpelde gelaat van een vermoeid ogende, huiselijke man met iets spottends over zich. Zijn lichaam ontbrak evenmin en diende zich aan als wat versleten maar bekwaam en uitzonderlijk begeerlijk.

Ze huilde bijna van verlangen. Maar deze fantasie verdween, werd naar de achtergrond geschoven, zodra Peter thuiskwam. Dan welde de oude genegenheid weer op, betrouwbaar als altijd.

De droom leek trouwens veel op het weer in Vancouver: een soort troosteloos verlangen, een regenachtige, dromerige droefheid, een zwaar gevoel rond je hart.

En dat besluit dan om haar niet te kussen, wat weinig galant had geleken?

Ze had het uitgewist. Ze was het helemaal vergeten.

En haar poëzie, hoe ging het daarmee? Geen regel, geen woord. Niets wat erop duidde dat ze er ooit om had gegeven.

Natuurlijk gaf ze hier voornamelijk aan toe als Katy sliep. Soms zei ze hardop zijn naam, gaf zich over aan dwaasheden. Dit werd gevolgd door een brandende schaamte, waarbij ze zichzelf verachtte. Wat een dwaasheid. Gewoonweg idioot.

Toen gebeurde er iets onverwachts, het vooruitzicht en daarna de zekerheid van het werk in Lund, het aanbod van het huis in Toronto. Een opklaring in het weer, een mogelijkheid tot handelen.

Ze begon een brief. Niet op de gewone manier. Geen: Beste Harris. Geen: Herinner je je mij nog?

Alsof ik een brief in een fles stop
In de hoop
Dat hij Japan zal bereiken.

Dichter in de buurt van een gedicht was ze in lange tijd niet gekomen.

Ze had geen idee wat zijn adres was. Ze was zo moedig en zo dwaas om de mensen die het feest gegeven hadden op te bellen. Maar toen de vrouw opnam, voelde ze haar mond droog worden en in een woestijn veranderen en moest ze ophangen. Daarna ging ze met Katy naar de bibliotheek waar ze het telefoonboek van Toronto vond. Er stonden veel Bennetts in, maar geen enkele Harris of H. Bennett.

Toen kreeg ze het bizarre idee om bij de overlijdensadvertenties te kijken. Ze kon het niet laten. Ze wachtte totdat de man die in het exemplaar van de bibliotheek zat te lezen, klaar was. Meestal zag ze de krant uit Toronto niet omdat je de brug over moest om hem te kopen en Peter altijd de *Vancouver Sun* mee naar huis bracht. Ze bladerde de krant door en kwam zijn naam eindelijk boven een column tegen. Hij was dus niet dood. Columnist bij een krant. Natuurlijk wilde hij thuis niet opgebeld worden door mensen die hem van naam kenden.

Hij schreef over politiek. Het leek intelligent wat hij schreef, maar het interesseerde haar verder niet.

Ze stuurde haar brief daarheen, naar de krant. Ze wist niet of hij zelf zijn post openmaakte en dacht dat als ze Persoonlijk op de envelop schreef het misschien tot moeilijkheden zou leiden en daarom schreef ze alleen de dag van aankomst en het tijdstip van de trein na de regels over de fles. Geen naam. Ze dacht dat als iemand anders de envelop openmaakte deze misschien aan een oud familielid zou denken die ervan hield zich eigenaardig uit te drukken. Niets wat hem verdacht zou maken, zelfs al had men die vreemde post naar zijn huis doorgestuurd waar ze door zijn vrouw werd geopend, omdat ze nu uit het ziekenhuis was.

Katy had blijkbaar niet begrepen dat het feit dat Peter buiten op het perron stond, betekende dat hij niet meeging. Toen zij zich in beweging zetten en hij niet, en ze hem met toenemende snelheid achter zich lieten, trok ze zich dit verraad erg aan. Maar na een tijdje kalmeerde ze en zei tegen Greta dat hij er de volgende morgen wel zou zijn.

Toen het zover was, maakte Greta zich zorgen, maar Katy zei niets over zijn afwezigheid. Greta vroeg haar of ze honger had en ze zei ja en legde toen aan haar moeder uit – zoals Greta lang voordat ze op de trein stapten aan haar had uitgelegd – dat ze nu hun pyjama uit moesten trekken en voor hun ontbijt ergens anders heen zouden gaan.

'Wat wil je voor ontbijt?'

'Crisps.' Dat betekende Rice Krispies.

'We zullen zien of ze die hebben.'

Ze hadden ze.

'Gaan we nu kijken waar papa is?'

Er was een speelruimte voor kinderen, maar hij was vrij klein. Een jongen en een meisje – broertje en zusje naar hun identieke konijnenpakjes te oordelen – hadden er bezit van genomen. Hun spel bestond uit het op elkaar in laten rijden van kleine autootjes die ze op het laatste moment van richting lieten veranderen. PATS BOEM.

'Dit is Katy', zei Greta. 'Ik ben haar moeder. Hoe heten jullie?'

Het pats-boem nam in hevigheid toe, maar ze keken niet op.

'Hier is papa niet', zei Katy.

Greta besloot dat ze beter terug konden lopen om Katy's boek over Christopher Robin te halen en naar het panoramarijtuig te gaan om het voor te lezen. Daar zouden ze waarschijnlijk niemand lastigvallen, omdat het ontbijt nog niet afgelopen was en het belangrijke berglandschap nog moest komen.

De moeilijkheid was dat zodra ze Christopher Robin uithad, Katy wilde dat ze onmiddellijk weer begon. Tijdens het eerste voorlezen was ze stil geweest, maar nu begon ze laatste stukken zin mee op te zeggen. De keer daarop zong ze het woord voor woord mee hoewel ze het nog steeds niet alleen wilde proberen. Greta dacht dat dit vervelend voor anderen zou zijn als er eenmaal meer mensen in het rijtuig zaten. Kinderen van Katy's leeftijd hadden geen last van een monotone dreun. Ze hielden er in feite van en gaven zich over aan de bekende woorden alsof het snoepjes waren die nooit op zouden raken.

Er kwamen een jongen en een meisje het trappetje op die tegenover Greta en Katy gingen zitten. Ze zeiden vrolijk goedemorgen en Greta beantwoordde hun groet. Katy leek het niet goed te vinden dat ze hen groette en hield haar blik op het boek gevestigd terwijl ze zachtjes verder prevelde.

Van de andere kant van het pad kwam de stem van de jongen, bijna even zacht als de hare.

De wacht wordt afgelost op Buckingham Palace
En Christopher Robin is gaan kijken met Alice …

Toen dat rijmpje uit was, begon hij met een ander. '"Lezen gaat goed met de Kat met de Hoed."'

Greta lachte maar Katy niet. Greta kon zien dat ze een beetje gechoqueerd was. Ze wist dat er gekke dingen in boeken stonden, maar niet dat ze zonder hulp van een boek uit iemands mond konden komen.

'Sorry', zei de jongen tegen Greta. 'We zijn peuterklassers. Dat is onze literatuur.' Hij boog zich voorover en begon zachtjes en ernstig tegen Katy te praten.

'Dat is een mooi boek, hè?

'Hij bedoelt dat we met peuterklassen werken', zei het meisje tegen Greta. 'Hoewel we soms in de war raken.'

De jongen praatte nog steeds tegen Katy.

'Ik denk dat ik wel kan raden hoe je heet. Heet je Rufus? Heet je Rover?'

Katy beet op haar lippen maar kon het niet laten een streng antwoord te geven.

'Ik ben geen hond', zei ze.

'Nee. Dat was dom van me. Ik ben een jongen en ik heet Greg. Dit meisje heet Laurie.'

'Hij is je aan het plagen', zei Laurie. 'Zal ik hem een klap geven?'

Katy dacht hierover na en zei toen: 'Nee.'

‘“Alice gaat trouwen met een man van de wacht”’, vervolgde Greg. ‘“Een soldatenleven is helemaal niet zacht, zegt Alice.”’

Bij de tweede ‘Alice’ begon Katy zachtjes mee te doen.

Laurie vertelde Greta dat ze op bezoek bij peuterklassen gingen en toneelstukjes opvoerden. Het werd ‘voorbereidend lezen’ genoemd. Ze waren eigenlijk acteur. Zij zou in Jasper uitstappen, waar ze een baantje als serveerster voor de zomermaanden had en ook wat komische rolletjes ging doen. Iets anders dan ‘voorbereidend lezen’. Het werd ‘*adult entertainment*’ genoemd.

‘Vreselijk’, zei ze. Ze lachte. ‘Je neemt wat je kunt krijgen.’

Greg had geen verplichtingen en ging naar Saskatoon. Daar woonde zijn familie.

Ze waren alle twee erg mooi, vond Greta. Lang, soepel, bijna onnatuurlijk slank, hij met donker kroeshaar, zij zwartharig en glanzend als een madonna. Toen ze even later opmerkte dat ze op elkaar leken, zeiden ze dat ze daar soms gebruik van hadden gemaakt als ze moesten overnachten. Het maakte alles een stuk gemakkelijker, alleen moesten ze eraan denken om twee bedden te vragen en ervoor te zorgen dat ze de volgende morgen beslapen leken.

En nu, vertelden ze haar, nu hoefden ze zich geen zorgen meer te maken. Ze deden niets meer dat aanstoot kon geven. Na drie jaar samen gingen ze uit elkaar. Ze hadden maanden kuis geleefd, althans met elkaar.

‘Nu houden we op met Buckingham Palace’, zei Greg tegen Katy. ‘Ik moet mijn oefeningen doen.’

Greta dacht dat dit betekende dat hij naar beneden zou

gaan of in ieder geval naar het gangpad om wat gymnastiekoefeningen te doen, maar in plaats daarvan wierpen hij en Laurie hun hoofd achterover, rekten hun hals uit en begonnen allerlei vogelgeluiden te maken en vreemd eentonig te zingen. Katy was opgetogen en dacht dat het speciaal voor haar was, een voorstelling te harer ere. Ze gedroeg zich ook als een echt publiek, bleef stil totdat het afgelopen was en barstte toen in lachen uit.

Enkele mensen die de trap op wilden komen, waren onderaan blijven staan en waren minder gecharmeerd dan Katy en wisten niet goed wat ze ervan moesten denken.

'Sorry', zei Greg, zonder iets uit te leggen maar met een vertrouwelijke vriendelijkheid in zijn stem. Hij stak zijn hand uit naar Katy.

'Laten we gaan kijken of er ergens een speelkamer is.'

Laurie en Greta liepen achter hen aan. Greta hoopte dat hij niet zo'n volwassene was die vooral vriendschap met kinderen sloot om zijn eigen charme te testen, en zich algauw weer verveelde en chagrijnig werd als hij besefte hoe onuitputtelijk de genegenheid van een kind kon zijn.

Al voordat het tijd om te lunchen was, wist ze dat ze zich geen zorgen hoefde te maken. In plaats van dat Greg genoeg had gekregen van Katy's belangstelling waren verschillende kinderen mee gaan doen met zijn wedstrijd en liet hij geen enkel teken van vermoeidheid zien.

Niet dat het een echte wedstrijd was. Hij wist de aandacht die eerst op hemzelf gericht was, om te buigen naar hoe de kinderen zich van elkaar bewust werden en toen naar levendige en zelfs wilde spelletjes, die echter nooit ontaardden. Niemand kreeg een driftbui. Er werd niet meer gewonnen. Daar was eenvoudig geen tijd voor, er gebeurden zo veel interessantere dingen. Het was een wonder hoeveel ontspanning vermengd met baldadigheid er in zo'n kleine ruimte mogelijk was. En door alle energie die ze verbruikten, zouden ze 's middags heerlijk slapen.

'Hij is buitengewoon', zei Greta tegen Laurie.

'Hij is er gewoon helemaal', zei Laurie. 'Hij gééft zichzelf, weet je. Veel acteurs doen dat niet. Juist acteurs. Als ze niet spelen bestaan ze niet.'

Dat is precies wat ik doe, dacht Greta. Ik onderdruk mijn persoonlijkheid, meestal. Kalm aan met Katy, kalm aan met Peter.

In het decennium dat al begonnen was maar waarvan zij in ieder geval nog niet veel had meegekregen, zou veel aandacht aan dat soort dingen besteed worden. 'Er zijn' ging iets anders betekenen dan het vroeger betekend had. Met de stroom meegaan. Je geven. Sommige mensen gaven zich, andere bijna niet. De barrière tussen binnen en buiten je hoofd moest verdwijnen. Alles moest echt zijn. Dingen zoals Greta's gedichten, dingen die niet spontaan naar buiten kwamen, waren verdacht en werden zelfs geminacht. Natuurlijk zou ze gewoon verdergaan met wat ze deed, met wikken en wegen en ze zou heimelijk een hard oordeel over de alternatieve cultuur vellen. Maar op dit moment, met haar kind in de ban van Greg en wat hij deed, was ze oprecht dankbaar.

's Middags vielen de kinderen, zoals Greta had voorspeld, in slaap. Hun moeders ook, in sommige gevallen. Andere kaartten. Greg en Greta wuifden Laurie na toen ze in Jasper was uitgestapt. Ze wierp hun kushandjes toe vanaf het perron. Er verscheen een oudere man, die haar koffer aannam en haar liefdevol kuste, naar de trein keek en toen naar Greg wuifde. Greg wuifde terug.

'Haar huidige vriend', zei hij.

Ze wuifden nog meer terwijl de trein ging rijden en toen brachten hij en Greta Katy terug naar de coupé, waar ze tussen hen in slaap viel halverwege een sprong. Ze trokken het gordijn van de coupé open om wat meer lucht te krijgen, nu er geen gevaar meer was dat het kind eruit zou vallen.

'Ongelooflijk om een kind te hebben', zei Greg. Dat was ook nieuw in die tijd, om alles ongelooflijk te vinden.

'Het gebeurt gewoon', zei Greta.

'Je bent zo rustig. Dadelijk zeg je nog: Zo gaat het in het leven.'

'Nee hoor', zei Greta en ze staarde hem toen net zo lang aan totdat hij als eerste zijn hoofd schudde en begon te lachen.

Hij vertelde haar dat hij door zijn godsdienst met acteren was begonnen. Zijn familie hoorde bij een christelijke sekte waarvan Greta nog nooit had gehoord. De sekte was niet erg groot maar wel erg rijk, tenminste sommige leden. Ze hadden een kerk met een theater in een plaats op de prairie gebouwd. Daar was hij al voor zijn tiende met toneelspelen begonnen. Ze voerden gelijkenissen uit de Bijbel op, maar ook eigentijdse stukken over wat er voor verschrikkelijks zou gebeuren met mensen die niet hetzelfde geloofden. Zijn familie was erg trots op hem en dat was hij zelf natuurlijk ook. Hij dacht er niet over om hun te vertellen wat er zich afspeelde als de rijke bekeerlingen kwamen om hun geloftes te vernieuwen en een scheutje heiligheid op te doen. Hij had het in ieder geval leuk gevonden om zo veel bijval te krijgen en hij hield van acteren.

Totdat hij op een dag besefte dat hij ook zonder die hele kerk zou kunnen acteren. Hij had geprobeerd beleefd te blijven, maar zij vonden dat de duivel hem te pakken had gekregen. Ha, ha, had hij gezegd, ik weet wel wie me te pakken had.

Tot ziens!

'Ik wil niet dat je denkt dat het allemaal slecht was. Ik geloof nog steeds in bidden en alles. Maar ik had mijn familie nooit kunnen vertellen wat er allemaal gebeurde. Al hoorden ze de helft maar, ze zouden er kapot van geweest zijn. Ken jij zulke mensen niet?'

Ze vertelde hem dat toen zij en Peter pas naar Vancouver verhuisd waren haar grootmoeder, die in Ontario woonde, contact met de dominee van haar kerk daar had gezocht. Hij was op bezoek gekomen en zij, Greta, had erg hooghartig tegen hem gedaan. Hij had gezegd dat hij voor haar zou bidden en zij had min of meer gezegd dat dit niet hoefde. Haar grootmoeder lag op sterven in die tijd. Steeds als ze eraan terugdacht schaamde Greta zich en werd dan weer kwaad omdat ze zich schaamde.

Peter begreep dat allemaal niet. Zijn moeder ging nooit naar de kerk, hoewel een van de redenen waarom ze met hem door de bergen was gevlucht vermoedelijk de vrijheid was om katholiek te kunnen zijn. Hij zei dat katholieken waarschijnlijk een voordeel hadden, je kon een slag om de arm houden totdat je op je sterfbed lag.

Dit was de eerste keer in een tijdje dat ze aan Peter had gedacht.

Ondertussen, terwijl ze dit gekwelde en tegelijk troostende gesprek met elkaar voerden, zaten zij en Greg te drinken. Hij had een fles ouzo tevoorschijn gehaald. Ze was er redelijk voorzichtig mee, zoals met alle alcohol sinds ze naar het schrijversfeestje was geweest, maar nu had het wel degelijk een effect. Zodanig zelfs dat ze elkaars handen begonnen te strelen en elkaar daarna begonnen te kussen en te liefkozen. Dit moest allemaal naast het slapende kind gebeuren.

'We kunnen hier beter mee ophouden', zei Greta. 'Anders krijgen we er nog spijt van.'

'Wij zijn het niet', zei Greg. 'Het zijn andere mensen.'

'Zeg dat ze op moeten houden. Weet je hoe ze heten?'

'Wacht even. Reg. Reg en Dorothy.'

Greta zei: 'Hou op, Reg. Hoe moet het dan met mijn onschuldige kind?'

'We zouden naar mijn couchette kunnen gaan. Het is vlakbij.'

'Ik heb geen ...'

'Ik wel.'

'Bij je?'

'Natuurlijk niet. Wat voor monster denk je dat ik ben?'

Ze trokken hun losgeraakte kleren goed, glipten de coupé uit, drukten zorgvuldig alle sluitingen vast van de couchette waar Katy lag te slapen en liepen met een gespeelde nonchalance van Greta's wagon naar de zijne. Dit laatste was nauwelijks nodig geweest, ze kwamen niemand tegen. De mensen die niet in het panoramarijtuig zaten om foto's te nemen van de eindeloze bergen zaten in de bar of te dutten.

In Gregs rommelige couchette gingen ze verder met waar ze gebleven waren. Het was er niet zo ruim dat twee mensen er naast elkaar konden liggen, maar ze wisten over elkaar heen te rollen. In het begin werd er eindeloos gesmoord gelachen, daarna volgden grote schokken van genot, waarbij ze alleen maar in elkaars opengesperde ogen konden kijken. Ze beten elkaar om de woeste geluiden binnen te houden.

'Heerlijk', zei Greg. 'Dat was uitstekend.'

'Ik moet weer terug.'

'Zo gauw al?'

'Misschien wordt Katy wakker en dan ben ik er niet.'

'Goed. Goed. Ik moet me toch klaarmaken voor Saskatoon. Stel je voor dat we er halverwege gearriveerd waren. Hallo ma. Hallo paps. Nog even wachten terwijl ik … Wahoe!'

Ze bracht haar kleren in orde en vertrok. Het kon haar trouwens niet schelen wie ze tegenkwam. Ze voelde zich slap en geschokt, maar triomfantelijk als een gladiator – dit bedacht ze werkelijk en ze moest erom glimlachen – na een sessie in de arena.

Ze kwam in ieder geval niemand tegen.

De onderste sluiting van het gordijn zat los. Ze wist zeker dat ze die dichtgedaan had. Hoewel Katy er, zelfs als het open was, bijna niet uit kon komen en het vast niet zou proberen. Toen Greta haar een keer alleen gelaten had om naar het toilet te gaan, had ze omstandig uitgelegd dat Katy nooit achter haar aan moest komen en Katy had gezegd: 'Dat zal ik heus niet doen', alsof ze haar alleen al door zo'n suggestie als een baby behandelde.

Greta pakte de gordijnen beet en trok ze helemaal open en toen ze dat had gedaan, zag ze dat Katy er niet was.

Ze raakte buiten zinnen. Ze lichtte het kussen op, alsof een kind zo groot als Katy dat over zich heen kon trekken. Ze sloeg met haar handen op de deken alsof Katy zich daaronder kon verstoppen. Ze kreeg zichzelf weer in de hand en probeerde te bedenken waar de trein gestopt was, óf hij was gestopt terwijl ze bij Greg was. Of er terwijl hij stilstond, als hij tenminste gestopt was, een kidnapper naar binnen had kunnen komen die Katy meegenomen had.

Ze stond in het gangpad en probeerde te bedenken wat ze moest doen om de trein tot stilstand te brengen.

Toen dwong ze zichzelf te denken dat zoiets nooit gebeurd kon zijn. Dat het onzin was. Katy moest wakker geworden zijn en hebben ontdekt dat zij er niet was en haar zijn gaan zoeken. Ze was in haar eentje op zoek gegaan.

Ze moest hier ergens in de buurt zijn, heel vlakbij. De deuren aan beide kanten van de wagon waren te zwaar voor haar om te openen.

Greta kon zich nauwelijks verroeren. Haar hele lichaam, haar hoofd, leeg. Dit kon niet gebeurd zijn. Terug, terug naar het moment voordat ze met Greg was meegegaan. Stop daar. Stop.

Aan de andere kant van het pad was een plaats die momenteel onbezet was. Er lag een damestrui en er was een tijdschrift achtergelaten om te laten zien dat er iemand terug zou komen. Iets verderop was een plaats waar alle sluitingen dichtgemaakt waren, zoals bij de hare, de hunne, het geval was geweest. Ze trok de gordijnen met één ruk open. De oude man die er lag te slapen, draaide zich op zijn rug, maar werd niet wakker. Het was onmogelijk dat hij daar iemand verborg.

Ze leek wel gek.

Toen een nieuwe angst. Als Katy nu eens naar het eind van de wagon gelopen was en er toch in geslaagd was een deur open te krijgen. Of achter iemand aan gelopen was die hem voor haar open had gedaan. Tussen de wagons was een klein gangetje waar je in feite over de koppelingen tussen de wagons liep. Daar kon je de beweging van de trein op een bruuske en onheilspellende manier voelen. Een zware deur achter je en een zware deur voor je, met aan beide kanten van het gangetje rammelende metalen platen. Die lagen over de treden die je afging als de trein stilstond.

Je liep altijd snel deze gangetjes door, omdat het gebonk en geslinger je eraan herinnerden dat alles in elkaar gezet was op een manier die helemaal niet zo vanzelfsprekend leek. Bijna terloops, maar veel te gehaast, dwars door al dat gebonk en geslinger.

De deur aan het eind was zwaar, zelfs voor Greta. Of anders had ze uit angst geen kracht meer. Ze duwde er hard met haar schouder tegenaan.

En daar, tussen de wagons, op zo'n metalen plaat die aanhoudend lawaai maakte, zat Katy. Met wijd opengesperde ogen, haar mond halfopen, verbaasd en alleen. Ze huilde niet, maar toen ze haar moeder zag, begon ze.

Greta pakte haar beet en hees haar op haar arm en wierp zich weer tegen de deur aan die ze net geopend had.

Alle wagons hadden namen en waren naar veldslagen, ontdekkingsreizen of vermaarde Canadezen vernoemd. Hun wagon heette Connaught. Ze zou dat nooit vergeten.

Katy had zich niet bezeerd. Haar kleren waren niet aan de scherpe bewegende randen van de metalen platen vast komen te zitten.

'Ik was je gaan zoeken', zei ze.

Wanneer? Nog maar net, of vlak nadat Greta haar alleen gelaten had?

Dat kon haast niet. Dan zou iemand haar daar gezien hebben, haar hebben opgepakt en alarm geslagen hebben.

Het was een zonnige dag maar niet echt warm. Haar

gezicht en handen waren vrij koud.

'Ik dacht dat je de trap op gegaan was', zei ze.

In hun couchette legde Greta de deken over haar heen en ze begon toen pas zelf te beven, alsof ze koorts had. Ze voelde zich misselijk en proefde zelfs braaksel in haar keel. Katy zei: 'Duw niet zo hard tegen me', en kroop bij haar vandaan.

'Je ruikt vies', zei ze.

Greta haalde haar armen weg en ging op haar rug liggen.

Dit was zo verschrikkelijk, haar gedachten over wat er had kunnen gebeuren waren zo verschrikkelijk. Het kind protesteerde door stug te doen en bij haar weg te kruipen.

Iemand zou Katy zeker gevonden hebben. Een goed iemand, in plaats van een slechterik, zou haar opgemerkt hebben en in veiligheid hebben gebracht. Greta zou het beschamende bericht gehoord hebben, het nieuws dat er een alleen gelaten kind gevonden was. Een kind dat had gezegd dat ze Katy heette. Ze zou weggesneld zijn van waar ze op dat moment was, na haar kleding zo goed mogelijk gefatsoeneerd te hebben, ze zou erheen gesneld zijn om haar kind op te eisen en zou gelogen hebben dat ze alleen even naar het toilet was geweest. Ze zou bang geweest zijn, maar het beeld zou haar bespaard gebleven zijn dat ze nu had, van Katy die hulpeloos tussen de wagons op die lawaaierige plek zat. Zonder te huilen of te klagen, alsof ze daar altijd moest blijven zonder dat haar een verklaring gegeven was, zonder hoop. Ze had vreemd uitdrukkingsloos gekeken, met haar mond een beetje open voordat het feit van haar redding tot haar was doorgedrongen en ze kon gaan huilen. Pas toen kon ze zich weer laten gelden, haar recht om te lijden en te klagen.

Nu zei ze dat ze geen slaap had, dat ze wilde opstaan. Ze vroeg waar Greg was. Greta zei dat hij een dutje deed, omdat hij moe was.

Zij en Greta gingen naar het panoramarijtuig en brachten daar de rest van de middag door. Ze waren er grotendeels alleen. De fotograferende mensen moesten hun kruit verschoten hebben terwijl ze door de Rocky Mountains reden. En de prairie, zoals Greg had opgemerkt, was hun te plat.

De trein stopte eventjes in Saskatoon en er stapten verschillende mensen uit. Greg was er een van. Greta zag dat hij door een echtpaar, die zijn ouders moesten zijn, begroet werd. En door een vrouw in een rolstoel, een grootmoeder waarschijnlijk, en daarna door verschillende jongere mensen die er vrolijk en een beetje verlegen bijstonden. Ze zagen er geen van allen uit als leden van een sekte, of als mensen die, op welke wijze ook, streng en onaangenaam waren.

Maar hoe kon je dat nu echt aan iemand zien?

Greg wendde zich van hen af en liet zijn blik langs de treinraampjes gaan. Ze zwaaide uit het panoramarijtuig en hij kreeg haar in het oog en zwaaide terug.

'Daar heb je Greg', zei ze tegen Katy. 'Kijk, daar beneden. Hij zwaait. Zwaai je terug?'

Maar Katy vond het te moeilijk om naar hem te zoeken. Of anders probeerde ze het niet. Ze draaide zich nuffig en enigszins beledigd om en Greg draaide zich ook om, na nog één grappige zwaai. Greta vroeg zich af of het kind hem strafte omdat hij haar in de steek gelaten had en nu weigerde hem te missen of zelfs toe te geven dat hij bestond.

Oké, als het zo moet, vergeet het dan maar.

'Greg heeft naar je gezwaaid', zei Greta toen de trein wegreed.

'Dat weet ik.'

Terwijl Katy die avond naast haar in de couchette sliep, schreef Greta een brief aan Peter. Een lange brief die grappig bedoeld was, over de verschillende soorten mensen die je in de trein tegenkwam. En dat de meesten het liefst alles door hun camera zagen, in plaats van echt naar dingen te kijken, enzovoort. Over Katy, die zich voornamelijk goed gedragen had. Niets over de verdwijning natuurlijk of de schrik. Ze postte de brief toen de prairie al ver achter hen lag en ze langs eindeloze sparrenbossen reden en ze om de een of andere reden in het afgelegen plaatsje Hornepayne waren gestopt.

Al haar wakende uren gedurende die honderden kilometers waren aan Katy besteed. Ze wist dat ze nog nooit zo veel toewijding had getoond. Natuurlijk had ze voor het kind gezorgd, haar aangekleed en te eten gegeven en tegen haar gepraat als ze alleen waren en Peter naar zijn werk was. Maar Greta had andere dingen in huis te doen en haar aandacht was niet constant, haar tederheid vaak tactisch van aard.

En niet alleen vanwege het huishouden. Andere overwegingen hadden het kind naar de achtergrond gedreven. Zelfs vóór de zinloze, uitputtende, belachelijke preoccupatie met de man uit Toronto was er dat andere werk geweest, het dichten, waarmee ze zich bijna haar hele leven leek te hebben beziggehouden in haar hoofd. Dat trof haar nu als nog meer verraad, aan Katy, aan Peter, aan het leven. En dat was nu, vanwege dat beeld van Katy in haar eentje, van

Katy die daar te midden van het gebonk van metaal tussen de wagons zat, ook iets wat zij, Katy's moeder, moest opgeven.

Een zonde. Ze was met haar aandacht ergens anders geweest. Ze had haar aandacht keihard laten opslokken door iets anders dan haar kind. Een zonde.

Ze kwamen halverwege de ochtend in Toronto aan. Het was een donkere dag. Er was een zomers onweer aan de gang. Katy had zoiets nog nooit meegemaakt aan de westkust, maar Greta zei dat ze er niet bang voor hoefde zijn en ze leek ook niet bang. Ook niet voor de nog grotere elektrisch verlichte duisternis die in de tunnel hing waar de trein was gestopt.

Ze zei: 'Het is nacht.'

Nee, nee, zei Greta, ze moesten alleen naar het eind van de tunnel lopen, nu ze niet meer in de trein zaten. En daarna een trap op, of misschien zou er een roltrap zijn, en dan zouden ze in een groot gebouw uitkomen en dan naar buiten gaan, waar ze een taxi zouden nemen. Een taxi was gewoon een auto en hij zou hen naar hun huis brengen. Hun nieuwe huis, waar ze een poosje zouden wonen. Ze zouden daar een poosje wonen en dan weer teruggaan naar papa.

Ze liepen de hoogte in en daar was een roltrap. Katy bleef staan en dus deed Greta het ook, totdat iedereen hen gepasseerd was. Toen nam Greta Katy op haar arm en hield de koffer met haar andere hand vast en wist hem met enig gebuk en gebonk op de bewegende treden te krijgen. Boven zette ze het kind neer en konden ze elkaars hand weer vasthouden, in het felle hoge licht van Union Station.

Daar begon de menigte mensen voor hen af te brokkelen, afgehaald door hen die stonden te wachten en hun namen riepen of alleen op hen toe liepen en hun koffers vastgrepen.

Zoals nu iemand de hunne vastgreep. Hem vastgreep en Greta vastgreep en haar voor het eerst vastberaden en feestelijk kuste.

Harris.

Een schok eerst, dan een tuimelend gevoel in Greta's binnenste, een immense tevredenheid.

Ze probeerde Katy vast te houden, maar op dat moment maakte het kind een zijwaartse beweging en liet haar hand los.

Ze probeerde niet te ontsnappen. Ze wachtte alleen af wat er hierna zou gebeuren.

Amundsen

Ik zat op de bank voor het station te wachten. Het station was open geweest toen de trein aankwam, maar was nu gesloten. Op de hoek van de bank zat nog een vrouw, die tussen haar knieën een boodschappennet met in oliepapier gewikkelde pakjes hield. Vlees, rauw vlees. Je kon het ruiken.

Aan de overkant van de rails stond de elektrische trein leeg te wachten.

Er verschenen geen andere passagiers en na een tijdje stak de stationschef zijn hoofd naar buiten en riep: 'San.' Ik dacht eerst dat hij een mannennaam riep: Sam. En er verscheen inderdaad een man in een soort uniform aan de andere kant van het gebouw. Hij stak de rails over en stapte in de elektrische trein. De vrouw met de pakjes stond op en liep achter hem aan en daarom deed ik het ook. Er klonk geschreeuw aan de andere kant van de straat, en de deuren van een donker houten gebouw met een plat dak gingen open en er stormde een aantal mannen naar buiten met petten die ze op hun hoofd drukten en met broodtrommels die tegen hun dijen bonkten. Door het lawaai dat ze maakten, zou je denken dat de trein elk moment weg kon rijden. Maar toen ze ingestapt waren, gebeurde er niets. De trein bleef staan terwijl ze na een telling vaststelden wie er ontbrak en de machinist meedeelden dat hij nog niet kon vertrekken. Toen herinnerde iemand zich dat het de vrije dag van de ontbrekende man was. De trein begon te rijden, hoewel het moeilijk te zeggen was of de machinist naar ze geluisterd had en of het hem wat kon schelen.

Alle mannen stapten uit bij de zagerij in het bos – wat niet meer dan tien minuten lopen zou zijn geweest – en spoedig daarna kwam het meer in zicht, bedekt met sneeuw. Ervoor stond een lang, wit houten gebouw. De vrouw schikte haar pakjes vlees en stond op en ik volgde. 'San', riep de machinist opnieuw en de deuren gingen open. Een paar vrouwen stonden te wachten om in te stappen. Ze groetten de vrouw met het vlees en zij zei dat het gemeen koud was.

Ze keken me geen van allen aan terwijl ik achter de vleesvrouw uitstapte.

Er hoefde hier blijkbaar op niemand gewacht te worden. De deuren sloegen dicht en de trein begon terug te rijden.

Toen was het stil, de lucht als ijs. Broos uitziende berkenbomen met zwarte tekens op hun witte bast en wat kleine rommelige heesters, ingepakt als slaperige beren. Het bevroren meer was niet egaal maar liep omhoog naar de rand alsof de golven in ijs veranderd waren terwijl ze aanrolden. En het gebouw waar je meteen de rijen ramen zag en de serres aan beide zijkanten. Alles streng en noordelijk, zwartwit onder hoge wolkenbanken.

Maar de berkenbast bleek niet wit als je dichterbij kwam. Grijzig geel, grijzig blauw, grijs.

Zo stil, zo immens en betoverend.

'Waar gaat u heen?' riep de vleesvrouw naar me. 'Het bezoekuur is om drie uur afgelopen.'

'Ik kom niet op bezoek', zei ik. 'Ik ben de onderwijzeres.'

'Ze zullen u toch niet door de voordeur binnenlaten', zei de vrouw met enige tevredenheid. 'U kunt beter met mij meekomen. Hebt u geen koffer bij u?'

'De stationschef zei dat hij hem later zou brengen.'

'Ik dacht dat u verdwaald was zoals u daar stond.'

Ik zei dat ik was blijven staan omdat het zo mooi was.

'Dat vinden sommigen. Tenzij ze te ziek zijn of het te druk hebben.'

Er werd niets meer gezegd totdat we de keuken binnengingen aan de andere kant van het gebouw. Ik kon de warmte goed gebruiken. Ik kreeg geen kans om om me heen te kijken, omdat er op mijn laarzen werd gewezen.

'Die kunt u beter uittrekken voordat ze de vloer vuil maken.'

Ik wist mijn laarzen uit te krijgen – er was geen stoel waarop ik kon gaan zitten – en zette ze op de mat waar de vrouw de hare had neergezet.

'Pak ze maar weer en neem ze mee. Ik weet niet waar ze u gaan onderbrengen. U kunt uw jas ook beter aanhouden, want er is geen verwarming in de garderobe.'

Geen verwarming, geen licht, alleen wat door een raampje viel waar ik niet bij kon. Alsof ik straf op school gekregen had. En naar de garderobe was gestuurd. Precies. Dezelfde geur van winterse kleren die nooit helemaal droog werden, van doornatte laarzen met vuile sokken en ongewassen voeten.

Ik ging op een bank staan maar kon nog steeds niet naar buiten kijken. Op een plank waar mutsen en sjaals waren neergeworpen, vond ik een zakje met wat vijgen en dadels. Iemand moest ze gestolen hebben en ze hier hebben verstopt om mee naar huis te nemen. Opeens had ik honger. Sinds vanmorgen alleen een droge boterham met kaas op de Ontario Northland gegeten. Ik overwoog of het door de beugel kon om van een dief te stelen. Maar de vijgenzaadjes zouden tussen mijn tanden blijven zitten en me verraden.

Net op tijd stapte ik van de bank. Er kwam iemand de garderobe binnen. Niet een van de keukenhulpen maar een schoolmeisje in een dikke winterjas, met een sjaal over haar haar. Ze kwam gehaast binnen, gooide haar boeken op de bank zodat ze op de grond vielen, trok haar sjaal af waardoor er een verwarde haarbos tevoorschijn kwam en leek in een moeite door haar laarzen een voor een los te schoppen zodat ze over de vloer van de garderobe vlogen. Niemand had haar blijkbaar tegengehouden om ze bij de keukendeur uit te trekken.

'Hé. Ik probeerde u niet te raken', zei het meisje. 'Het is hier zo donker als je van buiten komt dat je niet weet wat je doet. Hebt u het niet koud? Wacht u op iemand die van zijn werk komt?'

'Ik wacht op Dr. Fox.'

'Dan hoeft u niet lang te wachten. Ik ben net met hem meegereden uit de stad. U bent toch niet ziek? Als u ziek bent, kunt u hier niet komen, dan moet u naar hem in de stad.'

'Ik ben de onderwijzeres.'

'O ja? Komt u uit Toronto?'

'Ja.'

Het bleef even stil, misschien uit ontzag.

Maar nee. Ze inspecteerde mijn mantel.

'Die is echt mooi. Wat voor bont is dat op de kraag?'

'Perzisch lam. Het is eigenlijk namaak.'

'Dat zou ik nooit gezien hebben. Ik weet niet waarom ze u hier laten wachten, het is hier zo stervenskoud dat je billen eraf vriezen. Sorry. Als u de dokter wilt zien, dan kan ik u de weg wijzen. Ik weet waar alles is. Ik woon hier al bijna vanaf mijn geboorte. Mijn moeder is het hoofd van de keuken. Ik heet Mary. Hoe heet u?'

'Vivi. Vivien.'

'Moet het geen juffrouw zijn als u onderwijzeres bent? Juffrouw wie?'

'Juffrouw Hyde.'

'Juffrouw Heiden', zei ze. 'Sorry, dat kon ik niet laten. Ik zou best willen dat u mijn juffrouw was, maar ik moet in de stad naar school. Dat zijn de stomme regels. Want ik heb geen tbc.'

Ze ging me al pratend voor door de deuropening aan de andere kant van de garderobe en toen door een gewone ziekenhuisgang. Geboend linoleum. Matgroene verf, de geur van ontsmettingsmiddelen.

'Nu u hier bent kan ik Reddy misschien vragen of ik van school kan veranderen.'

'Wie is Reddy?'

'Reddy Fox. Het komt uit een boek. Anabel en ik zijn hem zo gaan noemen.'

'Wie is Anabel?'

'Niemand nu. Ze is dood.'

'O, wat spijt me dat.'

'Het geeft niet. Dat gebeurt hier. Ik zit dit jaar op de middelbare school. Anabel is nooit echt naar school geweest. Toen ik nog op de lagere school zat zorgde Reddy ervoor dat ik vaak thuis mocht blijven van de stadsjuf, zodat ik haar gezelschap kon houden.'

Ze bleef bij een halfopen deur staan en floot.

'Hallo. Ik heb de juf meegebracht.'

Een mannenstem zei: 'Goed Mary. Zo is het wel weer genoeg voor één dag.'

'Oké. Begrepen.'

Ze drentelde weg en liet me alleen met een magere man van normale lengte, wiens roodblonde haar erg kort geknipt was en glansde in het kunstlicht van de gang.

'U hebt Mary ontmoet', zei hij. 'Ze heeft nogal een grote mond. Ze zit niet bij u in de klas, dus u hoeft dat niet iedere dag mee te maken. Sommige mensen mogen haar en andere weer niet.'

Hij leek me tien tot vijftien ouder dan ik en in het begin was zijn manier van praten helemaal die van een oudere man. Een verstrooide toekomstige werkgever. Hij vroeg naar mijn reis, wat er voor mijn koffer afgesproken was. Hij wilde weten of ik dacht dat ik het hier in de bossen naar mijn zin zou hebben, na Toronto, of ik me niet zou gaan vervelen.

Zeker niet, zei ik en voegde eraan toe dat het hier mooi was.

'Alsof ... alsof je in een Russische roman bent terechtgekomen.'

Voor het eerst keek hij me aandachtig aan.

'Meent u dat? Welke Russische roman?'

Hij had lichte, heldere, grijsblauwe ogen. Eén wenkbrauw was omhooggegaan, als een klein puntmutsje.

Het was niet zo dat ik geen Russische romans gelezen had. Ik had er een paar helemaal gelezen en sommige alleen gedeeltelijk. Maar door die wenkbrauw en zijn geamuseerde maar confronterende uitdrukking kon ik me geen enkele titel herinneren, op *Oorlog en vrede* na. En die titel wilde ik niet geven omdat iedereen zich die herinnert.

'*Oorlog en vrede.*'

'Wel, we hebben hier alleen de vrede maar. Maar als u naar oorlog had verlangd, zou u zich wel bij zo'n vrouwencorps hebben aangesloten, lijkt me, en overzee gegaan zijn.'

Ik was kwaad en voelde me vernederd, omdat ik niet echt aan het opscheppen was geweest. Of niet alleen aan het opscheppen. Ik had willen zeggen dat dit landschap een bijzondere uitwerking op me had.

Hij was klaarblijkelijk iemand die vragen stelde om je uit de tent te lokken.

'Ik geloof dat ik eigenlijk had verwacht dat er een oudere onderwijzeres op zou komen dagen', zei hij lichtelijk verontschuldigend. 'Alsof iedereen die nog enigszins kan en er de bevoegdheid voor heeft nu weer aan de slag is gegaan. U hebt zeker geen opleiding voor onderwijzeres gevolgd? Wat wilde u gaan doen nadat u afgestudeerd was?'

'Verder studeren', zei ik kortaf.

'En waarom bent u van gedachten veranderd?'

'Ik vond dat ik wat geld moest verdienen.'

'Heel verstandig. Hoewel ik bang ben dat u hier niet veel zult verdienen. Sorry dat ik zo nieuwsgierig ben. Ik wilde me er alleen van overtuigen dat u niet weer plotseling vertrekt en ons in de steek laat. U hebt geen trouwplannen?'

'Nee.'

'Goed. Heel goed. Dan ben ik helemaal tevredengesteld. Ik hoop dat ik u niet ontmoedigd heb?'

Ik had mijn hoofd afgewend.

'Nee.'

'Loop dan de gang door naar het kantoortje van de directrice en zij zal u uitleggen wat u moet weten. U eet samen met de verpleegsters. Zij zal u vertellen waar u slaapt. U moet proberen om niet verkouden te worden. Ik neem aan dat u geen ervaring met tuberculose hebt?'

'Ik heb *De to...*'

'Ik weet het. U hebt *De toverberg* gelezen.' Ik was weer

in de val gelopen en dat leek hem goed te doen. 'Sindsdien is er wel het een en ander veranderd, hoop ik. Hier, ik heb wat dingen opgeschreven over de kinderen en wat ze volgens mij aankunnen. Soms schrijf ik iets het liefst op. De directrice zal u verder wel instrueren.'

Al binnen een week leken de gebeurtenissen van die eerste dag uniek en onwaarschijnlijk. De keuken en de keukengarderobe, waar de mensen die er werkten hun kleren ophingen en hun diefstalletjes verborgen, waren vertrekken die ik niet meer gezien had en waarschijnlijk ook niet meer te zien zou krijgen. De kamer van de dokter was eveneens verboden terrein, daar de kamer van de directrice de juiste plaats was voor alle inlichtingen, klachten en veranderingen. De directrice zelf was kort en gezet, met een roze gezicht en een randloze bril en een zware ademhaling. Alles wat je haar vroeg leek haar te verbazen en problematisch te zijn, maar uiteindelijk werd ervoor gezorgd of kreeg je het. Soms at ze mee in de verpleegsterseetzaal, waar haar een speciaal gerecht werd voorgezet en ze een schaduw over alles wierp. Ze bleef meestal in haar eigen vertrekken.

Behalve de directrice waren er drie gediplomeerde verpleegsters, waarvan er niet een minder dan dertig jaar ouder was dan ik. Ze waren gepensioneerd, maar weer aan de slag gegaan om hun oorlogsplicht te vervullen. Verder waren er de verpleeghulpen, die van mijn leeftijd of zelfs jonger waren en meestal getrouwd of verloofd, of anders naar een verloving toewerkten, voornamelijk met mannen in het leger. Ze praatten de hele tijd alsof de directrice en de verpleegsters er niet waren. Ze interesseerden zich absoluut niet voor mij. Ze wilden niet weten hoe het in Toronto was, hoewel sommigen van hen mensen kenden die er op hun huwelijksreis heen gegaan waren, ze waren niet benieuwd naar hoe het met mijn lesgeven ging of wat ik had gedaan voordat ik naar het San was gekomen. Ze deden niet onbeschoft – ze gaven me de boter aan (het werd 'boter' genoemd hoewel het oranjegestreepte margarine was die in de keuken gekleurd werd, het enige wat in die tijd toegestaan was) en waarschuwden me voor de gehaktschotel waar volgens hen bosmarmot in zat. Het was alleen dat wat er gebeurde in plaatsen die ze niet kenden, of met mensen die ze niet kenden, of in een tijd die ze niet hadden meegemaakt, niet belangrijk voor hen was. Dat was maar extra ballast en irriteerde hen. Ze zetten het nieuws op de radio uit als ze er de kans toe kregen en probeerden muziek te krijgen.

'Dans met een liefje met een gat in haar kous ...'

Zowel de verpleegsters als de hulpen hadden een hekel aan de CBC waarmee ik was opgegroeid in de overtuiging dat het cultuur naar de provincie bracht. Toch hadden ze voor een deel ontzag voor dokter Fox omdat hij zo veel boeken gelezen had.

Ze zeiden ook dat niemand je zo kon uitkafferen als hij, als hij daar zin in had.

Ik kwam er niet achter of er voor hen verband bestond tussen veel boeken lezen en iemand uitkafferen.

Gebruikelijke pedagogische ideeën niet van toepassing hier. Sommige kinderen zullen de wereld of het systeem weer binnengaan en andere niet. Beter niet te veel stress. Zoals repetities, onthouden, classificeren en al die onzin.

Geef helemaal geen cijfers. Als het nodig is kan men het later inhalen, anders doet men het zonder. Men heeft trouwens niet veel aan feiten nodig om de wereld te betreden. En de zogenaamde superieure kinderen dan? Walgelijke term. Als ze knap zijn op de academische manier, kunnen ze het gemakkelijk inhalen.

Vergeet de rivieren van Zuid-Amerika. En de Magna Carta.

Het liefst tekenen, muziek, verhalen.

Spelletjes oké, maar pas op voor te veel opwinding en rivaliteit.

Uitdaging om een balans tussen stress en verveling te vinden. Verveling de vloek van een verblijf hier.

Als de directrice u niet kan voorzien van wat u nodig hebt, dan heeft de conciërge het soms ergens.

Bon voyage.

Het aantal kinderen dat verscheen varieerde. Van vijftien tot soms maar zes. Alleen 's morgens, van negen tot twaalf, de rustperiodes inbegrepen. Kinderen werden weggehouden als ze temperatuursverhoging hadden of onderzocht werden. Wanneer ze er waren, waren ze rustig en meegaand maar niet bijzonder geïnteresseerd. Ze hadden onmiddellijk beseft dat dit geen echte school was en ze van iedere plicht om iets te leren ontslagen waren, dat ze geen tafels hoefden op te zeggen of dingen te onthouden. Deze vrijheid maakte hen niet arrogant, ze werden niet lastig omdat ze zich verveelden, maar alleen gedwee en dromerig. Ze zongen zachtjes canons. Ze deden rekenspelletjes. Er hing iets van verslagenheid over het geïmproviseerde klaslokaal.

Ik besloot me aan de woorden van de dokter te houden. Althans aan sommige, zoals dat verveling de vijand was.

In de kast van de conciërge had ik een wereldbol zien staan. Ik vroeg of hij hem naar de klas wilde brengen. Ik begon met eenvoudige aardrijkskunde. De oceanen, de continenten, de klimaten. Waarom ook niet winden en zeestromingen? Landen en steden? De Kreeftskeerkring en de Steenbokskeerkring? Waarom eigenlijk de rivieren van Zuid-Amerika niet?

Sommige kinderen hadden die dingen al eerder geleerd, maar waren ze bijna weer vergeten. De wereld buiten het meer en het bos bestond niet langer. Ze leken ervan op te knappen, alsof ze weer vriendschap sloten met wat ze vroeger wisten. Ik kwam natuurlijk niet met alles tegelijk. En ik moest het kalmpjes aan doen met degenen die die dingen nooit geleerd hadden omdat ze te snel ziek geworden waren.

Maar dat was niet erg. We maakten er een spelletje van. Ik deelde hen in twee groepen in en liet hen de antwoorden roepen terwijl ik de aanwijsstok heen en weer liet gaan. Ik zorgde ervoor dat de opwinding niet te lang voortduurde. Maar op een dag kwam de dokter binnen, na de ochtendoperaties, en werd ik betrapt. Ik kon niet meteen ophouden maar probeerde het minder een wedstrijd te laten lijken. Hij ging zitten en zag er nogal moe en afwezig uit. Hij maakte geen bezwaar. Na een paar seconden begon hij mee te doen aan het spelletje en vrij bizarre antwoorden te roepen, namen die niet alleen fout maar ook verzonnen waren. Toen liet hij zijn stem geleidelijk wegsterven. Zachter en zachter, totdat hij mompelde en toen fluisterde en je daarna helemaal niets meer hoorde. Niets. Op deze manier, met deze absurditeit, nam hij bezit van de klas. Ze begonnen hem allemaal na te doen en geluidloos woorden te vormen. Hun blikken waren op zijn lippen gevestigd.

Opeens liet hij een laag gegrom horen, waar iedereen om moest lachen.

'Waarom staart iedereen me in hemelsnaam aan? Hebben jullie dat van jullie juf geleerd? Om iemand aan te staren die niemand lastigvalt?'

De meesten lachten, maar sommigen bleven hem desondanks aanstaren. Ze hoopten dat er nog meer grappen zouden komen.

'Ingerukt. Gaan jullie je maar ergens anders misdragen.'

Hij verontschuldigde zich tegenover mij dat hij de les had onderbroken. Ik begon hem uit te leggen waarom ik het meer op een echte school liet lijken.

'Hoewel ik het met u eens ben wat stress betreft ...' zei ik ernstig. 'Ik ben het eens met wat u in uw instructies hebt geschreven. Ik dacht alleen ...'

'Welke instructies? O, dat was gewoon iets wat me toen door het hoofd ging. Het was nooit bedoeld als een wet van Meden en Perzen.'

'Ik bedoel zolang ze niet te ziek zijn ...'

'Ik weet zeker dat u gelijk hebt. Ik geloof niet dat het ertoe doet.'

'Anders blijven ze zo lusteloos.'

'U hoeft er niet over door te blijven gaan', zei hij en hij liep weg.

Draaide zich toen om voor een soort halfhartige verontschuldiging.

'Laten we er een andere keer over praten.'

Een andere keer die nooit zou komen, dacht ik. Hij vond me duidelijk vervelend en een dwaas.

Tijdens de lunch hoorde ik van de verpleeghulpen dat iemand die ochtend een operatie niet had overleefd. Dus bleek mijn boosheid niet gerechtvaardigd en daarom voelde ik me nog meer een dwaas.

Ik had elke middag vrij. Mijn leerlingen deden dan een lange middagdut en soms had ik zin om dat ook te doen. Het was koud op mijn kamer, het leek overal koud in het gebouw, veel kouder dan in het appartement aan Avenue Road, zelfs al hadden mijn grootouders de radiatoren daar, uit vaderlandsliefde, altijd laag staan. En de dekens waren maar dun, je zou denken dat iemand met tuberculose iets warmers nodig had.

Ik had natuurlijk geen tuberculose. Misschien werd er op voorzieningen voor mensen zoals ik bezuinigd.

Ik voelde me doezelig maar kon niet slapen. Boven me klonk het geratel van de beddenwagens die naar de open veranda's werden gereden om aan de ijskoude middaglucht te worden blootgesteld.

Het gebouw, de bomen, het meer zouden nooit meer als op die eerste dag voor me zijn, toen ik door hun geheimzinnigheid en gezag was gegrepen. Die dag had ik me onzichtbaar gewaand. Nu leek zoiets onmogelijk.

Daar is de juf. Wat doet ze?

Ze kijkt naar het meer.

Waarom?

Ze heeft niets beters te doen.

Sommige mensen hebben het maar makkelijk.

Van tijd tot tijd sloeg ik de lunch over, ook al was het een deel van mijn salaris. Dan ging ik naar Amundsen waar ik in een cafetaria at. Hun koffie was surrogaat en op hun beste sandwich zat zalm uit blik, als die er was. Bij de kipsalade moest je goed uitkijken dat er geen vel of bot tussen zat. Toch voelde ik me daar meer op mijn gemak, vanwege het idee dat daar niemand wist wie ik was.

Daar vergiste ik me waarschijnlijk in.

Er was geen toilet in de cafetaria, dus moest je naar het hotel ernaast en daar langs de open deur van de gelagkamer waar het altijd donker en lawaaierig was en de geur van bier en whisky naar buiten kwam, en een wolk sigaren- en sigarettenrook waarvan je tegen de grond sloeg. Toch voelde ik me er op mijn gemak. De houthakkers, de mannen van de zagerij, riepen je nooit na zoals de soldaten en vliegeniers in Toronto deden. Ze hadden zich in hun mannenwereld verschanst en vertelden hun eigen verhalen en waren hier niet om achter de vrouwen aan te zitten. Ze probeerden waarschijnlijk juist, tijdelijk of voor altijd, aan ze te ontsnappen.

De dokter had zijn praktijk aan de hoofdstraat. Een klein gebouwtje van maar één verdieping, zodat hij zelf ergens anders moest wonen. Van de verpleeghulpen had ik gehoord dat er geen echtgenote was. Aan de enige zijstraat zag ik een huis dat misschien van hem was; het was gepleisterd en had een koekoeksraam boven de voordeur met stapels boeken op het kozijnraam. Het interieur had een kleurloze ordelijkheid over zich en suggereerde het elementaire maar nauwgezette gemak van een man alleen, een man alleen die van regelmaat hield.

De school aan het eind van die enige straat met huizen had twee verdiepingen. De begane grond was voor leerlingen tot en met de achtste klas, daarboven voor die tot en met de twaalfde. Op een middag zag ik Mary daar, die aan een sneeuwballengevecht meedeed. Het leken meisjes tegen jongens te zijn. Toen ze me zag, riep Mary luid: 'Ha juf!' en ze gooide de ballen in beide handen zomaar ergens heen en stak toen de straat over. 'Tot morgen', riep ze over haar schouder, min of meer als waarschuwing dat niemand achter haar aan moest komen.

'Gaat u naar huis?' vroeg ze. 'Ik ook. Ik reed vroeger altijd met Reddy mee, maar hij gaat nu te laat weg. Hoe gaat u, met de tram?'

Ik zei ja en Mary zei: 'O, ik kan u de andere weg laten zien, dan spaart u geld uit. De weg door het bos.'

Ze voerde me een smal maar begaanbaar pad op dat over het stadje uitkeek en daarna door de bossen en langs de zagerij liep.

'Dit is de weg die Reddy neemt', zei ze. 'Hij is hoger maar korter als je bij het San afslaat.'

We passeerden de zagerij, een paar lelijke open plekken in het bos onder ons en enkele hutten die blijkbaar bewoond werden omdat er houtstapels en waslijnen te zien waren en er rook omhoogkringelde. Bij een ervan rende een grote wolfachtige hond op ons af, hard blaffend en grommend.

'Hou je lelijke bek', schreeuwde Mary. Binnen de kortste tijd had ze een sneeuwbal klaar en raakte het dier hiermee tussen de ogen. Hij tolde in het rond en ze gooide een nieuwe sneeuwbal waarmee ze hem op zijn romp raakte. Er kwam een vrouw met een schort voor naar buiten die schreeuwde: 'Hij had wel dood kunnen zijn.'

'Opgeruimd staat netjes.'

'Ik stuur m'n man achter je aan.'

'Dat wil ik weleens zien. Die man van je kan nog geen schijthuis raken.'

De hond volgde ons op enige afstand, vol zogenaamde dreiging.

'Ik kan iedere hond aan, wees maar niet bang', zei Mary. 'Ik denk dat ik zelfs wel een beer aan zou kunnen als we er een tegenkwamen.'

'Zijn beren nu niet bezig aan hun winterslaap?'

Ik was nogal van de hond geschrokken, maar deed net alsof het me niets had gedaan.

'Ja, maar je weet het nooit. Ooit kwam er een vroeg naar buiten die in de vuilnisbak van het San aan het wroeten was. Toen mijn moeder zich omdraaide, stond hij daar opeens. Reddy is zijn geweer gaan halen en heeft hem doodgeschoten.'

'Reddy nam Anabel en mij vroeger mee uit sleeën en soms ook andere kinderen en hij had een speciaal fluitje dat de beren bang maakte. Het was te hoog voor het menselijke gehoor.'

'Echt? Heb je het gezien?'

'Zo'n fluitje was het niet. Ik bedoelde dat hij het met zijn mond deed.'

Ik dacht aan de voorstelling in de klas.

'Ik weet het niet, misschien zei hij het alleen zodat Anabel niet bang zou worden. Zij kon zelf niet sleeën, hij moest haar op een tobogan trekken. Ik bleef vlak achter haar en soms sprong ik op de tobogan en dan zei hij: wat is er met dit ding, hij is loodzwaar. Dan probeerde hij zich snel om te draaien om me te betrappen, maar het is 'm nooit gelukt. En dan vroeg hij aan Anabel waarom hij zo zwaar was, wat heb je vanmorgen gegeten, maar ze vertelde het nooit. En als er andere kinderen bij waren, deed ik het niet. Het was het leukst als alleen ik en Anabel gingen. Zo'n vriendin krijg ik nooit meer.'

'En die meisjes op school? Zijn dat dan geen vriendinnen?'

'Daar ga ik alleen maar mee om als er verder niemand is. Ze betekenen niets voor me.'

'Anabel en ik waren in dezelfde maand jarig. In juni. Voor onze elfde verjaardag heeft Reddy ons in een boot het meer op genomen. Hij heeft ons leren zwemmen. Nu ja, mij. Anabel moest hij altijd vasthouden, ze kon het niet echt leren. Een keer is hij zelf heel ver het meer opgezwommen en toen hebben we zijn schoenen vol met zand gestopt. En toen we twaalf werden, konden we zoiets niet doen en toen zijn we naar zijn huis gegaan waar een verjaardagstaart klaarstond. Ze kon er zelfs geen klein stukje van eten, dus heeft hij ons in de auto meegenomen en hebben we stukjes taart uit het raam gegooid en de meeuwen gevoerd. Ze vochten erom en krijsten ontzettend. We moesten zo lachen dat hij moest stoppen om Anabel vast te houden zodat ze geen bloeding zou krijgen.

'En daarna,' zei ze, 'daarna mocht ik haar niet meer zien. Mijn moeder wilde trouwens toch niet dat ik bij kinderen met tbc rondhing. Maar Reddy had haar overgehaald, hij zei dat hij er een eind aan zou maken als het nodig was. Dus toen deed hij dat en ben ik kwaad geworden. Maar het zou toch niet meer leuk geweest zijn, want ze was te ziek geworden. Ik zou u haar graf wel willen laten zien, maar er is nog niets wat het markeert. Reddy en ik gaan iets maken zodra hij tijd heeft. Als we rechtdoor gelopen waren in plaats van af te slaan waar we dat deden, zouden we langs haar begraafplaats gekomen zijn. Hij is alleen voor mensen die niemand hebben om hen mee naar huis te nemen.'

Inmiddels waren we weer op vlakke grond gekomen en naderden het San.

Ze zei: 'O, dat vergat ik bijna', en ze haalde een handvol kaartjes tevoorschijn.

'Voor Valentijnsdag. We gaan dit toneelstuk doen op

school en het heet *Pinafore*. Ik moet deze allemaal verkopen en u kunt mijn eerste klant zijn. Ik speel erin.'

Het huis in Amundsen was inderdaad waar de dokter woonde. Hij nam me erheen voor een maaltijd. De uitnodiging leek in een opwelling gekomen te zijn toen hij me op de gang tegenkwam. Misschien voelde hij zich schuldig omdat hij gezegd had dat we bij elkaar zouden komen om onderwijsmethodes te bespreken.

De avond die hij voorstelde was de avond waarvoor ik een kaartje voor *Pinafore* had gekocht. Dat vertelde ik en hij zei: 'O, ik ook. Dat betekent niet dat we moeten gaan.'

'Ik vind dat ik het haar eigenlijk beloofd heb.'

'Dan kun je je belofte weer intrekken. Het wordt heus vreselijk, geloof me maar.'

Ik deed zoals hij had gezegd, hoewel ik Mary niet zag om het haar te vertellen. Ik stond te wachten waar hij me had opgedragen te wachten, op de open veranda naast de voordeur. Ik droeg mijn mooiste jurk van donkergroene crêpe met de kleine parelmoeren knoopjes en de echte kanten kraag en had mijn voeten in suède schoenen met hoge hakken in mijn sneeuwlaarzen gewrongen. Het werd later dan hij had gezegd en ik maakte me zorgen dat de directrice haar kamer uit zou komen en me zou zien en verder dat hij het helemaal vergeten zou zijn.

Maar toen kwam hij aan, terwijl hij zijn overjas dichtknoopte, en verontschuldigde zich.

'Er is altijd nog van alles op te ruimen', zei hij terwijl hij me onder de heldere sterren langs het gebouw naar zijn auto voerde. 'Ben je goed ter been?' vroeg hij en toen ik ja zei – hoewel ik niet wist hoe het met de suède schoenen zou gaan – bood hij me geen arm aan.

Zijn auto was oud en armoedig zoals de meeste auto's in die tijd. Er was geen verwarming. Toen hij zei dat we naar zijn huis zouden gaan, was ik opgelucht. Ik zag niet in hoe we met al die mensen in het hotel zouden kunnen praten en hoopte dat ik niet met de sandwiches in de cafetaria genoegen zou moeten nemen.

Bij hem thuis zei hij dat ik mijn mantel aan moest houden totdat het er een beetje warmer was geworden. Hij ging meteen in de weer om de houtkachel aan te maken.

'Ik ben je bediende en je kok en je kelner', zei hij. 'Het zal hier snel behaaglijk zijn en het eten zal ook niet lang op zich laten wachten. Je hoeft me niet te helpen, ik doe het liever alleen. Waar zou je willen wachten? Als je zin hebt kun je de boeken in de voorkamer bekijken. Het is daar niet al te ondraaglijk met je jas aan. Het hele huis wordt met kachels verwarmd en als een kamer niet gebruikt wordt, verwarm ik die niet. Het lichtknopje zit vlak naast de deur. Je vindt het niet erg als ik naar het nieuws luister? Dat is een gewoonte van me geworden.'

Ik ging de voorkamer in omdat ik voelde dat het me min of meer opgedragen was en liet de keukendeur openstaan. Hij kwam hem dichtdoen en zei: 'Totdat het een beetje warm in de keuken is geworden', en keerde terug naar de somber dramatische, bijna godsdienstige stem van de CBC die het nieuws van dit laatste oorlogsjaar bracht. Ik had die stem niet meer gehoord sinds ik het appartement van mijn grootouders had verlaten en was liever in de keuken gebleven. Maar er waren stapels boeken om te bekijken. Niet alleen in kasten maar ook op tafels en stoelen en raamkozijnen en op de grond gestapeld. Nadat ik er verschillende had doorgebladerd, concludeerde ik dat hij het liefst boeken in series kocht en waarschijnlijk lid van een aantal boekenclubs was. De Harvard Klassieken. De werken van Will en Ariel Durant, precies dezelfde boeken die bij mijn grootvader op de plank stonden. Er leek maar weinig fictie en poëzie te zijn, hoewel er een paar verrassende klassieke kinderboeken tussen zaten.

Boeken over de Amerikaanse burgeroorlog, de Boerenoorlog, de Napoleontische oorlogen, de Peloponnesische oorlogen, de campagnes van Julius Caesar. *Expedities naar de Amazone en de Noordpool. Shackleton, gevangene van het ijs. Franklins ondergang, De Donnerexpeditie, De verloren stammen: Begraven steden in Centraal-Afrika, Newton en alchemie, Geheimen van de Hindu Kush.* Boeken van iemand die begerig naar kennis was, die veel over uiteenlopende dingen wilde weten. Misschien niet iemand met een duidelijke, nauwgezette smaak.

Toen hij me 'Welke Russische roman?' had gevraagd, stond hij dus misschien minder stevig in zijn schoenen dan ik had gedacht.

Toen hij 'Klaar' riep en ik de deur opende, had ik me met dit nieuwe scepticisme gewapend.

Ik zei: 'Met wie ben je het eens, met Naphta of met Settembrini?'

'Pardon?'

'In *De toverberg*. Geef je de voorkeur aan Naphta of aan Settembrini?'

'Om eerlijk te zijn heb ik ze alle twee altijd vervelend gevonden. En jij?'

'Settembrini is menselijker maar Naphta is interessanter.'

'Hebben ze je dat op school verteld?'

‘Ik heb het niet op school gelezen’, zei ik koel.

Hij wierp me een snelle blik toe, de wenkbrauw omhoog. ‘Mijn excuses. Als er hier iets is dat je interesseert, ga alsjeblieft je gang. Je kunt hier best komen lezen in je vrije tijd. Ik heb een elektrisch kacheltje dat ik neer zou kunnen zetten, want je hebt waarschijnlijk geen ervaring met houtkachels. Zullen we dat eens overwegen? Ik kan wel een extra sleutel voor je laten maken.’

‘Dank je.’

We aten varkenskarbonade, aardappelpuree, erwten uit blik. Voor na was er een appeltaart van de bakkerij, die beter gesmaakt zou hebben als hij eraan gedacht had hem op te warmen.

Hij vroeg me over mijn leven in Toronto, over wat ik gestudeerd had, mijn grootouders. Hij zei dat hij veronderstelde dat ik nogal strikt was opgevoed.

‘Mijn grootvader is een vrijzinnige dominee, zo’n beetje in de trant van Paul Tillich.’

‘En jij? Een vrijzinnige christelijke kleindochter?’

‘Nee.’

‘Touché. Vind je me brutaal?’

‘Dat hangt ervan af. Niet als je me als werkgever ondervraagt.’

‘Dan ga ik maar verder. Heb je een vriend?’

‘Ja.’

‘Bij het leger, zeker?’

Bij de marine, zei ik. Dat leek me een goede keus en zou verklaren waarom ik nooit wist waar hij was en niet regelmatig brieven ontving. Ik zou ervoor kunnen zorgen dat hij nooit verlof kreeg om aan wal te gaan.

De dokter stond op en bracht de thee.

‘Op wat voor boot vaart hij?’

‘Een korvet.’ Ook goed gekozen. Na een tijdje kon ik zeggen dat hij getorpedeerd was, zoals zo vaak bij korvetten gebeurde.

‘Dappere kerel. Melk of suiker in je thee?’

‘Geen van beide, dank je.’

‘Dat is goed, want ik heb het niet. Weet je dat je het kunt zien als je liegt, dan begint je gezicht te gloeien.’

Als ik het daarvoor niet warm gekregen had, dan kreeg ik het nu. Mijn blos rees van mijn voeten omhoog terwijl het zweet onder mijn armen omlaagdruppelde. Ik hoopte dat het de jurk niet zou verpesten.

‘Ik krijg het altijd warm als ik theedrink.’

‘O, zit het zo.’

Het kon niet erger worden en daarom besloot ik hem te overbluffen. Ik ging op een andere onderwerp over en vroeg hoe hij mensen opereerde. Nam hij longen weg, zoals ik had gehoord?

Hij kon geantwoord hebben met nog meer geplaag, nog meer superioriteit – misschien zijn manier van flirten – en ik denk dat als hij dat gedaan had ik mijn mantel zou hebben aangetrokken en de kou in zou zijn gelopen. En misschien wist hij dat. Hij begon over thoracoplastiek te praten en uit te leggen dat het echter zwaarder voor de patiënt was dan het laten inklappen en leeglopen van een long. Het was interessant dat zelfs Hippocrates dat al had geweten. Natuurlijk was het verwijderen van de longkwab de laatste tijd ook populair geworden.

‘Maar raak je sommigen zo niet kwijt?’ vroeg ik.

Hij moet gedacht hebben dat het weer tijd was om grappen te maken.

'Maar natuurlijk. Ze rennen weg en verstoppen zich in het bos, we weten niet waar ze gebleven zijn ... Zijn ze in het meer gesprongen? Of bedoelde je dat ze sterven? Er zijn gevallen waarbij het niet werkt. Ja.'

Maar er stonden grote dingen te gebeuren, zei hij. De chirurgie die hij beoefende zou binnenkort net zo achterhaald zijn als aderlating. Er kwam een nieuw middel aan. Streptomycine. Het werd al uitgeprobeerd. Er waren problemen aan verbonden, natuurlijk. Toxiciteit van het zenuwstelsel. Maar er zou een manier gevonden worden om dat op te lossen.

'Dan heeft een ouderwetse chirurg als ik niets meer te doen.'

Hij waste af, ik droogde. Hij knoopte een theedoek om mijn middel om mijn jurk te beschermen. Toen hij de punten efficiënt aan elkaar had geknoopt, legde hij zijn hand op mijn rug. Drukte erop met gespreide vingers, bijna alsof hij op professionele wijze mijn lichaam beoordeelde. Toen ik die nacht naar bed ging, voelde ik die druk nog steeds. Ik voelde hem toenemen van de pink naar de harde duim. Ik genoot ervan. Het was eigenlijk belangrijker dan de kus die hij later op mijn voorhoofd had geplaatst, vlak voordat ik uit zijn auto stapte. Een kus met droge lippen, kort en formeel, die me met haastig gezag werd gegeven.

De sleutel van zijn huis vond ik op de vloer van mijn kamer, onder de deur geschoven terwijl ik er niet was. Maar ik kon er uiteindelijk toch geen gebruik van maken. Als iemand anders het me had aangeboden, zou ik het met beide handen hebben aangegrepen. Vooral met een elektrisch kacheltje erbij. Maar in dit geval zou zijn vroegere en toekomstige aanwezigheid ervoor zorgen dat ik me geen minuut op mijn gemak zou voelen maar aan een benauwend en zenuwslopend genot zou zijn overgeleverd dat allesbehalve geestverruimend zou zijn. Ik zou niet op kunnen houden met rillen, zelfs al was het er niet koud, en betwijfelde of ik een woord zou kunnen lezen.

Ik dacht dat Mary wel zou verschijnen om me te berispen omdat ik *Pinafore* gemist had. Ik dacht dat ik zou zeggen dat ik me niet lekker gevoeld had, dat ik verkouden was geworden. Maar toen herinnerde ik me dat verkoudheid hier een ernstige aangelegenheid was, waar maskers en ontsmettingsmiddelen aan te pas kwamen en verbanning. En ik begreep algauw dat ik mijn bezoek aan het huis van de dokter onmogelijk zou kunnen verbergen. Het was voor niemand geheim, zelfs niet voor de verpleegsters die niets zeiden, omdat ze of te hoogstaand en discreet waren of omdat een dergelijk gedoe hen niet meer interesseerde. Maar de verpleeghulpen plaagden me.

'Heb je gisteravond lekker gegeten?'

Ze zeiden het op vriendelijke toon en het leek hun goedkeuring te hebben. Het zag ernaar uit dat mijn eigenaardigheid zich bij de vertrouwde en gerespecteerde eigenaardigheid van de dokter had aangesloten en dat dit me tot voordeel strekte. Ik was in hun achting gestegen. Ik zou nu, wat ik verder ook mocht zijn, een vrouw met een man kunnen worden.

Mary kwam de hele week niet opdagen.

'Volgende zaterdag', had hij gezegd, vlak voordat hij die kus had gegeven. Daarom stond ik weer op de voorveranda te wachten en dit keer was hij niet te laat. We reden naar zijn huis en ik ging de voorkamer in terwijl hij de kachel aanmaakte. Daar zag ik een stoffig elektrisch kacheltje staan.

'Je bent niet ingegaan op mijn aanbod', zei hij. 'Dacht je dat ik het niet meende? Ik meen altijd wat ik zeg.'

Ik zei dat ik niet naar de stad had willen komen omdat ik bang was Mary te ontmoeten.

'Omdat ik haar voorstelling heb gemist.'

'Je kunt je leven niet naar Mary's wensen inrichten', zei hij.

De maaltijd leek op de vorige. Varkenskarbonade, aardappelpuree, mais in plaats van erwtjes. Dit keer liet hij me in de keuken helpen en vroeg zelfs of ik de tafel wilde dekken.'

'Je kunt maar beter leren waar alles is. Het is allemaal nogal logisch, geloof ik.'

Dit betekende dat ik toe kon kijken terwijl hij aan het fornuis bezig was. Het gemak waarmee hij zich concentreerde, zijn economische manier van bewegen veroorzaakten warme en koude rillingen bij me.

We waren net aan de maaltijd begonnen toen er op de deur geklopt werd. Hij stond op en schoof de grendel los en Mary stormde naar binnen.

Ze had een kartonnen doos bij zich die ze op tafel zette. Toen trok ze haar jas uit en bleek in een rood en geel kostuum gekleed te zijn.

'Nog een gelukkige Valentijnsdag', zei ze. 'Jullie zijn niet naar de voorstelling komen kijken en daarom heb ik de voorstelling naar jullie gebracht. En er zit een cadeau voor jullie in de doos.'

Doordat ze zo goed in evenwicht kon blijven, wist ze op één voet eerst de ene en toen de andere laars uit te schoppen. Ze schoof ze uit de weg en begon om de tafel heen te dansen, terwijl ze op klagende maar krachtige toon zong.

Mijn naam is kleine Boterblom,
O arme kleine Boterblom,
Ik weet niet echt waarom
Toch heet ik kleine Boterblom
O arme kleine Boterblom
O lieve Boterblom ...

De dokter was al voordat ze begon te zingen van zijn stoel gekomen. Hij stond bij het fornuis en was druk bezig de koekenpan uit te schrapen waarin de varkenskarbonades gelegen hadden.

Ik klapte. 'Wat een prachtig kostuum!' zei ik.

Het was inderdaad mooi. Een rode rok, een felgele onderrok, een fladderend wit schortje, een geborduurd lijfje.

'Mijn moeder heeft het gemaakt.'

'Zelfs het borduurwerk?'

'O ja. Ze is de avond ervoor tot vier uur opgebleven om het af te krijgen.'

Ze wervelde en stampte nog eens in het rond om het goed te laten uitkomen. De borden rinkelden in de kast. Ik klapte weer. We wilden beiden maar één ding. Dat de dokter zich om zou draaien en ons niet langer zou negeren. Dat hij, hoe onwillig ook, één aardig woord zou zeggen.

'En kijk eens wat hierin zit', zei Mary. 'Voor Valentijnsdag.' Ze scheurde de kartonnen doos open en er zaten valentijnskoekjes in, die allemaal de vorm van hartjes hadden en met een dikke laag rode suikerglazuur waren bedekt.

'Geweldig', zei ik en Mary begon weer te dansen.

Ik ben de kapitein van de Pinafore
Een betere is er niet
En over mijn mannen wordt er gezegd
Dat je geen betere ziet.

De dokter draaide zich eindelijk om en ze salueerde.

'Goed', zei hij. 'Zo is het wel genoeg.'

Ze negeerde hem.

Roep dus drie keer hoera en nog eens voor
De dappere kapitein van de Pinafore ...

'Ik zei dat het zo genoeg was.'

'"Voor de dappere kapitein van de Pinafore ..."'

'Mary. We zitten te eten. En jij bent niet uitgenodigd. Begrijp je dat? Niet uitgenodigd.'

Ze was eindelijk stil. Maar het duurde maar even.

'Dat is dan pech. U bent ook niet erg aardig.'

'En je kunt die koekjes beter wegdoen. Je zou helemaal geen koekjes meer moeten eten. Je begint op een dik varkentje te lijken.'

Mary zag eruit alsof ze zou gaan huilen, maar in plaats daarvan zei ze: 'Moet je hem horen. Dat zegt iemand die scheelziet.'

'Zo is het genoeg.'

'En toch is het zo.'

De dokter pakte haar laarzen en zette ze voor haar op de grond.

'Trek aan.'

Ze deed het, met haar ogen vol tranen en een snotterende neus. Ze snoof luid. Hij bracht haar jas en hielp haar niet terwijl ze hem woeste gebaren aantrok en de knopen probeerde te vinden.

'Goed. En hoe ben je hier gekomen?'

Ze gaf geen antwoord.

'Ben je komen lopen? Waar is je moeder?'

'Kaarten.'

'Dan kan ik je wel naar huis rijden. Zodat je niet in de sneeuw gaat liggen en je dood laat vriezen uit medelijden met jezelf.'

Ik zei niets. Mary keek me niet één keer aan. We waren te geschrokken om afscheid van elkaar te nemen.

Toen ik de auto hoorde starten, begon ik de tafel af te ruimen. We waren niet aan het nagerecht toegekomen, dat opnieuw appeltaart was. Misschien had hij niets anders kunnen bedenken of was dat het enige wat de bakkerij had.

Ik pakte een van de hartkoekjes en stak het in mijn mond. Het suikerglazuur was ontzettend zoet. Het smaakte niet naar bessen of kersen, het was alleen suiker met rode kleurstof. Ik at nog een koekje en toen nog een.

Ik wist dat ik in ieder geval afscheid van haar had moeten nemen. Haar had moeten bedanken. Maar het zou geen verschil gemaakt hebben. Ik hield mezelf voor dat het geen verschil gemaakt zou hebben. De voorstelling was niet voor mij geweest. Of hoogstens voor een klein deel.

Hij had zich wreed gedragen. Zijn wreedheid had me geschokt. Tegen iemand die zo zijn aandacht nodig had. Maar hij had het in zekere zin vanwege mij gedaan. Zodat zijn tijd met mij niet van hem afgenomen zou worden. Deze gedachte vleide me en ik schaamde me dat ik me gevleid voelde. Ik wist niet wat ik tegen hem zou moeten zeggen als hij terugkwam.

Hij wilde echter niet dat ik iets zei. Hij nam me mee naar bed. Was hij dat de hele tijd al van plan geweest of was het voor hem bijna net zo'n verrassing als voor mij? Dat ik maagd was, leek in ieder geval geen verrassing te zijn – hij had voor een baddoek zowel als een condoom gezorgd – en hij zette door, terwijl hij zo voorzichtig mogelijk deed. Mijn passie was misschien voor ons beiden een verrassing. Verbeelding, zo bleek, was een even goede voorbereiding als ervaring.

'Ik ben van plan om met je te trouwen', zei hij.

Voordat hij me naar huis bracht, gooide hij alle koekjes, al die rode hartjes, buiten in de sneeuw om de wintervogels te voederen.

Het was dus besloten. Onze plotselinge verloving – hij was een beetje op zijn hoede voor dat woord – was een feit dat alleen ons aanging. Ik mocht er niets over aan mijn grootouders schrijven. Het huwelijk zou voltrokken worden zodra hij een paar dagen achtereen vrij kon krijgen. Een sobere bruiloft, zei hij. Ik moest begrijpen dat het idee van een plechtigheid, in de aanwezigheid van anderen wiens ideeën hij niet respecteerde en die ons aan allerlei onnozel en heimelijk gegiechel zouden blootstellen, meer was dan hij kon verdragen.

Hij was evenmin een voorstander van een diamanten ring. Ik vertelde hem dat ik er nooit een had gewild, wat waar was, omdat ik er nog nooit over nagedacht had. Hij zei dat dit goed was, dat hij had geweten dat ik niet zo'n idioot conventioneel soort meisje was.

Het was beter als ik niet meer bij hem kwam eten, niet alleen vanwege het gepraat, maar omdat het moeilijk was om genoeg vlees voor twee mensen met één distributiekaart te krijgen. Mijn kaart kon niet gebruikt worden omdat hij aan het hoofd van de keuken – aan Mary's moeder – was overgedragen zodra ik op het San was gaan eten.

Het was beter om zo min mogelijk de aandacht te trekken.

Natuurlijk vermoedde iedereen iets. De oudere verpleegsters begonnen me hartelijk te bejegenen en zelfs de directrice gaf me een stroef glimlachje. Ik gedroeg me lichtelijk zelfvoldaan, zonder het te willen. Ik was in mezelf gekeerd, met een fluwelen rust en enigszins neergeslagen blik. Het drong niet helemaal tot me door dat deze oudere vrouwen wilden zien waar deze verhouding op zou uitdraaien en dat ze bereid waren zich deugdzaam op te stellen als de dokter zou besluiten me de bons te geven.

De verpleeghulpen stonden echter voor honderd procent aan mijn kant en zeiden plagend dat ze een bruiloft in mijn theeblaren konden zien.

Maart was een grimmige, drukke maand achter de ziekenhuisdeuren. Het was altijd de ergste maand voor complicaties, zeiden de verpleeghulpen. Om de een of andere reden haalden mensen het dan in hun hoofd om dood te gaan, nadat ze de aanvallen van de winter hadden doorstaan. Als een kind niet in de klas verscheen, wist ik nooit of zijn situatie plotseling verergerd was of dat hij alleen het bed moest houden omdat men een verkoudheid vermoedde. Ik had een draagbaar schoolbord ontdekt en had de namen van de kinderen rond de randen geschreven. Nu hoefde ik niet eens de namen uit te vegen van de kinderen wier afwezigheid zou voortduren. Andere kinderen deden het voor me, zonder er iets over te zeggen. Ze wisten wat je in zo'n geval deed, iets wat ik nog moest leren.

Er werd echter tijd gevonden en de dokter wist iets te regelen. Hij schoof een briefje onder mijn deur waarop stond dat ik in de eerste week van april gereed moest staan. Tenzij zich een echte crisis voordeed, zou hij dan een paar dagen vrij kunnen nemen.

We gaan naar Huntsville.

Naar Huntsville, onze code voor dat we gaan trouwen.

We staan aan het begin van de dag die ik me zeker mijn hele leven zal herinneren. Mijn gestoomde jurk van groene crêpe zit zorgvuldig opgerold in mijn tas. Mijn grootmoeder heeft me ooit geleerd dat strak oprollen zo veel beter is dan opvouwen om kreukels te voorkomen. Ik neem aan dat ik me ergens op een damestoilet zal moeten verkleden. Ik let goed op of er ook vroege veldbloemen langs de weg staan, die ik zou kunnen plukken voor een boeket. Zou hij een boeket goedvinden? Maar het is zelfs nog te vroeg voor dotterbloemen. Langs de lege bochtige weg zijn alleen dunne sparrenbomen, eilandjes met lage jeneverbesstruiken en moerassen te zien. En de weg loopt tussen een chaotische verzameling rotsen door waarmee ik hier vertrouwd ben geraakt: bloeddoorlopen ijzer, aflopende blokken graniet.

De autoradio staat aan en speelt overwinningsmuziek omdat de geallieerden Berlijn steeds dichter naderen. De dokter – Alister – zegt dat ze treuzelen, zodat de Russen er het eerst binnentrekken. Hij zegt dat ze daar spijt van zullen krijgen.

Nu we niet meer in Amundsen zijn, merk ik dat ik hem Alister kan noemen. Dit is de langste autorit die we samen ondernomen hebben en de mannelijke manier waarop hij me negeert – wat plotseling in het tegenovergestelde kan omslaan, weet ik nu – en zijn nonchalante manier van rijden winden me op. Ik vind het opwindend dat hij chirurg is hoewel ik dat nooit zou toegeven. Ik geloof dat ik op dit moment in ieder moeras of iedere modderkuil voor hem zou gaan liggen, of mijn rug tegen een rots langs de weg zou laten aanduwen als hij het rechtop zou willen doen. Ik weet ook dat ik zulke gevoelens voor mezelf moet houden.

Ik richt mijn gedachten op de toekomst. Ik verwacht dat als we eenmaal in Huntsville zijn, we daar een predikant zullen vinden en naast elkaar in een huiskamer zullen staan die iets van de bescheiden deftigheid van mijn grootouders appartement zal hebben, van de huiskamers die ik mijn hele leven heb gekend. Ik herinner me de keren dat mijn grootvader voor een huwelijksceremonie was aangezocht, ook nadat hij gepensioneerd was. Dan deed mijn grootmoeder wat rouge op haar wangen en haalde het donkerblauwe kanten jasje tevoorschijn dat ze voor zulke gelegenheden bewaarde om als getuige op te treden. Maar ik ontdek dat er nog andere manieren zijn om te trouwen en nog iets waarvan mijn bruidegom een afkeer blijkt te hebben. Hij wil niets met dominees te maken hebben. In het gemeentehuis van Huntsville vullen we papieren in waarin we zweren ongehuwd te zijn en een afspraak maken om later op de dag door een kantonrechter in de echt verbonden te worden.

Tijd om te lunchen. Alister stopt bij een restaurant dat bijna identiek aan de cafetaria in Amundsen is.

'Kan dit ermee door?'

Maar als hij mijn gezicht ziet, verandert hij van gedachten.

'Nee?' zegt hij. 'Goed.'

We gebruiken de lunch ten slotte in de kille voorkamer van een van de keurige huizen die een maaltijd met kip aanbieden. De borden zijn ijskoud, er zijn geen andere eters, er is geen radiomuziek maar alleen het getinkel van ons bestek terwijl we de magere kip in stukken proberen te snijden. Ik weet zeker dat hij denkt dat we het in het restaurant dat hij had voorgesteld beter gehad zouden hebben.

Desalniettemin heb ik de moed te vragen waar het damestoilet is en daar, waar het nog kouder en naargeestiger is dan in de voorkamer, schud ik mijn groene jurk uit en trek hem aan, stift mijn lippen opnieuw en breng mijn kapsel in orde.

Wanneer ik weer tevoorschijn kom, staat Alister op en glimlacht en knijpt in mijn hand en zegt dat ik er mooi uitzie.

We lopen stijfjes terug naar de auto, terwijl we elkaars hand vasthouden. Hij opent het portier voor me, loopt naar de andere kant en stapt in, gaat gemakkelijk zitten, draait het contactsleuteltje om en zet de motor dan weer uit.

De auto is voor een ijzerwinkel geparkeerd. Schoppen om sneeuw te ruimen zijn voor de helft van de prijs te koop. Er hangt nog een bordje voor het raam waarop staat dat er binnen schaatsen geslepen worden.

Aan de overkant staat een houten huis dat olieachtig geel is geverfd. Het trapje aan de voorkant is niet meer te vertrouwen en er zijn twee planken in een X-vorm overheen gespijkerd.

De vrachtauto die voor Alisters auto staat geparkeerd, is een vooroorlogs model met een treeplank en roestranden aan de bumpers. Een man in een overal komt de ijzerwinkel uit en stapt in. Na wat gemor van de motor en dan wat geratel en geschud op de plaats, rijdt hij weg. Nu probeert een bestelwagen, waarop de naam van de ijzerwinkel staat, op de vrijgekomen plaats te parkeren. Er is net niet genoeg ruimte. De chauffeur stapt uit en tikt op Alisters raampje. Het verrast Alister; als hij niet zo ernstig had zitten praten, zou hij het probleem opgemerkt hebben. Hij draait het raampje omlaag en de man vraagt of we daar geparkeerd staan omdat we iets in de winkel willen kopen. Zo niet, zouden we dan door kunnen rijden?

'We wilden net gaan', zegt Alister, de man die naast me zit en met me ging trouwen maar nu niet meer met me gaat trouwen. 'We wilden net gaan.'

We. Hij heeft we gezegd. Ik klamp me heel even aan dat woord vast. Dan denk ik: het is de laatste keer. De laatste keer dat ik bij dit 'we' ben inbegrepen.

Het is niet het 'we' dat belangrijk is, dat vertelt de waarheid niet. Het is zijn toon van man tot man tegen de chauffeur, de kalme, redelijke manier waarop hij zich verontschuldigt. Ik zou nu terug willen gaan naar wat hij ervoor had gezegd, toen hij niet eens zag dat de bestelwagen probeerde te parkeren. Wat hij toen zei was verschrikkelijk, maar uit de manier waarop hij het stuur vastklemde, uit dat vastklemmen en zijn verstrooidheid en zijn stem, sprak pijn. Die woorden, hoewel hij ze duidelijk meende, waren uit dezelfde diepe plek gekomen als waaruit hij gesproken had wanneer we samen in bed lagen. Maar dat is nu veranderd, nu hij met een andere man heeft gepraat. Hij draait het raampje omhoog en richt zijn aandacht op de auto, die hij achteruit van zijn benarde plek moet krijgen, zonder in aanraking met de bestelwagen te komen.

En even later zou ik zelfs blij geweest zijn om naar dat moment terug te gaan, het moment dat hij zijn hals uitrekte om achteruit te kijken. Dat zou beter zijn dan door de hoofdstraat van Huntsville te rijden – zoals we nu doen – alsof er niets meer gezegd of gedaan hoeft te worden.

Ik kan het niet, had hij gezegd.

Hij heeft gezegd dat hij de stap niet kan nemen.

Hij kan het niet uitleggen.

Alleen dat het een vergissing is.

Ik denk dat ik nooit meer naar gekrulde s'en zal kunnen kijken zoals op het bord met SCHAATSEN SLIJPEN zonder zijn stem te horen. Of naar ruwhouten planken die in een X zijn getimmerd zoals die over het trapje van het gele huis tegenover de winkel.

'Ik zal je nu naar het station rijden. Ik zal een kaartje naar Toronto voor je kopen. Ik weet bijna zeker dat er laat in de middag een trein naar Toronto gaat. Ik bedenk wel een geloofwaardig verhaal en zal iemand je spullen laten inpakken. Je zult me je adres in Toronto moeten geven, ik geloof niet dat ik het nog heb. O, en ik zal een referentie voor je schijven. Je hebt goed werk gedaan. Je zou het jaar toch niet afgemaakt hebben, ik heb het je nog niet verteld, maar de kinderen gaan ergens anders heen. Er staan grote veranderingen te gebeuren.'

Een nieuwe toon in zijn stem, bijna luchtig. Een toon van diepe opluchting. Hij probeert het in te houden, het niet te laten merken voordat ik vertrokken ben.

Ik kijk naar de straten. Het is een beetje alsof ik naar mijn plaats van executie wordt gereden. Nog niet. Nog eventjes. Nog hoor ik zijn stem niet voor de laatste keer. Nog niet.

Hij hoeft de weg niet te vragen. Ik vraag me hardop af of hij al eerder meisjes op de trein heeft gezet.

'Doe niet zo', zegt hij.

Bij iedere bocht lijkt er weer een stukje afgeschoren te worden van wat er van mijn leven over is.

Er gaat om vijf uur een trein naar Toronto. Hij heeft gezegd dat ik in de auto moet wachten terwijl hij gaat kijken of hij rijdt. Hij komt terug met het kaartje in zijn hand en met wat mij een lichtere tred lijkt. Hij moet dit beseft hebben, want als hij de auto nadert, houdt hij zijn pas in.

'Het is lekker warm op het station. Er is een speciale wachtkamer voor dames.'

Hij heeft het portier voor me geopend.

'Of had je liever dat ik bleef wachten om je uit te zwaaien? Misschien kunnen we ergens een stuk taart krijgen. Dat was een vreselijke maaltijd.'

Dat brengt me in beweging. Ik stap uit en loop voor hem uit het station in. Hij wijst de dameswachtkamer aan. Hij trekt zijn wenkbrauw op en probeert een laatste grapje te maken.

'Ooit zul je dit misschien als de beste dag van je leven beschouwen.'

Ik kies een bank uit in de dameswachtkamer die op de stationsdeuren aan de voorkant uitkijkt. Zodat ik hem zal zien als hij terugkomt. En me vertelt dat dit een grap is. Of een test, zoals in een middeleeuws drama.

Misschien is hij van gedachten veranderd. Terwijl hij over de weg reed en het zachte lentelicht op de rotsen zag waarnaar we nog maar onlangs samen gekeken hadden. Opeens ziet hij zijn dwaasheid in, draait midden op de weg om en begint hard terug te rijden.

Het duurt minstens een uur voordat de trein naar Toronto het station binnenrijdt, maar er lijkt bijna geen tijd voorbijgegaan te zijn. En zelfs nu gaan er allerlei fantasieën door mijn hoofd. Ik stap op de trein alsof er kettingen aan mijn enkels vastzitten. Ik druk mijn gezicht tegen het raampje om het perron af te speuren als het signaal voor ons vertrek wordt gegeven. Zelfs nu zou het nog niet te laat zijn om van de trein te springen. Eruit te springen en het station door te rennen naar de straat waar hij zojuist de auto geparkeerd heeft en nu de trap op rent terwijl hij hoopt en bidt dat het nog niet te laat is.

Terwijl ik hem tegemoet ren, het is nog niet te laat.

Maar wat een drukte, wat een geroep en geschreeuw, het is niet een enkele laatkomer, maar een heel stel dat tussen de stoelen door davert. Schoolmeisjes in sporttenue, die schaterlachen om de opschudding die ze veroorzaken. De conducteur maant ze geërgerd op te schieten en op hun plaats te gaan zitten.

Een van hen, misschien de luidste, is Mary.

Ik wend mijn hoofd af en kijk niet meer naar hen.

Maar daar is ze al, ze roept mijn naam en wil weten waar ik geweest ben.

Op bezoek bij een vriendin, zeg ik tegen haar.

Ze laat zich naast me neervallen en vertelt dat ze basketbal hebben gespeeld tegen Huntsville. Het was om te gieren. Ze hebben verloren.

'We hebben verloren, hè?' roept ze, klaarblijkelijk opgetogen, en de anderen kreunen en giechelen. Ze geeft de uitslag die inderdaad beschamend is.

'Je hebt zulke mooie kleren aan', zegt ze. Maar het kan

haar niet echt veel schelen en ze lijkt mijn uitleg zonder werkelijke interesse aan te horen.

Ze reageert nauwelijks als ik zeg dat ik naar Toronto ga om mijn grootouders op te zoeken. Ze zegt alleen dat ze erg oud moeten zijn. Geen woord over Alister. Zelfs niets lelijks. Ze kan het niet vergeten zijn. Ze heeft het gebeuren opgepoetst en weggeborgen, in een kast met haar vroegere incarnaties. Of misschien is ze echt iemand die gemakkelijk met vernedering om kan gaan.

Ik ben haar nu dankbaar, hoewel ik dat op dat moment zeker niet was. Wat zou ik gedaan hebben als ik alleen was geweest toen we Amundsen bereikten? Ik zou opgesprongen zijn om naar zijn huis te rennen en hebben geëist dat hij me een reden gaf. Ik zou me voor eeuwig te schande hebben gemaakt. Maar in dit geval gaf het oponthoud het team nauwelijks tijd hun bezittingen bijeen te garen, tegen het raam te tikken naar de mensen die hen op kwamen halen, terwijl ze door de conducteur gewaarschuwd werden dat als ze niet opschoten ze tot Toronto mee zouden rijden.

Ik heb jarenlang gedacht dat ik hem wel tegen het lijf zou lopen. Ik woonde en woon nog steeds in Toronto. Het leek me dat iedereen op den duur in Toronto terechtkwam, althans een tijdje. Dat betekent natuurlijk niet dat je zo iemand ook te zien krijgt, gesteld dat je dat zou willen.

Het gebeurde eindelijk. Bij het oversteken van een drukke straat waar je niet langzamer kunt gaan lopen. Terwijl we in tegenoverstelde richting gingen. Elkaar tegelijk aanstaarden met door de tijd getekende gezichten, duidelijk geschokt.

Hij riep: ‘Hoe maak je het?’ en ik riep terug: ‘Goed.’ En

voegde er voor alle duidelijkheid aan toe: 'En gelukkig.'

Op dat moment was dat maar gedeeltelijk waar. Ik had al een tijdje ruzie met mijn man over het betalen van een schuld die een van zijn kinderen had opgelopen. Ik was die middag naar een expositie in een galerie gegaan, om in een betere gemoedstoestand te raken.

Hij riep nog een keer naar me terug.

'Goed zo.'

Het leek er nog steeds op dat we ons uit het gedrang zouden kunnen losmaken, dat we even later bij elkaar zouden zijn. Maar even zeker dat we onze weg zouden vervolgen. En dat deden we. Geen ademloze uitroep, geen hand op mijn schouder toen ik het trottoir bereikte. Alleen dat oplichten, dat ik heel eventjes had gezien, toen hij een van zijn ogen wijder opensperde. Het was het linkeroog, altijd het linker, zoals ik me herinnerde. En het zag er altijd zo vreemd en alert en verbaasd uit, alsof hij iets onmogelijks bedacht had, waarom hij bijna moest lachen.

Voor mij was het net als toen ik uit Amundsen vertrok, toen ik verdoofd en vol ongeloof door de trein werd weggevoerd.

Er verandert nooit echt iets aan liefde.

Weg uit Maverley

Vroeger, toen elke plaats een bioscoop had, was er ook een in dit stadje, in Maverley, die, zoals zo veel van zulke bioscopen, de Capital heette. Morgan Holly was de eigenaar en filmoperateur. Hij ging niet graag met het publiek om – hij zorgde liever boven in zijn hokje voor het verhaal op het witte doek – en vond het vanzelfsprekend vervelend toen het meisje dat de kaartjes verkocht hem vertelde dat ze ontslag moest nemen omdat ze een baby zou krijgen. Dat had hij kunnen verwachten – ze was een half jaar getrouwd en in die tijd hoorde je je uit het openbare leven terug te trekken voordat men kon zien dat je zwanger was –, maar hij had zo'n hekel aan verandering en de gedachte dat mensen er een eigen leven op na hielden, dat het hem overviel.

Gelukkig wist ze iemand die haar plaats kon innemen. Een meisje dat aan dezelfde straat woonde had gezegd dat ze graag een avondbaan zou hebben. Ze kon overdag niet werken omdat ze dan haar moeder moest helpen met het zorgen voor de jongere kinderen. Ze was pienter genoeg om het te kunnen, ze was alleen verlegen.

Morgan zei dat dit niet gaf, hij nam geen kaartjesverkoopster in dienst om met de klanten te kletsen.

Het meisje kwam dus. Ze heette Leah en Morgans eerste en laatste vraag aan haar was wat voor soort naam dat was. Ze zei dat hij uit de Bijbel kwam. Hij zag toen dat ze geen make-up droeg en dat haar haar weinig flatteus strak om haar hoofd getrokken zat en met schuifspeldjes werd vastgehouden. Hij vroeg zich even ongerust af of ze wel echt zestien was en wettelijk mocht werken, maar van dichtbij kon hij zien dat het waarschijnlijk de waarheid was. Hij vertelde haar dat er op doordeweekse avonden één voorstelling was, die om acht uur begon, en twee voorstellingen op zaterdagavond, waarvan de eerste om zeven uur begon. Na afloop zou ze het toegangsgeld moeten tellen en wegbergen.

Er was alleen één probleem. Ze zei dat ze doordeweeks in haar eentje naar huis kon lopen maar dat het op zaterdagavonden niet mocht en dat haar vader haar dan niet kon komen halen omdat hij zelf nachtdienst had op de zagerij.

Morgan zei dat hij niet wist waarvoor je in dit stadje bang moest zijn en stond op het punt haar weg te sturen toen hem de nachtagent te binnen schoot die vaak zijn ronde onderbrak om een stukje van de film te zien. Misschien zou hij Leah naar huis kunnen brengen.

Ze zei dat ze het aan haar vader zou vragen.

Haar vader stemde toe, maar moest nog op andere punten tevredengesteld worden. Leah mocht niet naar de film kijken of iets van de dialoog te horen krijgen. De godsdienst waartoe de familie behoorde stond dat niet toe. Morgan zei dat hij geen kaartjesverkoopsters in dienst nam om ze gratis naar de film te laten kijken. Hij loog wat de dialoog betrof en zei dat de bioscoop geluiddicht gemaakt was.

Ray Elliot, de nachtagent, had de baan genomen zodat hij zijn vrouw althans een deel van de dag bij kon staan. Hij had genoeg aan ongeveer vijf uur slaap 's morgens en daarna een dutje in de late middag. Vaak kwam er niets van het dutje, omdat er dan iets gedaan moest worden of gewoon omdat hij met zijn vrouw – ze heette Isabel – aan de praat was geraakt. Ze hadden geen kinderen en konden op ieder moment over wat dan ook aan de praat raken. Hij bracht haar het nieuws uit het stadje, waarom ze vaak moest lachen en zij vertelde hem over de boeken die ze aan het lezen was.

Ray had zodra hij achttien was voor de oorlog getekend. Hij had de luchtmacht gekozen, die, zo zei men, het avontuurlijkst was en de snelste dood beloofde. Hij was middenbovenschutter geworden – een positie die Isabel nooit goed kon onthouden – en hij had het overleefd. Vlak voor het eind van de oorlog was hij bij een andere bemanning ingedeeld en een paar weken later werd zijn oude ploeg, de mannen met wie hij zo vaak gevlogen had, neergeschoten en kwam iedereen om. Hij was thuisgekomen met de vage gedachte dat hij iets van betekenis met het leven moest doen dat hij zo onverklaarbaar had mogen behouden, hij wist alleen niet wat.

Eerst zou hij de middelbare school af moeten maken. In het plaatsje waar hij was opgegroeid, was door de dankbare inwoners een speciale school opgericht voor soldaten die daarmee bezig waren en naar de universiteit hoopten te gaan. De lerares Engelse taal en literatuur was Isabel geweest. Ze was dertig en getrouwd. Haar man had ook in de oorlog gevochten, maar had een veel hogere rang dan de leerlingen in haar Engelse klas. Ze was van plan om dit ene jaar les te geven, uit algemene vaderlandsliefde, en er dan mee op te houden en kinderen te krijgen. Ze besprak dit openlijk met haar leerlingen die, buiten gehoorsafstand, zeiden dat sommige kerels maar bofkonten waren.

Ray luisterde niet graag naar zulke praat en dat kwam omdat hij verliefd op haar geworden was. En zij op hem, wat nog veel verrassender leek. Iedereen vond het absurd, behalve zijzelf. Er was een scheiding gevolgd, een schandaal voor haar deftige familie, en het was een schok voor haar man geweest die al sinds hun kindertijd met haar had willen trouwen. Het was voor Ray gemakkelijker dan voor haar, omdat hij maar weinig familie had, en de familieleden die er waren lieten weten dat ze waarschijnlijk niet meer goed genoeg voor hem zouden zijn nu hij zo deftig getrouwd was, en dat ze voortaan uit zijn buurt zouden blijven. Als ze in antwoord hierop een ontkenning of geruststelling hadden verwacht, dan kregen ze die niet. Het was hem best, had hij min of meer gezegd. Het was tijd voor een nieuw begin. Isabel zei dat ze les zou blijven geven totdat Ray zijn studie afgemaakt had en was begonnen aan wat hij in zijn leven wilde doen.

Maar dat plan hadden ze moeten veranderen. Haar gezondheid was achteruitgegaan. Eerst dachten ze dat het van de zenuwen kwam. De opschudding. Al het dwaze gedoe.

Toen kwam de pijn. Pijn, steeds als ze diep inademde. Pijn onder haar borstbeen en in haar linkerschouder. Ze negeerde het. Ze maakte grapjes dat God haar strafte voor haar liefdesavontuur, maar dat hij, God, zijn tijd verdeed omdat ze niet eens in hem geloofde.

Ze had iets wat 'pericarditis' heette. Het was ernstig en ze had het niet mogen verwaarlozen. Het was iets waarvan ze niet zou genezen, maar waarmee ze wel, met moeite, kon leven. Ze zou nooit meer les kunnen geven. Elke infectie zou gevaarlijk zijn en waar loop je meer kans op infecties dan in een klas? Nu moest Ray in haar onderhoud voorzien en hij had een baan als politieagent genomen in dit kleine plaatsje dat Maverley heette, vlak over de Grey-

Bruce-grens. Hij vond het geen vervelend werk en zij vond haar leven als halve kluizenaar na een tijdje ook niet erg.

Er was één ding waarover ze niet praatten. Beiden vroegen zich af of de ander het erg vond dat ze geen kinderen konden krijgen. Het kwam bij Ray op dat die teleurstelling misschien de reden was waarom Isabel alles over het meisje wilde weten dat hij iedere zaterdagavond naar huis moest brengen.

'Dat is vreselijk', zei ze toen ze over het filmverbod hoorde en ze raakte nog meer overstuur toen hij haar vertelde dat het meisje van school was gehaald om thuis te helpen.

'En je zegt dat ze intelligent is.'

Ray kon zich niet herinneren dat hij dat gezegd had. Hij had gezegd dat ze ongewoon verlegen was en dat hij tijdens hun wandelingen zijn hersens afpijnigde voor een onderwerp van gesprek. Bepaalde vragen die bij hem opkwamen kon hij niet stellen. Zoals: Wat is je favoriete vak op school? Die zou in de verleden tijd gesteld moeten worden en het gaf nu niet meer of ze van een bepaald vak had gehouden. Of: Wat wilde ze doen als ze eenmaal volwassen was? Welbeschouwd was ze al volwassen en ze zou hetzelfde werk blijven doen, of ze het nu leuk vond of niet. Ook de vraag of ze het hier prettig vond en of ze de plaats waar ze gewoond had miste, leek hem zinloos. En ze hadden al, zonder verder in details te treden, de namen en leeftijden van de jongere kinderen in haar familie doorgenomen. Toen hij naar een hond of kat had gevraagd, had ze gezegd dat ze die niet had.

Zij was uiteindelijk met een vraag voor hem gekomen. Ze vroeg waar de mensen die avond in de film om hadden gelachen.

Hij vond niet dat hij er haar aan moest herinneren dat ze niets mocht horen. Maar hij wist niet meer wat er zo grappig was geweest. Daarom zei hij dat het vast iets flauws was geweest, je wist nooit waarom het publiek ging lachen. Hij zei dat hij nooit erg betrokken bij een film raakte, omdat hij er steeds maar kleine stukjes van zag. Hij volgde zelden de plot.

'Plot', zei ze.

Hij moest haar uitleggen wat het betekende, dat er verhalen waren die werden verteld. En vanaf dat moment hadden ze gespreksstof te over. Ook hoefde hij haar niet te waarschuwen dat ze er thuis niets van moest herhalen. Dat begreep ze. Het werd niet van hem verwacht dat hij een bepaald verhaal navertelde – wat hij toch nauwelijks had kunnen doen – maar om uit te leggen dat de verhalen vaak over boeven en onschuldige mensen handelden, en dat het de boeven in het begin meestal voor de wind ging terwijl ze hun misdaden pleegden en mensen bedrogen en in nachtclubs zongen (die op danszalen leken) en soms, God mocht weten waarom, boven op een berg of met een ander onwaarschijnlijk landschap als achtergrond, tussen alle actie in. Soms waren het kleurenfilms. Met prachtige kostuums als het verhaal in het verleden plaatsvond. Verklede acteurs die elkaar met veel bombarie doodden. Glycerinetranen die langs dameswangen rolden. Wilde dieren die waarschijnlijk uit de dierentuin kwamen en gepest werden zodat ze zich woest zouden gedragen. Mensen die, zodra de camera niet meer op hen gericht was, opstonden na op verschillende manieren vermoord te zijn. Levend en wel, hoewel je zojuist nog had gezien dat ze doodgeschoten werden, of dat hun hoofd in een mandje rolde op het schavot.

'Je moet een beetje oppassen', zei Isabel. 'Je zou haar nachtmerries kunnen geven.'

Ray zei dat dit hem zou verbazen. Het meisje snapte hoe alles in elkaar zat, in plaats van te schrikken of in verwarring te raken. Ze vroeg bijvoorbeeld niet wat een schavot was en het scheen haar evenmin te verbazen dat er hoofden op neerrolden. Ze had iets, zei hij tegen Isabel, waardoor ze wat je haar vertelde in zich opnam, in plaats van er alleen opgetogen of verbaasd over te zijn. Ze had zich in zekere zin al van haar familie afgekeerd, dacht hij. Niet dat ze hen minachtte of lelijk over hen deed. Ze dacht alleen ontzettende veel na.

Maar toen zei hij iets waar hij onmiddellijk spijt van had.

'Ze heeft dan ook niet veel om naar uit te kijken.'

'We zouden haar kunnen kidnappen', zei Isabel.

Toen waarschuwde hij haar. Gebruik je verstand.

'Als je dat maar uit je hoofd zet.'

Vlak voor Kerstmis (hoewel het nog niet echt koud was) kwam Morgan midden in de week rond middernacht naar het politiebureau om te zeggen dat Leah vermist werd.

Ze had zoals gewoonlijk de kaartjes verkocht, het loket gesloten en het geld op de juiste plaats weggeborgen en was toen, voor zover hij wist, naar huis gegaan. Hij had zelf alles afgesloten na de voorstelling, maar toen hij naar buiten stapte, was er een onbekende vrouw verschenen die had gevraagd wat er met Leah was gebeurd. Dat was de moeder, Leahs moeder. De vader was nog aan het werk op de zagerij en Morgan had geopperd dat het meisje misschien naar hem toe gegaan was. De moeder leek niet te begrijpen waarover hij het had en dus zei hij dat hij naar de zagerij zou kunnen gaan om te zien of het meisje daar was, maar zij – de moeder – had hem huilend gesmeekt om dat niet te doen. Morgan had haar een lift naar huis gegeven, omdat hij dacht dat het meisje er ondertussen wel zou zijn, maar dat was niet zo en toen dacht hij dat hij het maar beter aan Ray kon laten weten.

Hij zag er niet bepaald naar uit om het nieuws aan de vader te vertellen.

Ray zei dat ze onmiddellijk naar de zagerij moesten gaan, er was een kleine kans dat ze daar was. Maar toen ze de vader hadden gevonden, had hij haar natuurlijk niet gezien en hij was woedend geworden dat zijn vrouw zomaar op pad was gegaan terwijl ze geen toestemming had om het huis te verlaten.

Ray vroeg naar vriendinnen en het verbaasde hem niet te horen dat ze die niet had. Toen liet hij Morgan naar huis gaan en ging zelf naar de woning waar hij de moeder in de radeloze toestand aantrof die Morgan beschreven had. De kinderen waren nog op, althans een paar, en zij bleken eveneens buiten zichzelf te zijn. Ze beefden, of van angst en het feit dat er een vreemde in huis was, of van de kou, die, zo merkte Ray op, heviger begon te worden, zelfs binnen. Misschien had de vader ook regels inzake de verwarming.

Leah droeg haar winterjas, dat had hij in ieder geval uit hen gekregen. Hij kende dat wijde bruingeruite kledingstuk en bedacht dat die haar tenminste een tijdje warm zou houden. Tussen het moment dat Morgan bij hem verschenen was en nu was het behoorlijk hard gaan sneeuwen.

Toen zijn dienst erop zat, ging Ray naar huis en vertelde Isabel wat er gebeurd was. Toen ging hij weer naar buiten en ze probeerde hem niet tegen te houden.

Een uur later was hij weer terug, zonder dat het iets opgeleverd had en met het nieuws dat de wegen waarschijnlijk onbegaanbaar zouden worden door de eerste grote sneeuwstorm van de winter.

Tegen de ochtend bleek dit een feit; voor het eerst dat jaar was de stad ingesneeuwd en de sneeuwruimers probeerden alleen de hoofdstraat open te houden. Bijna alle winkels waren dicht en in het deel van de stad waar Leahs familie woonde was de stroom uitgevallen, en daar kon niets aan gedaan worden zolang de wind de bomen heen en weer bewoog totdat het leek of ze de grond aan het aanvegen waren.

De politieagent die dagdienst had kreeg een idee dat niet bij Ray was opgekomen. Hij was lid van de Verenigde Kerk en wist – door zijn vrouw – dat Leah iedere week bij de domineesvrouw ging strijken. Hij en Ray begaven zich naar de pastorie om te zien of daar iemand iets wist wat de verdwijning van het meisje zou kunnen verklaren, maar dit bleek geen informatie op te leveren en na die kleine opflikkering van hoop leek het spoor nu echt dood te lopen.

Het verbaasde Ray een beetje dat het meisje er ander werk bij was gaan doen zonder dat aan hem te vertellen. Hoewel het, vergeleken met de bioscoop, nauwelijks een stap in de grote wereld was.

Hij probeerde 's middags te slapen en het lukte een paar uur. Isabel probeerde tijdens het eten een gesprek op gang te krijgen, maar geen enkel onderwerp voldeed. Ray bleef terugkomen op het bezoek aan de dominee en dat de vrouw uitermate behulpzaam en bezorgd was geweest maar dat hij – de dominee – zich niet echt gedragen had zoals je van een dominee zou verwachten. Hij had ongeduldig de deur geopend alsof ze hem stoorden terwijl hij zijn preek aan het schrijven was of zoiets. Hij had zijn vrouw geroepen en toen ze gekomen was had ze hem eraan moeten herinneren wie het meisje was. Je weet wel, het meisje dat met het strijkwerk komt helpen? Leah? Toen had hij gezegd dat hij hoopte dat ze gauw iets zouden horen, terwijl hij langzaam de deur tegen de wind probeerde te sluiten.

'Wat had hij anders kunnen doen?' zei Isabel. 'Bidden?'

Ray dacht dat dit geen kwaad gekund had.

'Het zou alleen gênant geweest zijn en er de zinloosheid van hebben aangetoond', zei Isabel. Toen voegde ze eraan toe dat hij waarschijnlijk een moderne dominee was die de dingen meer symbolisch zag.

Er moest ondanks het weer een zoektocht georganiseerd worden. Afgelegen schuurtjes en een oude paardenstal die in jaren niet was gebruikt moesten open gewrikt en doorzocht worden voor het geval ze daar was gaan schuilen. Er kwam niets aan het licht. Het plaatselijke radiostation werd op de hoogte gebracht en zond een signalement uit.

Als Leah was gaan liften, dacht Ray, had iemand haar mee kunnen nemen voordat de storm was losgebroken, iets wat goed of slecht kon zijn.

Op de radio zei men dat ze iets korter was dan gemiddeld – Ray zou iets langer gezegd hebben – en dat ze sluik lichtbruin haar had. Hij zou donkerbruin, bijna zwart, gezegd hebben.

Haar vader nam geen deel aan de zoektocht, noch haar broers. Natuurlijk waren de jongens jonger dan zij en zouden het huis toch nooit hebben mogen verlaten zonder toestemming van de vader. Toen Ray te voet naar het huis was gegaan en de deur had weten te bereiken, was deze maar op een kier geopend en had de vader bijna meteen gezegd dat het meisje waarschijnlijk weggelopen was. Haar straf was nu niet meer aan hem maar aan God. Ray werd niet uitgenodigd om binnen te komen en er te ontdooien. Misschien werd het huis nog steeds niet verwarmd.

De storm ging rond het midden van de volgende dag liggen. De sneeuwploegen kwamen naar buiten en namen de stadsstraten onder handen. Die van het district deden de grote weg. Tegen de bestuurders werd gezegd dat ze hun ogen open moesten houden voor een bevroren lichaam in de sneeuw.

De dag daarop wist de posttruck hen te bereiken en kwam er een brief. Hij was niet aan iemand in Leahs familie geadresseerd maar aan de dominee en zijn vrouw. Hij was van Leah en ze berichtte dat ze getrouwd was. De bruidegom was de zoon van de dominee, die saxofonist in een jazzband was. Hij had de woorden 'Verrassing Verrassing' onder aan de brief toegevoegd. Dat werd althans verteld, hoewel Isabel zich afvroeg hoe iemand dat zou kunnen weten, tenzij ze op het postkantoor de gewoonte hadden om enveloppen open te stomen.

De saxofonist had niet als kind in deze plaats gewoond. Zijn vader was toen ergens anders dominee geweest. En hij kwam maar heel weinig op bezoek. De meeste mensen zouden je niet eens kunnen vertellen hoe hij eruitzag. Hij kwam nooit in de kerk. Hij had een paar jaar geleden een vrouw mee naar huis gebracht. Erg opgemaakt en chic gekleed. Er werd gezegd dat het zijn vrouw was, maar dat was ze klaarblijkelijk niet geweest.

Hoe vaak was het meisje in het huis van de dominee met het strijkwerk bezig geweest terwijl de saxofonist er was?

Sommige mensen hadden het uitgerekend. Het zou maar één keer geweest zijn. Dit had Ray op het politiebureau gehoord, waar evenveel gekletst werd als onder de vrouwen.

Isabel vond het een geweldig verhaal. En dat de weglopers niets te verwijten viel. Zij hadden de sneeuwstorm tenslotte niet besteld.

Het bleek dat zij de saxofonist een heel klein beetje kende. Ze was hem een keer, toen hij toevallig thuis was en zij zich goed genoeg had gevoeld om de deur uit te gaan, op het postkantoor tegen het lijf gelopen. Ze had een plaat besteld, maar hij was nog niet gekomen. Hij had haar gevraagd welke plaat het was en ze had het hem verteld. Iets wat ze zich nu niet meer kon herinneren. Hij had haar toen verteld dat hij zich met een ander soort muziek bezighield. Iets aan hem had haar er al van overtuigd dat hij niet uit het stadje kwam. Zoals hij zich naar haar toe had gebogen en erg naar kauwgom had geroken. Hij had niets over de pastorie gezegd, maar iemand anders had haar over de connectie verteld, nadat hij afscheid had genomen en haar het beste had toegewenst.

Wel iemand die van flirten hield en overtuigd was van zijn eigen charme. Hij had nog gezegd dat als de plaat arriveerde, ze hem moest uitnodigen om te komen luisteren. Ze had gehoopt dat hij dat als grapje bedoeld had.

Ze plaagde Ray en vroeg zich af of zijn beschrijvingen van de wijde wereld via films het meisje op het idee hadden gebracht.

Ray onthulde niet en kon zelf nauwelijks geloven hoe verlaten hij zich had gevoeld terwijl het meisje vermist werd. Hij was natuurlijk ontzettend opgelucht toen hij ontdekte wat er gebeurd was.

Toch was ze nu weg. Ze was op niet geheel ongewone wijze en niet geheel zonder hoop verdwenen. Maar hij voelde zich vreemd genoeg beledigd. Waarom had ze niet een kleine aanwijzing gegeven dat ze nog een ander leven had?

Haar ouders en alle andere kinderen waren ook spoedig vertrokken en niemand leek te weten waarheen.

De dominee en zijn vrouw gingen niet weg uit de stad nadat hij met emeritaat was gegaan.

Ze konden in hetzelfde huis blijven wonen en het werd nog vaak de pastorie genoemd, hoewel het dat niet echt meer was. De jonge vrouw van de nieuwe dominee had bezwaren gemaakt tegen sommige aspecten van het huis en het kerkbestuur had besloten om in plaats van het op te knappen een nieuw huis te bouwen zodat er niets meer te klagen viel. De oude pastorie was toen goedkoop aan de oude dominee verkocht. Er was ruimte voor de zoon, de musicus, en zijn vrouw wanneer ze met hun kinderen kwamen logeren.

Het waren er twee en hun namen hadden bij hun geboorte in de krant gestaan. Een jongen en een meisje. Ze kwamen van tijd tot tijd op bezoek, meestal alleen met Leah, de vader had het te druk met zijn dansmuziek of wat het ook was. Noch Ray noch Isabel was hen die keren tegengekomen.

Isabel maakte het beter, ze was weer bijna de oude. Ze kookte zo goed dat ze allebei aankwamen en ze moest er weer mee ophouden, of in ieder geval wat minder vaak de meer aparte gerechten klaarmaken. Ze vormde een groepje met een paar andere vrouwen uit de stad om samen de grote boeken uit de wereldliteratuur te lezen en te bespreken.

Een paar hadden niet begrepen wat dit precies inhield en waren er weer mee gestopt, maar verder was het een groot succes. Isabel lachte over de opschudding die er in de hemel zou ontstaan wanneer ze die goeie ouwe Dante onderhanden namen.

Toen viel ze een paar keer flauw of bijna flauw, maar ze wilde niet naar de dokter gaan totdat Ray kwaad op haar werd en zij beweerde dat zijn opvliegendheid haar zo ziek had gemaakt. Ze bood haar excuses aan en ze legden het weer bij, maar haar hart was zo verzwakt dat ze een vrouw, een gediplomeerd verpleegster, in dienst moesten nemen om bij haar te blijven wanneer Ray er niet kon zijn. Gelukkig kregen ze toen juist beschikking over wat geld, zij door een erfenis en hij door een kleine salarisverhoging, ook al had hij ervoor gekozen de nachtdienst te blijven doen.

Op een zomermorgen ging hij, op weg naar huis, bij het postkantoor langs om te zien of de post al gesorteerd was. Soms was het rond deze tijd gedaan, soms ook niet. Deze morgen was het nog niet gebeurd.

En nu op het trottoir, in het heldere vroege ochtendlicht, kwam Leah op hem af. Ze duwde een wandelwagentje, met een meisje van een jaar of twee erin, dat met haar beentjes tegen de metalen voetstang schopte. Een ander kind gedroeg zich wat bedaarder en hield zijn moeders rok vast. Of wat in feite een lange oranje broek was. Ze droeg er een los wit topje bij, een soort hemd. Haar haar was glanzender dan het vroeger was geweest en ze wierp hem een stralende glimlach toe, hoewel hij haar nog nooit had zien glimlachen.

Ze had bijna een van Isabels nieuwe vriendinnen kunnen zijn, die voornamelijk of jonger waren of pas in het stadje woonden, hoewel er ook een paar oudere, ooit voorzichtiger inwoners waren die zich door dit opwindende nieuwe tijdperk hadden laten meeslepen en hun vroegere standpunten verworpen hadden en anders waren gaan praten, en hun best deden op een botte manier gevat te zijn.

Het had hem teleurgesteld dat er geen nieuwe tijdschriften op het postkantoor gearriveerd waren. Niet dat ze nu nog zo belangrijk voor Isabel waren. Ze had ooit geleefd voor haar tijdschriften, die allemaal ernstig en diepzinnig waren maar met geestige cartoons waarom ze moest lachen. Zelfs om de advertenties voor bont en juwelen had ze moeten lachen en hij hoopte nog steeds dat ze er weer van zou opkikkeren. Nu had hij in ieder geval gespreksstof. Leah.

Leah begroette hem met een nieuwe stem en deed net of ze het ongelooflijk vond dat hij haar herkend had omdat ze – zoals ze het uitdrukte – nu bijna een oude dame was. Ze stelde het kleine meisje voor dat niet op wilde kijken en ritmisch op de stang bleef trappen, en het jongetje dat in de verte keek en iets mompelde. Ze plaagde het jongetje omdat hij haar niet los wilde laten.

'We zijn de straat al over, liefje.'

Hij heette David en het meisje heette Shelley. Ray had die namen niet onthouden uit de krant. Hij dacht dat het alle twee modieuze namen waren.

Ze zei dat ze bij haar schoonfamilie waren.

Niet logeerden. Dat ze bij hen waren. Dat schoot hem pas later te binnen, hoewel het misschien niets te betekenen had.

'We zijn net op weg naar het postkantoor.'

Hij vertelde haar dat hij er juist vandaan kwam, maar dat ze nog niet klaar waren met sorteren.

'O, jammer. We dachten dat er misschien een brief van pappa zou zijn, hè David?'

Het jongetje had haar kleren weer vastgegrepen.

'Dan wachten we wel totdat ze er klaar mee zijn', zei ze. 'Misschien is er dan een.'

Ze leek nog niet echt afscheid van Ray te willen nemen en Ray wilde het evenmin, maar hij wist zo gauw niet wat hij nog meer kon zeggen.

'Ik ben op weg naar de apotheek', zei hij.

'O ja?'

'Ik moet wat medicijnen voor mijn vrouw ophalen.'

'O, ik hoop dat ze niet ziek is.'

Toen leek het of hij verraad had gepleegd en hij zei nogal kortaf: 'Nee. Het is niets ergs.'

Ze keek nu langs Ray heen en groette iemand anders met dezelfde opgetogen stem waarmee ze hem zojuist begroet had.

Het was de dominee van de Verenigde Kerk, de nieuwe, of relatief nieuwe, wiens vrouw een modern huis had geëist.

Ze vroeg de twee mannen of ze elkaar kenden en ze zeiden ja, ze kenden elkaar. Beiden praatten op een toon die aangaf dat ze elkaar niet goed kenden en dat ze dat eigenlijk prima vonden. Ray zag dat de man zijn boordje niet droeg.

'Hij heeft me nog niet op het matje hoeven te roepen voor overtredingen', zei de dominee, die misschien vond dat hij wat toeschietelijker had moeten doen. Hij schudde Ray de hand.

'Dit komt zo goed uit', zei Leah. 'Ik had u wat willen vragen en hier bent u al.'

'Hier ben ik al.'

'Het gaat over de zondagsschool', zei Leah. 'Ik dacht erover na. Deze twee kleine schepseltjes beginnen groter te worden en ik vroeg me af op welke leeftijd ze het beste kunnen beginnen en wat de procedure is.'

'Ah, ja', zei de dominee.

Ray kon zien dat hij niet iemand was die zijn domineeswerk graag in het openbaar deed. Die er liever niet over aangesproken werd, elke keer als hij de straat op ging. Maar hij wist zijn onbehaaglijkheid vrij goed te verbergen en het moest wel iets vergoeden om met een mooi meisje als Leah te kunnen praten.

'Dan zullen we een afspraak moeten maken', zei hij. 'Het geeft niet wanneer.'

Ray zei dat hij verder moest.

'Leuk om je weer te zien', zei hij tegen Leah en hij knikte naar de dienaar Gods.

Hij liep verder, twee nieuwe gegevens rijker. Zij zou hier enige tijd blijven, als ze maatregelen probeerde te treffen voor de zondagsschool. En ze had alle godsdienst die haar opvoeding haar had bijgebracht nog niet afgezworen.

Hij verheugde zich erop haar weer tegen te komen, maar dat gebeurde niet.

Toen hij thuiskwam, vertelde hij Isabel hoe het meisje veranderd was en ze zei: 'Dat klinkt allemaal nogal gewoontjes.'

Ze leek een beetje prikkelbaar, misschien omdat ze op hem had moeten wachten om haar koffie te brengen. Haar hulp kwam pas om negen uur en nadat ze zich gebrand had, was het haar verboden om er zelf voor te zorgen.

Daarna ging het bergafwaarts en werd er een paar keer alarm geslagen en met Kerstmis nam Ray verlof. Ze vertrokken naar de stad waar bepaalde specialisten te vinden waren. Isabel werd onmiddellijk in het ziekenhuis opgenomen en Ray kon een van de kamers krijgen die familie van buiten de stad ter beschikking stonden. Opeens had hij geen andere verantwoordelijkheden meer dan dagelijks lange uren bij Isabel op bezoek te gaan en te zien hoe ze op verschillende behandelingen reageerde. In het begin probeerde hij haar af te leiden met levendig gepraat over vroeger, of observaties over het ziekenhuis en andere patiënten waarvan hij soms een glimp opving. Hij ging bijna iedere dag wandelen, ondanks het weer, en deed daar ook uitgebreid verslag over. Hij bracht een krant mee en las het nieuws aan haar voor. Ten slotte zei ze: 'Ik vind het lief van je, schat, maar het is geloof ik te veel.'

'Hoe bedoel je?' wierp hij tegen, maar ze zei: 'O, alsjeblieft' en daarna las hij stilletjes een of ander boek uit de ziekenhuisbibliotheek. Ze zei: 'Je moet het niet erg vinden als ik mijn ogen dichtdoe. Ik weet dat je er bent.'

Ze was een tijdje daarvoor van spoedeisende hulp naar een kamer met vier andere vrouwen verhuisd, die er allemaal min of meer net zo aan toe waren als zij, hoewel een van hen zich van tijd tot tijd oprichtte om tegen Ray te roepen: 'Geef me een zoen.'

Toen kwam hij op een dag en zag dat er een andere vrouw in Isabels bed lag. Even dacht hij dat ze was overleden en dat niemand het hem had verteld. Maar de spraakzame patiënte in het bed er schuin tegenover riep: 'Naar boven.' Met iets van vrolijkheid en triomf in haar stem.

En dat was inderdaad gebeurd. Isabel was die ochtend niet wakker geworden en was naar een andere verdieping verplaatst, waar ze blijkbaar de mensen wegstopten bij wie geen kans op verbetering bestond – zelfs nog minder dan bij degenen in de vorige kamer – maar die weigerden te sterven.

'U kunt maar net zo goed naar huis gaan', zeiden ze tegen hem. Ze zeiden dat ze het hem zouden laten weten als er enige verandering was.

Dat leek inderdaad het beste. In de eerste plaats had hij al zijn tijd opgebruikt voor de kamer voor familie. En verder was hij nu wel erg lang bij het politiecorps van Maverley weggebleven. Alles wees erop dat hij het beste naar huis kon gaan.

Hij bleef echter in de stad. Hij vond werk bij de onderhoudsploeg van het ziekenhuis en begon schoon te maken, op te ruimen en te dweilen. Hij vond een gemeubileerd appartement, met al het nodige, in de buurt.

Hij ging naar huis, maar bleef daar niet lang. Zodra hij er was, begon hij maatregelen te treffen om het huis met inboedel te verkopen. Hij droeg alles aan de mensen van het makelaarskantoor over en maakte zich zo snel mogelijk uit de voeten; hij had geen zin om dingen uit te leggen, aan wie dan ook. Het interesseerde hem niet meer wat er in dat huis was gebeurd. Al die jaren in het stadje, alles wat hij er over wist, leken van hem af te glijden.

Hij hoorde wel iets terwijl hij er was, over een soort schandaal waarbij de dominee van de Verenigde Kerk betrokken was. Hij wilde dat zijn vrouw een scheiding aanvroeg wegens overspel. Overspel met een gemeentelid was al erg genoeg, maar het bleek dat de dominee, in plaats van zich zo rustig mogelijk te houden en met stille trom te vertrekken om gerehabiliteerd te worden of in een of andere afgelegen gemeente in de provincie te gaan dienen, ervoor gekozen had het vanaf de kansel openlijk toe te geven. Hij had het niet bij een biecht gelaten. Het was allemaal toneelspel geweest, had hij gezegd. Het voorlezen van de evangeliën en de geboden waarin hij niet echt geloofde en vooral zijn preken over liefde en seks, zijn conventionele, timide en ontwijkende adviezen: niets dan toneelspel. Hij was nu een vrij man, vrij om te zeggen wat een opluchting het was om het bestaan van het lichaam zowel als het bestaan van de geest te vieren. De vrouw die hem hiertoe gebracht had, scheen Leah te zijn. Haar man, de musicus, werd Ray verteld, was haar een tijdje geleden komen halen, maar ze had niet met hem mee willen gaan. Hij had de dominee de schuld ervan gegeven, maar hij was een dronkaard – de echtgenoot – dus had niemand geweten of ze hem moesten geloven. Maar zijn moeder moest hem wel geloofd hebben, want zij had Leah het huis uit geschopt en de kinderen gehouden.

Wat Ray betrof was het allemaal walgelijke kletspraat. Overspel en dronkaards en schandalen, wie er gelijk had en wie niet. Wat kon het iemand schelen? Dat meisje was zich net als iedereen gaan optutten en gaan marchanderen. De verspilling van tijd, van een leven, door mensen die alleen maar opwinding najoegen en geen aandacht hadden voor wat belangrijk was.

Als hij met Isabel had kunnen praten, zou alles natuurlijk anders geweest zijn. Niet dat Isabel naar antwoorden gezocht zou hebben, maar zij zou hem hebben laten inzien dat er meer kanten aan de zaak zaten dan hij had gedacht. Ze zou er uiteindelijk om hebben moeten lachen.

Hij kon goed opschieten met de mensen op zijn werk. Ze vroegen hem of hij lid van een bowlingclubje wilde worden en hij bedankte hen maar zei dat hij geen tijd had. In werkelijkheid had hij een zee van tijd, maar die moest hij met Isabel doorbrengen. Met opletten of er verandering was, een verklaring. Zonder iets te missen.

'Ze heet Isabel', herinnerde hij de verpleegsters er steeds aan als ze 'Zo, mevrouwtje', zeiden, of: 'Oké, dame, we gaan u even omdraaien.'

Toen raakte hij eraan gewend ze zo te horen praten. Er was dus toch verandering. Zo niet in Isabel, dan in hemzelf.

Al een hele tijd ging hij één keer per dag bij haar op bezoek.

Toen maakte hij er om de andere dag van. Toen twee keer per week.

Vier jaar. Hij dacht dat dit bijna een record moest zijn. Hij vroeg aan de verpleegsters of dat zo was en ze zeiden: 'Het begint erop te lijken.' Ze hadden de gewoonte om over alles vaag te doen.

Hij was over het hardnekkige idee heen dat ze lag te denken. Hij zat niet meer te wachten totdat ze haar ogen opende. Hij kon alleen niet zomaar weggaan en haar daar alleen laten.

Ze was van een heel magere vrouw niet in een kind maar in een onhandige en vreemde verzameling beenderen veranderd, met een soort vogelpluim en de onregelmatige adem van iemand die ieder moment dood kon gaan.

Aan het ziekenhuis waren een paar grote kamers verbonden die voor revalidatie- en andere oefeningen werden gebruikt. Hij zag ze meestal alleen als ze leeg waren en alle apparatuur weggeborgen was en de lichten uitgedraaid waren. Maar toen hij op een avond vertrok, nam hij om de een of andere reden een andere route door het ziekenhuis en zag dat er in een nog licht brandde.

En toen hij ging kijken zag hij dat er nog iemand was. Een vrouw. Ze zat op een van die grote opgeblazen ballen, gewoon wat uit te rusten of misschien probeerde ze zich te herinneren waar ze hierna heen moest.

Het was Leah. Hij herkende haar eerst niet, maar toen keek hij weer en het was Leah. Hij zou misschien niet naar binnen gegaan zijn als hij had gezien wie het was, maar hij was al op weg om het licht uit te draaien. Ze zag hem.

Ze gleed van de bal af. Ze droeg een of ander doelmatig trainingspak en was behoorlijk aangekomen.

'Ik dacht wel dat ik je een keer tegen zou komen', zei ze. 'Hoe gaat het met Isabel?'

Het was een beetje een verrassing om haar Isabel bij haar voornaam te horen noemen, zelfs om haar over haar te horen spreken, alsof ze haar gekend had.

Hij vertelde haar in het kort hoe Isabel het maakte. Het kon alleen nog maar in het kort verteld worden.

'Praat je tegen haar?' vroeg ze.

'Niet meer zo veel.'

'O, maar dat moet je doen. Je moet tegen ze blijven praten.'

Wat gaf haar het idee dat ze zo van alles op de hoogte was?

'Het verbaast je zeker niet dat je me hier tegenkomt? Je zult het wel gehoord hebben?' zei ze.

Hij wist niet wat hij hierop moest antwoorden.

'Och', zei hij.

'Ik hoorde al een hele tijd geleden dat je hier was en

daarom dacht ik dat je ook wel zou weten dat ik hier was.'

Nee, zei hij.

'Ik doe hier recreatie', vertelde ze hem. 'Voor de kankerpatiënten, bedoel ik. Als ze daar de energie voor hebben.'

Hij zei dat het waarschijnlijk een goed idee was.

'Het is geweldig. Voor mij ook, bedoel ik. Ik maak het vrij redelijk, maar soms hou ik het niet meer. Vooral bij het avondeten, bedoel ik. Dan voel ik me soms zo rot.'

Ze zag dat hij niet wist waar ze het over had en stond klaar – en was misschien blij – om het uit te leggen.

'Ik bedoel zonder de kinderen en alles. Je weet toch wel dat ze aan hun vader zijn toegewezen?'

'Nee', zei hij.

'Ach. Eigenlijk alleen omdat ze dachten dat zijn moeder wel voor ze zou zorgen. Hij gaat naar de AA en alles, maar zonder haar zou de uitspraak anders geweest zijn.'

Ze snoof en veegde tranen weg op een bijna onverschillige manier.

'Je hoeft niet weg te kijken, het is niet zo erg als het lijkt. Ik begin gewoon automatisch te huilen. Huilen is trouwens niet slecht voor je, als je er tenminste niet eindeloos mee doorgaat.'

De man die naar de AA ging, moest de saxofonist zijn. Maar hoe zat het met de dominee en wat er dan ook was voorgevallen?

Alsof hij het haar hardop had gevraagd, zei ze: 'O. En daarna. Carl. Waar toen zo veel over te doen was? Ik had mijn hoofd na moeten laten kijken.'

'Carl is weer getrouwd', zei ze. 'Dat heeft hem goed gedaan. Ik bedoel, omdat hij toch al min of meer over mij heen was, over wat hij in me zag. Het was echt nogal grappig. Hij is met een andere dominee getrouwd. Je weet dat vrouwen nu ook dominee mogen worden? Daar is zij er een van. Hij is dus eigenlijk domineesvrouw. Ik vind dat om te gieren.'

Glimlachend en met droge ogen nu. Hij wist dat er nog meer ging komen, maar hij wist niet wat.

'Je moet hier al een hele tijd zijn. Heb je een eigen flat?'

'Ja.'

'Kook je zelf en alles?'

Hij zei dat dit het geval was.

'Ik zou af en toe voor je kunnen komen koken. Lijkt je dat geen goed idee?'

Haar ogen straalden nu en hielden de zijne vast.

Misschien, zei hij, maar eerlijk gezegd was zijn flatje zo klein dat er maar ruimte voor één mens was om er heen en weer te lopen.

Toen zei hij dat hij een paar dagen niet bij Isabel was geweest en nu naar haar toe moest.

Ze knikte alsof ze dat ook vond. Ze leek niet gekwetst of ontmoedigd.

'Tot ziens dan.'

'Tot ziens.'

Ze hadden hem overal gezocht. Isabel was eindelijk heengegaan. Ze zeiden 'heengegaan' alsof ze opgestaan en vertrokken was. Toen iemand een uur geleden naar haar was gaan kijken, was ze net zoals altijd en nu was ze heengegaan.

Hij had zich dikwijls afgevraagd of het nog verschil zou maken.

Maar de leegte die ze achterliet was verbazingwekkend.

Hij keek de verpleegster met verwondering aan. Zij

dacht dat hij haar vroeg wat er hierna moest gebeuren en ze begon het hem te vertellen. Hem in te lichten. Hij begreep haar uitstekend, maar was nog steeds afwezig.

Hij had gedacht dat het al veel eerder met Isabel was gebeurd, maar dat was niet zo. Pas nu.

Ze had bestaan en nu bestond ze niet meer. Helemaal niet meer, alsof ze er nooit was geweest. En de mensen renden van hot naar her, alsof men dit ongehoorde feit te boven kon komen door dingen verstandig te regelen. Hij schikte zich ook in de procedures en tekende waar men zei dat hij moest tekenen en trof een regeling voor wat ze het stoffelijk overschot noemden.

Wat een uitstekend woord: overschot. Als iets wat onder in een kast had liggen beschimmelen.

En al spoedig liep hij weer buiten en deed alsof hij net als iedereen een normale, goede reden had om de ene voet voor de andere te zetten.

Wat hij met zich meedroeg, het enige wat hij met zich meedroeg, was een tekort, iets als een tekort aan lucht, het normale gedrag van zijn longen, een probleem dat hij waarschijnlijk altijd zou houden.

Het meisje met wie hij had gepraat en dat hij ooit had gekend, had over haar kinderen gesproken. Het verlies van haar kinderen. Dat ze daaraan moest wennen. Een probleem bij het avondeten.

Een deskundige in verlies zou je haar kunnen noemen. Vergeleken bij haar was hij een beginner. En nu kon hij zich haar naam niet meer herinneren. Hij was haar naam kwijt, hoewel hij hem goed had gekend. Weg, verloren. Alsof er een grap met hem werd uitgehaald.

Hij ging zijn eigen trap op toen hij hem te binnen schoot.

Leah.

Een opluchting buiten alle proportie, dat hij zich haar weer herinnerde.

Grind

In die tijd woonden we naast een grindgroeve. Geen grote, door reusachtige machines uitgegraven groeve, maar een kleine waarmee een boer jaren geleden wat geld moest hebben bijverdiend. Hij was in feite zo ondiep dat je zou kunnen denken dat hij voor iets anders bedoeld was geweest: de fundering van een huis misschien, waarmee men nooit verder was gekomen.

Het was mijn moeder die er geregeld de aandacht op vestigde. 'We wonen bij de oude grindgroeve aan het eind van de pompstationweg', zei ze tegen iedereen en dan lachte ze omdat ze zo gelukkig was dat ze alles achter zich gelaten had wat met het huis, de straat – de echtgenoot – het hele leven van daarvoor te maken had.

Dat leven herinner ik me nauwelijks. Dat wil zeggen, sommige dingen staan me nog duidelijk voor de geest, maar zonder het verband dat je nodig hebt voor een volledig beeld. Het enige wat er in mijn hoofd van het huis in de stad is overgebleven, is het teddybeerbehang in mijn oude kamer. In dit nieuwe huis, dat in feite een stacaravan was, sliepen mijn zusje Caro en ik in smalle bedden boven elkaar. Toen we er pas woonden, praatte Caro veel over ons oude huis tegen me en probeerde me dit of dat te laten herinneren. Dat deed ze wanneer we in bed lagen en het eindigde er meestal mee dat ik me iets niet kon herinneren en dat zij kwaad werd. Soms dacht ik dat ik me iets herinnerde, maar uit koppigheid of omdat ik bang was dat ik het verkeerd had, deed ik net alsof het niet zo was.

Het was zomer toen we naar de stacaravan verhuisden. We hadden onze hond meegenomen. Blitzee. 'Blitzee vindt het hier heerlijk', zei mijn moeder en het was waar. Welke hond zou niet graag een stadsstraat, zelfs een met brede gazons en grote huizen, voor het platteland verwisselen? Ze begon tegen iedere auto die langskwam te blaffen, alsof de weg van haar was, en af en toe bracht ze een eekhoorn mee of een bosmarmot die ze had doodgemaakt. In het begin raakte Caro daar nogal overstuur van, en dan praatte Neal met haar en gaf uitleg over de aard van een hond en de kringloop van het leven waarbij sommige dingen andere dingen moesten opeten.

'Ze krijgt toch hondenbrokken?' had Caro daartegenin gebracht, maar Neal had gezegd: 'En als ze die nu eens niet kreeg? Als wij nu eens allemaal verdwenen en ze voor zichzelf moest opkomen?'

'Ik ben niet van plan te verdwijnen', had Caro gezegd. 'En ik zal altijd voor haar blijven zorgen.'

'Denk je?' had Neal gevraagd en toen had onze moeder iets gezegd om hem af te leiden. Neal stond altijd klaar om over de Amerikanen en de atoombom te beginnen en onze moeder vond dat we daar nog niet aan toe waren. Ze wist niet dat wanneer hij daarover begon, ik dacht dat hij het over een atoombóóm had. Ik wist dat er iets mis was met deze interpretatie, maar ik was niet van plan iets te vragen en uitgelachen te worden.

Neal was acteur. Er was een professioneel zomertheater gekomen in onze stad, iets nieuws in die tijd, waar sommige mensen enthousiast over waren en anderen bezorgd, bang dat dit het verkeerde soort mensen zou aantrekken. Mijn moeder en vader hoorden bij degenen die ervoor waren, mijn moeder wat actiever, omdat ze meer tijd had. Mijn vader was verzekeringsagent en veel op reis. Mijn moeder had het druk gekregen met fondsenwerving en werkte er gratis als ouvreuse. Ze was knap en jong genoeg om voor een actrice door te gaan. Ze was zich ook als een actrice gaan kleden, in lange rokken en sjaals en bungelende kettingen. Ze liep met een wilde haardos rond en maakte zich niet meer op. Ik had die veranderingen toen natuurlijk niet door of zelfs maar opgemerkt. Mijn moeder was mijn moeder. Maar Caro had het ongetwijfeld wel opgemerkt. En mijn vader ook. Hoewel ik, door alles wat ik over zijn aard en zijn gevoelens voor mijn moeder weet, geloof dat hij misschien wel trots was op het feit dat ze er zo goed uitzag in deze losse kledij en dat ze het zo uitstekend met de theatermensen kon vinden. Wanneer hij later over die tijd sprak, zei hij dat hij altijd een voorstander van de kunst was geweest. Ik kan me nu voorstellen hoe mijn moeder zich gegeneerd moet hebben, in elkaar gekrompen moet zijn, tegelijk lachend om het te verbergen, als hij zoiets in aanwezigheid van haar toneelvrienden had gezegd.

Toen deed zich een ontwikkeling voor die te verwachten was geweest en waarschijnlijk ook was verwacht, alleen niet door mijn vader. Ik weet niet of het met andere vrijwilligers is gebeurd. Maar ik weet wel, hoewel ik het me niet herinner, dat mijn vader huilde en een hele dag thuis achter mijn moeder aan liep, haar geen moment uit het oog verloor en haar niet wilde geloven. En in plaats van hem iets te vertellen waardoor hij zich beter voelde, vertelde ze hem iets wat het nog erger maakte.

Ze vertelde hem dat de baby van Neal was.

Wist ze dat zeker?

Absoluut. Ze had alles bijgehouden.

Wat gebeurde er toen?

Mijn vader hield op met huilen. Hij moest weer aan het werk. Mijn moeder pakte onze spullen in en ging met ons bij Neal wonen in de stacaravan die hij op het platteland had gevonden. Ze zei later dat zij ook gehuild had. Maar ze zei ook dat ze zich nog nooit zo goed gevoeld had. Dat ze misschien voor het eerst echt voelde dat ze leefde. Ze voelde dat haar een kans gegeven werd en ze was weer helemaal opnieuw begonnen. Ze had haar zilveren bestek en haar servies achtergelaten, haar interieur en haar bloementuin en zelfs haar boeken in de boekenkast. Ze zou nu gaan leven, in plaats van te lezen. Ze liet haar kleren in de klerenkast hangen en haar hoge hakken op de schoenspanners staan. Haar diamanten ring en trouwring op de ladekast liggen. Haar zijden nachtjaponnen in hun la. Ze was van plan om op het platteland minstens een deel van de tijd naakt rond te lopen, zolang het warm weer bleef.

Daar was niets van gekomen, omdat toen ze het probeerde Caro zich in bed had verstopt en zelfs Neal had gezegd dat hij het een slecht idee vond.

Wat vond hij van dit alles? Neal. Zijn filosofie, zoals hij het later uitdrukte, was om wat er ook gebeurde te verwelkomen. Alles is een geschenk. We geven en we nemen.

Ik wantrouw mensen die zo praten, maar kan niet zeggen dat ik daartoe het recht heb.

Hij was niet echt acteur. Hij zei dat het een experiment was geweest om met acteren te beginnen. Om te zien wat hij over zichzelf te weten zou komen. Op de universiteit, voordat hij uitgedropt was, had hij als onderdeel van het koor in *Oedipus Rex* op de planken gestaan. Dat was hem goed bevallen: jezelf overgeven, één met anderen worden. Toen was hij op een dag, op straat in Toronto, een vriend tegengekomen die auditie ging doen voor vakantiewerk bij een nieuw toneelgezelschap in een kleine stad. Hij was meegegaan, omdat hij toch niets anders te doen had en toen was hij, in plaats van de vriend, aangenomen. Hij had Banquo moeten spelen. Soms is Banquo's geest te zien, soms ook niet. Dit keer wilden ze hem laten zien en Neal had het juiste postuur. Een uitstekend postuur. Een solide geest.

Hij dacht er toch al over om die winter in onze stad te blijven, voordat mijn moeder met haar verrassing was gekomen. Hij had de stacaravan al gezien. Hij had genoeg timmermanservaring om werk bij de verbouwing van het theater te krijgen, die tot de lente zou duren. Verder in de toekomst keek hij liever niet.

Caro hoefde niet eens naar een andere school. De schoolbus haalde haar op aan het eind van het korte weggetje dat langs de grindgroeve liep. Ze moest vriendschap sluiten met de plattelandskinderen en misschien het een en ander uitleggen aan de kinderen in de stad die het jaar ervoor haar vriendinnetjes waren geweest, maar ik heb nooit gehoord dat dit haar moeilijk was gevallen.

Blitzee zat altijd aan de kant van de weg te wachten totdat ze thuiskwam.

Ik ging niet naar de kleuterschool omdat mijn moeder geen auto had. Maar ik vond het niet erg zonder andere kinderen. Ik had genoeg aan Caro als ze thuiskwam. En mijn moeder was vaak in een speelse bui. Zodra het die winter sneeuwde, maakten we samen een sneeuwpop. 'Zullen we hem Neal noemen?' had ze gevraagd. Dat vond ik best en we hadden er van alles in gestoken om hem grappig te maken. Toen besloten we dat ik het huis uit zou rennen als zijn auto er aankwam en zou roepen: 'Hier is Neal, hier is Neal!' waarbij ik echter op de sneeuwpop zou wijzen. En dat deed ik, maar toen kwam Neal kwaad de auto uit en schreeuwde dat hij me had kunnen overrijden.

Dat was een van de weinige keren dat ik hem als een vader zag gedragen.

Ik moet die korte winterdagen vreemd gevonden hebben; in de stad gingen de lantaarns aan als het schemerde. Maar kinderen zijn veranderingen gauw gewend. Soms moest ik aan ons andere huis denken. Het was niet zozeer dat ik het miste of er weer wilde wonen, ik vroeg me alleen af wat ermee gebeurd was.

Mijn moeder en Neal hadden het tot diep in de nacht naar hun zin. Als ik wakker werd en naar de wc moest, riep ik haar. Dan kwam ze blij maar zonder zich te haasten naar me toe, met een doek of een sjaal om zich heen en een geur die ik met kaarslicht en muziek in verband bracht. En liefde.

Er gebeurde iets wat minder geruststellend was, hoewel ik er in die tijd niet verder over nadacht. Blitzee, onze hond, was niet erg groot, maar leek ook weer niet klein genoeg om onder Caro's jas te passen. Ik weet niet hoe het Caro gelukt was. Niet een, maar twee keer. Ze had de hond in de schoolbus onder haar jas verstopt en was toen, in plaats van meteen naar school te gaan, met Blitzee naar ons oude huis gelopen, dat maar een eindje van de school aflag. Daar, in het portaal, dat niet op slot zat, had mijn vader de hond aangetroffen toen hij thuiskwam om in zijn eentje te lunchen. Er was algemene verbazing dat ze daar was aangeland, de weg naar huis had weten te vinden als de hond uit een verhaal. Caro maakte de meeste ophef en beweerde dat ze de hond die morgen helemaal niet had gezien. Maar ze beging de vergissing het nog een keer te doen, misschien een week later, en dit keer, hoewel niemand in de bus of op school haar verdacht, had onze moeder het door.

Ik herinner me niet meer of mijn vader Blitzee bij ons heeft teruggebracht. Ik kan me hem niet in de stacaravan voorstellen of aan de deur van de stacaravan of zelfs op het weggetje ernaartoe. Misschien is Neal naar het huis in de stad gegaan om haar op te halen. Niet dat ik me dit gemakkelijker kan voorstellen.

Als ik het heb doen voorkomen dat Caro ongelukkig was of de hele tijd plannetjes aan het uitbroeden was, dan is dat niet juist. Ze probeerde me, zoals ik al zei, 's avonds in bed over dingen te laten praten, maar ze kwam niet de hele tijd met grieven aan. Het lag niet in haar aard om te mokken. Ze wilde te graag een goede indruk maken. Ze wilde dat mensen haar aardig vonden en hield ervan een soort feeststemming te suggereren als ze een kamer binnenging. Ze dacht meer aan dat soort dingen dan ik.

Zij leek het meest op onze moeder, denk ik nu.

Er moeten een paar dringende vragen gesteld zijn in verband met wat ze met de hond had gedaan. Ik geloof dat ik me daar nog iets van herinner.

'Ik heb het voor de grap gedaan.'

'Zou je liever bij je vader wonen?'

Ik geloof dat haar dat gevraagd is en ik geloof dat ze nee geantwoord heeft.

Ik vroeg haar niets. Ik vond het niet vreemd wat ze gedaan had. Zo is het waarschijnlijk meestal bij jongere kinderen: niets wat het zo vreemd machtige oudere kind doet lijkt ongewoon.

Onze post werd in een metalen bus op een paal gestopt, aan de weg. Mijn moeder en ik liepen er iedere dag heen, tenzij het heel slecht weer was, om te kijken wat er daar voor ons was achtergelaten. We deden dit nadat ik mijn middagdutje had gedaan. Soms was dat de enige keer dat we naar buiten gingen. 's Morgens keken we naar kinderprogramma's op de tv, of anders keek ik alleen terwijl zij las. (Ze had het lezen niet erg lang opgegeven.) Tussen de middag warmden we soep uit een blik op en daarna deed ik mijn dutje terwijl zij verder las. Ze was nu behoorlijk zwaar vanwege de baby en hij bewoog in haar buik zodat ik hem kon voelen. Hij zou Brandy gaan heten – heette al Brandy – of het nu een jongen of een meisje was.

Op een dag toen we het weggetje afliepen voor de post en al bijna bij de brievenbus waren, hield mijn moeder haar pas in en bleef heel stil staan.

'Sst', zei ze tegen me, hoewel ik niets gezegd had en zelfs niet met mijn laarzen het schuifelspel in de sneeuw had gedaan.

'Ik ben stil', zei ik,

'Sst. Draai je om.'

'Maar we hebben de post nog niet gehaald.'

Toen zag ik dat Blitzee, die altijd bij ons was, vlak voor of achter ons, er niet meer was. Er stond een andere hond, aan de overkant van de weg, nog geen meter bij de brievenbus vandaan.

Mijn moeder belde het theater zodra we thuis waren en we Blitzee, die op ons stond te wachten, hadden binnengelaten. Er werd niet opgenomen. Ze belde de school en vroeg aan iemand om tegen de buschauffeur te zeggen dat hij Caro naar de deur moest rijden. Dat bleek de chauffeur niet te kunnen doen, omdat het sinds de laatste keer dat Neal het weggetje had geruimd weer gesneeuwd had, maar hij – de chauffeur – bleef net zo lang wachten totdat ze het huis bereikt had. Er was intussen geen wolf meer te zien.

Neal was van mening dat er nooit een geweest was. En als er een geweest was, zei hij, zou hij geen gevaar voor ons betekend hebben, omdat hij waarschijnlijk te zwak was vanwege zijn winterslaap.

Caro zei dat wolven geen winterslaap hielden. 'We hebben over ze op school geleerd.'

Onze moeder wilde dat Neal een geweer ging kopen.

'Denk je dat ik een geweer ga kopen om een arme moederwolf dood te schieten die waarschijnlijk een heel stel jongen in het bos heeft en ze alleen maar probeert te beschermen, zoals jij die van jou probeert te beschermen?' vroeg hij rustig.

Caro zei: 'Maar twee. Ze krijgen er elke keer maar twee.'

'Oké. Oké. Ik heb het tegen je moeder.'

'Dat weet je niet', zei mijn moeder. 'Je weet niet of ze hongerige jongen heeft of wat ook.'

Ik had nooit gedacht dat ze zo tegen hem zou praten.

Hij zei: 'Kalmpjes aan. Laten we eerst goed nadenken. Een geweer is iets verschrikkelijks. Als ik een geweer ging kopen, wat zou ik daarmee zeggen? Dat Vietnam door de beugel kon? Dat ik net zo goed naar Vietnam had kunnen gaan?'

'Je bent geen Amerikaan.'

'Je krijgt me niet kwaad.'

Dat zeiden ze min of meer en het slot van het liedje was dat Neal geen geweer hoefde te kopen. We hebben de wolf nooit meer gezien, als het een wolf was geweest. Ik geloof dat mijn moeder de post niet meer ging halen, maar ze was toen misschien toch al te zwaar om zoiets nog met gemak te kunnen doen.

De sneeuw verdween als bij toverslag. De bomen waren nog kaal en mijn moeder zorgde ervoor dat Caro 's morgens haar jas aantrok, maar als ze uit school thuiskwam, sleepte ze hem achter zich aan.

Mijn moeder zei dat de baby een tweeling moest zijn, maar de dokter zei dat dit niet zo was.

'Hartstikke goed', zei Neal, die helemaal voor het idee van een tweeling was. 'Wat weten dokters ervan.'

De grindgroeve was helemaal volgelopen met gesmolten sneeuw en regen, zodat Caro er voorzichtig omheen moest lopen op weg naar de schoolbus. Het was een klein meer geworden, dat stil en glinsterend onder de heldere hemel lag. Caro vroeg zonder veel hoop of we erin mochten spelen.

Onze moeder zei dat ze dat niet in haar hoofd moest halen. 'Het is zeker zes meter diep', zei ze.

Neal zei: 'Misschien drie.'

Caro zei: 'Maar aan de rand is het niet zo diep.'

Onze moeder zei dat het daar ook diep was. 'Het loopt meteen omlaag', zei ze. 'Het is niet zoals het fucking strand. Blijf er uit de buurt.'

Ze was nogal vaak 'fucking' gaan zeggen, misschien nog wel vaker dan Neal en op meer geërgerde toon.

'Moet de hond ook uit de buurt gehouden worden?' vroeg ze aan hem.

Neal zei dat dat geen probleem was. 'Honden kunnen zwemmen.'

Het was zaterdag. Caro keek met me mee naar *The Friendly Giant* en maakte opmerkingen die het verpestten. Neal lag op de bank, die uitgeklapt het bed van hem en mijn moeder werd. Hij rookte een van die sigaretten van hem die hij niet op zijn werk kon roken, zodat hij er in het weekend van moest profiteren. Caro zeurde vaak bij hem of zij ook een trekje mocht nemen. Een keer had hij haar dat laten doen, maar er meteen bij gezegd dat ze het niet aan onze moeder moest vertellen.

Maar ik was erbij en dus vertelde ik het.

Ze schrok, maar het leidde niet tot ruzie.

'Je weet dat hij de kinderen hier dan meteen kan weghalen', zei onze moeder. 'Nooit meer.'

'Nooit meer', zei Neal schappelijk. 'Wat geeft het dat hij ze vergiftige Rice Krispies te eten geeft.'

In het begin hadden we onze vader helemaal niet gezien. Toen was er na Kerstmis een plan uitgewerkt voor de zaterdagen. Onze moeder vroeg na afloop altijd of we het leuk gehad hadden. Ik zei altijd ja en meende het, omdat ik dacht dat als je naar de bioscoop ging of naar Lake Huron ging kijken of in een restaurant at, het betekende dat je het leuk had gehad. Caro zei ook ja, maar op een toon die aangaf dat mijn moeder daar niets mee te maken had. Toen ging mijn vader op wintervakantie in Cuba (mijn moeder maakte daar een verraste en zo te horen goedkeurende opmerking over) en kwam terug met een soort griep die maar niet overging en daarom hielden de bezoeken op. Ze zouden in de lente hervat worden, maar tot dusver was dit niet gebeurd.

Nadat de televisie uitgezet was, werden Caro en ik naar buiten gestuurd om wat rond te rennen, zoals onze moeder zei en wat frisse lucht te krijgen. We namen de hond mee.

Toen we buiten waren, trokken we meteen de sjaals los die onze moeder om onze hals gewikkeld had en lieten die achter ons aan wapperen. (Hoewel wij die twee dingen misschien niet met elkaar in verband brachten, ging ze zich naarmate haar zwangerschap vorderde steeds meer als een gewone moeder gedragen, tenminste wat sjaals betrof die we niet nodig hadden en regelmatige maaltijden. Ook pleitte ze minder voor een ongebonden levenswijze dan ze in de herfst had gedaan.) Caro vroeg me wat ik wilde doen en ik zei dat ik het niet wist. Van haar kant was dit een formaliteit, maar van mijn kant de absolute waarheid. We lieten ons trouwens toch door de hond meevoeren en Blitzee wilde bij de grindgroeve gaan kijken. Door de wind waren er kleine golfjes op het water gekomen en we kregen het algauw koud en deden onze sjaals weer om.

Ik weet niet hoelang we maar wat doelloos langs de rand van het water hebben gelopen, in de wetenschap dat we niet uit de stacaravan gezien konden worden. Na een tijdje drong het tot me door dat mij instructies werden gegeven.

Ik moest naar de stacaravan teruggaan en iets aan Neal en onze moeder vertellen.

Dat de hond in het water gevallen was.

De hond was in het water gevallen en Caro was bang dat ze zou verdrinken.

Blitzee. Die aan het verdrinken was.

Aan het verdrinken.

Maar Blitzee lag niet in het water.

Maar het zou kunnen. En Caro zou in het water kunnen springen om haar te redden.

Ik geloof dat ik daar nog tegenin ben gegaan, zo van: het zou wel kunnen maar het is niet gebeurd. Ook herinnerde ik me dat Neal had gezegd dat honden niet verdronken.

Caro zei dat ik moest doen wat me was opgedragen.

Waarom?

Misschien heb ik dat gezegd, of misschien stond ik daar zonder te gehoorzamen terwijl ik een nieuw argument probeerde te verzinnen.

Ik gedachten zie ik haar Blitzee oppakken en gooien, hoewel Blitzee zich aan haar jas probeerde vast te houden. Daarna een stap naar achteren, Caro die een stap naar achteren doet om naar het water toe te rennen. Te rennen, te springen en zich plotseling in het water te werpen. Maar ik herinner me niet het geluid van de plonzen, terwijl ze achter elkaar in het water belanden. Geen kleine plons en geen grote plons. Misschien had ik me toen al naar de stacaravan omgedraaid, dat moet haast wel.

Wanneer ik hierover droom, ben ik altijd aan het rennen. En in mijn dromen ren ik niet naar de stacaravan maar terug naar de grindgroeve. Ik zie Blitzee rondspartelen en Caro naar haar toe zwemmen, met krachtige slagen, op weg om haar te redden. Ik zie haar lichtbruine geruite jas en haar geruite sjaal, haar trotse gezicht dat succes uitstraalt en haar rossige haar, waarvan de krullen onderaan donker geworden zijn van het water. Ik hoef alleen maar te kijken en blij te zijn, er blijkt verder niets van me verlangd te worden.

In werkelijkheid was ik het kleine heuveltje naar de stacaravan op gegaan. En toen ik er was, ging ik zitten. Net alsof daar een veranda of een bank was, hoewel de stacaravan geen van beide had. Ik ging zitten wachten op wat er nu zou gebeuren.

Ik weet dit omdat het een feit is. Maar ik weet niet wat ik van plan was of wat ik dacht. Misschien wachtte ik de volgende acte in Caro's drama af. Of in dat van de hond.

Ik weet niet of ik daar misschien vijf minuten heb gezeten. Misschien langer? Misschien korter? Het was niet al te koud.

Ik ben een keer bij een professionele hulpverlener geweest en zij wist me ervan te overtuigen – althans tijdelijk – dat ik de deur van de stacaravan moet hebben geprobeerd maar dat hij op slot zat. Op slot omdat moeder en Neal met elkaar naar bed waren en hem op slot gedaan hadden om niet gestoord te worden. Als ik op de deur gebonsd had, zouden ze kwaad geworden zijn. De psychologe was tevreden dat ze me tot deze conclusie had weten te brengen en ik was ook tevreden. Een tijdje. Maar ik denk nu niet meer dat dit waar was. Ik denk niet dat ze de deur op slot gedaan zouden hebben, want ik weet dat ze dat een keer toen Caro was binnengekomen niet hadden gedaan en dat ze hadden moeten lachen om hoe ze keek.

Misschien herinnerde ik me dat Neal had gezegd dat honden niet verdronken, wat betekende dat Caro Blitzee niet hoefde te redden. Daarom zou ze niet verder kunnen gaan met haar spelletje. Zo veel spelletjes, met Caro.

Dacht ik dat ze kon zwemmen? Veel kinderen kunnen dat op hun negende. En ze bleek inderdaad de zomer ervoor één les gehad te hebben, maar toen waren we naar de stacaravan verhuisd en waren er geen lessen meer gevolgd. Ze dacht misschien ook dat ze het best zou kunnen. En ik geloofde misschien echt dat ze alles wat ze wilde ook kon.

De psychologe suggereerde niet dat ik er misschien genoeg van had om Caro's bevelen op te volgen, maar die gedachte is wel bij mij opgekomen. Maar dat lijkt me ook niet juist. Misschien als ik ouder geweest was. In die tijd verwachtte ik nog steeds dat zij mijn hele wereld vulde.

Hoelang heb ik daar gezeten? Waarschijnlijk niet lang. En het is mogelijk dat ik geklopt heb. Na een tijdje. Na een paar minuten. In ieder geval deed mijn moeder op een bepaald moment opeens de deur open. Een voorgevoel.

Meteen daarna ben ik binnen. Mijn moeder schreeuwt tegen Neal en probeert hem iets aan zijn verstand te brengen. Hij komt overeind en staat tegen haar te praten, hij raakt haar aan, zo mild en zacht en troostend. Maar dat wil mijn moeder helemaal niet en ze rukt zich van hem los en rent de deur uit. Hij schudt zijn hoofd en kijkt naar zijn blote voeten. Zijn grote hulpeloze tenen.

Ik geloof dat hij iets tegen me zegt, op gelijkmatige droevige toon. Vreemd.

Verder heb ik geen details.

Mijn moeder heeft zich niet in het water geworpen. Haar weeën zijn niet door de schok begonnen. Mijn broertje, Brent, werd pas een week à tien dagen na de begrafenis geboren en was een voldragen kind. Ik weet niet waar ze de bevalling heeft afgewacht. Misschien hebben ze haar in het ziekenhuis gehouden, onder verdoving, voor zover dat onder de omstandigheden mogelijk was.

Ik herinner me de dag van de begrafenis vrij goed. Een erg aardige, gezellige vrouw die ik niet kende – ze heette Josie – ging met me op stap. We gingen ergens heen waar schommels waren en een soort poppenhuis dat zo groot was dat ik naar binnen kon en we aten 's middags wat ik het liefste at, maar niet zo veel dat ik er misselijk van werd. Josie was iemand die ik later goed leerde kennen. Mijn vader was op Cuba bevriend met haar geraakt en na de scheiding werd ze mijn stiefmoeder, zijn tweede vrouw.

Mijn moeder herstelde. Ze moest wel. Ze moest voor Brent zorgen en meestal ook voor mij. Ik geloof dat ik bij mijn vader en Josie heb gewoond terwijl zij gesetteld raakte in het huis waar ze de rest van haar leven wilde doorbrengen. In mijn herinnering ben ik daar pas als Brent al groot genoeg is om in zijn kinderstoel te zitten.

Mijn moeder hervatte haar oude werkzaamheden bij het theater. In het begin werkte ze er misschien net als daarvoor als vrijwilligster, maar toen ik eenmaal op school zat, had ze er een echte baan, met een salaris en verantwoordelijkheden het hele jaar door. Ze was de zakelijke leider. Het theater overleefde, kende voor- en tegenspoed en bestaat nog steeds.

Neal geloofde niet in begrafenissen en daarom woonde hij die van Caro niet bij. Brent heeft hij nooit gezien. Hij had een brief geschreven – dit ontdekte ik pas veel later – waarin stond dat daar hij niet van plan was als vader op te treden, het beter was als hij zich meteen terugtrok. Ik heb nooit iets over hem tegen Brent gezegd, omdat ik dacht dat mijn moeder daar overstuur van zou raken. Ook omdat Brent zo weinig van hem – van Neal – leek te hebben en in feite veel meer op mijn vader leek, zodat ik me werkelijk begon af te vragen wat er zich rond de tijd van zijn conceptie had afgespeeld. Mijn vader heeft er nooit iets over gezegd en zal dat ook nooit doen. Hij behandelt Brent zoals hij mij behandelt, maar hij is het soort man die dat sowieso zou doen.

Hij en Josie hebben zelf geen kinderen, maar ik geloof niet dat ze dit erg vinden. Josie is de enige die ooit over Caro praat en zelfs zij doet het niet vaak. Ze zegt dat mijn vader mijn moeder er niet de schuld van geeft. Hij heeft ook gezegd dat hij nogal saai geweest moet zijn terwijl mijn moeder meer opwinding in haar leven wilde. Hij moest eens goed wakker geschud worden en dat was dan ook gebeurd. Het had geen zin om daar nu over in te zitten. Als het niet was gebeurd, zou hij Josie nooit ontmoet hebben en zouden zij tweeën nu niet zo gelukkig zijn.

'Welke twee?' zeg ik dan soms om hem in de war te brengen en dan zegt hij trouw: 'Josie. Josie natuurlijk.'

Mijn moeder wil niet aan die tijd herinnerd worden en ik val er haar niet mee lastig. Ik weet dat ze het weggetje waar we gewoond hebben een keer is op gereden en had gezien dat het er nogal veranderd was, met het soort moderne huizen die nu overal op onproductief land verrijzen. Ze vertelde het met de lichte minachting die ze voor zulke huizen voelt. Ik ben zelf ook het weggetje op gegaan maar heb het aan niemand verteld. Al dat openrijten van wonden waar families zich tegenwoordig aan overgeven, lijkt me verkeerd.

Zelfs op de plek waar de grindgroeve was, staat nu een huis, en de grond is opgehoogd.

Ik heb een partner, Ruthann, die jonger maar ik geloof een stuk wijzer is dan ik. Of in ieder geval optimistischer over het uitbannen van wat zij mijn demonen noemt. Ik zou nooit in contact met Neal gekomen zijn als zij er niet op aangedrongen had. Natuurlijk wist ik heel lang niet hoe ik met hem in contact moest komen en dacht er ook niet aan. Hij was degene die mij ten slotte schreef. Een kort felicitatiebriefje, zoals hij het noemde, nadat hij mijn foto in de *Alumni Gazette* had gezien. Ik heb geen idee wat hem ertoe bracht de *Alumni Gazette* door te bladeren. Ik had zo'n academische onderscheiding gekregen die in een kleine kring iets betekent maar daarbuiten bijna niets.

Hij woonde nauwelijks tachtig kilometer van de plaats waar ik lesgeef en waar ik toevallig ook heb gestudeerd. Ik vroeg me af of hij er in die tijd ook al gewoond had. Zo dichtbij. Zou hij een academicus zijn?

Ik was eerst niet van plan het briefje te beantwoorden, maar toen ik het aan Ruthann vertelde, vond ze dat ik moest overwegen om terug te schrijven. Het leidde ertoe dat ik hem een mail stuurde en dat we vervolgens een afspraak maakten. Ik zou hem in zijn stad ontmoeten, in de neutrale omgeving van een universiteitscafetaria. Ik hield mezelf voor dat als hij onverdraaglijk overkwam – ik wist niet goed wat ik daarmee bedoelde – ik weer gewoon verder kon lopen.

Hij was kleiner dan hij vroeger was, zoals volwassenen die we ons uit onze kindertijd herinneren meestal zijn. Zijn haar was dun en gemillimeterd. Hij ging een kop thee voor me halen. Zelf dronk hij ook thee.

Wat deed hij voor de kost?

Hij zei dat hij bijles aan studenten gaf terwijl ze zich op examens voorbereidden. Hij hielp ze ook met het schrijven van hun essays. Soms, zou je kunnen zeggen, schreef híj ze. Natuurlijk vroeg hij er geld voor.

'Je wordt er geen miljonair van, dat kan ik je wel vertellen.'

Hij woonde in een puinhoop. Of een halfrespectabele puinhoop. Hij had het er naar zijn zin. Hij kocht zijn kleren bij het Leger des Heils. Dat vond hij ook prima.

'Het sluit aan bij mijn principes.'

Ik feliciteerde hem met geen van deze dingen, maar ik geloof eerlijk gezegd niet dat hij dat had verwacht.

'Maar zo interessant is mijn leven niet. Ik denk dat je misschien wilt weten hoe het gebeurd is.'

Ik was niet in staat iets te zeggen.

'Ik was stoned', zei hij. 'En verder kon ik niet zwemmen. Er waren nauwelijks zwembaden waar ik ben opgegroeid. Ik zou zelf ook verdronken zijn. Wilde je dat weten?'

Ik zei dat hij niet echt degene was over wie ik me dingen afvroeg.

Toen werd hij de derde persoon aan wie ik het vroeg: 'Wat denk je dat Caro voor ogen stond?'

De psychologe had gezegd dat we dat niet konden weten. 'Ze wist waarschijnlijk zelf niet wat ze wilde. Aandacht? Ik denk niet dat ze van plan was zichzelf te verdrinken. Aandacht voor hoe rot ze zich voelde?'

Ruthann had gezegd: 'Zodat je moeder zou doen wat zij wilde? Zodat ze bij haar verstand zou komen en zou inzien dat ze naar je vader terug moest gaan?'

Neal zei: 'Het maakt niets uit. Misschien dacht ze dat ze beter kon zwemmen. Misschien wist ze niet hoe zwaar winterkleren kunnen worden. Of dat er niemand in een positie was om haar te helpen.'

Hij zei tegen me: 'Verspil er je tijd niet mee. Je denkt toch niet: was ik het maar wat vlugger gaan vertellen? Je probeert jezelf de schuld toch niet te geven?'

Ik zei dat ik dat allemaal wel had overwogen, maar nee.

'Het gaat erom gelukkig te zijn', zei hij. 'Wat er ook gebeurt. Probeer het maar gewoon. Het kan. Het zal je steeds gemakkelijker afgaan. Het heeft niets met de omstandigheden te maken. Je kunt je niet voorstellen hoe goed het voelt. Accepteer alles en de tragedie verdwijnt. De tragedie wordt althans lichter en je ben er gewoon, terwijl je het kalmpjes aandoet in de wereld.'

En nu, vaarwel.

Ik begrijp wat hij bedoelde. Het is echt de enige manier. Maar in mijn hoofd rent Caro nog steeds op het water af en werpt zich er bijna triomfantelijk in, en ben ik nog steeds een gevangene, terwijl ik op een verklaring van haar wacht, terwijl ik wacht op de plons.

Toevluchtsoord

Dit is allemaal in de jaren zeventig gebeurd, hoewel die tijd in dat plaatsje en soortgelijke plaatsjes zich anders manifesteerde dan we doorgaans denken, anders ook dan ik in Vancouver had meegemaakt. Het haar van de jongens was langer dan het was geweest, maar het hing niet op hun rug en je kon niet echt van een sfeer van bevrijding of opstandigheid spreken.

Mijn oom begon met me te plagen over het bidden voor het eten. Over het niet bidden voor het eten. Ik was dertien en woonde het jaar dat mijn ouders in Afrika doorbrachten bij hem en mijn tante in huis. Ik had mijn hoofd nog nooit voor een bord met eten gebogen.

'Heer, zegen dit eten dat ons voedt en zegen ons in uw dienst', zei oom Jasper, terwijl mijn vork nog in de lucht zweefde en ik even niet op het vlees en de aardappels kauwde die al in mijn mond zaten.

'Verbaasd?' vroeg hij, na 'om Jezus' wil. Amen.' Hij wilde weten of mijn ouders een ander gebed gebruikten, misschien aan het eind van de maaltijd.

'Ze bidden helemaal niet', vertelde ik hem.

'Echt niet?' zei hij. Deze woorden sprak hij vol zogenaamde verbazing uit. 'Dat meen je toch zeker niet? Mensen die Gods zegen niet vragen voor het eten en wel naar Afrika gaan om de heidenen te helpen. Stel je voor!'

In Ghana, waar mijn ouders onderwijs gaven, leken ze geen heidenen te zijn tegengekomen. Het christendom bloeide verontrustend overal om hen heen, zelfs in slogans achter op bussen.

‘Mijn ouders zijn unitariërs’, zei ik en ik rekende mezelf om de een of andere reden niet mee.

Oom Jasper schudde zijn hoofd en vroeg me dat woord uit te leggen. Geloofden ze niet in de God van Mozes? Of in de God van Abraham? Dan waren het zeker Joden? Nee? Het waren toch geen mohammedanen?

‘Het betekent voornamelijk dat iedereen zijn eigen idee over God heeft’, zei ik misschien wat zelfverzekerder dan hij had verwacht. Ik had twee broers die studeerden en het zag er niet naar uit dat zij ook unitariërs zouden worden en daarom was ik gewend aan intense religieuze – en atheïstische – discussies tijdens het avondeten.

‘Maar ze geloven in het doen van goede werken en het leiden van een goed leven’, voegde ik eraan toe.

Fout. Niet alleen verscheen er een ongelovige uitdrukking op mijn ooms gezicht – opgetrokken wenkbrauwen, een verwonderd knikje – maar de woorden die ik zojuist gesproken had klonken mij zelfs vreemd in de oren, pretentieus en zonder overtuiging.

Ik had het niet goed gevonden dat mijn ouders naar Afrika gingen. Ik had er bezwaar tegen gemaakt dat ik bij mijn tante en oom werd gedumpt (mijn woord ervoor). Ik had misschien zelfs tegen mijn lankmoedige ouders gezegd dat ik schijt aan hun goede werken had. Bij ons thuis mochten we zeggen wat we wilden. Hoewel ik niet geloof dat mijn ouders zelf ooit van ‘goede werken’ of ‘goeddoen’ zouden spreken.

Mijn oom was voor nu tevredengesteld. Hij zei dat we het onderwerp moesten laten rusten omdat hij zelf om één uur weer in zijn spreekkamer moest zijn om zijn eigen goede werken te doen.

Waarschijnlijk pakte mijn tante op dat moment haar vork op om te gaan eten. Ze had gewacht totdat de schermutseling achter de rug was. Ze kan dit uit gewoonte gedaan hebben, in plaats van uit ontzetting over mijn vrijpostigheid. Ze was gewend te wachten totdat ze er zeker van was dat mijn oom alles gezegd had wat hij van plan was te zeggen. Zelfs wanneer ik rechtstreeks tegen haar sprak, wachtte ze en keek hem aan om te zien of hij antwoord wilde geven. Wat ze zei was altijd opgewekt en ze glimlachte zodra ze wist dat het in orde was om te glimlachen en daarom was het moeilijk om haar als iemand te zien die onderdrukt werd. Het was ook moeilijk om haar als mijn moeders zus te zien, omdat ze er zo veel jonger en frisser en netter uitzag, en verder dus die stralende glimlach had.

Mijn moeder viel mijn vader gewoon in de rede als er iets was wat ze echt wilde zeggen en dat was vaak het geval. Mijn broers, zelfs de broer die zei dat hij erover dacht om moslim te worden zodat hij vrouwen kon kastijden, luisterde altijd naar haar alsof ze net zo veel gezag had.

'Dawns leven is aan haar man gewijd', had mijn moeder gezegd, terwijl ze poogde neutraal te klinken. Of, wat sarcastischer: 'Haar leven draait om die man.'

Dat was iets wat in die tijd werd gezegd en het was niet altijd geringschattend bedoeld. Maar ik had nog nooit een vrouw gezien op wie het zo van toepassing was als op tante Dawn.

Natuurlijk zou het heel anders geweest zijn als ze kinderen hadden gehad, had mijn moeder ook gezegd.

Stel je voor. Kinderen. Die oom Jasper voor de voeten liepen, in een hoek om hun moeders aandacht jengelden.

Ziek werden, pruilden, rommel in huis maakten, eten wilden waar hij niet van hield.

Onmogelijk. Het huis was van hem, hij koos uit wat er gegeten werd, hij selecteerde de radio- en televisieprogramma's. Zelfs wanneer hij een deur verderop in zijn spreekkamer was, of een visite aflegde, moest alles op ieder moment aan zijn goedkeuring kunnen voldoen.

Ik begon langzaam te beseffen dat zo'n manier van leven vrij prettig kon zijn. Glanzende zilveren lepels en vorken, donkere geboende vloeren, behaaglijke linnen lakens, al deze huishoudelijke deugd werd door mijn tante uitgestippeld terwijl het door Bernice, de dienstbode, ten uitvoer werd gebracht. Bernice kookte alle maaltijden, streek de theedoeken. Alle andere dokters in de stad stuurden hun wasgoed naar de Chinese wasserij, terwijl het onze door Bernice en tante Dawn zelf aan de drooglijn werd gehangen. De lakens en zwachtels, wit door de zon, fris door de wind, zagen er geweldig uit en roken heerlijk. Mijn oom was van mening dat die spleetogen te veel stijfsel gebruikten.

'Chinezen', zei mijn tante op zachte, plagende toon, alsof ze zich zowel bij mijn oom als de wasserijmensen moest verontschuldigen.

'Spleetogen', zei mijn oom op luide toon.

Bernice was de enige die het vrij natuurlijk kon zeggen.

Mijn loyaliteit aan mijn ouderlijk huis, met zijn intellectuele ernst en fysieke wanorde, begon geleidelijk af te nemen. Natuurlijk vereiste het alle energie van een vrouw om zo'n toevluchtsoord in stand te houden. Je kon geen unitaristische manifesten uittypen of de benen naar Afrika nemen. ('Mijn ouders zijn in Afrika gaan werken' zei ik in het begin als iemand in dat huis het over 'de benen nemen' had. Toen had ik er genoeg van gekregen dat steeds maar te zeggen.)

'Toevluchtsoord' was het juiste woord. 'De belangrijkste taak voor een vrouw is om een toevluchtsoord voor haar man te scheppen.'

Had tante Dawn dat werkelijk gezegd? Ik denk het niet. Ze deed helemaal geen uitspraken. Ik had het waarschijnlijk in een van de damesbladen gelezen die ik in huis gevonden had. Zo'n blad waarvan mijn moeder zou kotsen.

De eerste dag ging ik op onderzoek uit in de stad. Ik zag een zware oude fiets achter in de garage staan en reed daarop weg zonder eerst toestemming te vragen. Toen ik een heuvel af reed langs een pas met grind verharde weg boven de haven kwam ik te vallen. Een van mijn knieën was lelijk geschaafd en ik moest naar mijn oom in zijn praktijk naast het huis. Hij behandelde de wond deskundig. Hij deed nu zakelijk en nuchter, met een mildheid die vrij onpersoonlijk was. Geen grapjes. Hij zei dat hij zich niet kon herinneren waar die fiets vandaan kwam, het was een verraderlijk oud monster en als ik graag fietste, zouden we kunnen zien of we een betere voor me konden kopen. Toen ik wat meer op mijn nieuwe school gewend raakte en leerde wat de regels voor meisjes waren als ze eenmaal de puberteit hadden bereikt, besefte ik dat fietsen absoluut niet kon en dat er niets van zou komen. Wat me verbaasde was dat mijn oom niet zelf begonnen was over wat gepast was of wat meisjes al dan niet behoorden te doen. In zijn spreekkamer leek hij vergeten te zijn dat ik iemand was die op veel gebieden gecorrigeerd diende te worden en die, vooral tijdens het avondeten, moest worden aangespoord om het gedrag van mijn tante Dawn na te volgen.

'Je bent daar helemaal alleen gaan fietsen?' was haar reactie toen ze erover hoorde. 'Wat zocht je daar? Maak je maar niet ongerust, je hebt vast zo een paar vriendinnen.'

In beide opzichten had ze gelijk: ik zou een paar vriendinnen krijgen en het zou duidelijk worden wat mijn speelruimte was.

Oom Jasper was niet alleen dokter, hij was dé dokter. Hij was de stuwende kracht achter de bouw van het stadsziekenhuis geweest en had niet gewild dat het naar hem werd vernoemd. Hij was arm opgegroeid, een intelligente jongen die eerst als onderwijzer had moeten werken voordat hij geneeskunde kon gaan studeren. Hij had baby's ter wereld gebracht en blindedarmoperaties verricht in boerenkeukens nadat hij er door de jagende sneeuw naartoe was gereden. Zelfs in de jaren vijftig en zestig had je zulke situaties. Hij stond bekend als iemand die het nooit opgaf, die gevallen van bloedvergiftiging en longontsteking had behandeld en patiënten er levend doorheen had gesleept, lang voordat de nieuwe geneesmiddelen er waren.

En in zijn spreekkamer was hij gemakkelijk in de omgang, vergeleken met hoe hij thuis was. Alsof er thuis voortdurend opgelet moest worden maar hij hier geen toezicht hoefde te houden, hoewel je juist het tegenovergestelde zou verwachten. De verpleegster die er werkte deed zelfs niet speciaal eerbiedig tegen hem, ze leek helemaal niet op tante Dawn. Ze keek even om de hoek terwijl hij zich met mijn schaafwond bezighield en zei dat ze vroeg naar huis ging.

'U zult de telefoon aan moeten nemen, dokter Cassel. Dat bent u toch niet vergeten, hè?'

'Mmm-mmm', zei hij.

Ze was natuurlijk oud, misschien over de vijftig, en soms kreeg een vrouw van die leeftijd een zeker gezag.

Maar ik kon me niet voorstellen dat tante Dawn het ooit zou hebben. Ze leek vast te zitten in een rozige, bedeesde jeugdigheid. Toen ik er nog maar pas was en dacht dat ik overal mocht komen, was ik de slaapkamer van mijn oom en tante in gegaan om naar een foto van haar op zijn nachtkastje te kijken.

Die zachte rondingen en het donkere, golvende haar bezat ze nog steeds. Maar dat haar werd gedeeltelijk door een lelijk rood kapje bedekt en ze droeg een paarse cape. Toen ik weer beneden was, vroeg ik wat dat voor kleding was en ze zei: 'Welke kleding? O dat droeg ik toen ik leerling-verpleegster was.'

'U bent verpleegster geweest?'

'O, nee.' Ze lachte alsof dat een absurde onbeschaamdheid geweest zou zijn. 'Ik ben ermee opgehouden.'

'Hebt u zo oom Jasper ontmoet?'

'O, nee. Hij was toen al jarenlang dokter. Ik heb hem ontmoet toen ik blindedarmontsteking had. Ik logeerde bij een vriendin – ik bedoel de familie van een vriendin hier in de buurt – en werd erg ziek, maar ik wist niet wat het was. Hij constateerde het en heeft hem eruit gehaald.' Hierbij bloosde ze meer dan anders en ze zei dat ik misschien eerst toestemming moest vragen voordat ik de slaapkamer in ging. Zelfs ik kon begrijpen dat dit 'geen toestemming' betekende.

'Dus woont uw vriendin hier nog in de buurt?'

'O, weet je, als je eenmaal getrouwd bent heb je geen vriendinnen meer op dezelfde manier.'

Rond de tijd dat ik deze dingen ontdekte, kwam ik er

ook achter dat oom Jasper het niet helemaal zonder familie hoefde te stellen, zoals ik had aangenomen. Hij had een zus. Zij had het ook ver gebracht in de wereld, althans in mijn ogen. Ze was musicus, violiste. Ze heette Mona. Of was zich zo gaan noemen, want haar echte naam, haar doopnaam, was Maud. Mona Cassel. Toen ik me haar bestaan voor het eerst bewust werd, woonde ik al bijna een half schooljaar in het stadje. Toen ik op een dag naar huis liep, zag ik een affiche in het raam van het kantoor van de plaatselijke krant, waarop een concert, dat over een paar weken in het stadhuis zou worden gegeven, werd aangekondigd. Drie musici uit Toronto. Mona Cassel was de lange witharige vrouw met de viool. Toen ik thuiskwam vertelde ik tante Dawn over het toeval van de namen en ze zei: 'O, ja. Dat zal de zus van je oom zijn.'

Toen zei ze: 'Maar je moet er hier in huis niets over zeggen.'

Na een ogenblik leek ze zich verplicht te voelen er iets aan toe te voegen.

'Je oom houdt niet van dat soort muziek, weet je. Symfoniemuziek.'

En er kwam nog meer.

Ze zei dat de zus een paar jaar ouder was dan oom Jasper en dat er iets was gebeurd toen ze jong waren. Sommige familieleden hadden gevonden dat dit meisje weggehaald en een betere kans gegeven moest worden, omdat ze zo muzikaal was. Ze was dus op een andere manier opgevoed en de broer en zus hadden niets met elkaar gemeen, en dat was eigenlijk alles wat zij – tante Dawn – erover wist. Behalve dat mijn oom het niet goed zou vinden dat ze me zelfs dit had verteld.

'Hij houdt niet van zulke muziek?' vroeg ik. 'Van welke soort muziek houdt hij dan?'

'Van meer ouderwetse muziek, zou je kunnen zeggen. Maar beslist niet van klassiek.'

'De Beatles?'

'O, hemeltje nee.'

'Lawrence Welk toch niet?'

'Het is niet aan ons om dit te bespreken. Ik had er niet over moeten beginnen.'

Dat negeerde ik.

'Maar waar houdt ú dan van?'

'Ik hou min of meer van alles.'

'U moet sommige muziek mooier dan andere vinden.'

Ze stond me alleen een van haar kleine lachjes toe. Dit was het zenuwachtige lachje, dat leek op – maar bezorgder klonk dan – bijvoorbeeld het lachje waarmee ze oom Jasper vroeg of hij het eten lekker vond. Hij keurde het bijna altijd goed, maar onder voorbehoud. Het was goed, maar een beetje te kruidig of een beetje te flauw. Misschien een beetje te lang of mogelijk niet lang genoeg gekookt. Een keer zei hij: 'Nee', en ging er niet verder op in en toen was het lachje overgegaan in een strakke mond en heroïsche zelfbeheersing.

Welke maaltijd kon dat geweest zijn? Een kerrieschotel, zou ik bijna zeggen, maar dat komt misschien omdat mijn vader daar niet van hield, hoewel hij er nooit moeilijk over deed. Mijn oom was opgestaan en had een boterham met pindakaas voor zichzelf klaargemaakt en door de nadruk waarmee hij dit had gedaan, had het wel opschudding veroorzaakt. Wat tante Dawn ook op tafel had gezet, ze had het niet gedaan om hem te tarten. Misschien was het alleen

een beetje ongewoon geweest en had het er in een tijdschrift goed uitgezien. En voor zover ik me herinner, had hij zijn bord al leeggegeten voordat hij zijn oordeel gaf. Het werd dus niet door honger ingegeven maar alleen omdat hij zijn pure, hevige afkeuring kenbaar wilde maken.

Ik bedenk me nu dat er die dag iets in het ziekenhuis misgegaan kon zijn, dat er iemand was overleden waarvan men dat niet had verwacht, dat het misschien niets met het eten te maken had. Maar ik geloof niet dat tante Dawn daaraan dacht, of anders liet ze niets van haar vermoedens merken. Ze was een en al berouw.

Rond die tijd had tante Dawn nog een probleem, een probleem dat ik pas later zou begrijpen. Dat was het probleem van het echtpaar dat naast hen woonde. Ze waren hier rond dezelfde tijd als ik gearriveerd. Hij was schoolinspecteur, zij muzieklerares. Ze waren misschien van dezelfde leeftijd als tante Dawn en jonger dan oom Jasper. Zij hadden evenmin kinderen, zodat ze tijd voor visites hadden. En ze waren in dat stadium van inburgeren waarin alles er nog rooskleurig en gemakkelijk uitziet. In die geest hadden ze tante Dawn en oom Jasper voor een drankje uitgenodigd. Het sociale leven van mijn tante en oom was zo beperkt en daarvan was iedereen in de stad zo doordrongen dat mijn tante geen ervaring in nee zeggen had. En dus gingen ze op bezoek en dronken iets en praatten wat en ik stel me zo voor dat oom Jasper er best van genoot, zonder mijn tante een minuut te vergeven voor het feit dat ze de uitnodiging had aangenomen.

Nu bevond ze zich in een lastig parket. Ze besefte dat als mensen je thuis uitgenodigd hadden, je hen voor een tegenbezoek moest vragen. Met ook een kopje koffie en een drankje. Een etentje was niet nodig. Maar ze wist zelfs niet hoe ze dat voor elkaar moest krijgen. Mijn oom had niets op de buren aan te merken gehad, hij hield er eenvoudig niet van om hoe dan ook mensen over de vloer te hebben.

Toen diende zich met het nieuws dat ik gebracht had de mogelijkheid tot een oplossing aan. Het trio uit Toronto – waaronder natuurlijk Mona – zou maar één avond in het stadhuis optreden. En dat was toevallig de avond dat oom Jasper weg moest en pas vrij laat thuis zou komen. Het was de avond van de jaarvergadering, met eten na, van plattelandsdokters. Het was geen banket, de echtgenotes waren niet uitgenodigd.

De buren waren van plan om naar het concert te gaan. Dat was te verwachten, gezien haar beroep. Maar ze stemden toe om zodra het afgelopen was langs te komen, voor een kopje koffie en iets erbij. En om kennis te maken – hier had mijn tante te veel hooi op haar vork genomen – met de leden van het trio, die ook even langs zouden komen.

Ik weet niet hoeveel mijn tante aan de buren had onthuld over haar familieband met Mona Cassel. Als ze verstandig was geweest, had ze helemaal niets gezegd. En ze handelde meestal uiterst verstandig. Ze zal hun echter wel hebben uitgelegd dat de dokter er die avond niet kon zijn, maar niet zo ver gegaan zijn dat ze tegen hen had gezegd dat ze de bijeenkomst geheim voor hem moesten houden. En hoe zou het voor Bernice geheimgehouden kunnen worden, die pas rond het avondeten naar huis ging en zeker iets van de voorbereidingen zou merken? Ik weet het niet. En ik weet al helemaal niet hoe tante Dawn de musici had weten uit te nodigen. Had ze al die tijd met Mona in contact gestaan?

Dat lijkt me onwaarschijnlijk. Ze had het beslist niet in zich om mijn oom over een lange termijn te bedriegen.

Ik stel me voor dat ze impulsief een briefje had geschreven en het naar het hotel had gebracht waar het trio zou logeren. Ze zal geen adres in Toronto hebben gehad.

Maar terwijl ze het hotel was binnengegaan, moet ze zich hebben afgevraagd wie er naar haar zat te kijken en hebben gehoopt dat ze niet de manager te spreken zou krijgen, die haar man kende, maar de nieuwe jonge vrouw die uit het een of andere buitenland kwam en misschien niet wist dat ze de vrouw van de dokter was.

Ze zou de musici hebben laten weten dat ze niet verwachtte dat ze langer dan een klein poosje zouden blijven. Een concert is vermoeiend en ze moesten de volgende morgen weer vroeg op pad naar de volgende stad.

Waarom had ze dit risico genomen? Waarom ontving ze de buren niet in haar eentje? Het is moeilijk te zeggen. Misschien voelde ze zich niet in staat om alleen een gesprek te voeren. Misschien wilde ze een beetje opscheppen tegen deze buren. Misschien – hoewel ik dit nauwelijks kan geloven – wilde ze een klein gebaar van vriendschap of instemming naar de schoonzus maken, die ze, voor zover ik weet, nog nooit had ontmoet.

Ze moet in een roes rondgelopen hebben over haar eigen achterbaksheid. En in de dagen ervoor hebben geduimd en vele schietgebedjes hebben opgezegd, omdat het gevaar bestond dat oom Jasper er toevallig achter zou komen. Doordat hij bijvoorbeeld de muziekleraren op straat tegenkwam, die hem vol verwachting zou bedanken.

De musici waren minder moe na het concert dan je misschien zou hebben verwacht. En niet al te ontmoedigd door de kleine opkomst in het stadhuis, wat hen waarschijnlijk niet had verbaasd. Het enthousiasme van de buren en de warmte van de huiskamer (het was kil in het stadhuis geweest), zowel als de glans van de kerskleurige fluwelen gordijnen, die overdag een dof donkerrood waren maar na het donker een feestelijk aanzien kregen – dit alles moet hen in een goede stemming hebben gebracht. De somberheid buiten zorgde voor een contrast en de koffie verwarmde deze exotische maar enigszins versleten vreemden. Om maar niet te spreken van de sherry die na de koffie kwam. Sherry of port in de juiste kristallen glazen en kleine cakejes met geraspte kokosnoot, koekjes in de vorm van ruitjes en halvemaantjes, chocoladewafeltjes. Ik had zelf nog nooit zoiets gezien. Mijn ouders gaven het soort feesten waarbij chili con carne uit een aardewerken pot werd gegeten.

Tante Dawn droeg een jurk die niet opzichtig van model was en van vleeskleurige crêpe was gemaakt. Het was de soort japon die een oudere vrouw misschien gedragen zou hebben en waarin ze er netjes en een beetje druk zou hebben uitgezien, maar mijn tante oogde erin alsof ze aan een enigszins gewaagd feest deelnam. De buurvrouw had zich ook speciaal aangekleed, misschien iets specialer dan de gelegenheid rechtvaardigde. De korte, dikke man die cello speelde droeg een zwart pak, waarbij een vlinderdas voorkwam dat hij er als een begrafenisondernemer uitzag en de pianiste, die zijn vrouw was, droeg een zwarte jurk, met te veel strookjes voor haar brede figuur. Maar Mona Cassel flonkerde als de maan, in een eenvoudige rechte japon van zilverkleurige stof. Ze was fors gebouwd, met een grote neus als die van haar broer.

Tante Dawn moest de piano hebben laten stemmen, omdat ze anders niet zo lang doorgespeeld zouden hebben. (En als het vreemd lijkt dat er een piano in huis was, gezien de opinies over muziek die mijn oom spoedig zou spuien, dan kan ik alleen maar zeggen dat elk huis er in die tijd een had.)

De buurvrouw vroeg om *Eine kleine Nachtmusik* en ik viel haar bij, om indruk te maken. Ik kende de muziek eerlijk gezegd niet, alleen de titel, omdat ik Duits op mijn oude school had gehad.

Toen kwam de buurman met een verzoek en dat werd ook gespeeld en toen het uit was, verontschuldigde hij zich bij tante Dawn omdat hij zo onbeleefd was geweest met zijn verzoek te komen, voordat de gastvrouw een kans gekregen had met het hare te komen.

O, nee, zei tante Dawn, zij had geen verzoek, zij vond alles mooi. Toen nam een vuurrode blos bezit van haar. Ik weet niet of ze van de muziek genoot, maar ze zag er zeker uit alsof ze opgetogen was. Misschien gewoon omdat zij voor deze momenten, deze verrukking, had gezorgd.

Kon ze het vergeten zijn, was zoiets mogelijk? De vergadering van plattelandsdokters, het jaarlijkse diner en de bestuursverkiezing was normaal om half elf afgelopen. Het was nu elf uur.

Te laat, veel te laat, kregen we beiden erg in de tijd.

De buitendeur gaat nu open, dan de deur naar de hal en dan, zonder de tijd te nemen zich van zijn laarzen, winterjas en das te ontdoen, stapt mijn oom de huiskamer binnen.

De muzikanten, die middenin een stuk zijn, houden niet op. De buren begroeten mijn oom vrolijk maar met gedempte stemmen uit eerbied voor de muziek. Hij ziet er twee keer zo groot als normaal uit in zijn losgeknoopte jas, loshangende das en laarzen. Hij kijkt dreigend, maar niet speciaal naar iemand, zelfs niet naar zijn vrouw.

En zij kijkt niet naar hem. Ze is begonnen de bordjes op de tafel naast haar op te stapelen zonder te zien dat er op sommige nog cakejes liggen, die verpletterd zullen worden.

Zonder haast en zonder te stoppen, loopt hij de grote huiskamer door, dan de eetkamer en door de openslaande deuren de keuken in.

De pianiste heeft haar handen op de toetsen laten rusten en de cellist is opgehouden. Alleen de violiste speelt door. Ik heb geen idee, zelfs nu, of het stuk zo verder hoorde te gaan of dat ze hem opzettelijk bespotte. Ze keek geen enkele keer op, voor zover ik me herinner, om deze norse man aan te kijken. Haar grote witte hoofd, dat op het zijne lijkt, maar wat meer rimpels heeft, trilt een beetje, maar misschien heeft het de hele tijd al getrild.

Hij is terug, met een bord bonen en spek. Hij moet gewoon een blik opengetrokken hebben en de inhoud koud op het bord hebben gekwakt. Hij heeft niet de moeite genomen zijn winterjas uit te trekken. En nog steeds zonder iemand aan te kijken, maar hard kletterend met zijn vork, begint hij te eten alsof hij daar alleen zit en honger heeft. Je zou denken dat hij niets gekregen had op de jaarvergadering met diner.

Ik heb hem nooit zo zien eten. Zijn tafelmanieren zijn altijd overdadig maar fatsoenlijk geweest.

De muziek die zijn zus speelt komt ten einde, waarschijnlijk omdat het stuk echt afgelopen is. Dit is net even voor de bonen met spek. De buren zijn de hal al in gegaan en hebben hun jassen aangetrokken en kijken nog even naar binnen om hun overvloedige dank te betuigen, terwijl ze hier duidelijk zo snel mogelijk vandaan willen.

En nu vertrekken de musici, hoewel met minder haast. Instrumenten moeten tenslotte voorzichtig ingepakt worden, je gooit ze niet zomaar in hun kist. De musici doen alles zoals ze het waarschijnlijk gewend zijn, methodisch, en dan zijn ook zij verdwenen. Ik herinner me niets van wat er gezegd is en of tante Dawn zich weer voldoende in de hand had om hen te bedanken en naar de deur te volgen. Daar kan ik niet op letten omdat oom Jasper luid is gaan praten en ik degene ben tegen wie hij praat. Ik meen me te herinneren dat de violiste op dat moment naar hem keek. Een blik die hij totaal negeert of misschien niet eens opmerkt. Het is geen boze blik, zoals je misschien zou verwachten, zelfs geen verbaasde blik. Ze is alleen ontzettend moe en haar gezicht is zo wit als ik nog nooit bij iemand heb gezien.

'Vertel eens', zegt mijn oom tegen mij, alsof er verder niemand is. 'Vertel eens of jouw ouders van dit soort dingen houden. Van dit soort muziek, bedoel ik. Concerten en zo. Betalen zij ooit geld om een paar uur te gaan zitten en een zere kont te krijgen om naar iets te luisteren wat ze een halve dag later al vergeten zijn? Geven ze weleens geld aan zulke oplichterij uit? Hebben ze dat ooit gedaan?'

Ik zei nee en dat was de waarheid. Voor zover ik wist waren ze nog nooit naar een concert geweest, hoewel ze in het algemeen wel voor concerten waren.

'Zie je wel! Daar zijn ze te verstandig voor, je ouders. Te

verstandig om mee te doen met al die mensen die zich druk maken en klappen en net doen of het iets ongelooflijks is. Je weet wel wat voor mensen ik bedoel. Het zijn leugenaars. Het is allemaal vullis. Alleen omdat ze zich boven anderen willen verheffen. Of waarschijnlijk omdat ze voor hun vrouwen zijn bezweken die dat willen. Onthou dat als je de wereld in gaat. Oké?'

Ik beloofde dat ik het zou onthouden. Wat hij zei verbaasde me niet echt. Veel mensen dachten zo. Vooral mannen. Er waren veel dingen waar mannen een hekel aan hadden. Of wat ze niet konden gebruiken, zoals ze zeiden. En zo was het precies. Ze konden het niet gebruiken en daarom haatten ze het. Misschien was het net zoiets als hoe ik over algebra dacht: ik betwijfelde zeer of ik het ooit zou kunnen gebruiken.

Maar ik ging niet zo ver om te verlangen dat het van de aarde werd weggevaagd.

Toen ik de volgende morgen beneden kwam, was oom Jasper het huis al uit. Bernice deed de afwas in de keuken en tante Dawn was de kristallen glazen aan het wegbergen in de porseleinkast. Ze glimlachte naar me, maar haar handen beefden een beetje waardoor de glazen vermanend tinkelden.

'Een man beschouwt zijn huis als zijn kasteel', zei ze.

'Dat lijkt op zijn naam', zei ik, om haar op te monteren. 'Cassel.'

Ze glimlachte weer, maar ik geloof niet dat ze begreep waar ik het over had.

'Als je naar je moeder in Ghana schrijft ...' zei ze, 'als je haar schrijft dan denk ik niet, ik bedoel, dan kun je misschien beter niets over de onprettige situatie van gisteravond schrijven. Ze ziet zo veel echte narigheid en mensen die verhongeren en zo, ik bedoel, ze zou zoiets nogal onbeduidend en egocentrisch van ons vinden.'

Ik begreep het. Ik zei maar niet dat ik tot dusver geen berichten over hongersnood in Ghana had ontvangen.

Ik had mijn ouders trouwens alleen de eerste maand brieven vol sarcastische beschrijvingen en klachten gestuurd. Nu was alles veel te ingewikkeld om nog uit te leggen.

Na ons gesprek over muziek leek ik in oom Jaspers achting te zijn gestegen. Hij luisterde naar mijn opvattingen over algemene gezondheidszorg alsof ik ze zelf had bedacht en ze niet van mijn ouders had overgenomen. Een keer zei hij dat het een genoegen was om een intelligent iemand aan tafel te hebben om mee te praten. Mijn tante viel hem bij. Ze zei het om haar goede wil te tonen en toen mijn oom op een bepaalde manier lachte, kreeg ze een kleur. Het was een moeilijk leven voor haar, maar toen het Valentijnsdag was geworden, bleek ze vergeven te zijn en kreeg een bloedstenen hanger die haar zowel deed glimlachen als wegkijken om een paar opgeluchte tranen te plengen.

Mona's wasachtige bleekheid, haar vooruitstekende beenderen, niet geheel verzacht door de zilverkleurige japon, waren mogelijk tekenen van ziekte geweest. Haar dood werd die lente door de plaatselijke krant gemeld, waarbij het stadhuisconcert werd genoemd. Er was een overlijdensbericht uit een krant in Toronto bij afgedrukt, met een korte samenvatting van haar loopbaan waarmee ze blijkbaar in haar onderhoud had kunnen voorzien, maar die niet briljant was geweest. Oom Jasper drukte zijn verbazing uit, niet over haar dood maar over het feit dat ze niet in Toronto zou worden begraven. De dienst en teraardebestelling zouden bij de Kerk van de Hosanna's plaatsvinden, een paar kilometer ten noorden van dit stadje, op het platteland. Het was de familiekerk toen oom Jasper en Mona/Maud klein waren en hij was anglicaans geweest. Oom Jasper en tante Dawn gingen nu naar de Verenigde Kerk, zoals de meeste welgestelde mensen in de stad. Mensen van de Verenigde Kerk waren niet minder gelovig, maar vonden dat je niet iedere zondag naar de kerk hoefde te gaan en dat God er niets op tegen zou hebben als je af en toe iets dronk. (Bernice, de dienstbode, ging naar een andere kerk en speelde daar op het orgel. Het was een kleine, vreemde gemeente, waarvan de leden pamfletten rondbrachten met lijsten van mensen die naar de hel zouden gaan. Geen mensen uit de stad, maar bekendheden, zoals Pierre Trudeau.)

'Er wordt niet eens meer dienst gehouden in de Kerk van de Hosanna's', zei oom Jasper. 'Wat heeft het voor zin haar hier helemaal naartoe te brengen? Ik denk dat het niet eens toegestaan is.'

Maar het bleek dat de kerk geregeld openging. Mensen die hem uit hun jeugd kenden, maakten er graag gebruik van voor begrafenissen en soms trouwden hun kinderen er. Hij was van binnen goed onderhouden, dankzij een vrij groot legaat, en had moderne verwarming.

Tante Dawn en ik reden er in haar auto heen. Oom Jasper had het tot het laatste moment druk.

Ik was nog nooit naar een begrafenis geweest. Mijn ouders zullen gevonden hebben dat een kind zoiets niet hoefde mee te maken, hoewel er in hun kring over gesproken werd – meen ik me te herinneren – als een viering van het leven.

Tante Dawn was niet in het zwart gekleed, zoals ik had verwacht. Ze droeg een lila ensemble en een jasje van astrakan en een bijpassend klein rond astrakan hoedje. Ze zag er erg mooi uit en leek haar goede stemming nauwelijks te kunnen onderdrukken.

Er was een doorn weggehaald. Een doorn uit oom Jaspers vlees en dat moest haar wel blij maken.

Ik was over sommige dingen van gedachten veranderd terwijl ik bij mijn oom en tante woonde. Ik stond bijvoorbeeld niet meer zo kritiekloos tegenover mensen zoals Mona. Of tegenover Mona zelf en haar muziek en haar carrière. Ik dacht niet dat ze iets onnatuurlijks was – of was geweest – maar ik kon begrijpen dat sommige mensen dat vonden. Het waren niet alleen haar prominente beenderen en haar grote witte neus en de viool en de enigszins dwaze manier waarop je hem vast moest houden; het was de muziek zelf en haar overgave. Als je je als vrouw ergens aan overgaf, kon dat je belachelijk maken.

Ik wil niet zeggen dat ik precies zoals oom Jasper was gaan denken, alleen dat ik het nu minder vreemd vond. Toen ik op een zondagmorgen langs de gesloten slaapkamerdeur van mijn oom en tante sloop om een van de scones te gaan halen die tante Dawn iedere zaterdagavond bakte, hoorde ik geluiden die ik nog nooit bij mijn ouders of bij iemand anders had gehoord: een soort genotzuchtig gegrom en gekir waaruit saamhorigheid en ongeremdheid spraken die me verontrustten en diep onzeker maakten.

'Ik denk niet dat veel mensen uit Toronto hier helemaal naartoe zullen rijden', zei tante Dawn. 'Zelfs de Gibsons kunnen niet komen. Hij heeft een vergadering en zij kan haar leerlingen niet afzeggen.'

De Gibsons waren de buren. Hun vriendschap had zich voortgezet, maar op een lager pitje, waarbij geen visites bij elkaar thuis waren inbegrepen.

Een meisje op school had tegen me gezegd: 'Ze laten je vast de Laatste Blik doen. Ik moest naar mijn oma kijken en ik ben flauwgevallen.'

Ik had nog nooit van de Laatste Blik gehoord, maar begreep wat het moest zijn. Ik besloot dat ik mijn ogen dicht zou knijpen en zou doen alsof.

'Als het maar niet zo muf ruikt in de kerk', zei tante Dawn. 'Want daar gaat je oom van niesen.'

Er was geen muffe geur. Geen naargeestig vocht dat langs de stenen muren droop of uit de vloer opsteeg. Iemand moest vroeg opgestaan zijn om de verwarming aan te zetten.

De kerk was bijna vol.

'Er zijn vrij veel patiënten van je oom gekomen', zei tante Dawn zachtjes. 'Dat is aardig. Voor geen andere dokter in de stad zouden ze zoiets doen.'

De organist speelde een stuk dat ik vrij goed kende. Een meisje met wie ik bevriend was in Vancouver had het tijdens een paasuitvoering gespeeld. 'Jesu, Joy of Man's Desiring'.

De vrouw achter het orgel was de pianiste die tijdens het voortijdig afgebroken concert bij ons had gespeeld. De cellist zat vlakbij op een van de plaatsen van het koor. Hij zou waarschijnlijk later spelen.

Nadat we een tijdje hadden zitten luisteren, was er enige opschudding achter in de kerk. Ik draaide me niet om om te kijken omdat ik net de glanzende donkere houten kist had opgemerkt die vlak voor het altaar stond. De doodskist. Sommige mensen noemden het de lijkkist. Hij was dicht. Tenzij ze hem op een bepaald moment weer openden, hoefde ik me geen zorgen over de Laatste Blik te maken. Toch stelde ik me Mona erin voor. Haar grote benige neus die omhoogstak, haar vlees dat was weggevallen, haar gesloten ogen. Ik dwong mezelf dat beeld vast te houden, totdat ik me sterk genoeg voelde om er niet misselijk van te worden.

Tante Dawn had evenmin omgekeken om te zien wat er achter ons gebeurde.

De oorzaak van de opschudding kwam het pad af en bleek oom Jasper te zijn. Hij bleef niet bij de bank staan waar tante Dawn en ik een plaats voor hem hadden vrijgehouden. Hij liep gewoon langs ons heen, met eerbiedige maar zakelijke pas en hij had iemand bij zich.

Bernice, de dienstbode. Ze was in haar nette kleren. Een marineblauw ensemble en een bijpassende hoed met een klein bosje bloemen erop. Ze keek niet naar ons of naar wie dan ook. Ze had een kleur en kneep haar lippen samen.

Tante Dawn keek nu ook naar niemand meer. Ze was op dit moment druk bezig in het psalmboek te bladeren dat ze uit het vak van de plaats voor haar had gehaald.

Oom Jasper bleef niet bij de kist staan; hij voerde Bernice naar het orgel toe. Er volgde een vreemde, verbaasde dreun in de muziek. Toen een toon die aanhield, ophield en daarna stilte, behalve het geluid van mensen die met hun voeten schuifelden en zich uitrekten om te zien wat er gebeurde.

Nu waren de pianiste die op het orgel had gespeeld en de cellist verdwenen. Er moet een zijdeur geweest zijn waardoor ze konden ontsnappen. Oom Jasper had Bernice geïnstalleerd op de plaats van de vrouw.

Terwijl Bernice begon te spelen, kwam mijn oom naar voren en maakte een gebaar naar de aanwezigen. Sta op en zing, wilde dit gebaar zeggen en een paar mensen gaven er gehoor aan. Toen nog meer mensen. Toen iedereen.

Ze bladerden in hun psalmboeken, maar de meesten zongen al mee voordat ze de tekst gevonden hadden: 'Het ruwhouten kruis'.

Oom Jaspers werk is gedaan. Hij kan nu teruglopen en de plaats innemen die wij voor hem hebben bewaard.

Maar er is één probleem. Er is iets waarop hij niet gerekend heeft.

Dit is een anglicaanse kerk. In de Verenigde Kerk die oom Jasper gewend is, komen de leden van het koor door een deur achter de preekstoel naar binnen en gaan zitten voordat de dominee verschijnt, zodat zij de gemeente aan kunnen kijken op een gezellige, saamhorige manier. Dan komt de dominee, een teken dat de dienst kan beginnen. Maar in de anglicaanse kerk lopen de koorleden van achterin zingend het gangpad op in een indrukwekkende maar anonieme optocht. Ze kijken alleen op van hun gezangboek om hun blik op het altaar te laten rusten, en lijken enigszins getransformeerd en hun gewone identiteit van zich afgeworpen te hebben en zich van geen familieleden of buren of andere aanwezigen bewust te zijn.

Ze komen nu het pad op en zingen 'Het ruwhouten kruis', net als iedereen. Oom Jasper moest van te voren met ze gepraat hebben. Misschien had hij het laten voorkomen dat het een lievelingslied van de overledene was.

Er is een ruimteprobleem met al die lichamen. Met het

koor op het pad kan oom Jasper onmogelijk naar onze bank terugkomen. Hij zit gevangen.

Hij kan maar één ding doen en hij moet snel zijn en hij doet het. Het koor heeft de voorste bank nog niet bereikt, dus wringt hij zich daarin. De mensen die er staan zijn verbaasd, maar maken ruimte voor hem. Dat wil zeggen, ze doen hun best. Het zijn toevallig allemaal zware mensen en hij is een breedgeschouderde, zij het magere man.

Ik koester het ruwhouten kruis
Zolang ik op deze aarde woon
Klem ik me vast aan het ruwhouten kruis
En verwissel het eens voor een kroon.

Mijn oom probeert het uit volle borst te zingen, in de ruimte die hem gegeven is. Hij kan zich niet naar het altaar omdraaien maar moet naar het pad blijven kijken en naar de gezichten van het langslopende koor. Hij ziet er een beetje uit alsof hij in de val gelopen is. Alles is goed gegaan, maar toch ook weer niet zoals hij het zich had voorgesteld. Ook wanneer het zingen afgelopen is, blijft hij op die plek zitten, zo dicht mogelijk tegen die mensen aangedrukt. Misschien denkt hij dat het hen teleur zal stellen als hij nu opstaat en terugloopt om bij ons te gaan zitten.

Tante Dawn heeft niet meegezongen, omdat ze nog steeds niet de juiste plaats in het psalmboek heeft kunnen vinden. Ze heeft niet eenvoudig een beetje meegeneuried, zoals ik.

Of misschien heeft ze het spoor van teleurstelling op oom Jaspers gezicht gezien, nog voordat hij zich dit zelf bewust was.

Of misschien heeft ze voor de allereerste keer beseft dat het haar niets kan schelen. Dat het haar eenvoudig niets kan schelen.

'Laat ons bidden', zegt de dominee.

Trots

Sommige mensen doen alles verkeerd. Hoe moet ik het uitleggen? Ik bedoel, er zijn mensen die alles tegen hebben – niet maar een paar dingen, maar echt alles – en toch goed op hun pootjes terechtkomen. Ze maken fouten in het begin – poepen in de tweede klas in hun broek, bijvoorbeeld – en brengen dan de rest van hun leven in een stadje als het onze door, waar niemand ooit iets vergeet (het zou dus elk stadje kunnen zijn) maar ze redden het, het worden flinke, opgewekte mensen die beweren – en dat ook menen – dat ze nooit in een andere plaats zouden willen wonen.

Bij sommige mensen loopt het anders. Zij gaan niet weg maar je wou dat ze dat hadden gedaan. Voor hun eigen bestwil, zou je kunnen zeggen. Wat ze zich ook op de hals hebben gehaald toen ze jong waren – en het hoeft niet eens zoiets opvallends als een poepbroek te zijn – ze blijven er gewoon mee doorgaan en overdrijven het zelfs, als de kans bestaat dat men het anders niet zou opmerken.

Er is natuurlijk veel veranderd. Er staan sociaal werkers klaar. Men is vriendelijk en vol begrip. Het leven valt sommige mensen moeilijker, wordt ons verteld. Het is hun schuld niet, zelfs al verbeelden ze zich de klappen maar. Ze komen net zo hard aan bij degene die ze krijgt, of denkt te krijgen in dat geval.

Maar alles kan ten goede aangewend worden, als je het maar wilt.

Oneida had trouwens niet met de rest van ons op school gezeten. Ik bedoel dat er daar niets gebeurd kon zijn dat haar haar hele leven zou achtervolgen. Ze was naar een meisjesschool gegaan, een particuliere school waarvan ik me de naam niet meer herinner of nooit heb geweten. Zelfs 's zomers was ze er maar zelden. Ik geloof dat haar familie een zomerhuis aan het Simcoe-meer had. Ze hadden veel geld, zo veel zelfs dat ze met niemand in de stad in dezelfde categorie zaten, zelfs niet met de rijken.

Oneida was – en is – een ongebruikelijke naam en vond hier geen navolging. Een indiaanse naam, ontdekte ik later. Waarschijnlijk door haar moeder gekozen. De moeder was gestorven toen zij, Oneida, een tiener was. Ik geloof dat haar vader haar Ida noemde.

Ik heb ooit alle kranten gehad, stapels kranten. Maar zelfs daar ontbraken dingen. Er werd geen bevredigende verklaring gegeven over hoe het geld was verdwenen. Dat was ook niet nodig. In die tijd ging het nieuws gewoon van mond tot mond. Waar men niet aan gedacht had is dat al die monden op den duur verdwijnen.

Ida's vader was de directeur van de bank. Zelfs al in die tijd wisselden bankiers elkaar af. Ik neem aan om te voorkomen dat ze te veel met de klanten aanpapten. Maar de Jantzens hadden al zo lang gedaan waar ze zin in hadden in de stad dat regels er niet meer toe deden, althans zo leek het. Horace Jantzen zag er zeker uit als iemand die was voorbestemd voor de macht. Een dikke witte baard, ook al waren baarden, te oordelen naar foto's, niet meer in de mode rond de Eerste Wereldoorlog, een rijzige gestalte, met een flinke buik en zwaarwichtig kijkend.

In de moeilijke jaren dertig kwamen mensen nog steeds

met ideeën. Gevangenissen werden opengesteld zodat de mannen die over de spoorrails liepen daar konden slapen, maar zelfs onder hen liepen er vast een paar rond met een idee dat hun uiteindelijk een miljoen dollar zou opleveren.

Een miljoen dollar was een miljoen dollar in die tijd.

Maar het was niet een van die haveloze kerels die op de bank met Horace Jantzen was komen praten. We weten niet of het één persoon was of een hele bende. Een onbekend iemand of een paar vrienden van vrienden. Goedgekleed en met een betrouwbare uitstraling, daar kun je van op aan. Horace hechtte waarde aan hoe iemand eruitzag en hij was niet dom, maar hij had misschien wel sneller onraad moeten ruiken.

Het idee was om de auto die op stoom reed en die je rond de eeuwwisseling had gehad, weer nieuw leven in te blazen. Horace Jantzen had er misschien zelf ooit een bezeten en er een zwak voor. Dit nieuwe model zou natuurlijk een verbeterde versie worden en het voordeel hebben goedkoop in het gebruik te zijn en geen herrie te maken.

Ik ben niet bekend met de details, omdat ik in die tijd nog op school zat. Maar ik kan me voorstellen dat het gesprek uitlekte en tot spot en enthousiasme leidde, en dat het nieuws bekend raakte dat enkele ondernemers uit Toronto of Windsor of Kitchener van plan waren zich hier te vestigen. Een paar slimme jongens, zou men gezegd hebben. Anderen zouden zich afgevraagd hebben of er wel financiele dekking voor was.

Die was er inderdaad omdat de bank voor een lening had gezorgd. Het was Jantzens beslissing geweest en sommigen dachten dat hij er zijn eigen geld in gestoken had. Misschien had hij dat gedaan, maar het werd later bekend dat hij ook ongeoorloofd fondsen van de bank had aangesproken, ongetwijfeld in de overtuiging dat hij het terug zou kunnen betalen en niemand er iets van zou weten. Misschien waren de wetten toen minder streng. Er werden in feite mannen in dienst genomen en de oude stalhouderij werd leeggehaald om als werkplaats te dienen. Maar hier laat mijn geheugen me in de steek omdat ik toen van de middelbare school af kwam en na moest denken over hoe ik in mijn onderhoud zou voorzien als dat mogelijk was. Door mijn gebrek, zelfs met een dichtgenaaide lip, viel alles af waarbij veel gepraat moest worden en daarom koos ik boekhouden, wat inhield dat ik de stad uit moest om bij een firma in Goderich in de leer te gaan. Toen ik weer thuiskwam, werd er door de tegenstanders minachtend over de stoomauto gesproken, terwijl degenen die ervoor geijverd hadden er helemaal niet meer van repten. De bezoekers aan de stad die er helemaal voor waren geweest, waren verdwenen.

De bank had een smak geld verloren.

Er werd niet van bedrog maar van wanbeheer gesproken. Er moest iemand gestraft worden. Iedere gewone directeur zou de laan uit gestuurd zijn, maar daar het om Horace Jantzen ging, werd dit vermeden. Wat er met hem gebeurde was bijna nog erger. Hij werd tot bankmanager benoemd in het kleine dorp Hawksburg, ongeveer tien kilometer verderop. Daar was tot dusver helemaal geen bankmanager geweest omdat ze die niet nodig hadden. Er was alleen een hoofdkassier en een onderkassier, beiden vrouwen.

Hij had natuurlijk kunnen weigeren, maar zijn trots, dacht men, stond dat niet toe. Zijn trots gebood hem dat hij er iedere morgen heen gereden werd en daar achter een halfhoog schotje van goedkoop gevernist hout zat, helemaal geen echt kantoor. Daar zat hij, zonder iets te doen, totdat het weer tijd was om naar huis gereden te worden.

Degene die hem reed was zijn dochter. Op een bepaald moment gedurende die jaren dat ze hem reed, maakte ze de overstap van Ida naar Oneida. Ze had nu eindelijk iets te doen. Ze deed echter niet de huishouding, omdat ze mevrouw Birch niet konden laten gaan. Dat was één manier om het te beschrijven. Je zou ook kunnen zeggen dat ze mevrouw Birch nooit genoeg hadden betaald om haar uit het armenhuis te houden, als het ervan gekomen was.

Als ik me Oneida en haar vader voor de geest haal tijdens die ritten naar en van Hawksburg, zie ik hem op de achterbank zitten en haar voorin, als een chauffeur. Misschien was hij te omvangrijk om naast haar te zitten. Of misschien had zijn baard meer ruimte nodig. Oneida ziet er niet onderdrukt of ongelukkig uit over deze regeling en haar vader lijkt evenmin ongelukkig. Hij ziet er waardig uit, heel waardig. Zij had iets anders. Als ze een winkel binnenging of zelfs alleen maar over straat liep, leek er wat ruimte om haar heen gemaakt te worden, in afwachting van wat ze zou willen of de begroetingen die ze zou geven. Ze deed dan een beetje zenuwachtig maar hoffelijk, klaar om om zichzelf en de situatie te lachen. Natuurlijk had ze een goed figuur en een mooi uiterlijk, die betoverende huid en al dat blonde haar. En daarom kan het vreemd lijken dat ik medelijden met haar had, zoals ze het van de buitenkant moest hebben en daarop vertrouwde.

Stel je voor, ik, medelijden.

Het werd oorlog en alles leek van de ene op de andere dag te veranderen. Je zag geen zwervers meer langs de spoorlijn lopen. Er was weer werk en de jonge mannen hoefden er niet meer naar op zoek en liftten niet meer maar doken overal op in hun dofblauwe en kakiuniformen. Mijn moeder zei dat ik van geluk mocht spreken dat ik was zoals ik was, en ik was het met haar eens maar zei dat ze dat niet tegen anderen moest zeggen. Ik was terug uit Goderich, mijn leertijd zat erop en ik kreeg meteen werk als boekhouder bij warenhuis Krebs. Natuurlijk zou je kunnen zeggen – en dat zei men ook waarschijnlijk – dat ik de baan had gekregen omdat mijn moeder er op de textielafdeling werkte, maar er speelde ook mee dat Kenny Krebs, de jonge chef, bij de luchtmacht was gegaan en tijdens een oefenvlucht was omgekomen.

Zulke schokkende dingen gebeurden, maar je voelde tevens een nieuwe energie en de mensen liepen rond met geld op zak. Ik voelde me afgesneden van de mannen van mijn leeftijd, maar dat ik me afgesneden voelde, was niets nieuws. En er waren anderen in dezelfde positie. Boerenzonen waren vrijgesteld om voor de oogst en het vee te zorgen. Ik kende er enkelen die voor die vrijstelling hadden getekend ook al hadden ze een knecht. Ik wist dat als iemand mij zou vragen waarom ik niet in dienst was, het als een grap bedoeld zou zijn. En ik had mijn antwoord klaar: dat ik voor de boekhouding moest zorgen. Voor die van Krebs en algauw voor die van anderen. Dat ik op de cijfers moest toezien. Men had toen nog niet echt aanvaard dat vrouwen dat konden. Zelfs aan het eind van de oorlog, toen ze het al een tijd hadden gedaan. Men dacht nog steeds dat je voor echt betrouwbaar werk een man nodig had.

Soms vroeg ik me af waarom een hazenlip, die redelijk maar niet erg knap was dichtgenaaid, en een stem die enigszins vreemd klonk maar waarmee ik me goed verstaanbaar kon maken, als voldoende reden was beschouwd om me thuis te houden. Ik moet mijn oproep ontvangen hebben, ik moet ermee naar de dokter gegaan zijn om vrijstelling te krijgen. Ik herinner het me eenvoudig niet meer. Kwam het misschien omdat ik zo gewend was van dingen vrijgesteld te worden dat ik het, als zo veel andere dingen, geheel vanzelfsprekend vond?

Ik mocht dan tegen mijn moeder gezegd hebben dat ze over bepaalde zaken moest zwijgen, de dingen die ze zei telden niet erg zwaar bij me. Ze bekeek alles steevast van de optimistische kant. Bepaalde dingen die ik wist had ik niet van haar gehoord. Ik wist dat ze door mij geen kinderen meer durfde te krijgen en dat ze een man die zich voor haar interesseerde had verspeeld toen ze hem dat had verteld. Maar het kwam niet bij me op om medelijden met haar of mezelf te hebben. Ik miste de vader niet die al dood was voordat ik hem had kunnen zien, of de vriendin die ik misschien zou hebben als ik er anders had uitgezien, of de opgeblazen borst omdat ik op weg naar de oorlog was.

Er waren bepaalde gerechten die mijn moeder en ik graag aten en er waren radioprogramma's waar we graag naar luisterden, waaronder altijd het BBC-nieuws voor overzee voordat we naar bed gingen. Mijn moeders ogen werden vochtig wanneer de koning of Winston Churchill sprak. Ik ging met haar naar de film *Mrs. Miniver* en die wist haar ook te ontroeren. Ons leven was vol drama, zowel verzonnen als echt. De evacuatie van Duinkerken, het moedige gedrag van de koninklijke familie, de bombardementen op Londen iedere nacht en de slagen van de Big Ben die het nog steeds sombere nieuws aankondigden. Schepen die op zee verloren gingen en toen, afschuwelijk, een schip met gewone burgers, een veerboot die tussen Canada en Newfoundland zonk, zo dicht bij onze eigen kust.

Die nacht had ik niet kunnen slapen en was een eindje door de stad gaan lopen. Ik moest aan de mensen denken die naar de zeebodem verdwenen waren. Oude vrouwen, vrouwen zoals mijn moeder, die bijna oud waren en hun breiwerkjes vastklemden. Een kind dat last van kiespijn had. Andere mensen die het laatste half uur voordat ze verdronken over zeeziekte hadden geklaagd. Ik had een vreemd gevoel dat gedeeltelijk ontzetting was en gedeeltelijk – voor zover ik het kan beschrijven – een soort kille vreugde. Over hoe verschillen verdwenen waren en er geen onderscheid werd gemaakt tussen mensen zoals ik en nog erger dan ik, en mensen zoals zij.

Natuurlijk verdween dit gevoel toen ik, later in de oorlog, bepaalde afbeeldingen begon te zien. Naakte gezonde billen, magere oude billen, die allemaal de gaskamers in werden gedreven.

Of als ik het niet helemaal kwijtraakte dan leerde ik het te onderdrukken.

In die jaren moet ik Oneida van tijd tot tijd tegengekomen zijn en hebben geweten wat er in haar leven gebeurde. Dat moet gewoon wel. Haar vader was vlak voor VE-dag overleden, waardoor de begrafenis zich op een rare manier met de feestelijkheden mengde. Hetzelfde gebeurde bij de begrafenis van mijn moeder, de zomer daarop, toen iedereen net het nieuws over de atoombom had gehoord. Mijn moeder was verrassender en meer publiekelijk overleden, op haar werk, vlak nadat ze had gezegd: ‘Ik moet even gaan zitten.’

Van Oneida's vader was bijna niets meer te zien of te horen geweest in zijn laatste levensjaar. De schertsvertoning van Hawksburg was ten einde gekomen, maar Oneida leek het drukker dan ooit te hebben. Of misschien had je toen alleen het gevoel dat iedereen die je tegenkwam het druk had, met het bijhouden van bonboekjes en het posten van brieven naar het front en het verslag doen over brieven die men teruggekregen had.

En in Oneida's geval was er ook nog de zorg voor het grote huis, waar ze nu alleen voor stond.

Op een dag hield ze me op straat staande en zei dat ze graag mijn advies zou hebben over het verkopen ervan. Van het huis. Ik zei dat ik daar niet echt de aangewezen persoon voor was. Misschien niet, zei ze, maar ze kende me. Natuurlijk kende ze me niet beter dan wie dan ook in de stad, maar ze drong aan en kwam naar mijn huis om verder te praten. Ze bewonderde het schilderwerk dat ik had gedaan en de manier waarop ik het meubilair had gerangschikt en merkte op dat de verandering me waarschijnlijk over het verlies van mijn moeder heen geholpen had.

Waar, maar de meeste mensen zouden dat niet zomaar gezegd hebben.

Ik was niet gewend aan visite en bood haar niets aan, maar gaf haar alleen wat ernstig advies en maande haar voorzichtig te zijn met verkopen terwijl ik haar er steeds aan herinnerde dat ik geen deskundige was.

Maar ze deed het toch en legde alles naast zich neer wat ik gezegd had. Ze accepteerde het eerste het beste bod, voornamelijk omdat de koper had gezegd dat hij zo veel van het huis hield en er zo graag zijn kinderen wilde laten opgroeien. Hij was de laatste persoon in de stad die ik vertrouwd zou hebben, of hij nu kinderen had of niet en de prijs was belachelijk. Dat moest ik wel tegen haar zeggen. Ik zei dat de kinderen er een puinhoop van zouden maken en zij zei dat kinderen daarvoor waren. Lekker doen waar ze zin in hadden, het tegenovergestelde van haar eigen kindertijd. Maar in werkelijkheid kregen ze er de kans niet toe, omdat de koper het huis liet afbreken en er een appartementsgebouw van vier hoog, met een lift, voor in de plaats zette en van de tuin een parkeerterrein maakte. Het was het eerste echte appartementsgebouw in de stad. Ze kwam geschokt bij me langs toen er voorbereidingen werden getroffen en wilde weten of ze het tegen kon houden, het tot een historisch gebouw kon laten verklaren, of de koper een proces kon aandoen omdat hij zijn nooit vastgelegde woord gebroken had, of wat dan ook. Ze was verbaasd dat iemand zoiets kon doen. Iemand die regelmatig naar de kerk ging.

'Ik zou zoiets nooit gedaan hebben,' zei ze, 'en ik ga alleen met Kerstmis naar de kerk.'

Toen had ze haar hoofd geschud en was in lachen uitgebarsten.

'Wat een sukkel', zei ze. 'Ik had naar je moeten luisteren, hè?'

Ze bewoonde inmiddels de helft van een fatsoenlijk huurhuis, maar klaagde dat ze alleen het huis aan de overkant kon zien.

Dat de meeste mensen net zo'n uitzicht hadden, zei ik maar niet.

En toen alle appartementen gereed waren, verhuisde ze terug en ging in een ervan wonen, op de bovenste verdieping. Ik weet dat ze geen lagere huur had gekregen, of daar zelfs om had gevraagd. Ze was over haar boosheid jegens de koper heen gestapt en was vol lof over het uitzicht en de wasserette in het souterrain, waar ze elke keer als ze haar was deed voor betaalde.

'Ik probeer zuinig te zijn', zei ze. 'En er niet om de haverklap iets in te gooien.'

'Het zijn tenslotte mensen als hij die voor vooruitgang zorgen', zei ze over de rotzak. Ze nodigde me uit om naar het uitzicht te komen kijken, maar ik verzon een uitvlucht.

Toch was dit het begin van een periode waarin we elkaar veel zagen. Ze had de gewoonte aangenomen om bij me langs te komen om over haar woonperikelen en beslissingen te praten, en dat bleef ze doen, zelfs toen ze tevreden was. Ik had een televisie gekocht, iets wat zij nooit gedaan had, omdat ze bang was, had ze gezegd, dat ze eraan verslaafd zou raken.

Daar zat ik niet over in omdat ik het grootste deel van de dag weg was. En er waren veel goede programma's in die jaren. Haar smaak kwam voornamelijk met de mijne overeen. We waren liefhebbers van de publieke televisie en vooral van Engelse komedies. Sommige zagen we ettelijke malen. Series spraken ons meer aan dan programma's waarin alleen grappen werden verteld. In het begin geneerde ik me voor de Britse openhartigheid, de ranzigheid zelfs, maar Oneida genoot daar bijna nog meer van. We kreunden als een serie opnieuw begon, maar raakten altijd weer in de ban en bleven kijken. We zaten zelfs nog te kijken als het beeld verdween. Ik kom nu soms zo'n oude serie tegen die ze helemaal hebben opgepoetst en weer als nieuw is en zoek dan gauw iets anders, want ik word er zo droevig van.

Ik had al vroeg redelijk leren koken en omdat sommige van de beste programma's vlak na het avondeten begonnen, kookte ik dan voor ons, terwijl zij iets van de bakker meebracht als toetje. Ik kocht een paar van die opklaptafeltjes en we aten terwijl we naar het nieuws keken en daarna naar onze programma's. Mijn moeder had er altijd op gestaan dat we aan tafel aten omdat ze vond dat dit de enige fatsoenlijke manier was, maar Oneida leek zulke bedenkingen niet te hebben.

Het was soms na tienen als ze vertrok. Ze zou het niet erg gevonden hebben om te lopen, maar omdat ik daar niet van hield, stapten we in mijn auto en reed ik haar naar huis. Zelf had ze nooit meer een auto gekocht nadat ze die waarin ze haar vader had gereden van de hand had gedaan. Ze vond het niet erg dat men haar overal in de stad zag lopen, hoewel erom gelachen werd. Dat was voordat lopen en andere lichaamsbeweging in de mode raakten.

We gingen nooit ergens samen heen. Er waren periodes dat ik haar niet zag, omdat ze de stad uit was, of misschien niet ergens heen was maar mensen te gast had die hier buitenstaanders waren. Ik kreeg hen nooit te zien.

Nee. Dat klinkt alsof ik me daardoor beledigd voelde. Zo was het niet. Nieuwe mensen ontmoeten was een beproeving voor me en dat moest ze begrepen hebben. En de gewoonte die we hadden om samen te eten en de avond samen voor de televisie door te brengen, had zoiets gemakkelijks en soepels dat het moeilijkheden leek uit te sluiten. Veel mensen moeten ervan geweten hebben, maar omdat ik het was besteedden ze er weinig aandacht aan. Het was bekend dat ik ook haar inkomstenbelasting deed, en waarom niet? Ik wist hoe het moest en niemand zou van haar verwachten dat zij dat zou weten.

Ik weet niet of het bekend was dat ze me nooit betaalde.

Ik zou een symbolisch bedrag gevraagd hebben om het officieel te maken, maar het onderwerp kwam nooit ter sprake. Niet dat ze gierig was. Ze dacht er gewoon niet aan.

Als ik haar naam om de een of andere reden moest zeggen, kwam hij er soms als Ida uit. Ze plaagde me een beetje als ik dat deed. Ze wees erop dat ik altijd het liefst iemands oude bijnaam van school gebruikte als ik daar gelegenheid voor had. Ik had dat zelf niet opgemerkt.

'Niet dat iemand het erg vindt', zei ze. 'Je doet het alleen.'

Dat wekte mijn verontwaardiging een beetje, hoewel ik mijn best deed het te verbergen. Welk recht had zij om commentaar te leveren over wat mensen vonden van iets wat ik deed of niet deed? De suggestie was dat ik me op de een of andere manier aan mijn kindertijd probeerde vast te klampen, omdat ik daar wilde blijven en alle anderen daar bij me wilde hebben.

Dat was een al te eenvoudige voorstelling van zaken. Zoals ik het zag, was ik mijn hele schooltijd door bezig geweest te wennen aan hoe ik was – hoe mijn gezicht eruitzag – en aan hoe andere mensen daarop reageerden. Ik neem aan dat het een kleine overwinning was dat ik daarin geslaagd ben, dat ik wist dat ik hier kon overleven en in mijn onderhoud kon voorzien en niet steeds nieuwe mensen hoefde in te wijden. Maar om ons allemaal weer mee terug naar de vierde klas te nemen, dank je de koekoek.

En wat gaf Oneida het recht er zulke meningen op na te houden? Het leek me dat zij nog niet goed wist wie ze was. Nu het grote huis verdwenen was, leek er ook een groot deel van haarzelf verdwenen te zijn. Het stadje was aan het veranderen en haar plaats erin was aan het veranderen en dat besefte ze nauwelijks. Natuurlijk hadden we altijd veranderingen gekend, maar in de periode voor de oorlog betekende het dat mensen hier wegtrokken om ergens anders hun geluk te zoeken. In de jaren vijftig en zestig en zeventig betekende het dat zich hier een nieuw soort mensen vestigde. Je zou denken dat Oneida dat erkend had toen ze in het appartementsgebouw was gaan wonen. Maar ze was niet helemaal bij de tijd. Ze had nog steeds die lichte aarzeling en die lichtheid, alsof het leven nog voor haar moest beginnen.

Ze ging natuurlijk geregeld op reis en misschien dacht ze dat het daar zou beginnen. Maar nee.

In de jaren dat het nieuwe winkelcentrum aan de zuidrand van de stad werd gebouwd en Krebs zijn deuren sloot (geen probleem voor mij, ik had zonder hen ook genoeg te doen), leken steeds meer mensen uit de stad op wintervakantie te gaan, wat wil zeggen: naar Mexico of West-Indië of een andere plek waar we nog nooit iets mee te maken hadden gehad. Dat had tot gevolg, denk ik, dat er ziektes meegebracht werden waar we ook nog nooit iets mee te maken hadden gehad. Dat ging een tijdje zo door. Er was steeds een ziekte van het jaar, met een speciale naam. Misschien waren ze ook nu nog rond, maar men lijkt het niet meer zo op te merken. Of misschien merken mensen van mijn leeftijd het niet meer op. Je kan ervan op aan dat als je aan iets dramatisch zou bezwijken, het inmiddels al gebeurd zou zijn.

Op een avond stond ik aan het eind van een televisieprogramma op om thee te zetten voordat Oneida naar huis ging. Ik was op weg naar de keuken en voelde me plotseling vreselijk. Ik struikelde en belandde op mijn knieën, en toen languit op de vloer. Oneida greep me beet en wist me in een stoel te krijgen en de flauwte ging voorbij. Ik zei dat me zoiets wel vaker overkwam en dat ze zich geen zorgen moest maken. Dat was een leugen en ik weet niet waarom ik dat zei, maar ze geloofde me toch niet. Ze bracht me naar de kamer beneden waar ik sliep en trok mijn schoenen uit. Toen trokken we gezamenlijk, hoewel ik eerst een beetje protesteerde, mijn kleren uit en mijn pyjama aan. Ik besefte alleen af en toe wat er gebeurde. Ik zei dat ze een taxi moest bellen en naar huis moest gaan, maar daar luisterde ze niet naar.

Ze sliep die nacht op de bank in de huiskamer en na de volgende dag het huis verkend te hebben, koos ze mijn moeders slaapkamer uit. Ze moet overdag naar haar appartement teruggegaan zijn om de nodige dingen te halen en misschien naar het winkelcentrum voor wat boodschappen om mijn voorraden aan te vullen. Ze praatte ook met de dokter en haalde iets bij de apotheker dat ik inslikte als ze het bij mijn mond bracht.

Bijna een hele week was ik geregeld buiten bewustzijn en misselijk en koortsig. Van tijd tot tijd zei ik tegen haar dat ik me beter voelde en het wel alleen aan kon, maar dat was onzin. Meestal gehoorzaamde ik haar gewoon en begon me net zo op haar te verlaten als je bij een verpleegster in het ziekenhuis doet. Ze was minder goed dan een verpleegster in het omgaan met een koortsig lichaam en soms, als ik daar de energie voor had, klaagde ik als een kind van zes. Dan verontschuldigde ze zich, zonder beledigd te zijn. Tussen de momenten door dat ik zei dat ik beter was en ze misschien naar huis zou moeten gaan, was ik zo egoïstisch om haar zonder reden te roepen omdat ik mezelf gerust wilde stellen dat ze er was.

Toen was ik zodanig hersteld dat ik me zorgen maakte dat ze besmet zou raken met wat het ook was dat ik had.

'Je zou een maskertje voor moeten doen.'

'Wees maar niet bang', zei ze. 'Als ik het moest krijgen dan had ik het nu al gehad.'

Toen ik me voor het eerst echt beter voelde, was ik te lui om toe te geven dat ik bij tijden het gevoel had weer een klein kind te zijn.

Maar ze was mijn moeder natuurlijk niet en op een morgen werd ik wakker en besefte dat. Ik moest denken aan alles wat ze voor me gedaan had, en dat bracht me behoorlijk in verlegenheid. Zo zou iedere man zich gevoeld hebben, maar ik vooral omdat ik me herinnerde hoe ik eruitzag. Ik was dat min of meer vergeten en het leek me nu dat ze zich niet had gegeneerd en alles zo zakelijk had kunnen doen omdat ik geslachtloos voor haar was, of een ongelukkig kind.

Ik deed nu beleefd en doorspekte mijn uitingen van dank met mijn inmiddels zeer oprechte wens dat ze naar huis zou gaan.

Ze begreep het en ze was niet beledigd. Ze moest uitgeput zijn van het steeds 's nachts opstaan en al het zorgen dat ze niet gewend was. Ze ging nog wat dingen halen die ik nodig had, nam voor de laatste keer mijn temperatuur op en vertrok, dacht ik, in de tevreden stemming van iemand die goed werk verricht heeft. Ze had vlak daarvoor in de voorkamer staan wachten om te zien of ik me zonder hulp kon aankleden en was tevredengesteld dat ik het kon. Ze was nauwelijks het huis uit of ik had al wat rekeningen tevoorschijn gehaald en het werk hervat waarmee ik op de dag dat ik ziek werd bezig was geweest.

Mijn hersenen werkten minder snel maar nog steeds nauwkeurig en dat was een hele opluchting voor me.

Ze liet me alleen tot de dag – of eigenlijk avond – waarop we gewend waren televisie te kijken. Ze kwam aan met een blik soep. Niet genoeg voor een echte maaltijd en niet iets wat ze zelf had klaargemaakt, maar in ieder geval iets om te eten. En ze was vroeg, zodat er tijd voor was. Ze maakte het blik ook open, zonder me iets te vragen. Ze wist waar alles was in mijn keuken. Ze warmde de soep op en pakte de kommen en we aten samen. Haar gedrag leek me eraan te herinneren dat ik ziek geweest was en onmiddellijk voedsel nodig had. En dat was ook zo, in zekere zin. Ik had die dag om twaalf uur de blikopener niet kunnen gebruiken, omdat ik zo beefde.

Er waren twee programma's, achter elkaar, waar we altijd naar keken. Maar die avond kwamen we niet aan het tweede toe. Ze kon niet wachten totdat we het tweede gezien hadden en begon een conversatie die me danig in de war bracht.

Het kwam erop neer dat ze bereid was bij me in te trekken.

In de eerste plaats, zei ze, beviel het haar niet in haar appartement. Dat was een grote vergissing geweest. Ze hield van huizen. Maar dat betekende niet dat ze spijt had dat ze uit haar geboortehuis was weggegaan. Ze zou gek geworden zijn als ze daar alleen had moeten wonen. Ze had zich alleen vergist door te denken dat een appartement de oplossing was. Ze had het er nooit naar haar zin gehad en zou het er nooit naar haar zin krijgen. Door de tijd die ze in mijn huis had doorgebracht, was ze dat gaan beseffen. Toen ik ziek was. Ze had het zich al veel eerder moeten realiseren. Langgeleden, toen ze een klein meisje was en naar bepaalde huizen keek, had ze daar al willen wonen.

Een andere reden, zei ze, was dat we geen van beiden echt in staat waren om voor onszelf te zorgen. Als ik nu eens ziek geworden was terwijl er niemand was? Stel dat het nog eens gebeurde? Of met haar?

We hadden bepaalde gevoelens voor elkaar, zei ze. We hadden gevoelens die anders dan de gebruikelijke waren. We zouden als broer en zus kunnen samenwonen en als broer en zus voor elkaar kunnen zorgen alsof het de gewoonste zaak van de wereld was. Iedereen zou het als zodanig accepteren. Dat kon niet anders.

De hele tijd dat ze aan het woord was, voelde ik me verschrikkelijk. Boos, bang, ontsteld. Het ergste was tegen het eind, toen ze zei dat niemand er iets achter zou zoeken. Tegelijkertijd begreep ik wat ze bedoelde en was ik het misschien met haar eens dat de mensen eraan zouden wennen. De enkele dubbelzinnige grap die erover zou worden gemaakt, zouden we misschien niet eens te horen krijgen.

Ze had misschien gelijk. Het was misschien logisch.

Maar ik voelde me alsof ik in een kelder terechtgekomen was en men het luik boven mijn hoofd had dichtgesmeten.

En ik wilde absoluut niet dat zij dat te weten kwam.

Ik zei dat ik het een interessant idee vond maar dat één ding het onmogelijk maakte.

Wat dan wel?

Ik had verzuimd het haar te vertellen. Door die ziekte en het gedoe en alles. Maar ik had dit huis te koop aangeboden. Dit huis was verkocht.

O. O. Waarom had ik haar dit niet verteld?

Omdat ik er geen idee van had, zei ik toen, naar waarheid. Ik had niet vermoed dat ze met zo'n plan rondliep.

'Ik heb er dus niet snel genoeg aan gedacht', zei ze. 'Zoals zo vaak in mijn leven. Er moet iets mis met me zijn. Ik kom er niet aan toe om over dingen na te denken. Ik denk altijd dat ik nog een zee van tijd heb.'

Ik had mezelf gered, maar niet zonder een prijs te betalen. Ik moest het huis – dit huis – op de markt brengen en het zo snel mogelijk zien te verkopen. Bijna net zoals zij met het hare had gedaan.

En ik verkocht het bijna net zo snel, hoewel ik niet zo'n belachelijk bod hoefde te accepteren als zij had gedaan. En toen moest ik iets zien te doen aan alles wat zich hier verzameld had sinds mijn ouders hier meteen na hun trouwen – want geld voor een huwelijksreis hadden ze niet gehad – waren komen wonen.

De buren stonden verbaasd. Het waren geen oude buren, ze hadden mijn moeder niet gekend, maar ze zeiden dat ze zo gewend geraakt waren aan mijn komen en gaan, mijn regelmaat.

Ze wilden weten wat mijn plannen waren en ik besefte dat ik die niet had. Afgezien van het werk dat ik altijd gedaan had en al aan het afbouwen was, terwijl ik me verheugde op een voorzichtige oude dag.

Ik ging op zoek naar een nieuw onderkomen en van alles wat ook maar enigszins geschikt leek, stond maar één woning leeg. En dat was een appartement in het gebouw op de plek van Oneida's oude huis. Niet op de bovenste verdieping, met het uitzicht, waar zij zat, maar beneden. Ik had trouwens toch nooit veel om uitzicht gegeven en ik huurde het. Omdat ik niet wist wat ik anders moest doen.

Natuurlijk was ik van plan het haar te vertellen. Maar het raakte bekend voordat ik mezelf ertoe had kunnen brengen. Ze had trouwens haar eigen plannen. Het was inmiddels zomer en onze programma's waren van de buis. Het was de tijd dat we elkaar niet regelmatig zagen. Ook dacht ik eerlijk gezegd niet dat ik me bij haar hoorde te verontschuldigen of haar om toestemming moest vragen. Toen ik naar het appartement was gaan kijken en het huurcontract had getekend, was ze nergens te bekennen geweest.

Er was me één ding duidelijk geworden tijdens dat bezoek, althans toen ik er later over nadacht. Een man die ik niet helemaal herkende had me aangesproken, en na een paar seconden besefte ik dat hij iemand was die ik al jaren kende en de helft van mijn leven op straat had gegroet. Als ik hem daar was tegengekomen, zou ik hem misschien wel herkend hebben, ondanks de verwoestingen van de tijd. Maar hier was dat niet gebeurd en daar moesten we om lachen en toen wilde hij weten of ik mijn intrek in het knekelhuis ging nemen.

Ik zei dat ik niet beseft had dat ze het zo noemden, maar ja, dat was ik van plan.

Toen wilde hij weten of ik *euchre* speelde en ik zei dat ik dat deed, maar met mate.

'Dat komt goed uit', zei hij.

En toen dacht ik: als je maar lang genoeg leeft, verdwijnen alle problemen. Dan kom je in een exclusief groepje terecht. Wat voor gebreken je ooit mocht hebben, op een bepaald moment doen ze er niet meer toe. Iedereens gezicht heeft nu geleden, niet alleen het jouwe.

Daardoor moest ik aan Oneida denken en hoe ze eruit had gezien toen ze over samenwonen had gepraat. Ze was niet slank meer maar broodmager, vermoeid, ongetwijfeld door het 's nachts opstaan voor mij, maar daarnaast kon je zien hoe oud ze was geworden. Haar schoonheid was altijd delicaat geweest. Ze had niet langer dat bloeiende uiterlijk van een blonde vrouw, met die vreemde mengeling van verontschuldiging en voornaam zelfvertrouwen. Toen ze met haar voorstel bij me kwam, had ze er gespannen uitgezien en me nogal vreemd aangekeken.

Natuurlijk zou ik, als ik ooit had mogen kiezen, vanwege mijn lengte een kleiner meisje hebben uitgezocht. Zoals de tengere, donkerharige studente, die familie van de Krebsen was en er een zomer had gewerkt.

Op een dag had dit meisje, heel vriendelijk, tegen me gezegd dat men tegenwoordig veel meer aan mijn gezicht zou kunnen doen. Ik zou ervan opkijken, zei ze. En het zou niets kosten, onder de nieuwe algemene ziekteverzekering.

Ze had gelijk. Maar hoe kon ik uitleggen dat ik nooit de spreekkamer van een dokter zou kunnen binnengaan om toe te geven dat ik iets wilde hebben wat ik niet had?

Oneida zag er beter uit dan daarvoor toen ze, terwijl ik aan het inpakken en opruimen was, langskwam. Ze was naar de kapper geweest en de kleur van haar haar was iets anders, misschien bruiner.

'Je moet niet alles meteen weggooien', zei ze. 'Alles wat je voor je plaatselijke geschiedenis had verzameld.'

Ik zei dat ik selectief te werk ging, hoewel dat niet helemaal waar was. Het leek me dat we alle twee net deden alsof we meer om het verleden gaven dan in feite het geval was.

Wanneer ik nu aan de plaatselijke geschiedenis dacht, leek het me dat alle stadjes min of meer hetzelfde waren.

We zeiden niets over mijn verhuizing naar het appartementsgebouw. Alsof dat al lang geleden besproken en afgehandeld was.

Ze zei dat ze op het punt stond om weer op reis te gaan en dit keer zei ze waar ze heen ging. Naar Savary Island, alsof dat voldoende was.

Ik vroeg beleefd waar dat was en ze zei: 'O, het ligt voor de kust.'

Alsof dat de vraag beantwoordde.

'Waar een oude vriendin van me woont', zei ze.

Dat zou natuurlijk waar kunnen zijn.

'Ze gebruikt e-mail. Ze zegt dat ik dat ook zou moeten doen. Ik voel er niet veel voor. Maar ik kan het maar beter eens proberen.'

'Dat is de enige manier om erachter te komen of het iets voor je is.'

Ik had het gevoel dat ik nog iets meer zou moeten zeggen. Iets over het weer daar vragen of zo, daar waar ze heen ging. Maar voordat ik iets kon bedenken liet ze een eigenaardig kreetje of gilletje horen en sloeg toen haar hand voor haar mond en liep met grote voorzichtige passen naar mijn raam.

'Pas op, pas op', zei ze. 'Kijk eens.'

Ze lachte bijna geluidloos, een lach die ook had kunnen aangeven dat ze pijn had. Ze maakte een gebaar met haar hand naar achteren om me tot stilte te manen terwijl ik opstond.

In de achtertuin van mijn huis was een vogelbadje. Ik had het er jaren geleden neergezet zodat mijn moeder naar de vogels kon kijken. Ze hield veel van vogels en herkende ze zowel aan hun lied als aan hun veren. Ik had er een hele tijd niet naar omgekeken en het juist vanmorgen weer vol laten lopen.

En nu?

Het zat vol vogels. Zwart-witte, die danig tekeergingen.

Geen vogels. Iets wat groter was dan roodborstlijsters, kleiner dan kraaien.

'Stinkdieren', zei ze. 'Jonge stinkdieren. Die zijn meer wit dan zwart.'

Maar wat een pracht. Flitsend en dansend zonder ooit elkaar in de weg te lopen, zodat je niet kon zien hoeveel het er waren, waar elk lijfje begon of ophield.

Terwijl we keken, richtten ze zich een voor een op en verlieten het water en begonnen de tuin over te steken, heel snel maar in een rechte, diagonale rij. Alsof ze trots op zichzelf waren maar daar bescheiden over deden. Vijf.

'Lieve hemel', zei Oneida. 'In de stad.'

Er lag een stralende uitdrukking op haar gezicht.

'Heb je ooit zoiets gezien?'

Nee, zei ik. Nooit.

Ik dacht dat ze misschien nog iets zou zeggen en het zou bederven, maar nee, we zeiden geen van beiden iets.

We waren alleen ongelooflijk blij.

Corrie

'Het is niet goed als al het geld maar bij één familie is ondergebracht, zoals hier', zei meneer Carlton. 'Ik bedoel, voor een meisje als mijn dochter Corrie. Ik bedoel, voor zo iemand als zij. Dat is niet goed. Er is niemand van hetzelfde niveau.'

Corrie zat aan de andere kant van de tafel en keek de gast recht in de ogen. Ze leek dit grappig te vinden.

'Met wie kan ze trouwen?' vervolgde haar vader. 'Ze is vijfentwintig.'

Corries wenkbrauwen gingen omhoog, ze trok een gezicht.

'U vergeet een jaar', zei ze. 'Ik ben zesentwintig.'

'Ga je gang', zei haar vader. 'Lach me maar uit.'

Ze lachte hardop en inderdaad, dacht de gast, wat kon ze anders doen? Hij heette Howard Ritchie en was maar een paar jaar ouder dan zij, maar hij had al een vrouw en een jong gezin, zoals haar vader onmiddellijk had ontdekt.

Haar gezicht wisselde heel snel van uitdrukking. Ze had hagelwitte tanden en kort, krullend, bijna zwart haar. Hoge jukbeenderen die het licht opvingen. Geen zachte vrouw. Veel vlees zat er niet aan, een opmerking zoals haar vader hierna zou kunnen maken. Ze leek Howard Ritchie zo'n meisje dat een groot deel van haar tijd met golfen en tennissen doorbracht. Ondanks haar radde tong verwachtte hij dat ze conventionele opvattingen zou hebben.

Hij was architect en stond aan het begin van zijn loopbaan. Meneer Carlton wilde hem met alle geweld een kerkarchitect noemen, omdat hij momenteel de toren van de anglicaanse kerk in de stad aan het restaureren was. Een toren die op het punt van instorten had gestaan totdat meneer Carlton te hulp was geschoten. Meneer Carlton was niet anglicaans, daar had hij verschillende malen op gewezen. Zijn kerk was de methodistische en hij was methodist in hart en nieren, de reden waarom hij geen drank in huis had. Maar een mooie kerk als de anglicaanse kon je niet zomaar ten onder laten gaan. En het zag er niet naar uit dat de anglicanen iets zouden doen, arme Ierse protestanten, die de toren zouden hebben afgebroken en er iets lelijks voor in de plaats zouden hebben neergezet. Ze hadden het geld er natuurlijk niet voor en zouden niet begrepen hebben dat je voor zoiets een architect nodig had in plaats van een timmerman. Een kerkarchitect.

De eetkamer was afzichtelijk, tenminste, dat vond Howard. Het was midden jaren vijftig, maar alles zag eruit alsof het er al voor de eeuwwisseling had gestaan. De maaltijd was maar nauwelijks te eten. De man aan het hoofd van de tafel hield geen moment zijn mond. Je zou denken dat het meisje er doodmoe van zou worden, maar ze leek meestal op het punt te staan in lachen uit te barsten. Voordat ze haar toetje ophad, stak ze een sigaret op. Ze bood er Howard een aan en zei, goed hoorbaar: 'Let maar niet op paps.' Hij accepteerde de sigaret, maar ze steeg niet in zijn achting.

Een rijk verwend nest. Zonder manieren.

Ze vroeg hem onverwachts wat hij van Tommy Douglas, de premier van Saskatchewan, vond.

Hij zei dat zijn vrouw hem steunde. Zijn vrouw vond in feite dat Douglas niet links genoeg was, maar daar ging hij maar niet op in.

'Paps is dol op hem. Paps is communist.'

Meneer Carlton snoof verachtelijk, maar het bracht haar niet tot zwijgen.

'U lacht om zijn grapjes', zei ze tegen haar vader.

Kort daarna nam ze Howard mee om de tuin te bekijken. Het huis stond aan de straat, recht tegenover de fabriek waar mannenlaarzen en werkschoenen werden gemaakt. Maar achter het huis lagen brede gazons en de rivier die zich halverwege rond de stad slingerde. Er was een platgelopen pad naar de oever. Ze liep voorop en nu kon hij zien wat hij daarvoor alleen vermoed had. Ze was mank aan één been.

'Is het terug niet moeilijk klimmen?' vroeg hij.

'Ik ben niet invalide.'

'Ik zie dat je een roeiboot hebt', zei hij, half ter verontschuldiging.

'Ik neem je wel een keer mee, maar nu niet. We gaan nu naar de zonsondergang kijken.' Ze wees op een oude keukenstoel die er stond, zei ze, om naar de zonsondergang te kijken en zei dat hij daar plaats moest nemen. Ze ging zelf in het gras zitten. Hij stond op het punt te vragen of ze zo wel weer op zou kunnen staan, maar bedacht zich.

'Ik heb kinderverlamming gehad', zei ze. 'Dat is alles. Mijn moeder heeft het ook gehad en zij is eraan overleden.'

'Dat is erg.'

'Dat zal wel. Ik herinner me haar niet. Ik ga volgende week naar Egypte. Daar wilde ik erg graag heen, maar ik heb er nu niet meer zo'n zin in. Zou jij het leuk vinden?'

'Ik moet de kost verdienen.'

Hij stond verbaasd over wat hij gezegd had en ze begon natuurlijk meteen te giechelen.

'Ik sprak in het algemeen', zei ze grootmoedig toen ze uitgelachen was.

'Ik ook.'

Een of andere akelige gelukzoeker zou haar zeker inpikken, een Egyptenaar of zo. Ze leek zowel stoutmoedig als kinderlijk. In het begin zou een man misschien door haar geboeid zijn, maar algauw zou haar vrijpostigheid, haar zelfingenomenheid, als je het zo mocht noemen, gaan vervelen. Natuurlijk had ze geld en dat zou sommige mannen nooit gaan vervelen.

'Je moet nooit iets over mijn been zeggen waar paps bij is, anders krijgt hij een beroerte', zei ze. 'Hij heeft een keer niet alleen een jongen ontslagen die me geplaagd had, maar zijn hele familie. Ik bedoel, zelfs zijn neven.'

Uit Egypte arriveerden vreemde briefkaarten, die naar zijn kantoor en niet naar zijn huis waren gestuurd. Logisch natuurlijk, want hoe kon ze weten waar hij woonde.

Er was er niet een met een piramide. Of een sfinx.

In plaats daarvan was er een met de Rots van Gibraltar en de aantekening dat dit een piramide was die begon in te storten. Op een andere stond een vlak donkerbruin landschap, God mag weten waar, met de woorden: 'Zee der Zwaarmoedigheid'. Er stond nog een boodschap op in kleine lettertjes: 'Voor vergrootglas, stuur geld.' Gelukkig kreeg niemand op kantoor die in handen.

Hij was niet van plan te antwoorden, maar deed het toch: 'Vergrootglas defect wens terugbetaling.'

Hij reed naar haar stadje voor een overbodige inspectie van de kerktoren, omdat hij wist dat ze terug moest zijn van de piramiden, maar niet of ze thuis was of misschien weer op reis was gegaan.

Ze was thuis en ze zou daar voorlopig blijven. Haar vader had een beroerte gehad.

Ze had niet echt veel te doen. Om de andere dag kwam er een verpleegster. En een meisje dat Lillian Wolfe heette zorgde voor de haarden, die altijd brandden als Howard aankwam. Ze deed natuurlijk ook ander werk. Corrie was zelf niet echt in staat de haard aan te steken of een maaltijd klaar te maken; ze kon niet typen, ze kon niet autorijden, zelfs niet met een speciale verhoogde schoen ter ondersteuning. Howard nam het over als hij kwam. Hij zorgde voor de haarden en deed verschillende andere dingen in huis en werd zelfs meegenomen naar Corries vader, als de oude man zich goed genoeg voelde.

Hij wist niet zeker hoe hij op de voet zou reageren, in bed. Maar hij leek in zekere zin aantrekkelijker, aparter, dan de rest van haar.

Ze had hem verteld dat ze geen maagd meer was. Maar dat bleek een ingewikkelde halve waarheid te zijn, te wijten aan de bemoeienissen van een pianoleraar toen ze vijftien was. Ze was akkoord gegaan met wat de leraar wilde omdat ze medelijden had met mensen die zo op iets gefixeerd waren.

'Dat moet je niet als een belediging opvatten', zei ze en ze legde uit dat ze nu niet meer op die manier medelijden met mensen had.

'Dat hoop ik niet', zei hij.

Toen moest hij haar het een en ander over zichzelf vertellen. Het feit dat hij een condoom bij de hand had gehad, betekende niet dat hij regelmatig vrouwen verleidde. Ze was in feite pas de tweede met wie hij naar bed was gegaan, terwijl zijn vrouw de eerste was geweest. Hij was in een zwaar godsdienstig gezin opgevoed en geloofde nog steeds tot op zekere hoogte in God. Dat hield hij geheim voor zijn vrouw, die er de spot mee gedreven zou hebben, want ze was erg links.

Corrie zei dat ze blij was dat wat ze deden – wat ze net hadden gedaan – hem niet leek te hinderen, ondanks zijn geloof. Ze zei dat ze zelf nooit aan God was toegekomen, omdat ze al genoeg met haar vader te stellen had.

Het was niet moeilijk voor hen. Howard moest voor zijn werk vaak overdag iets inspecteren of een bezoek aan een opdrachtgever brengen. Het was niet ver rijden van Kitchener. En Corrie was nu alleen in huis. Haar vader was overleden en het meisje dat voor haar had gewerkt, was vertrokken om werk in de stad te zoeken. Corrie was daar helemaal voor geweest en had haar zelfs geld voor typelessen gegeven, zodat ze haar situatie kon verbeteren.

'Je bent te intelligent voor huishoudelijk werk', had ze gezegd. 'Laat me weten hoe het met je gaat.'

Het was niet bekend of Lillian Wolfe het geld aan typelessen of aan iets anders had uitgegeven, maar ze was huishoudelijk werk blijven doen. Daar kwam Howard op een keer achter toen hij en zijn vrouw, met enkele anderen, bij een belangrijk echtpaar, dat nieuw in Kitchener was, thuis te eten waren genodigd. En daar had Lillian bediend en was oog in oog komen te staan met de man die ze in Corries huis gezien had. De man die ze met zijn arm om Corrie heen geslagen had gezien wanneer ze de tafel af kwam ruimen of iets met de haard moest doen. De conversatie had duidelijk gemaakt dat zijn echtgenote aan tafel ook toen al zijn echtgenote was geweest.

Howard had Corrie niet meteen over het diner verteld omdat hij hoopte dat het van geen belang zou blijken te zijn.

De gastheer en gastvrouw van die avond waren beslist geen goede vrienden van hem, of van zijn vrouw. Zeker niet van zijn vrouw, die hen na afloop vanwege hun politieke opvattingen belachelijk had gemaakt. Het was een sociaalzakelijke aangelegenheid geweest. En het was waarschijnlijk niet het soort huishouden waar de dienstbodes en de vrouw des huizes met elkaar kletsten.

En dat bleek waar te zijn. Lillian beweerde dat ze er helemaal niets over had gezegd. Dit schreef ze in een brief. Het was niet haar mevrouw tegen wie ze iets dreigde te zeggen, als dat nodig was. Het was zijn eigen vrouw. Zou zijn vrouw deze informatie op prijs stellen? was hoe ze het had gesteld. De brief was naar zijn kantoor gestuurd, waarvan ze het adres had weten te achterhalen. Maar ze wist ook waar hij woonde. Ze had hem bespioneerd. Dat schreef ze en ze had het ook over de mantel van zijn vrouw die een kraag van zilvervos had. Zijn vrouw geneerde zich voor die mantel en voelde zich vaak verplicht tegen mensen te zeggen dat ze hem geërfd en niet gekocht had. Dat was ook zo. Toch trok ze hem bij speciale gelegenheden graag aan, zoals naar dat etentje, om indruk te maken, zo leek het, zelfs op mensen die haar tegenstonden.

'Ik zou niet graag het hart breken van die aardige dame met haar grote kraag van zilvervos', had Lillian geschreven.

'Hoe zou Lillian nu weten wat een kraag van zilvervos is?' vroeg Corrie toen hij had besloten dat hij haar het nieuws moest vertellen. 'Weet je zeker dat ze dat geschreven heeft?'

'Absoluut zeker.'

Hij had de brief meteen verbrand, hij had zich erdoor bezoedeld gevoeld.

'Dan heeft ze het nodige geleerd', zei Corrie. 'Ze leek me altijd al achterbaks. Ik neem aan dat we haar niet kunnen vermoorden.'

Hij glimlachte niet eens en dus zei ze heel ernstig: 'Ik maakte maar een grapje.'

Het was april, maar nog steeds zo koud dat je graag de haard aan had. Terwijl ze zaten te eten, had ze willen vragen of hij hem aan wilde steken, maar zijn vreemde, sombere houding had haar ervan weerhouden.

Hij vertelde dat zijn vrouw eigenlijk niet naar dat etentje had gewild. 'Het is gewoon de grootste pech.'

'Je had naar haar moeten luisteren', zei ze.

'Dit is het ergste', zei hij. 'Dit is het ergste wat er had kunnen gebeuren.'

Ze staarden allebei naar het zwarte haardrooster. Hij had haar maar één keer aangeraakt, ter begroeting.

'Welnee', zei Corrie. 'Niet het ergste. Welnee.'

'Nee?'

'Nee', zei ze. 'We kunnen haar het geld geven. Veel is het eigenlijk niet.'

'Ik heb geen ...'

'Jij niet. Maar ik wel.'

'O nee.'

'Jawel.'

Ze sprak zo luchtig mogelijk, maar ze had het ijskoud gekregen. Als hij nu eens nee zou zeggen? Nee, dat kan ik je niet laten doen. Nee, het is een teken. Het is een teken dat we ermee op moeten houden. Ze wist zeker dat er zoiets in zijn stem had doorgeklonken en op zijn gezicht te zien was geweest. Dat het een zonde was. Verkeerd.

'Voor mij betekent het niets', zei ze. 'En zelfs al zou jij er gemakkelijk aan kunnen komen, dan zou je dat niet kunnen doen. Je zou het gevoel hebben dat je het bij je gezin weghaalde en dat is toch onmogelijk?'

Gezin. Dat had ze nooit moeten zeggen. Ze had dat woord nooit in de mond moeten nemen.

Maar zijn gezicht klaarde op. Hij zei nee, nee, maar er klonk twijfel in zijn stem. En toen wist ze dat het in orde zou komen. Na een tijdje kon hij er praktisch over praten en herinnerde hij zich nog iets uit de brief. Het moest in bankbiljetten zijn, zei hij. Ze had niets aan een cheque.

Hij praatte zonder op te kijken, alsof het een zakelijke aangelegenheid betrof. Bankbiljetten kwamen Corrie ook beter uit. Ze zouden niet op haar terug te voeren zijn.

'Goed', zei ze. 'Het is trouwens toch geen buitensporige som.'

'Maar ze mag niet weten dat we dat vinden.'

Er moest een postbus genomen worden op Lillians naam. Daarin moesten de bankbiljetten, in een aan haar geadresseerde enveloppe, twee keer per jaar achtergelaten worden. Op datums die door haar bepaald waren. Nooit een dag later. Anders zou ze zich zorgen gaan maken, had ze geschreven.

Hij raakte Corrie nog steeds niet aan, behalve toen hij dankbaar en bijna formeel afscheid nam. Dit moet geheel gescheiden blijven van wat we samen hebben, leek hij te zeggen. We beginnen met een schone lei. We kunnen weer het gevoel hebben dat we niemand pijn doen. Dat we niets verkeerds doen. Zo leek hij het in woordeloze taal te stellen. Zij maakte in haar eigen taal een klein grapje dat niet overkwam.

'Zo hebben we al aan Lillians onderwijs bijgedragen.

Vroeger was ze zo slim niet.'

'Als ze maar niet slimmer wordt. En meer gaat vragen.'

'Dat zien we dan wel weer. We kunnen altijd dreigen dat we naar de politie zullen gaan. Zelfs nu nog.'

'Maar dat zou het einde van onze relatie betekenen', zei hij. Hij had al afscheid genomen en wendde zijn hoofd af. Ze stonden op de winderige veranda.

Hij zei: 'Ik zou het niet kunnen verdragen als er een eind aan onze relatie kwam.'

'Ik ben blij dat te horen', zei Corrie.

Algauw werd er niet eens meer over gepraat. Ze gaf hem de bankbiljetten, die al in hun enveloppe zaten. In het begin maakte hij een klein geluid van afschuw, maar dat veranderde later in een berustende zucht, alsof hij aan een vervelend karweitje werd herinnerd.

'Wat gaat de tijd toch snel.'

'Vind je ook niet?'

'Lillians woekerhandel', zei Corrie soms en hoewel hij dat eerst een vervelende uitdrukking vond, begon hij het later ook te zeggen. In het begin vroeg ze of hij Lillian nog weleens had gezien, of er nog meer etentjes geweest waren.

'Zulke vrienden waren het niet', bracht hij haar in herinnering. Hij zag hen bijna nooit en wist niet of Lillian nog wel bij hen werkte.

Corrie zag haar ook niet. Haar familie woonde op het platteland en als Lillian bij hen op bezoek was, zouden ze waarschijnlijk geen boodschappen in dit stadje doen, waarmee het snel bergafwaarts was gegaan. Aan de hoofdstraat was nu alleen nog maar een buurtwinkel, waar mensen loten kochten en een boodschap deden als ze plotseling zonder iets zaten, en een meubelzaak, waar altijd dezelfde tafels en sofa's in de etalage stonden en die nooit open leek te zijn en die zolang de eigenaar in Florida nog leefde, misschien ook niet open zou gaan.

Na het overlijden van Corries vader was de schoenfabriek overgenomen door een grote firma die had beloofd – althans dat geloofde ze – de fabriek draaiende te houden. Maar binnen een jaar stond het gebouw leeg en was de meeste apparatuur naar een andere stad overgebracht, en was er alleen nog wat ouderwets gereedschap over dat ooit voor het maken van schoenen en laarzen was gebruikt. Corrie kreeg het plan er een klein museumpje van te maken en die dingen tentoon te stellen. Ze zou zelf voor de inrichting zorgen en rondleidingen geven en vertellen hoe men vroeger dingen deed. Het was verrassend hoeveel kennis ze wist te vergaren, met behulp van enkele foto's die haar vader had laten maken om een praatje te illustreren dat hij misschien zelf gehouden had – het was slordig uitgetypt – voor de vrouwenbond, toen ze de plaatselijke industrie aan het bestuderen waren. Aan het eind van de zomer had Corrie al enkele bezoekers rondgeleid. Ze wist zeker dat er het jaar daarop meer zouden komen, als ze een bord langs de grote weg had gezet en een stuk voor een toeristische folder had geschreven.

Toen ze op een morgen vroeg in de lente uit het raam keek, zag ze dat een paar onbekenden het gebouw begonnen af te breken. Het bleek dat het contract, dat ze voor het gebruik van het gebouw dacht te hebben zolang er een bepaald bedrag aan huur was betaald, haar niet toestond voorwerpen die in het gebouw aangetroffen waren tentoon te stellen of in bezit te nemen, ongeacht hoelang ze al als waardeloos waren beschouwd. Deze oude brokken ijzer behoorden haar absoluut niet toe en ze mocht zelfs van geluk spreken dat ze niet voor het gerecht werd gesleept nu de firma – die ooit zo voorkomend had geleken – ontdekt had wat ze in haar schild voerde.

Als Howard de zomer daarvoor niet met zijn gezin naar Europa was gegaan, net toen ze aan dit project was begonnen, had hij het contract voor haar na kunnen lezen en zou ze zichzelf een hoop ellende bespaard hebben.

Maar ach, wat gaf het, zei ze toen ze gekalmeerd was en ze had algauw een nieuwe interesse.

Het begon met haar besluit dat ze genoeg had van haar grote, lege huis en er eens uit wilde en toen was haar oog op de openbare bibliotheek een eindje verder aan de straat gevallen.

Het was een mooi, niet al te groot gebouw van rode baksteen dat, omdat het een Carnegie-bibliotheek was, niet gemakkelijk van de hand te doen was, ook al werd hij nog maar door weinig mensen gebruikt, lang niet genoeg om het salaris van een bibliothecaresse te rechtvaardigen.

Corrie ging er twee keer per week heen, opende de deuren en ging achter het bureau van de bibliothecaresse zitten. Ze stofte de planken af als ze er zin in had en belde de mensen op die volgens het register al jaren boeken in huis hadden. Soms beweerden de mensen die ze aan de lijn kreeg dat ze nog nooit van het boek gehoord hadden, dat een tante of grootmoeder, die placht te lezen en nu dood was, het had geleend. Dan zei ze dat het eigendom van de bibliotheek was en soms lag het boek dan plotseling in de bak met teruggebrachte boeken.

Het enige wat vervelend was als je in de bibliotheek zat,

was het lawaai. Dat werd veroorzaakt door Jimmy Cousins, die het gras om het gebouw maaide en bijna zodra hij ermee klaar was opnieuw begon, omdat hij anders niets te doen had. Daarom nam ze hem in dienst om haar eigen gazons te maaien, iets wat ze tot dusver zelf had gedaan, om fit te blijven, hoewel ze het voor haar figuur niet hoefde te doen en ze er eindeloos lang over deed vanwege haar mankheid.

Howard was enigszins verbijsterd door de verandering in haar leven. Hij kwam nu minder vaak, maar kon langer blijven. Hij woonde in Toronto, hoewel hij nog voor dezelfde firma werkte. Zijn kinderen waren tieners of studeerden. Met de meisjes ging het goed, met de jongens minder goed dan hij had gehoopt, maar zo waren jongens nu eenmaal. Zijn vrouw werkte fulltime en soms meer dan fulltime op het kantoor van een provinciaal politicus. Ze verdiende bijna niets, maar ze was gelukkig. Gelukkiger dan hij haar ooit gekend had.

De lente daarvoor had hij haar mee naar Spanje genomen, als verjaardagsverrassing. Corrie had toen een tijd niets van hem gehoord. Het zou van slechte smaak getuigd hebben als hij haar tijdens deze verjaardagsvakantie had geschreven. Zoiets zou hij nooit doen en ze zou ook niet gewild hebben dat hij het deed.

'Je doet net alsof mijn huis een heiligdom is', zei Corrie toen hij terug was, en hij had geantwoord: 'Dat is het ook voor mij'. Hij hield nu van alles in de grote kamers, met hun overladen plafonds en de donkere, sombere lambrisering. Er ging iets groots en absurds van uit. Maar hij zag in dat het voor haar anders was, dat ze er af en toe eens uit moest. Ze begonnen kleine tochtjes te maken, toen langere, waarbij ze in motels overnachtten – hoewel nooit meer dan één nacht – en in niet al te dure restaurants aten.

Ze kwamen nooit iemand tegen die ze kenden. Vroeger zou dat gebeurd zijn, dat wisten ze zeker. Het was nu anders, hoewel ze niet wisten waarom. Kwam het omdat het nu minder gevaarlijk was, zelfs al zou het gebeuren? Omdat de mensen die ze misschien tegen zouden komen, maar nooit tegenkwamen, hen er nooit van verdacht zouden hebben het zondige paar te zijn dat ze nog steeds waren? Hij zou haar als zijn nicht kunnen voorstellen, zonder dat dit verbazing zou wekken, een mank familielid dat hij had opgezocht. Hij had familie voor wie zijn vrouw nooit de moeite had willen nemen. En wie dacht er nu aan een oudere maîtresse met een lamme voet? Niemand zou dat soort informatie in zich opslaan en het er op een gevaarlijk moment uitflappen.

We kwamen Howard op Bruce Beach tegen, met zijn zus geloof ik. Hij zag er goed uit. Zijn nicht misschien? Kreupel?

Het zou de moeite niet waard lijken.

Ze bedreven natuurlijk nog steeds de liefde. Soms voorzichtig, om een zere schouder te ontzien, een pijnlijke knie. Ze waren op dat gebied altijd conventioneel geweest en bleven dat, terwijl ze zichzelf gelukkig prezen dat ze geen speciale hulpmiddelen nodig hadden. Dat was voor echtparen.

Soms begon Corrie te huilen en drukte haar gezicht tegen hem aan.

'We hebben het zo goed met elkaar getroffen', zei ze dan.

Ze vroeg hem nooit of hij gelukkig was, maar hij liet op indirecte wijze weten dat hij dat was. Hij zei dat hij meer behoudende of misschien minder hoopvolle ideeën in zijn werk had ontwikkeld. (Zij zei maar niet dat ze hem altijd nogal behoudend had gevonden.) Hij nam nu pianoles, tot verbazing van zijn vrouw en zijn gezin. Het was goed om een eigen interesse te hebben, in een huwelijk.

'Dat zal best', zei Corrie.

'Ik wou niet zeggen ...'

'Dat weet ik.'

Op een dag – het was september – kwam Jimmy Cousins de bibliotheek in om te zeggen dat hij die dag geen gras voor haar zou kunnen maaien. Hij moest naar het kerkhof om een graf te graven. Het was voor iemand die hier in de buurt had gewoond, zei hij.

Corrie vroeg, met haar vinger in *De grote Gatsby*, hoe de overledene heette. Ze zei dat het interessant was hoeveel mensen – of althans hun lichamen – zich ingevolge hun laatste wens aan de familie hier aandienden. Ze hadden misschien hun hele leven in verre of minder verre steden gewoond en het daar blijkbaar goed naar hun zin gehad, maar wilden daar absoluut niet blijven als ze eenmaal dood waren. Oude mensen kregen zulke ideeën.

Jimmy zei dat het niet zo'n oud iemand was. Ze heette Wolfe. De voornaam was hem ontschoten.

'Toch niet Lillian? Toch niet Lillian Wolfe?'

Hij dacht van wel.

En ze bleken haar naam bij de hand te hebben, in de plaatselijke krant, die bij de bibliotheek werd bezorgd en die Corrie nooit las. Lillian was in Kitchener overleden, op zesenveertigjarige leeftijd. Ze zou vanuit de Kerk van de Gezalfden des Heren begraven worden, de dienst zou om twee uur beginnen.

Tja.

Dit was een van de twee dagen in de week dat de bibliotheek open hoorde te zijn. Corrie kon er niet heen.

De Kerk van de Gezalfden des Heren was nieuw in het stadje. Niets gedijde hier nog, behalve datgene wat haar vader 'bizarre sektes' had genoemd. Ze kon het gebouw uit een van de bibliotheekramen zien.

Ze stond voor tweeën voor het raam en zag een vrij grote groep mensen naar binnen gaan.

Hoeden leken tegenwoordig niet meer verplicht te zijn, bij vrouwen of bij mannen.

Hoe zou ze het hem vertellen? Het zou een brief naar zijn kantoor moeten worden. Ze kon hem daar opbellen, maar dan zou zijn reactie zo voorzichtig en zakelijk moeten zijn dat het wonderbaarlijke van hun bevrijding voor de helft verloren zou gaan.

Ze keerde terug naar *Gatsby*, maar las alleen woorden terwijl de betekenis niet tot haar doordrong; ze was te rusteloos. Ze sloot de bibliotheek en liep wat door de stad.

De mensen zeiden altijd dat het hier wel een begrafenis leek, maar wanneer er een echte begrafenis was, was het stadje in feite op zijn drukst. Daar werd ze aan herinnerd toen ze zag dat een straat verder de begrafenisgasten de kerk uit kwamen en met elkaar bleven staan praten, duidelijk nog onder de indruk. En toen liepen velen van hen, tot haar verbazing, om de kerk heen en gingen daar een zijdeur binnen.

Natuurlijk. Dat was ze vergeten. Na afloop van de dienst, nadat de gesloten kist in de lijkwagen was geplaatst, zou iedereen, op de familie na die met de overledene meeging om haar in de aarde te zien neerdalen, ergens heen gaan voor koffie en thee. Dat zou in een ander deel van de kerk gebeuren, waar een lokaal voor de zondagsschool was en een gastvrije keuken.

Ze zag niet in waarom ze zich niet bij hen zou voegen.

Maar op het laatste moment zou ze verder gelopen zijn.

Te laat. Er riep een vrouw naar haar, nogal uitdagend of althans weinig begrafenisachtig, vanuit de deur waar de andere mensen naar binnen waren gegaan.

Deze vrouw zei toen ze dichterbij gekomen was: 'We hebben u gemist bij de dienst.'

Corrie had geen idee wie de vrouw was. Ze zei dat het haar speet dat ze niet had kunnen komen maar dat ze de bibliotheek open had moeten houden.

'Dat spreekt vanzelf', zei de vrouw, die zich al omgedraaid had om met iemand te overleggen die een taart vasthield.

'Is er plaats voor in de koelkast?'

'Ik weet het niet, lieverd, je kunt het beste gaan kijken.'

Door de gebloemde jurk van de begroetster had Corrie verwacht dat de vrouwen binnen allemaal iets dergelijks zouden dragen. Hun zondagse goed, al was het dan geen echte rouwkleding. Maar misschien was zelfs haar idee van zondags goed al achterhaald. Sommige vrouwen hier droegen gewoon een broek, net als zij.

Een andere vrouw bracht haar een plakje kruidentaart op een plastic bordje.

'U zult wel honger hebben', zei ze. 'Net als iedereen.'

Een vrouw die Corries kapster was geweest, zei: 'Ik heb tegen iedereen gezegd dat u waarschijnlijk wel zou komen. Maar dat u pas kon komen als u de bibliotheek op slot had gedaan. Ik zei dat het jammer was dat u de dienst moest missen. Dat zei ik tegen iedereen.'

'Het was een mooie dienst', zei een andere vrouw. 'U zult wel thee willen als u die cake ophebt.'

En zo ging het maar door. Ze kon op niemands naam komen. De Verenigde Kerk en de Presbyteriaanse Kerk hadden nog maar bedroevend weinig leden; de anglicaanse was langgeleden dichtgegaan. Had iedereen zich hierbij aangesloten?

Er was maar één andere vrouw op de receptie die evenveel aandacht als Corrie kreeg en die zo gekleed was als Corrie verwacht had van iemand op een begrafenis. Een mooie paarsgrijze japon en een eenvoudige grijze zomerhoed.

Deze vrouw werd naar haar toegebracht om met haar kennis te maken. Een bescheiden snoer echte parels om haar hals.

'Ach ja.' Ze praatte zachtjes en zo verheugd als de gelegenheid toestond. 'U moet Corrie zijn. De Corrie over wie ik zo veel heb gehoord. We hebben elkaar wel nooit eerder ontmoet, maar ik voel dat ik u ken. Maar u zult zich wel afvragen wie ik ben?' Ze noemde een naam die Corrie niets zei. Schudde toen haar hoofd en liet een bedroefd lachje horen.

'Lillian heeft sinds ze naar Kitchener gekomen was de hele tijd bij ons gewerkt', zei ze. 'De kinderen waren dol op haar. En daarna de kleinkinderen. Ze waren werkelijk dol op haar. Lieve hemel. Wanneer ik haar op haar vrije dag moest vervangen, viel ik absoluut in het niet bij Lillian. We waren in feite allemaal dol op haar.'

Ze zei het met enige bevreemding, maar tegelijk verrukt. Op de manier waarop zulke vrouwen zo charmant geringschattend over zichzelf konden praten. Corrie zou haar meteen opgevallen zijn als de enige in het vertrek die haar taal sprak en haar woorden niet letterlijk zou nemen.

Corrie zei: 'Ik wist niet dat ze ziek was.'

'Het is ontzettend snel gegaan', zei de vrouw met de theepot, terwijl ze de vrouw met de parels nog wat thee aanbood, wat afgeslagen werd.

'Op haar leeftijd loopt het sneller af dan bij echte ouwe mensen', zei de theedame. 'Hoelang heeft ze in het ziekenhuis gelegen?' vroeg ze op enigszins dreigende toon aan de parels.

'Ik probeer na te denken. Tien dagen?'

'Zelfs nog korter, heb ik gehoord. En toen duurde het nog even voordat ze het aan de mensen thuis lieten weten.'

'Ze liep er niet mee te koop.' Dit kwam van de werkgeefster, die zachtjes sprak maar zich niet van de wijs liet brengen. 'Ze was beslist niet iemand die ergens drukte over maakte.'

'Dat is waar', zei Corrie.

Op dat moment kwam een gezette, glimlachende jonge vrouw naar hen toe en stelde zich voor als de dominee.

'Hebben we het over Lillian?' vroeg ze. Ze schudde haar hoofd vol verbazing. 'Lillian was gezegend. Lillian was een buitengewoon iemand.'

Daar waren ze het allemaal mee eens. Ook Corrie.

'Ik verdenk mevrouw de dominee ervan', schreef Corrie aan Howard, in de lange brief die ze op weg naar huis in haar hoofd aan het opstellen was.

Later op de avond ging ze zitten en begon met die brief, hoewel ze hem nog niet zou kunnen versturen omdat Howard een paar weken met zijn gezin in het zomerhuisje in Muskoka was. Met iedereen een beetje chagrijnig, zoals hij het van tevoren had beschreven – zijn vrouw zonder haar politieke werk, hij zonder zijn piano – hoewel ze het ritueel niet konden opgeven.

'Het is natuurlijk absurd om te denken dat Lillian met haar woekerhandel een kerk zou bouwen', schreef ze. 'Maar ze heeft vast de torenspits gebouwd. Het is trouwens een vrij rare spits geworden. Ik had nooit eerder beseft hoe symbolisch die omgekeerde ijshoorntjes zijn. Je kunt er de geloofsafval aan af lezen. Ze weten het zelf niet, maar ze laten het zien.'

Ze verfrommelde de brief en begon opnieuw, op meer jubelende toon.

'De tijd van Chantage ligt achter ons. Het geluid van de koekoek weerklinkt door het land.'

Ze had zich nooit gerealiseerd hoe ze eronder gebukt ging, schreef ze, maar dat zag ze nu wel. Niet om geld; zoals hij wist, kon het geld haar niet schelen en het was bovendien steeds minder geworden door de jaren, in werkelijke waarde, hoewel Lillian dat nooit beseft leek te hebben. Het was het nare gevoel dat ze nooit helemaal veilig waren, die druk op hun lange liefde, die haar ongelukkig had gemaakt. Steeds als ze langs een brievenbus liep, kreeg ze dat gevoel.

Ze vroeg zich af of hij het nieuws misschien zou horen voordat haar brief hem kon bereiken. Onmogelijk. Hij was nog niet in de fase dat hij overlijdensberichten las.

Ze had in februari en vervolgens in augustus van elk jaar de speciale bankbiljetten in de enveloppe gedaan, waarna hij de enveloppe in zijn zak had gestoken. Hij had de bankbiljetten waarschijnlijk later nageteld en Lillians naam op de enveloppe getypt voordat hij hem naar haar postbus had gebracht.

De vraag was of hij in de postbus had gekeken om te zien of het geld van deze zomer was weggehaald. Lillian leefde nog toen Corrie hem het geld had gegeven, maar zou vast niet meer in de gelegenheid zijn geweest om naar de postbus te gaan. Vast niet.

Kort voordat Howard naar het zomerhuisje was vertrokken, had Corrie hem voor het laatst gezien en de enveloppe aan hem overgedragen. Ze probeerde uit te rekenen wanneer dat precies geweest was, of hij tijd zou hebben gehad om weer in de postbus te kijken nadat hij het geld had afgeleverd of dat hij meteen naar het zomerhuisje zou zijn gegaan. In het verleden had hij soms tijd gevonden om Corrie vanuit het zomerhuisje te schrijven. Maar dit keer niet.

Ze gaat naar bed terwijl de brief aan hem nog steeds niet af is.

En wordt vroeg wakker, als de hemel lichter begint te worden, hoewel de zon nog niet op is.

Er komt altijd een morgen waarop je beseft dat de vogels allemaal vertrokken zijn.

Ze weet iets. Ze heeft het in haar slaap ontdekt.

Er is geen nieuws dat ze hem moet vertellen. Geen nieuws omdat er nooit nieuws is geweest.

Geen nieuws over Lillian, omdat Lillian van geen belang is en dat ook nooit is geweest. Geen postbus, omdat het geld meteen op een rekening wordt gezet, of misschien alleen in een portefeuille verdwijnt. Algemene onkosten. Of een bescheiden reservepotje. Een reisje naar Spanje? Wat geeft het? Mensen met een gezin, een zomerhuisje, kinderen om op te voeden, rekeningen die betaald moeten worden, hoeven niet lang na te denken hoe ze zo'n bedrag zullen besteden. Je kunt het niet eens een meevallertje noemen. Dat hoeft niet uitgelegd te worden.

Ze staat op en kleedt zich snel aan en loopt door ieder vertrek in huis, terwijl ze de muren en het meubilair met dit nieuwe idee kennis laat maken. Een grote leegte overal, vooral in haar borst. Ze maakt een kop koffie klaar maar drinkt er niet van. Ze belandt weer in haar slaapkamer en ontdekt dat de huidige werkelijkheid daar weer helemaal opnieuw moet worden ingevoerd.

Eén regeltje maar, de brief is weggegooid.

'Lillian is dood, gisteren begraven.'

Ze stuurt hem naar zijn kantoor, het maakt niets uit. Per expres, wat geeft het?

Ze zet de telefoon uit, zodat ze er niet op gaat zitten wachten. De stilte. Ze zal misschien nooit meer iets horen.

Maar algauw is er een brief, nauwelijks langer dan de hare.

'Alles goed nu, wees blij. Spoedig.'

Zo zullen ze het dus laten. Er kan nu niets anders meer gedaan worden. Terwijl het veel erger had kunnen zijn, veel en veel erger.

Trein

Dit is trouwens toch al een langzame trein en voor de bocht is hij nog langzamer gaan rijden. Jackson is nu de enige inzittende en het is ongeveer dertig kilometer naar Clover, de volgende stopplaats. Daarna krijg je Riley en Kincardine en het meer. Hij heeft geluk en hij moet de kans waarnemen. Hij heeft zijn kaartje al uit het vakje boven zijn hoofd gehaald.

Hij gooit zijn plunjezak naar buiten en ziet hem netjes tussen de rails neerkomen. Hij moet nu wel, de trein gaat niet nog langzamer rijden.

Hij waagt het. Een jongeman in goede conditie en op zijn lenigst. Maar de sprong en het neerkomen stellen hem teleur. Hij is stijver dan hij gedacht had, de schok werpt hem voorover, zijn handpalmen komen hard op het grind tussen de bielzen neer, hij heeft zich geschaafd. Zenuwen.

De trein is niet meer te zien, hij hoort dat hij sneller begint rijden, na de bocht. Hij spuugt op zijn pijnlijke handen en haalt de stukjes grind eruit. Dan pakt hij zijn plunjezak op en begint in de richting te lopen van waar hij zojuist met de trein gekomen is. Als hij achter de trein aan zou lopen, zou hij lang na het donker op het station van Clover arriveren. Hij zou zich er nog over kunnen beklagen dat hij in slaap gevallen was en helemaal in de war wakker was geworden en had gedacht dat ze zijn halte al voorbijgereden waren. Dat hij er toen uitgesprongen was en daarna had moeten lopen.

Men zou hem geloofd hebben. Als je van zo ver, van

de oorlog naar huis kwam, kon er van alles met je hoofd gebeurd zijn. Het was nog niet te laat, hij kon voor middernacht zijn waar hij verondersteld werd te zijn.

Maar terwijl hij dit denkt, blijft hij in de tegenovergestelde richting lopen.

Hij kent niet veel namen van bomen. Esdoorns, die kent iedereen. Sparren. Veel meer is er niet. Hij dacht dat hij in een bos uit de trein gesprongen was, maar dat blijkt niet zo te zijn. De bomen staan alleen dicht op elkaar langs de rails, maar daarachter kan hij akkers onderscheiden. Groene, roodbruine en gele akkers. Weiland, graan, stoppels. Zo veel weet hij er wel van. Het is nog augustus.

En wanneer het geluid van de trein is weggestorven, beseft hij dat het hier minder stil is dan hij verwacht had. Er is heel wat beroering hier en daar, droge augustusbladeren die door iets anders dan de wind bewogen worden, de herrie van een paar onzichtbare vogels die hem bestraffend toespreken.

Als je van de trein sprong, hoorde er iets weg te vallen. Je activeerde je lichaam, bracht je knieën in gereedheid, om op te gaan in een ander type atmosfeer. Je keek uit naar leegte. Maar wat kreeg je? Een nieuwe omgeving die onmiddellijk je aandacht opeiste op een heel andere manier dan wanneer je in de trein zat en alleen uit het raampje keek. Wat doe je hier? Waar ga je heen? Het gevoel dat je in de gaten werd gehouden door dingen die je niet kende. Dat je iets verstoorde. Dat het leven om je heen tot conclusies over je kwam vanuit een onzichtbare positie.

De mensen die hij de laatste jaren had ontmoet, leken te denken dat als je niet uit de stad kwam, je van het platteland was. En dat was niet waar. Er was nog een gebied dat je alleen zag als je er woonde: dat tussen het platteland en de stad. Jackson was zelf de zoon van een loodgieter. Hij was nog nooit van zijn leven in een stal geweest noch had hij koeien gehoed of graan gestookt. Hij had ook nog nooit, zoals nu, langs een spoorbaan gelopen die zijn normale functie om mensen en goederen te vervoeren leek te hebben opgegeven, en in een gebied van wilde appelbomen en doornige bessenstruiken en loshangende wingerd was veranderd en van kraaien – die vogel kende hij in ieder geval – die hoog in een boom, waar je ze je niet kon zien, zaten te schelden. En van een slangetje dat op dit moment tussen de rails door glibbert, vol vertrouwen dat hij niet snel genoeg zal zijn om hem dood te trappen. Hij beseft dat het waarschijnlijk ongevaarlijk is, maar dat zelfvertrouwen ergert hem.

Je kon er meestal van op aan dat de kleine Jersey-koe, die Margaret Rose heette, twee keer per dag, 's morgens en 's avonds, naar de stal kwam om gemolken te worden. Belle hoefde haar niet vaak te roepen. Maar vanmorgen had ze te veel aandacht voor iets in het lage gedeelte van het weiland, of tussen de bomen die de spoorbaan afschermden, aan de andere kant van het hek. Ze hoorde Belle fluiten en haar toen roepen en kwam onwillig in beweging. Maar besloot toen terug te gaan en nog eens te kijken.

Belle zette de emmer neer en begon door het bedauwde gras te lopen.

'Hier, hier.'

Ze zei het half vleiend, half boos.

Er bewoog iets tussen de bomen. Een mannenstem riep dat het in orde was.

Natuurlijk was het in orde. Dacht hij dat ze bang voor hem was? Hij kon beter bang zijn voor een koe die haar horens nog had.

Terwijl hij over het hek klom, zwaaide hij op wat hem waarschijnlijk een geruststellende manier leek.

Dit was te veel voor Margaret Rose, ze moest een voorstelling geven. De ene kant opspringen en dan de andere. Met haar gemene horentjes dreigen. Het stelde niet veel voor, maar Jerseys kunnen je altijd op een onaangename manier verrassen, door hun snelheid en opvliegendheid. Belle riep, om haar te berispen en hem gerust te stellen.

'Ze doet je geen kwaad. Maar beweeg je niet. Ze is zenuwachtig.'

Nu merkte ze de plunjezak op die hij vasthield. Dat was de oorzaak van het probleem. Ze had gedacht dat hij zomaar wat langs de spoorbaan liep, maar hij ging ergens heen.

'Ze is overstuur door je plunjezak. Als je hem even neer kunt zetten. Ik moet haar naar de schuur zien te krijgen om haar te melken.'

Hij deed wat ze had gevraagd en bleef toen zonder zich nog te verroeren staan kijken.

Ze wist Margaret Rose in de richting van de emmer en het krukje te sturen, aan deze kant van de schuur.

'Je kunt hem weer pakken', riep ze. En toen hij dichterbij kwam, zei ze vriendelijk: 'Zolang je er maar niet mee zwaait in haar buurt. Je bent soldaat, hè? Als je wacht totdat ik haar gemolken heb, maak ik wat ontbijt voor je klaar. Dat is een stomme naam als je zo hard naar haar moet schreeuwen. Margaret Rose.'

Ze was een korte stevige vrouw met sluik haar, een beetje

grijs tussen het blonde en een kinderlijke pony.

'Ik heb het aan mezelf te danken', zei ze terwijl ze ging zitten. 'Ik ben koningsgezind. Of dat was ik. Ik heb havermout op de kachel staan. Ik ben zo klaar met melken. Misschien vind je het niet erg om even om de schuur heen te lopen en daar te wachten zodat ze je niet kan zien. Het is jammer dat ik je geen ei kan aanbieden. We hadden vroeger kippen, maar de vossen kregen ze steeds te pakken en ten slotte hadden we er genoeg van.'

We. We hadden vroeger kippen. Dat betekende dat ze hier ergens een man had.

'Havermout is goed. Ik wil je er graag voor betalen.'

'Dat hoeft niet. Als je alleen maar even een eindje verder loopt. Ze is nu te veel afgeleid om zich goed te laten melken.'

Hij liep verder, om de schuur heen. Hij was nogal bouwvallig. Hij tuurde tussen de planken door om te zien wat voor auto ze had, maar het enige wat hij zag staan was een oud rijtuigje en wat andere wrakkige machines.

Het erf straalde een zekere netheid uit, maar niet bepaald nijverheid. Op het huis bladderde de witte verf af en werd grijs. Er was een raam waar planken voor gespijkerd, waren omdat het glas waarschijnlijk gebroken was. En dan was er het verwaarloosde kippenhok waar ze zei dat de vossen de kippen te pakken gekregen hadden. Een stapel dakspanen.

Als er een man op het erf was dan was hij óf invalide of anders verlamd door luiheid.

Er liep een weg. Er was een klein omheind weiland voor het huis, een zandweg. En in de wei een gevlekt, vredig ogend paard. Hij zag de zin ervan in een koe te houden, maar een paard? Zelfs al voor de oorlog deden boeren ze weg, omdat tractors de toekomst waren. En ze had er niet uitgezien als iemand die alleen voor haar plezier op een paard rondreed.

Toen snapte hij het. Het rijtuigje in de schuur. Het was niet iets van vroeger, het was het enige wat ze had.

Hij had al een tijdje een vreemd geluid gehoord. De weg liep een heuvel op en van achter die heuvel kwam een geklikklak. En tegelijk met het geklikklak een zacht getinkel of gefluit.

Daar was het. Over de heuvel kwam een bak op wielen, die door twee vrij kleine paarden getrokken werd. Kleiner dan het paard in het weiland maar een stuk vuriger. En in de bak zat een zestal kleine mannetjes. Allemaal in het zwart gekleed, met keurige zwarte hoeden op.

Zij brachten het geluid voort. Het was gezang. Zachte hoge stemmetjes, uiterst zoet van klank. Ze keken geen moment naar hem terwijl ze langsreden.

Het gaf hem koude rillingen. Het rijtuigje in de schuur en het paard in de wei waren daarbij niets vergeleken.

Hij stond er nog steeds rond te kijken toen hij haar hoorde roepen: 'We zijn klaar.' Ze stond bij het huis.

'Hier gaan we naar binnen en naar buiten', zei ze over de achterdeur. 'De voordeur zit sinds vorige winter klem, hij gaat gewoon niet meer open, je zou denken dat hij nog steeds vastgevroren zat.'

Ze liepen op planken die over de hobbelige aarden vloer waren gelegd, in een duister veroorzaakt door het dichtgetimmerde raam. Het was er even koud als in de holte waar hij geslapen had. Hij was er alsmaar wakker geworden, terwijl hij probeerde een houding te vinden waarin hij warm zou blijven. De vrouw had geen last van de kou, ze verspreidde een geur van gezonde inspanning en van wat waarschijnlijk koeienvacht was.

Ze schonk verse melk in een schaal en deed er een stuk kaasdoek overheen dat daar al lag en nam hem toen mee naar het hoofdgedeelte van het huis. Er hingen hier geen gordijnen voor de ramen, zodat er licht naar binnen viel. En de houtkachel was aan geweest. Er was een aanrecht met een handpomp, een tafel met een zeiltje dat op sommige plaatsen erg versleten was en een sofa waarop een oude lappendeken lag.

En een kussen waaruit wat veren hingen.

Vrij redelijk tot dusver, hoewel oud en armoedig. Alles wat je zag had een functie. Tenzij je omhoogkeek waar planken tot aan het plafond volgestapeld lagen met kranten en tijdschriften en allerlei andere papieren.

Was ze niet bang voor brand? moest hij haar wel vragen. Met een houtkachel?

'O, ik ben altijd hier. Ik bedoel, ik slaap hier. Ik kan nergens anders de tocht buiten houden. Ik ben voorzichtig. Ik heb zelfs nog nooit schoorsteenbrand gehad. Een paar keer toen hij te warm werd, heb ik er gewoon wat bakpoeder op gegooid. Makkelijk zat.'

'Mijn moeder moest hier trouwens toch zijn', zei ze. 'Het was de enige plek waar het een beetje comfortabel voor haar was. Ik had haar bed hier staan. Ik hield een oogje op alles. Ik heb erover gedacht om alle kranten naar de voorkamer te verhuizen, maar het is daar echt te vochtig, er zou niets van overblijven.'

Toen zei ze dat ze het had moeten uitleggen. 'Mijn moeder is dood. Ze is in mei gestorven. Net toen het mooie weer begon. Ze heeft nog op de radio kunnen horen dat de oorlog voorbij was. Dat begreep ze helemaal. Ze kon al lang niet meer praten, maar ze begreep dingen. Ik ben er zo aan gewend dat ze nooit praatte dat ik soms denk dat ze hier nog is, maar dat is ze natuurlijk niet.'

Jackson voelde dat hij hoorde te zeggen dat het hem speet.

'Nou ja. Het moest een keer gebeuren. Gelukkig gebeurde het niet in de winter.'

Ze diende hem de havermout op en schonk thee in.

'Niet te sterk? De thee?'

Hij schudde zijn hoofd, met volle mond.

'Ik ben nooit zuinig met thee. Anders kun je net zo goed warm water drinken. We kwamen zonder te zitten toen het zulk slecht weer was vorig jaar. De stroom viel uit, de radio viel uit en de thee was op. Ik had een touw aan de achterdeur gebonden dat ik vast kon houden als ik ging melken. Ik wilde Margaret Rose in de bijkeuken zetten, maar ik was bang dat ze overstuur zou raken door de storm en dat ik haar niet zou kunnen houden. Maar ze heeft het overleefd. We hebben het allemaal overleefd.'

Toen ze even ophield met praten, vroeg hij of er ook dwergen in de omgeving woonden.

'Niet dat ik weet.'

'In een kar?'

'O. Zongen ze? Dat moeten de mennonietenjongetjes geweest zijn. Ze gaan met hun kar naar de kerk en zingen het hele eind. De meisjes moeten bij de ouders in het rijtuig, maar ze laten de jongens in de kar gaan.'

'Ze leken me niet te zien.'

'Dat zal ook niet. Ik zei altijd tegen moeder dat we aan de juiste weg woonden omdat we net als de mennonieten leven. De paard-en-wagen, en we drinken onze melk ongepasteuriseerd, alleen kunnen we geen van beiden zingen.'

'Toen moeder stierf, brachten ze zo veel eten dat ik voor weken genoeg had. Ze moeten gedacht hebben dat we een wake zouden houden of zoiets. Ik heb het getroffen dat ik ze in de buurt heb. Maar dan hou ik mezelf voor dat zij het ook getroffen hebben. Want ze horen aan liefdadigheid te doen en ik woon praktisch naast de deur en kan hun liefdadigheid goed gebruiken.'

Hij bood aan haar te betalen toen hij klaar met eten was maar zij wuifde het weg.

Maar er was wel iets, zei ze. Als hij voordat hij vertrok de paardenruif zou kunnen repareren.

Dit kwam neer op het maken van een nieuwe ruif en om dat te doen moest hij naar materiaal en gereedschap op zoek. Daar was hij de hele dag mee bezig en 's avonds diende ze hem pannenkoeken met ahornsiroop van de mennonieten op. Ze zei dat als hij een week later gekomen was ze hem verse jam had kunnen voorzetten. Ze plukte de bramen die langs de spoorlijn groeiden.

Ze zaten op keukenstoelen buiten bij de achterdeur tot lang nadat de zon was ondergegaan. Ze vertelde hem iets over hoe ze hier was gekomen en hij luisterde, zonder het al zijn aandacht te geven omdat hij om zich heen keek en bedacht dat het hier wel verlopen maar niet helemaal hopeloos was, als iemand hier een tijdje wilde blijven om het op te knappen. Er zou wat geld voor nodig zijn, maar voornamelijk tijd en energie. Het zou een uitdaging zijn. Het begon hem bijna te spijten dat hij verder moest.

Een andere reden waarom hij Belle – ze heette Belle – niet zijn volle aandacht gaf, was dat ze over een leven vertelde dat hij zich maar moeilijk voor kon stellen.

Haar vader – ze noemde hem haar pappie – had dit huis alleen voor de zomers gekocht, zei ze, en had toen besloten dat ze er net zo goed het hele jaar door konden wonen. Hij kon overal werken, omdat hij met een column in de *Toronto Evening Telegram* de kost verdiende. De postbode nam wat hij geschreven had mee en dan ging het verder met de trein. Hij schreef over allerlei dingen die er gebeurd waren. Hij had zelfs over Belle geschreven, waarbij hij haar Poesje had genoemd. En van tijd tot tijd over Belles moeder, die hij de naam prinses Casamassima had gegeven, uit een boek, zei ze, waarvan de titel niemand nog iets zei. Haar moeder was waarschijnlijk de reden waarom ze hier het hele jaar door hadden gewoond. Ze had de vreselijke griep van 1918 gekregen, waaraan zo veel mensen doodgegaan waren en toen ze weer beter was, was ze vreemd. Niet echt stom, want ze kon woorden zeggen, hoewel ze er ook veel kwijtgeraakt was. Of ze waren haar kwijtgeraakt. Ze moest weer helemaal opnieuw zelf leren eten en naar het toilet gaan. Behalve woorden moest ze ook leren dat ze haar kleren aan moest houden als het warm was. Je wilde niet dat ze zo de straat op zou gaan in de stad en door iedereen uitgelachen zou worden.

Belle zat 's winters op kostschool. De school heette Bishop Strachan en het verbaasde haar dat hij er nog nooit van had gehoord. Ze spelde de naam. Hij stond in Toronto en er zaten voornamelijk rijke meisjes op, maar ook meisjes zoals zij, die van familie of uit een testament een speciale toelage gekregen hadden om erheen te gaan. Ze was er behoorlijk verwaand geworden, zei ze. En ze had er niets geleerd over hoe ze aan de kost moest komen.

Maar dat was allemaal door het ongeluk voor haar beslist. Terwijl hij langs de spoorbaan liep, zoals hij graag deed op een zomeravond, was haar vader door een trein geraakt. Zij en haar moeder waren alle twee al naar bed toen het gebeurde en Belle had gedacht dat er een ontsnapte koe of iets dergelijks over de rails liep, maar haar moeder kermde vreselijk en leek het meteen te weten.

Soms had een meisje met wie ze op school bevriend was geweest haar geschreven en gevraagd wat ze hier in hemelsnaam te doen kon hebben, maar ze moesten eens weten. Ze moest melken en koken en voor haar moeder zorgen en ze had toen ook de kippen nog gehad. Ze had geleerd hoe je een aardappel in stukken sneed zodat elk stukje een oog had en om ze te poten en de volgende zomer te rooien. Ze had nooit leren autorijden en toen het oorlog werd, had ze pappies auto verkocht. De mennonieten hadden haar een paard gegeven dat het boerenwerk niet meer aankon, en een van hen had haar geleerd hoe ze het moest inspannen en mennen.

Een van haar oude vriendinnen, die Robin heette, was op bezoek gekomen en had het om te gieren gevonden zoals ze leefde. Ze vond dat ze weer naar Toronto moest komen, maar hoe moest het dan met moeder? Haar moeder was nu een stuk rustiger en hield haar kleren aan en luisterde ook graag naar de radio, de opera op zaterdagmiddag. Natuurlijk kon ze dat in Toronto ook doen, maar Belle wilde haar liever niet uit haar vertrouwde omgeving weghalen. Robin had gezegd dat ze het over haarzelf had, dat ze zelf niet weg durfde. Zij – Robin – was weer vertrokken en had dienst genomen bij het vrouwenleger, of hoe het ook genoemd werd.

Het eerste wat hij moest doen, was om naast de keuken wat andere kamers geschikt te maken om in te slapen, voordat het koud werd. Er moest met muizen afgerekend worden en zelfs met een paar ratten, die met het koelere weer naar binnen kwamen. Hij vroeg haar waarom ze nooit een kat genomen had en kreeg een staaltje van haar vreemde logica te horen. Ze zei dat zo'n kat voortdurend dingen dood aan het maken zou zijn en naar haar toe zou brengen om naar te kijken, en dat ze daar geen zin in had. Hij hield zijn oren gespitst voor de klap en maakte de vallen leeg voordat ze wist wat er gebeurd was. Toen onderhield hij haar over de stapels kranten in de keuken, het brandgevaar en ze stemde toe ze naar de voorkamer te verhuizen zodra het daar niet meer vochtig was. Dat werd zijn voornaamste taak. Hij kocht een elektrisch kacheltje en repareerde de muren en kreeg haar zover dat ze bijna een maandlang een ladder beklom en de kranten naar beneden haalde, ze herlas en opnieuw ordende en ze in de kasten legde die hij had getimmerd.

Ze vertelde hem dat de papieren haar vaders boek bevatten. Soms noemde ze het een roman. Het kwam niet bij hem op er iets over te vragen, maar op een dag vertelde ze hem dat het over twee mensen ging die Matilda en Stephen heetten. Een historische roman.

'Herinner je je geschiedenis nog?'

Hij had vijf jaar middelbare school gedaan met behoorlijke cijfers en hele hoge voor trigonometrie en aardrijkskunde, maar herinnerde zich niet veel van geschiedenis. In zijn laatste jaar kon je trouwens aan niets anders meer denken dan dat je naar de oorlog ging.

Hij zei: 'Niet echt.'

'Je zou het allemaal nog wel weten als je op Bishop Strachan had gezeten. Het zou er bij je ingestampt zijn. In ieder geval Engelse geschiedenis.'

Ze zei dat Stephen een held geweest was. Een man van eer, veel te goed voor zijn tijd. Hij was zo'n zeldzaam iemand die niet uitsluitend aan zijn eigen belangen dacht of zijn woord niet hield als het hem zo uitkwam. Hij was daarom op den duur geen succes.

En dan Matilda. Ze was een directe afstammeling van William de Veroveraar en ongelooflijk wreed en hooghartig. Hoewel er misschien mensen stom genoeg waren om haar te verdedigen omdat ze een vrouw was.

'Als hij hem af had kunnen maken, zou het een prachtige roman geworden zijn.'

Jackson wist natuurlijk dat er boeken waren omdat mensen ze hadden geschreven. Ze kwamen niet zomaar uit het niets. De vraag was echter: waarom? Er waren al meer dan genoeg boeken. Hij had er twee op school gelezen. *Een verhaal van twee steden* en *Huckleberry Finn*, elk in een taal waar je op een verschillende manier doodmoe van werd. En dat was begrijpelijk. Ze waren in het verleden geschreven.

Wat hem verbaasde, hoewel hij dit niet wilde laten merken, was dat iemand er tegenwoordig nog een zou willen schrijven. Nu.

Een tragedie, zei Belle zakelijk en Jackson wist niet of ze het nu over haar vader had of over de personen in het boek dat niet afgekomen was.

Maar nu deze kamer weer bewoonbaar was, gingen zijn gedachten naar het dak. Het had geen zin om kamers op te knappen als de conditie van het dak ze over een jaar of twee weer onbewoonbaar zou maken. Hij had het zodanig gerepareerd dat het nog een paar winters meekon, maar voor langer kon hij niet instaan. En hij was nog steeds van plan om voor de Kerst te vertrekken.

De mennonietenfamilies op de boerderij hadden alleen oudere meisjes, en de jongetjes die hij had gezien, waren nog niet sterk genoeg om zware arbeid te verrichten. Jackson had tijdens de herfstoogst werk bij hen gevonden. Hij was met de anderen mee naar binnen genomen om te eten en had tot zijn verrassing bemerkt dat de meisjes zich opgewonden gedroegen terwijl ze hem bedienden en helemaal niet zo stil waren als hij had verwacht. De moeders hielden hen goed in de gaten, zag hij, en de vaders hielden hem in het oog. Het deed hem goed dat hij beide groepen ouders gerust kon stellen. Ze konden zien dat er bij hem niets broeide. Hij was geen gevaar.

En met Belle hoefde natuurlijk nergens over gesproken te worden. Ze was – had hij ontdekt – zestien jaar ouder dan hij. Als hij erover begon, er zelfs een grapje over maakte, zou dat alles bederven. Zij was een bepaald soort vrouw, hij een bepaald soort man.

Het stadje waar ze, wanneer dat nodig was, boodschappen deden, heette Oriole. Het lag in tegenovergestelde richting van de plaats waar hij was opgegroeid. Hij bond het paard daar in de schuur van de Verenigde Kerk vast, omdat er aan de hoofdstraat natuurlijk geen palen meer stonden. In het begin bleef hij uit de buurt van de ijzerwinkel en de kapper. Maar algauw besefte hij iets over kleine plaatsjes wat hij eigenlijk had moeten weten omdat hij er in een was opgegroeid. Ze hadden niet veel met elkaar te maken, tenzij het om wedstrijden op het honkbalveld of in de ijshockey-arena ging, waar men zich aan een hartstochtelijke, opgeklopte vijandigheid overgaf. Als men iets wilde hebben wat in de plaatselijke winkels niet verkrijgbaar was, ging men naar een grotere stad. Hetzelfde gold voor als men een andere dokter wilde raadplegen dan de dokters die de eigen plaats bood. Hij kwam niemand tegen die hij kende en niemand was nieuwsgierig naar hem, hoewel men nog al eens omkeek naar het paard. Maar in de wintermaanden gebeurde zelfs dat niet omdat de landwegen niet sneeuwvrij gehouden werden en mensen die hun melk naar de melkfabriek brachten of eieren naar de kruidenier, ook op paarden waren aangewezen net als hij en Belle.

Belle bleef altijd staan om te zien welke film er draaide, hoewel ze niet van plan was er ooit naar een te gaan kijken. Ze wist heel veel over films en filmsterren maar het was kennis van jaren geleden, een beetje zoals Matilda en Stephen. Ze kon je bijvoorbeeld vertellen met wie Clark Gable in het echt getrouwd was voordat hij Rhett Butler was geworden.

Algauw liet Jackson zijn haar knippen als dat nodig was en kocht shag als hij niets meer had. Hij rookte nu als een boer en rolde zijn eigen sigaretten en stak er nooit een binnenshuis op.

Je kon een tijd geen tweedehandsauto kopen, maar toen dat veranderde omdat de nieuwe modellen eindelijk hun intrede deden en boeren die tijdens de oorlog goed verdiend hadden hun oude begonnen in te ruilen, had hij een gesprek met Belle. Het paard Sproet was wie weet hoe oud en verzette zich tegen het kleinste heuveltje.

Hij vond een autodealer die hem al had opgemerkt, hoewel hij niet op een bezoek had gerekend.

'Ik heb altijd gedacht dat u en uw zus mennonieten waren, maar van een slag dat andere kleren droeg', zei de dealer.

Daar schrok Jackson een beetje van, maar het was in ieder geval beter dan man en vrouw. Hij realiseerde zich dat hij er in de loop der tijd ouder en anders was gaan uitzien en dat men degene die van de trein gesprongen was, die magere, gespannen soldaat, niet gemakkelijk in de man van nu zou herkennen. Terwijl Belle, voor zover hij kon zien, op een bepaald punt in haar leven was stil blijven staan en een volwassen kind was gebleven. En haar gepraat versterkte die indruk, zoals ze heen en weer sprong tussen het verleden en het heden en geen verschil leek te maken tussen hun laatste tocht naar de stad en de laatste film die ze met haar moeder en vader had gezien, of dat komische voorval waarbij Margaret Rose – die nu dood was – haar horens naar een ongeruste Jackson had uitgestoken.

In de tweede auto die ze hadden aangeschaft, een tweedehands natuurlijk, reden ze in de zomer van 1962 naar Toronto. Dit was een tocht die ze niet hadden voorzien en hij kwam op een lastig moment voor Jackson. Hij bouwde om te beginnen een nieuwe paardenstal voor de mennonieten, die het druk hadden met hun gewassen, en daarnaast zou hij spoedig zijn eigen groenten, die hij al aan de kruidenier in Oriole had verkocht, moeten oogsten. Maar Belle had een gezwel waarnaar ze eindelijk had laten kijken en zou nu een operatie in Toronto moeten ondergaan.

Wat is het hier veranderd, zei Belle alsmaar. Weet je zeker dat we nog in Canada zijn?

Dat was voordat ze Kitchener gepasseerd waren. Toen ze eenmaal op de nieuwe snelweg waren, raakte ze echt in paniek en smeekte hem om een zijweg te zoeken of anders om te keren en naar huis te gaan. Toen viel hij tegen haar uit, want het verkeer had hem ook verrast. Daarna zei ze het hele verdere eind niets meer en hij wist niet of ze haar ogen dichtgedaan had omdat ze het opgegeven had of omdat ze bad. Hij had haar nog nooit zien bidden.

Zelfs die morgen had ze nog geprobeerd hem van gedachten te laten veranderen. Ze zei dat het gezwel alweer kleiner begon te worden. Sinds er voor iedereen ziekteverzekering was gekomen, zei ze, rende iedereen maar naar de dokter, zodat hun leven één lang drama van ziekenhuizen en operaties werd, wat de periode aan het eind van je leven, waarin je mensen tot last was, alleen maar langer maakte.

Ze kalmeerde en werd vrolijker toen ze hun afslag bereikten en ze werkelijk in de stad waren. Ze kwamen op Avenue Road uit en ondanks haar uitroepen dat alles zo veranderd was, leek ze in ieder huizenblok iets van vroeger te herkennen. Er was het appartementsgebouw waarin een van haar leraressen aan Bishop Strachan had gewoond. In het souterrain was een winkel waar je melk en sigaretten en de krant kon kopen. Zou het niet vreemd zijn, zei ze, dat als je daar naar binnen ging je er nog steeds de *Telegram* zou aantreffen, waarin niet alleen haar vaders naam zou staan, maar ook die onduidelijke foto van hem die was genomen toen hij al zijn haar nog had?

Toen slaakte ze een kreetje omdat ze in een zijstraat de kerk had gezien – ze wist zeker dat hij het was – waar haar ouders getrouwd waren. Ze hadden haar meegenomen om hem te laten zien, hoewel ze niet naar die kerk gingen. Ze gingen helemaal niet naar de kerk. Het was een soort grap geweest. Haar vader had gezegd dat ze in de kelder waren getrouwd, maar haar moeder had de consistorie gezegd.

Haar moeder praatte toen nog normaal en was net als iedereen.

Misschien was er wel een wet in die tijd, zodat je in een kerk moest trouwen omdat het anders niet rechtsgeldig was.

Op de hoek van Eglinton zag ze het bord voor de metro.

'Stel je voor, ik heb nog nooit in een ondergrondse trein gezeten.'

Ze zei het met een mengeling van pijn en trots.

'Dat je zo weinig van dingen af kunt weten.'

In het ziekenhuis wachtten ze haar op. Ze bleef levendig en vertelde over de verschrikkingen van het verkeer en alle veranderingen en vroeg zich af Eaton's met Kerstmis nog steeds zulke mooie etalages had. En las iemand nog de *Telegram*?

'U had door Chinatown moeten rijden', zei een van de verpleegsters. 'Dat is echt iets bijzonders.'

'Dan kijk ik ernaar uit om dat op de terugweg te zien.' Ze lachte en zei: 'Als ik tenminste weer naar huis ga.'

'Natuurlijk wel.'

Een andere verpleegster praatte met Jackson over waar hij de auto geparkeerd had en zei waar hij hem heen moest brengen om geen bekeuring te krijgen. Ook om zich ervan te verzekeren dat hij van de accommodatie voor familie van buiten de stad af wist, veel goedkoper dan wat je in een hotel moest betalen.

Ze gingen Belle nu in bed stoppen, zeiden ze. Er zou

een dokter naar haar komen kijken en Jackson kon later terugkomen om welterusten te zeggen. Hij zou haar dan misschien wel een beetje suf aantreffen, zeiden ze.

Ze hoorde het en zei dat ze altijd nogal suf was en dat hij dus niet verbaasd zou zijn, en daar moest iedereen om lachen.

De verpleegster nam hem mee om iets te tekenen voordat hij vertrok. Hij aarzelde bij de vraag: verwantschap. Toen schreef hij: vriend.

Toen hij 's avonds terugkwam, merkte hij inderdaad een verandering op, hoewel hij Belle zeker niet als suf zou hebben beschreven. Ze hadden haar een soort groene stoffen zak aangetrokken, die haar hals en het grootste deel van haar armen bloot liet. Hij had haar zelden zo bloot gezien, noch waren hem de rauwe pezen die zich tussen haar sleutelbeen en kin uitstrekten eerder opgevallen.

Ze was boos omdat ze een droge mond had.

'En ik mag maar een heel klein slokje water van ze drinken.'

Ze wilde dat hij een flesje cola voor haar ging halen, iets wat ze nog nooit van haar leven had gedronken voor zover hij wist.

'Er moet een automaat in de hal zijn. Ik zie mensen met flesjes in hun hand langslopen en daar krijg ik zo'n dorst van.'

Hij zei dat hij zich aan de regels moest houden.

Er sprongen tranen in haar ogen en ze wendde zich nukkig af.

'Ik wil naar huis.'

'Het duurt niet lang.'

'Jij zou me kunnen helpen om mijn kleren te vinden.'

'Nee, dat kan ik niet.'

'Als jij het niet doet, dan doe ik het zelf wel. Dan ga ik zelf wel naar het station.'

'Er rijdt geen passagierstrein meer onze kant op.'

Abrupt leek ze toen haar ontsnappingsplan op te geven. Even later begon ze zich alle verbeteringen te herinneren die ze – of voornamelijk hij – hadden aangebracht aan het huis. De glanzend witte verf aan de buitenkant, en de bijkeuken die zelfs gewit was en een houten vloer had gekregen. De nieuwe spanen op het dak en de ramen die weer in hun oude staat waren teruggebracht, en het verrukkelijkst van alles: het sanitair, dat zo'n genot was 's winters.

'Als jij niet gekomen was, zou het algauw een zootje om me heen geworden zijn.'

Hij hield zijn mening maar voor zich dat dit al het geval was geweest.

'Als ik hier vandaan kom, maak ik een testament', zei ze. 'Het gaat allemaal naar jou. Je zult niet voor niets gewerkt hebben.'

Hij had hier natuurlijk over nagedacht en je zou verwacht hebben dat het vooruitzicht iets in eigendom te hebben hem een zekere voldoening zou hebben gegeven, hoewel hij de welgemeende en vriendschappelijke hoop zou hebben uitgesproken dat er vooralsnog niets zou gebeuren. Maar het was nu anders. Het scheen weinig met hem te maken te hebben en vrij ver van hem af te liggen.

Ze begon zich weer kwaad te maken.

'O, ik wou dat ik gewoon weer thuis was.'

'Je voelt je vast een stuk beter als je na de operatie wakker wordt.'

Hoewel dat, gezien alles wat hij erover gehoord had, een grote leugen was.

Opeens was hij zo moe.

Hij zat dichter bij de waarheid dan hij had kunnen vermoeden. Twee dagen nadat het gezwel was weggehaald zat Belle in een andere kamer al weer overeind en begroette hem enthousiast, zonder last te hebben van het gekreun dat van een vrouw achter een gordijn in het bed ernaast kwam. Zo had zij – Belle – zelf gisteren min of meer geklonken toen ze haar ogen niet eens geopend had en niet had geweten dat hij er was.

'Besteed maar geen aandacht aan haar', zei Belle. 'Ze is totaal buiten westen. Ze voelt waarschijnlijk niets. Ze komt morgen wel weer bij. Of anders niet.'

Er klonk tevreden, ziekenhuisachtig gezag in door, de hardheid van een oudgediende. Ze zat op in bed en dronk een oranje drankje door een handig gebogen rietje. Ze zag er veel jonger uit dan de vrouw die hij nog maar pas naar het ziekenhuis had gebracht.

Ze wilde weten of hij wel genoeg sliep, of hij iets gevonden had waar hij graag at, of het niet te warm geweest was om te wandelen, of hij tijd had gehad om naar het Royal Ontario Museum te gaan zoals ze dacht dat ze had aangeraden.

Maar ze kon zich niet concentreren op zijn antwoorden. Ze leek in een toestand van verbazing te verkeren. In bedwang gehouden verbazing.

'O, dit moet ik je vertellen', viel ze hem in de rede terwijl hij aan het uitleggen was waarom hij niet aan het museum was toegekomen. 'O, kijk maar niet zo bang. Je brengt me aan het lachen met zo'n gezicht en dat kan ik niet hebben met mijn hechtingen. En het is trouwens niets om te lachen. Het gaat om iets ontzettends droevigs, een tragedie. Je weet van mijn vader, wat ik je over mijn vader verteld heb ...'

Hij merkte op dat ze 'vader' zei in plaats van 'pappie'.

'Mijn vader en mijn moeder ...'

Ze leek naar woorden te zoeken en begon opnieuw.

'Het huis was in betere conditie dan toen jij het voor het eerst zag. Logisch natuurlijk. Die kamer boven aan de trap gebruikten we als badkamer. Natuurlijk moesten we het water naar boven en weer naar beneden brengen. Pas later, nadat jij gekomen was, ben ik die van beneden gaan gebruiken. Met al die planken, weet je wel, die vroeger een provisiekamer was geweest?

Hoe kon ze vergeten zijn dat hij de planken eruit had gehaald en er een badkamer van had gemaakt?

'Nou ja, dat doet er ook niet toe', zei ze alsof ze zijn gedachten raadde. 'Dus ik had voor warm water gezorgd en het mee naar boven genomen om me te wassen. En ik trok mijn kleren uit. Dat is logisch. Er hing een grote spiegel boven de wasbak, er was een wasbak zoals in een echte badkamer, weet je, alleen moest je de stop eruit halen als je klaar was en het water in de emmer terug laten lopen. De wc was ergens anders. Je kunt het je wel voorstellen. Dus ik begon mezelf te wassen en ik was helemaal naakt natuurlijk. Het moet rond negen uur 's avonds geweest zijn, dus het was nog helemaal licht. Het was zomer, heb ik dat al gezegd? Dat kleine kamertje op het westen.

Toen hoorde ik voetstappen en het was natuurlijk pappie. Mijn vader. Hij moest moeder net in bed gestopt hebben.

Ik hoorde de voetstappen de trap op komen en ik merkte op dat ze zwaar klonken. Een beetje anders dan normaal. Weloverwogen. Of misschien was dat mijn indruk later pas. Je neigt ernaar dingen later te dramatiseren. De voetstappen hielden vlak voor de badkamerdeur op en ik heb toen hoogstens gedacht dat hij misschien moe was. Ik had de grendel niet op de deur gedaan, want er was natuurlijk geen grendel. Als de deur dicht was, nam je eenvoudig aan dat er iemand binnen was.

Hij stond dus achter de deur en ik dacht er verder niet over na, en toen deed hij de deur open en stond naar me te kijken. En dit is wat ik daarmee bedoel. Hij keek naar alles, niet alleen naar mijn gezicht. Mijn gezicht dat in de spiegel keek, terwijl hij naar mij in de spiegel keek en ook naar wat er aan de achterkant was, wat ik niet kon zien. Het was beslist geen normale blik.

Ik zal je vertellen wat ik dacht. Ik dacht: hij is aan het slaapwandelen. Ik wist niet wat ik moest doen, want je hoort iemand die slaapwandelt niet te laten schrikken.

Maar toen zei hij: "Pardon" en ik wist dat hij niet sliep. Maar hij sprak met een gekke stem. Ik bedoel, het was met een vreemde stem, min of meer alsof hij van me walgde. Of kwaad op me was, ik weet het niet. Toen liet hij de deur openstaan en liep verder door de gang. Ik droogde mezelf af en trok mijn nachtjapon aan en ging naar bed en viel meteen in slaap. Toen ik 's morgens opstond, stond het water nog in de waskom en ik wilde er eigenlijk niet in de buurt komen, maar heb het toch gedaan.

Maar alles leek normaal en hij was al op en aan het typen. Hij riep alleen goeiemorgen en toen vroeg hij me hoe je een bepaald woord moest spellen. Dat deed hij vaker, omdat ik beter kon spellen dan hij. Dus ik spelde het voor hem en toen zei ik dat hij zou moeten leren spellen als hij schrijver wilde worden, hij was hopeloos. Maar later op de dag, toen ik wat afwas deed, kwam hij vlak achter me staan en toen verstijfde ik. Hij zei alleen: "Belle, het spijt me." En ik dacht: o, ik wou dat hij dat niet gezegd had. Ik schrok ervan. Ik wist dat het waar was en dat het hem speet, maar omdat hij erover gepraat had kon ik het niet meer negeren. Ik zei alleen: "Dat is in orde", maar ik kon het niet luchtig zeggen of alsof het echt in orde was.

Dat kon ik niet. Ik moest hem laten weten dat hij ons veranderd had. Ik ging het afwaswater weggooien en ging toen door met mijn andere werk en zei verder niets meer. Later hielp ik moeder na haar dutje en ik maakte het avondeten klaar en riep hem, maar hij kwam niet. Ik zei tegen moeder dat hij waarschijnlijk een eindje was gaan lopen. Dat deed hij vaak wanneer het schrijven niet lukte. Ik hielp moeder met het fijnsnijden van haar eten maar ik moest alsmaar aan walgelijke dingen denken. Voornamelijk aan geluiden die ik soms uit hun slaapkamer hoorde komen en waarvoor ik mijn oren dichtstopte zodat ik het niet zou horen. Nu dacht ik na over moeder terwijl ze daar zat te eten en ik vroeg me af wat ze ervan vond en of ze er iets van begreep.

Ik wist niet waar hij heen kon zijn. Ik maakte moeder gereed om te gaan slapen, hoewel dat zijn werk was. Toen hoorde ik de trein aankomen en opeens het kabaal en gegier van de remmen, en ik moet hebben beseft wat er gebeurde hoewel ik niet meer weet wanneer ik het precies wist.

Ik heb het je al eerder verteld. Ik heb je verteld dat hij onder de trein gekomen is.

Maar nu vertel ik je dit. En ik vertel het niet om je te

schokken. In het begin kon ik het niet aan en ik heb mezelf heel lang voorgehouden dat hij langs de spoorlijn liep terwijl hij over zijn werk nadacht en zo de trein niet hoorde. Zo verklaarde ik het voor mezelf. Ik wilde niet denken dat het om mij ging, of zelfs aan waar het in de eerste plaats om ging. Seks.

Nu zie ik pas ten volle in dat het niemands schuld was. Het was de schuld van menselijke seks in een tragische situatie. Terwijl ik daar opgroeide en moeder was zoals ze was en pappie, vanzelf, zoals hij nu eenmaal was. Noch mijn schuld, noch de zijne.

Zoiets moet onder ogen gezien worden, wil ik alleen maar zeggen, men moet ergens terecht kunnen in zo'n situatie. Zonder dat men zich hoeft te schamen of schuldig te voelen. Als je denkt dat ik bordelen bedoel, dan heb je gelijk. Als je denkt dat ik prostituees bedoel, dan heb je weer gelijk. Begrijp je me?'

Ja, zei Jackson, terwijl hij over haar hoofd heen keek.

'Ik voel me zo opgelucht. Ik zie de tragedie er wel van in, maar ik heb mezelf nu buiten de tragedie kunnen plaatsen, dat bedoel ik. Het zijn gewoon menselijke fouten. Je moet niet denken dat ik geen compassie voel omdat ik glimlach. Ik voel heel veel compassie. Maar ik moet zeggen dat ik ook opgelucht ben. Ik moet zeggen dat ik me op de een of andere manier gelukkig voel. Je vindt het niet erg om dit allemaal te moeten aanhoren?'

'Nee.'

'Je beseft natuurlijk dat ik niet helemaal mezelf ben. Dat weet ik. Alles is zo ongewoon helder. Daar ben ik zo dankbaar voor.'

De vrouw in het bed ernaast had haar ritmische gekreun

ondertussen geen moment gestaakt. Het kwam Jackson voor dat dit refrein zijn hoofd was binnengedrongen.

Hij hoorde het zuigende geluid van verpleegsterschoenen op de gang en hoopte dat ze deze kamer in zouden komen. Dat gebeurde.

De verpleegster zei dat ze Belle haar pil voor het slapengaan kwam brengen. Hij was bang dat hij Belle een nachtkus zou moeten geven. Hij had gemerkt dat er veel gekust werd in het ziekenhuis. Hij was blij dat er niets over werd gezegd toen hij opstond.

'Tot morgen.'

Hij werd vroeg wakker en besloot om voor het ontbijt een wandeling te maken. Hij had goed geslapen maar hield zichzelf voor dat hij even weg moest uit de ziekenhuissfeer. Hij was niet echt verontrust door de verandering in Belle. Hij dacht dat het mogelijk of zelfs waarschijnlijk was dat ze vandaag of over enkele dagen weer haar normale zelf zou zijn. Ze zou zich het verhaal dat ze hem verteld had misschien niet eens herinneren. En dat zou een zegen zijn.

De zon stond al hoog, zoals je kon verwachten rond deze tijd van het jaar en de bussen en trams zaten al behoorlijk vol. Hij liep een eindje in zuidelijke richting en sloeg toen westwaarts af naar Dundas Street en kwam even later in Chinatown, waarover hij zo veel had gehoord. Er werden herkenbare en minder herkenbare groenten de winkels in gereden en er hingen al kleine gevilde en blijkbaar eetbare dieren te koop. Op vele plekken waar dat verboden was stonden vrachtwagens geparkeerd en hoorde hij wanhopig klinkende flarden Chinees. Chinees. Door de hoge klanken leek het alsof ze ruzie met elkaar hadden, maar voor hen klonk het waarschijnlijk heel gewoon. Toch ging hij hen liever uit de weg en hij stapte een restaurant binnen dat door een Chinees beheerd werd, maar een normaal ontbijt van eieren met spek aanprees. Toen hij daar weer naar buiten kwam, was hij van plan zich om te draaien en terug te lopen.

Maar in plaats daarvan ging hij in zuidelijke richting verder. Hij liep door een straat met aan beide kanten hoge en vrij smalle bakstenen huizen. Ze moesten gebouwd zijn voordat men in deze buurt het nut van een oprit had ingezien en misschien zelfs voordat ze auto's hadden. Voordat er dingen als auto's waren. Hij liep verder totdat hij een bordje met Queen Street zag, waarover hij had gehoord. Hij sloeg weer af in westelijke richting en kwam een eindje verder bij een opstopping. Voor een donutzaak stond een kleine menigte.

Ze werden tegengehouden door een ziekenauto, die achteruit het trottoir op gereden was zodat je er niet langs kon. Sommige mensen klaagden over het oponthoud en vroegen zich luidkeels af of een ziekenauto wel op het trottoir mocht parkeren, maar anderen stonden er rustig bij en praatten over wat er aan de hand kon zijn. Dood, werd er gezegd, waarbij sommige toeschouwers met verschillende kandidaten aankwamen, en andere zeiden dat dit de enige rechtvaardiging kon zijn voor waar de ambulance stond.

De man die ten slotte vastgebonden op de brancard naar buiten werd gedragen, kon eigenlijk niet dood zijn, anders zou men zijn gezicht wel bedekt hebben. Maar hij was niet bij kennis en zijn huid was zo grijs als cement. Hij werd niet via de donutzaak naar buiten gedragen, zoals sommigen voor de grap hadden voorspeld – waarmee op de kwaliteit van de donuts werd gedoeld –, maar via de hoofdingang van het gebouw. Het was een net appartementsgebouw van vijf hoog, met naast de donutzaak een wasserette op de begane grond. De naam die boven de hoofdingang was uitgehouwen, suggereerde zowel trots als een zekere dwaasheid in het verleden.

Bonnie Dundee.

Een man die niet als ziekenbroeder was gekleed, kwam het laatst naar buiten. Hij bleef geërgerd naar de menigte staan kijken die op het punt stond uit elkaar te gaan. Het enige waar men nu nog op wachtte, was de gierende sirene van de ambulance terwijl hij de straat op reed en wegscheurde.

Jackson was een van degenen die nog niet weggelopen waren. Niet omdat hij, naar zijn zeggen, nieuwsgierig was, maar meer in afwachting van het onvermijdelijke moment waarop hij zich om zou keren om terug te gaan naar zijn uitgangspunt. De man die uit het gebouw gekomen was liep naar hem toe en vroeg of hij haast had.

Nee. Niet speciaal.

Deze man was de eigenaar van het gebouw. De man die door de ziekenauto was meegenomen was de conciërge en klusjesman.

'Ik moet naar het ziekenhuis om te zien wat er met hem aan de hand is. Gisteren nog zo gezond als wat. Nooit ergens over geklaagd. Niemand die ik kan bellen, voor zover ik weet. Het ergste is dat ik de sleutels niet kan vinden. Niet in zijn kleren en niet waar hij ze meestal heeft hangen. Ik moet dus naar huis om de mijne te halen en ik vroeg me af of jij zolang een oogje in het zeil zou kunnen houden. Ik moet naar huis en ik moet ook naar het ziekenhuis. Ik zou het aan een van de huurders kunnen vragen, maar dat doe ik liever niet, als je begrijpt wat ik bedoel. Die komen dan met allerlei vragen terwijl ik niet meer weet dan zij.'

Hij vroeg weer of Jackson het echt niet vervelend vond en Jackson zei nee, het was best.

'Let alleen op wie er naar binnen en naar buiten gaat, vraag of je hun sleutels mag zien. Zeg dat het een noodgeval is en niet lang zal duren.'

Hij wilde weggaan, draaide zich toen om.

'Je kunt net zo goed gaan zitten.'

Er stond een stoel die Jackson niet had opgemerkt. Opgevouwen en aan de kant geschoven zodat de ziekenauto kon parkeren. Het was een gewone dekstoel, maar comfortabel en stevig. Jackson bedankte hem en zette hem op een plek waar hij geen voetgangers of bewoners van het gebouw in de weg zat. Niemand besteedde aandacht aan hem. Hij had op het punt gestaan iets over het ziekenhuis te zeggen, dat hij daar zelf binnen niet al te lange tijd weer naar terug moest. Maar de man had haast gehad en hij had al genoeg aan zijn hoofd en nadrukkelijk gezegd dat hij zo snel mogelijk terug zou komen.

Toen hij eenmaal zat, besefte Jackson hoelang hij al op de been was en rondgeslenterd had.

De man had gezegd dat hij koffie of iets te eten bij de donutzaak moest halen als hij daar zin in had.

'Zeg maar dat het voor mij is.'

Maar Jackson wist niet eens hoe hij heette.

Toen de eigenaar terugkwam, verontschuldigde hij zich dat hij zo laat was. Het punt was dat de man die door de ziekenauto was meegenomen, was overleden. Hij had van alles moeten regelen. Hij had een nieuw stel sleutels moeten laten maken. Hier waren ze. Er zou een soort dienst gehouden worden voor de mensen die al een tijd in het gebouw woonden. Een overlijdensadvertentie in de krant zou misschien meer mensen trekken. Een lastige periode, totdat dit allemaal was geregeld.

Dat zou alles oplossen. Als Jackson dat kon doen. Tijdelijk. Het hoefde alleen maar tijdelijk te zijn.

Goed, hoorde Jackson zichzelf zeggen. Dat wilde hij wel doen.

Als hij een paar vrije dagen nodig had, dan kon dat natuurlijk. Zo hoorde hij deze man – zijn nieuwe baas – zeggen. Vlak na de begrafenis en wat opruimwerkzaamheden. Dan kon hij een paar dagen nemen, om zijn zaken te regelen en hier zijn intrek te nemen.

Dat was niet nodig, zei Jackson. Hij had zijn zaken al geregeld en hij droeg zijn bezittingen op zijn rug.

Dat wekte natuurlijk wel enige argwaan. Het verbaasde Jackson niet toen hij een paar dagen later hoorde dat zijn nieuwe werkgever een bezoek aan de politie had gebracht. Maar alles was blijkbaar in orde. Hij was eruit tevoorschijn gekomen als zo'n eenzelvige man voor wie de grond onder de voeten misschien te heet was geworden, maar die de wet niet overtreden had.

Niemand scheen hem trouwens te zoeken.

Het liefst had Jackson wat oudere mensen in het gebouw. Vooral mensen alleen. Maar geen wandelende lijken. Mensen met interesses. In sommige gevallen zelfs met talent.

Het soort talent dat ooit was opgemerkt en een goede boterham had verschaft, maar niet genoeg was om een heel leven mee te gaan. Een omroeper wiens stem op de radio iedereen jaren geleden tijdens de oorlog had gekend, maar wiens stembanden het begeven hadden. De meeste mensen dachten waarschijnlijk dat hij dood was. Maar hij zat hier in zijn kleine appartement en volgde het nieuws en las *The Globe and Mail*, die hij doorgaf aan Jackson voor het geval er iets in stond wat hem interesseerde.

En dat was een keer het geval.

Marjorie Isabella Treece, dochter van Willard Treece, jarenlang columnist voor de *Toronto Evening Telegram*, en zijn vrouw Helena (geboren Abbott) Treece, levenslange vriendin van Robin (geboren Shillingham) Ford, is na een moedige strijd tegen kanker overleden. Mag worden overgenomen door de krant van Oriole. 18 juli 1965.

Er stond niets in over waar ze had gewoond. Waarschijnlijk in Toronto, met Robin zo duidelijk op de voorgrond. Ze had het misschien langer uitgehouden dan men had verwacht en zich misschien zelfs nog redelijk goed en opgewekt gevoeld, tot vlak voor het einde natuurlijk. Ze had een zeker talent getoond om zich aan de omstandigheden aan te passen. Meer dan hij mogelijk zelf bezat.

Niet dat hij vaak terugdacht aan de kamers waar hij samen met haar had gewoond of het werk dat hij aan haar huis had gedaan. Dat was niet nodig, die dingen keerden geregeld in dromen terug en dan voelde hij meer ergernis dan verlangen, alsof hij meteen aan de slag moest met iets wat niet was afgemaakt.

In Bonnie Dundee stonden de huurders in het algemeen wantrouwig tegenover alles wat je verbeteringen zou kunnen noemen, omdat ze dachten dat dan de huur misschien omhoog zou gaan. Hij wist hen steeds over te halen, omdat hij beleefd was en aanleg voor cijfers had. Het gebouw ging erop vooruit en er kwam een wachtlijst. De eigenaar klaagde dat het een toevluchtsoord voor getikte mensen begon te worden. Maar Jackson zei dat ze meestal netter dan de doorsneehuurder waren en oud genoeg om zich niet te misdragen. Er was een vrouw die vroeger in het Toronto Symfonieorkest had gespeeld, en een uitvinder die tot dusver geen succes met zijn uitvindingen had gehad maar bleef hopen, en een gevluchte Hongaarse acteur die zijn accent tegen had maar nog steeds ergens ter wereld een reclamespotje had lopen. Ze hadden allemaal goede manieren en wisten op de een of andere manier het geld bijeen te schrapen om naar Restaurant Epicure te gaan om daar tot laat in de middag hun verhalen te vertellen. Ook hadden ze vrienden die echt beroemd waren en die heel af en toe langskwamen. En niet te verwaarlozen was het feit dat Bonnie Dundee een eigen predikant had, een die op gespannen voet met zijn kerk leefde – welke dat ook mocht zijn – maar die altijd als het nodig was een dienst kon leiden.

En men nam de gewoonte aan om net zo lang te blijven totdat zijn laatste diensten nodig waren, maar dat was beter dan met de noorderzon vertrekken.

Een uitzondering was het jonge paar Candace en Quincy, die niet één keer huur betaald hadden en midden in de nacht verdwenen. Toevallig had de eigenaar hun de kamer laten zien toen ze waren komen kijken en hij had zijn slechte keuze gerechtvaardigd door te zeggen dat dit gebouw wel een nieuw gezicht kon gebruiken. Candace' gezicht, niet dat van haar vriendje. Het vriendje was een lul.

Op een hete zomerdag had Jackson de achterdeuren, de leveranciersingang, openstaan om zo veel mogelijk frisse lucht binnen te laten terwijl hij een tafel verniste. Het was een mooi tafeltje dat hij voor niets had gekregen omdat het politoer er helemaal afgesleten was. Hij dacht dat hij leuk in de hal zou staan, om de post op neer te leggen.

Hij hoefde niet in het kantoortje te zijn omdat de eigenaar er was die wat huurbetalingen nakeek.

Er werd zachtjes op de voordeurbel gedrukt. Jackson stond op het punt op te staan en zijn kwast schoon te maken, omdat hij dacht dat de eigenaar misschien liever niet gestoord wilde worden te midden van zijn berekeningen. Maar het was niet nodig, hij hoorde de deur opengaan, een vrouwenstem. Een stem die nogal uitgeput klonk, maar een zekere charme had bewaard, gekoppeld aan de absolute zekerheid dat hij iedereen die hem hoorde zou bekoren.

Dat had ze waarschijnlijk van haar vader de predikant. Dit dacht Jackson, nog voordat hij besefte wat dit betekende.

Dit was het laatste adres dat ze had, zei ze, voor haar dochter. Ze zocht haar dochter. Candace, haar dochter. Die misschien samen met een vriend reisde. Zij, de moeder, was uit British Columbia hiernaartoe gekomen. Uit Kelowna, waar zij en de vader van het meisje woonden.

Ileane. Jackson zou die stem overal herkennen. Die vrouw was Ileane.

Hij hoorde haar vragen of het mogelijk was dat ze even ging zitten. Toen dat de eigenaar een stoel – Jacksons stoel – aanschoof.

Het was zo veel warmer in Toronto dan ze had verwacht, hoewel ze Ontario kende, ze was er opgegroeid.

Ze vroeg of ze misschien een glas water zou mogen.

Ze moest haar hoofd in haar handen gelegd hebben,

want haar stem klonk gedempt. De eigenaar kwam de gang in en liet wat kleingeld in de automaat vallen en haalde er een Seven-Up uit. Hij dacht misschien dat dit meer iets voor een dame was dan een cola.

Hij zag dat Jackson om de hoek zat te luisteren en maakte een gebaar dat hij – Jackson – het moest overnemen, daar hij misschien meer ervaring met radeloze huurders had. Maar Jackson schudde hevig met zijn hoofd.

Nee.

Ze bleef niet lang radeloos.

Ze bood de eigenaar haar verontschuldigingen aan en hij zei dat de hitte je parten kon spelen op een dag als vandaag.

Maar nu over Candace. Ze waren al binnen een maand vertrokken, misschien drie weken geleden. Zonder een adres achter te laten.

'In zulke gevallen doen ze dat meestal niet.'

Ze begreep waar hij op doelde.

'Maar natuurlijk kan ik dat ...'

Er klonk gemompel en geritsel terwijl dit gebeurde.

Toen: 'Ik veronderstel dat u me niet de kamer kunt laten zien ...'

'De huurder is er op dit moment niet. Maar zelfs als hij er was, denk niet ik dat hij daarin zou toestemmen.'

'Natuurlijk. Wat een dwaze gedachte.'

'Was er iets wat u in het bijzonder wilde weten?'

'O nee. Nee. U bent erg voorkomend geweest. Ik dank u voor uw tijd.'

Ze was nu opgestaan en ze gingen. Het kantoortje uit, het trapje af naar de voordeur. Toen ging de deur open en werden haar verdere afscheidswoorden, zo die er waren, opgeslokt door de herrie op straat.

Hoe teleurgesteld ze ook mocht zijn, ze zou er zich opgewekt doorheen slaan.

Jackson kwam uit zijn schuilplaats vandaan toen de eigenaar naar het kantoortje terugliep.

'Verrassing', zei de eigenaar alleen. 'We hebben ons geld gekregen.'

Hij was een man zonder nieuwsgierigheid, althans wat persoonlijke zaken betrof. Iets wat Jackson in hem waardeerde.

Natuurlijk had Jackson haar graag willen zien. Nu ze vertrokken was, had hij bijna spijt dat hij zijn kans voorbij had laten gaan. Hij zou zich niet verwaardigen de eigenaar te vragen of ze nog donker, bijna zwart haar had, of ze nog lang en slank met heel weinig boezem was. Hij had de dochter niet echt kunnen opnemen. Ze had blond haar maar het was heel waarschijnlijk geverfd. Niet ouder dan twintig hoewel het soms moeilijk te zeggen was tegenwoordig. Zat helemaal onder de duim van het vriendje. Weggelopen van huis, de huur niet betaald, het hart van haar ouders gebroken, en dat allemaal voor zo'n chagrijnige klier als het vriendje.

Waar lag Kelowna? Ergens in het westen. Alberta, British Columbia. Een heel eind om te komen zoeken. Ze was natuurlijk een halsstarrige vrouw. Een optimist. Dat gold waarschijnlijk nog steeds voor haar. Ze was getrouwd. Tenzij het meisje een onwettig kind was en dat leek hem heel onwaarschijnlijk. Ze zou de keer daarop het zekere voor het onzekere genomen hebben, ze was niet iemand die ergens een tragedie van maakte. Het meisje zou dat ook niet doen. Ze zou naar huis gaan als ze er genoeg van had. Misschien had ze dan een baby bij zich, maar dat was helemaal de mode tegenwoordig.

Kort voor Kerstmis in het jaar 1940 was er een tumult uitgebroken op de middelbare school. Het had zelfs de derde verdieping bereikt, waar het geratel van typemachines en rekenmachines meestal alle geluiden overstemde die van beneden kwamen. Daar zaten de oudste meisjes, meisjes die vorig jaar nog Latijn en biologie en Europese geschiedenis hadden geleerd, leerden er nu typen.

Een van hen was Ileane Bishop, die vreemd genoeg de dochter van een predikant was, hoewel er geen bisschoppen in haar vaders Verenigde Kerk waren. Ileane was hier met haar familie komen wonen toen ze in de negende klas zat en omdat leerlingen alfabetisch een plaats kregen toegewezen, had ze vijf jaar achter Jackson Adams gezeten. Toen ze kwam was Jacksons fenomenale verlegenheid en zwijgzaamheid door alle anderen in de klas geaccepteerd, maar voor haar was het nieuw en doordat ze het negeerde, had ze hem in de vijf jaren die volgden enigszins weten te ontdooien. Ze leende gommen en pennen en passers van hem, niet zozeer om het ijs te breken maar omdat ze van nature een warhoofd was. Ze wisselden antwoorden op opgaven uit en keken elkaars proefwerken na. Als ze elkaar op straat tegenkwamen, zeiden ze hallo tegen elkaar en zijn hallo was warempel meer dan gemompel; het bestond uit twee lettergrepen en had enige nadruk. Men zocht er verder niets achter, alleen dat ze bepaalde grapjes deelden. Ileane was niet verlegen, maar ze was knap en afstandelijk en niet erg populair, en dat beviel hem klaarblijkelijk.

Toen iedereen naar het tumult kwam kijken, zag Ileane vanaf haar positie op de trap tot haar verbazing dat Jackson een van de twee aanstichters was. De andere was Billy Watts. Jongens die zich een jaar geleden nog over boeken hadden gebogen en gehoorzaam van het ene naar het andere lokaal waren gesjokt, waren nu getransformeerd. In hun uniform leken ze twee keer zo groot als daarvoor en hun laarzen maakten een machtig geluid terwijl ze rondsprongen. Ze schreeuwden dat er die dag geen school was, omdat iedereen dienst moest nemen. Ze deelden aan alle kanten sigaretten uit, gooiden ze op de grond waar ze konden worden opgeraapt door jongens die zich nog niet eens schoren.

Zorgeloze strijders, uitbundige indringers. Ladderzat.

'Ik ben geen lafaard', riepen ze allebei.

De directeur probeerde ze naar buiten te krijgen. Maar omdat de oorlog nog maar net begonnen was en men groot ontzag en bewondering voor jongens had die dienst genomen hadden, kon hij niet de meedogenloosheid tonen waarmee hij een jaar later zou kunnen optreden.

'Rustig nu maar', zei hij.

'Ik ben geen lafaard', zei Billy Watts tegen hem.

Jackson opende zijn mond om waarschijnlijk hetzelfde te zeggen, maar op dat moment ontmoetten zijn ogen die van Ileane Bishop en werd er bepaalde informatie tussen hen uitgewisseld.

Ileane Bishop begreep dat Jackson echt dronken was, maar dat dit de uitwerking had dat hij de dronkenman kon spelen en dat zijn dronkenschap dus in de hand gehouden kon worden. (Billy Watts was gewoon totaal bezopen.) Met dit inzicht liep Ileane glimlachend de trap af en nam een sigaret aan die ze onaangestoken tussen haar vingers hield. Ze gaf de twee helden elk een arm en voerde hen de school uit.

Pas buiten staken ze hun sigaretten op.

Daar bestond later verschil van mening over tussen de

gemeenteleden van Ileanes vader. Sommigen zeiden dat Ileane niet echt had gerookt, maar alleen had gedaan alsof, om de jongens tot bedaren te brengen, terwijl anderen zeiden dat ze het wel had gedaan. Gerookt. De dochter van hun dominee. Gerookt.

Billy sloeg zijn armen om Ileane en probeerde haar te kussen, maar hij struikelde en ging op het bordes voor de school zitten en kraaide als een haan.

Nog geen twee jaar later zou hij dood zijn.

Ondertussen moest hij naar huis gebracht worden en Jackson wist hem in een positie te krijgen dat ze zijn armen om hun schouders konden leggen en hem zo voort konden slepen. Gelukkig stond zijn huis niet ver van de school. Daar lieten ze hem op het trapje zijn roes uitslapen. Toen waren ze een gesprek begonnen.

Jackson wilde niet naar huis. Waarom niet? Omdat zijn stiefmoeder er was, zei hij. Hij haatte zijn stiefmoeder. Waarom? Zomaar.

Ileane wist dat zijn moeder bij een auto-ongeluk was omgekomen toen hij nog erg klein was; men voerde dit soms als reden voor zijn verlegenheid aan. Ze dacht dat hij door de drank misschien overdreef, maar ze drong niet bij hem aan er meer over te vertellen.

'Goed', zei ze. 'Dan kun je bij mij logeren.'

Toevallig was Ileanes moeder op dat moment niet thuis, omdat ze Ileanes zieke grootmoeder verzorgde. Ileane deed ondertussen op nonchalante wijze de huishouding voor haar vader en twee jongere broers. Sommige mensen hadden dit betreurd. Niet dat haar moeder moeilijk gedaan zou hebben, maar ze zou bijzonderheden hebben willen weten, wie was deze jongen eigenlijk? Ze zou er minstens voor gezorgd hebben dat Ileane normaal naar school was gegaan.

Een soldaat en een meisje, plotseling alleen samen. Terwijl ze het daarvoor alleen over logaritmen en verbuigingen hadden gehad.

Ileanes vader liet hen hun gang gaan. Hij was meer in de oorlog geïnteresseerd dan sommige van zijn gemeenteleden passend vonden voor een dominee en hij was er trots op een soldaat in huis te hebben. Hij vond het tevens erg dat hij zijn dochter niet kon laten studeren. Hij moest sparen zodat haar broers dit later konden doen, want zij zouden de kost moeten verdienen. Dit maakte hem zeer toegevend bij alles wat Ileane deed.

Jackson en Ileane gingen niet naar de bioscoop. Ze gingen niet naar de danszaal. Ze maakten wandelingen, wat voor weer het ook was en vaak na het donker. Soms gingen ze een restaurant binnen en dronken er koffie, maar ze zochten geen aansluiting bij anderen. Wat was er met ze aan de hand, waren ze verliefd op elkaar aan het worden? Tijdens het wandelen raakten hun handen elkaar soms en hij deed zijn best daaraan te wennen. Toen zij het in plaats van toevallig opzettelijk begon te doen, merkte hij dat hij ook daaraan kon wennen en zijn paniek wist te bedwingen.

Daarna voelde hij zich kalmer en was er zelfs op voorbereid te kussen.

Ileane was alleen naar Jacksons huis gegaan om zijn plunjezak te halen. Zijn stiefmoeder had haar glanzende kunstgebit bloot gelachen om aan te tonen dat ze wel van een pretje hield.

Ze vroeg wat ze allemaal uitspookten.

'Je kunt maar beter oppassen', zei ze.

Ze had de reputatie dat ze een grote mond had. Die nogal smerige dingen uitkraamde.

'Vraag hem of hij nog weet dat ik zijn kontje waste', zei ze.

Toen Ileane dit overbracht, zei ze dat ze zelf overdreven beleefd, zelfs een beetje hooghartig had gedaan, omdat ze de vrouw niet kon uitstaan.

Maar Jackson werd rood en keek in het nauw gedreven en wanhopig, zoals wanneer ze hem vroeger op school iets had gevraagd.

'Ik had er niets over moeten zeggen' zei Ileane. 'Je krijgt de gewoonte mensen te gaan karikaturiseren als je in een pastorie woont.'

Hij zei dat het niet gaf.

Die periode bleek Jacksons laatste verlof te zijn. Ze schreven elkaar. Ileane schreef dat ze voor haar typen en steno geslaagd was en een baan op het kantoor van de gemeentesecretaris had gekregen. Ze sloeg een vastberaden satirische toon over alles aan, meer nog dan ze op school had gedaan. Misschien dacht ze dat iemand die in de oorlog vocht grapjes nodig had. Toen er haastige trouwerijen gearrangeerd moesten worden via het kantoor van de gemeentesecretaris, gebruikte ze de term 'maagdelijke bruiden'.

En toen ze het over een dominee had die in de pastorie op bezoek was en in de logeerkamer sliep, schreef ze dat ze zich afvroeg of de matras 'speciale dromen' teweeg zou brengen.

Hij schreef over de menigten op de Île-de-France en de zigzaggende koers om onderzeeërs te ontwijken. Toen hij in Engeland was aangekomen, had hij een fiets gekocht en hij schreef haar over plaatsen die hij op de fiets was gaan bezichtigen, als je er tenminste bij mocht komen.

Hoewel deze brieven prozaïscher waren dan de hare, waren ze altijd met 'veel liefs' ondertekend. Toen het D-day was geworden, volgde er wat ze een martelende stilte noemde, maar ze begreep wat de reden was en toen hij weer schreef was alles in orde, hoewel hij geen details mocht verstrekken.

In die brief had hij, net als zij, over trouwen geschreven.

En ten slotte kwam VE-dag en de reis naar huis. Er was, schreef hij, een hemel vol vallende sterren boven zijn hoofd.

Ileane had leren naaien. Ze was bezig aan een nieuwe zomerjurk ter ere van zijn thuiskomst, een jurk van limoengroene kunstzijde met een wijde rok en korte mouwtjes die met een smalle ceintuur van goudkleurig imitatieleer zou worden gedragen. Ze was van plan een lint van dezelfde groene stof om haar zomerse strohoed te binden.

'Dit wordt allemaal voor je beschreven zodat je zult weten dat ik het ben en er niet vandoor gaat met een andere mooie vrouw die toevallig op het station staat.'

Hij postte zijn brief aan haar in Halifax en vertelde haar dat hij zaterdag met de avondtrein zou komen. Hij schreef dat hij nog heel goed wist hoe ze eruitzag en dat er geen gevaar bestond dat hij haar met een andere vrouw zou verwarren, zelfs al stond het station er die avond vol mee.

Op hun laatste avond voor zijn vertrek hadden ze tot laat opgezeten in de pastoriekeuken waar het portret van koning George VI hing dat je dat jaar overal zag. En de woorden eronder.

En ik zei tegen de man aan de poort van het jaar:

'Geef me licht zodat ik veilig het onbekende kan betreden.'
En hij antwoordde: 'Ga het duister in en leg uw hand in de hand van God. Dat zal ieder licht te boven gaan en veiliger dan een bekende weg zijn.'

Toen waren ze heel zachtjes naar boven geslopen en hij was naar bed in de logeerkamer gegaan. Dat zij naar hem toe kwam, moest gezamenlijk overeengekomen zijn, maar misschien had hij het niet goed begrepen.

Het werd een ramp. Maar door hoe ze zich gedroeg, besefte zij dat misschien niet eens. Hoe erger het werd, hoe verwoeder ze ermee doorging. Hij kon onmogelijk een eind aan haar pogingen maken of het uitleggen. Was het mogelijk dat een meisje zo weinig wist? Ze gingen ten slotte uit elkaar alsof alles goed gegaan was. En de volgende morgen hadden ze in aanwezigheid van haar vader en broers afscheid genomen. Kort daarna waren de brieven begonnen.

Hij bedronk zich en had het nog een keer geprobeerd, in Southampton. Maar de vrouw zei: 'Zo is het wel genoeg, kereltje, je krijgt het niet voor elkaar.'

Waar hij niet van hield was al die speciale kledij van vrouwen en meisjes. Handschoenen, hoeden, ruisende rokken, al dat gedoe leek iets van je te eisen. Maar hoe kon zij dat weten? Limoengroen, hij wist niet zeker of hij die kleur wel kende. Het deed hem aan zuur denken.

Toen kwam de gedachte vanzelf bij hem op dat hij er gewoon niet kon zijn.

Zou ze zichzelf en anderen vertellen dat ze zich in de datum vergist moest hebben? Hij kon zichzelf wijsmaken dat ze vast wel een leugen zou weten te bedenken. Ze was tenslotte heel vindingrijk.

Nu ze de straat is op gegaan, voelt Jackson een verlangen haar te zien. Hij zou de eigenaar nooit kunnen vragen hoe ze eruitzag, of haar haar donker of grijs was, of ze nog mager was of dik geworden. Haar stem was ondanks haar verdriet absoluut niet veranderd. Zoals hij alle aandacht opeiste met zijn muzikaliteit, terwijl het o-het-spijt-me er al in doorklonk.

Ze was van ver gekomen, maar ze was een halsstarrige vrouw. Dat kon je wel zeggen.

En de dochter zou terugkomen. Te verwend om weg te blijven. Elke dochter van Ileane zou verwend zijn en de wereld en de waarheid naar haar hand weten te zetten, alsof niets haar lang kon tegenhouden.

Als ze hem gezien had, zou ze hem dan herkend hebben? Hij dacht van wel. Hoezeer hij ook veranderd mocht zijn. En ze zou hem onmiddellijk hebben vergeven. Om het beeld dat ze van zichzelf had voor altijd intact te houden.

De volgende dag was hij ieder gevoel van opluchting omdat Ileane weer uit zijn leven was verdwenen kwijt. Ze kende dit huis, ze zou misschien terugkomen. Ze zou hier misschien een tijdje komen wonen en langs deze straten lopen om te zien of ze ergens het spoor kon oppikken. Terwijl ze nederig, maar niet echt nederig mensen om inlichtingen zou vragen, met die smekende maar verwende stem. Het was mogelijk dat hij haar voor de deur tegen zou komen. Ze zou maar heel even verbaasd zijn, alsof ze dit altijd al had verwacht. Omdat ze in de mogelijkheden van het leven was blijven geloven.

Dingen konden weggeborgen worden, er was alleen wat wilskracht voor nodig. Toen hij nog maar zes of zeven was had hij zijn stiefmoeders spelletjes weggeborgen, wat ze haar grapjes en plagerijtjes noemde. Hij was na het donker de straat op gerend en ze had hem naar binnen gebracht, in het besef dat als ze niet ophield, hij spoedig echt weg zou lopen, en daarom was ze opgehouden. Ze zei dat je met hem geen plezier kon hebben en dat er niemand anders een hekel aan haar had.

Hij bracht nog drie nachten door in het gebouw met de naam Bonnie Dundee. Hij schreef een verslag voor de eigenaar over elk appartement, wanneer er onderhoud nodig zou zijn en waaruit dat zou bestaan. Hij schreef dat hij weggeroepen was, zonder aan te geven waarom of waarheen. Hij haalde al het geld van zijn bankrekening en pakte de paar bezittingen in die hij had. 's Avonds, laat op de avond, nam hij de trein.

Hij dommelde af en toe in gedurende de nacht en tijdens een van die dutjes zag hij de mennonietenjongetjes langsrijden in hun kar. Hij hoorde hun zachte stemmetjes zingen.

's Morgens stapte hij uit in Kapuskasing. Hij kon de zagerijen ruiken en voelde zich bemoedigd door de koelere lucht. Daar was werk, in zo'n houthakkersplaats zou zeker werk zijn.

Met uitzicht op het meer

Een vrouw gaat naar haar dokter om een recept te verlengen. Maar de dokter is er niet. Het is haar vrije dag. De vrouw heeft zich in feite in de dag vergist, ze heeft maandag met dinsdag verward.

En daarover had ze het juist met de dokter willen hebben, naast dat ze haar recept moet laten verlengen. Ze vraagt zich af of ze haar verstand begint kwijt te raken.

'Laat me niet lachen', verwacht ze dat de dokter zal zeggen. 'Uw verstand. Iemand zoals u?'

(Niet dat de dokter haar erg goed kent, maar ze hebben gemeenschappelijke vrienden.)

In plaats daarvan belt de assistente van de dokter een dag later om te zeggen dat het recept klaarligt en dat er een afspraak voor de vrouw – ze heet Nancy – bij een specialist is gemaakt die haar in verband met dit verstandsprobleem zal onderzoeken.

Het is haar verstand niet. Alleen haar geheugen.

Ook goed. De specialist behandelt oudere patiënten.

Inderdaad. Oudere patiënten die malende zijn.

Het meisje lacht. Eindelijk lacht er iemand.

Ze zegt dat het kantoor van de specialist in een dorp ligt dat Hymen heet, ongeveer dertig kilometer van waar Nancy woont.

'Lieve help, een huwelijksspecialist', zegt Nancy.

Het meisje snapt het niet en zegt: 'Pardon?'

'Het doet er niet toe. Ik zal er zijn.'

De laatste paar jaar zijn specialisten overal op het platteland neergestreken. Je CAT-scan moet je in het ene plaatsje laten doen en voor degene die over kanker gaat moet je naar een ander, voor longproblemen weer naar een volgend, enzovoort. Dit allemaal zodat je niet naar het ziekenhuis in de stad hoeft te reizen, hoewel je er vaak net zo lang over doet, omdat niet al deze plaatsen een ziekenhuis hebben en je moet zien te ontdekken waar de dokter woont als je er eenmaal bent.

Om die reden besluit Nancy al op de avond voor de dag van haar afspraak naar het dorp van de ouderdomsspecialist – zoals ze besloten heeft hem te noemen – te rijden. Dan heeft ze meer dan genoeg tijd om erachter te komen waar hij zit, zodat ze niet bang hoeft te zijn dat ze hijgend of zelfs een beetje te laat arriveert en al meteen een slechte indruk maakt.

Haar man zou mee kunnen gaan, maar ze weet dat hij naar een voetbalwedstrijd op de televisie wil kijken. Hij is econoom en kijkt de halve nacht naar sport terwijl hij in de andere helft aan zijn boek werkt, hoewel zij van hem moet zeggen dat hij gepensioneerd is.

Ze zegt dat ze het plaatsje zelf wil vinden. Het meisje van de dokter heeft haar uitgelegd hoe ze er moet komen.

Het is een prachtige avond. Maar wanneer ze de snelweg verlaat en westwaarts begint te rijden ontdekt ze dat de zon zo laag staat dat hij in haar gezicht schijnt. Als ze heel rechtop gaat zitten, met haar kin omhoog, kan ze er echter net bovenuit kijken. Ook heeft ze een goede zonnebril. Ze kan het bord lezen waarop staat dat het nog twaalf kilometer naar het dorp Highman is.

Highman. Zo heet het dus, haar grapje sloeg nergens op. Aantal inwoners: 1553.

Waarom die 3 vermelden?

Iedere ziel telt.

Ze vindt het leuk om in kleine plaatsjes rond te kijken om te zien of ze er zou kunnen wonen. Dit plaatsje lijkt ideaal. Een redelijk grote markt, waar je vrij verse groenten kunt kopen, hoewel ze waarschijnlijk niet van de akkers eromheen zullen komen, koffie die ermee door kan. Verder een wasserette en een apotheek, waar je je recepten kunt afhalen, hoewel ze er niet de betere tijdschriften verkopen.

Er zijn natuurlijk tekenen dat het plaatsje betere tijden heeft gekend. Er hangt een klok die niet langer de tijd aangeeft boven een etalage die Luxe Sieraden belooft, maar die nu met allerlei oud aardewerk, potten en emmers en kransen die uit hun bedrading hangen lijkt vol te staan.

Ze krijgt wat van deze rommel te zien omdat ze besloten heeft te parkeren voor de winkel waar het staat uitgestald. Het lijkt haar het beste te voet naar het kantoor van deze dokter te gaan zoeken. En al bijna te snel naar haar zin ziet ze een donker bakstenen gebouw van één verdieping in de utilitaire stijl van de vorige eeuw, en ze weet bijna zeker dat het dat is. Dokters in kleine plaatsen hadden vroeger hun praktijk aan huis, maar toen ze parkeerruimte nodig kregen, lieten ze dergelijke misbaksels neerzetten. Roodbruine baksteen en inderdaad het bord: Medisch Tandheelkundig Centrum. Er ligt een parkeerplaats aan de achterkant van het gebouw.

Ze heeft de naam van de dokter in haar zak zitten en haalt het papiertje tevoorschijn om hem te controleren. De namen op de matglazen deur zijn Dr. H.W. Forsyth, tandarts en Dr. Donald McMillen, arts.

Die namen staan niet op Nancy's papiertje. En geen

wonder want er staat alleen maar een nummer op. Het is de schoenmaat van haar mans zuster, die dood is. Het nummer is O-7½. Het duurt even voordat ze daaruit is, dat de O voor Olivia staat maar haastig is opgeschreven. Ze kan zich nog maar vaag iets over slippers herinneren die ze had moeten kopen toen Olivia in het ziekenhuis lag.

Daar heeft ze nu niets aan.

Eén verklaring zou kunnen zijn dat de dokter met wie ze een afspraak heeft nog maar pas in dit gebouw getrokken is en dat de naam op de deur nog niet veranderd is. Ze zou het iemand moeten vragen. Ze zou eerst op de bel moeten drukken voor het geval er nog iemand laat aan het werk is. Dat doet ze, maar het is eigenlijk goed dat er niemand komt omdat ze zich de naam van de dokter die ze moet hebben even niet kan herinneren.

Nog een idee. Is het niet heel goed mogelijk dat deze persoon – de gekkendokter zoals ze hem nu in haar hoofd is gaan noemen – is het niet heel goed mogelijk dat hij (of zij, zoals de meesten van haar leeftijd denkt ze niet automatisch aan die mogelijkheid) dat hij of zij een praktijk aan huis heeft? Dat zou logischer en goedkoper zijn. Je hebt niet veel apparatuur nodig als gekkendokter.

Daarom loopt ze verder bij de hoofdstraat vandaan. De naam van de dokter die ze moet hebben is haar weer te binnen geschoten, zoals meestal gebeurt wanneer de crisis voorbij is. De huizen waarlangs ze loopt zijn voornamelijk in de negentiende eeuw gebouwd. Sommige zijn van hout, andere van baksteen. De bakstenen huizen hebben meestal twee verdiepingen, de houten zijn wat eenvoudiger en in de kamers boven loopt het plafond schuin af. Sommige voordeuren komen bijna op het trottoir uit. Andere op brede veranda's, waarvan sommige ramen hebben gekregen. Een eeuw geleden zou men op een avond als deze op de veranda gezeten hebben of op het trapje ervoor. Huisvrouwen die de afwas hadden gedaan en de keukenvloer voor de laatste keer hadden aangeveegd, mannen die zojuist de tuinslang hadden opgerold na het gras eens goed water gegeven te hebben. Zonder tuinmeubilair zoals je nu leeg en pocherig zag staan. Je had alleen het houten trapje en wat keukenstoelen die naar buiten gesleept waren. Een gesprek over het weer of een paard dat op hol geslagen was of over iemand die het bed moest houden en van wie men niet verwachtte dat hij zou herstellen. Gissingen naar wie zij kon zijn, als ze eenmaal buiten gehoorsafstand was.

Maar misschien zou zij hen ondertussen al gerustgesteld hebben door te blijven staan en te vragen: Kunt u me ook vertellen waar het huis van de dokter is?

Een nieuw onderwerp van gesprek. Waarvoor zou ze bij de dokter moeten zijn?

(Als ze eenmaal buiten gehoorsafstand was.)

Nu zit iedereen binnen met de ventilator of de airco aan. De huizen hebben nummers, net als in de stad. Er staat nergens dat hier een dokter woont.

Waar het trottoir eindigt, staat een groot bakstenen gebouw met puntgevels en een klokkentoren. Misschien een school, voordat men de kinderen per bus naar een grotere en saaiere onderwijsinstelling was gaan brengen. De wijzers zijn op twaalf uur blijven staan, twaalf uur 's middags of twaalf uur 's nachts, wat beslist de juiste tijd niet is. Een overdaad aan zomerbloemen die professioneel gerangschikt lijken, sommige in een kruiwagen en andere in een melkbus die op zijn kant ligt. Een bordje dat ze niet kan lezen omdat de zon er recht op staat. Ze stapt het gazon op om er vanuit een andere hoek naar te kijken.

Uitvaartbedrijf. Dan ziet ze de garage ernaast waarin de lijkwagen waarschijnlijk staat.

Nu ja. Ze kan maar beter verder lopen.

Ze gaat een zijstraat in waar goed onderhouden huizen staan, wat bewijst dat zelfs een klein plaatsje een buitenwijk kan hebben. De huizen zijn net allemaal een beetje anders, maar zien er toch hetzelfde uit. Natuursteen en baksteen in zachte kleuren, puntige en ronde ramen, een afwijzende reactie op het utilitaire model, de ranchstijl van de afgelopen decennia.

Hier zijn mensen. Ze hebben zich niet allemaal met hun airco opgesloten. Er rijdt een jongen op een fiets zigzaggend over de weg. Zijn manier van fietsen heeft iets vreemds en ze weet eerst niet wat het is.

Hij rijdt achterstevoren. Dat is het. Hij heeft zijn jas zo omgeslagen dat je niet kunt zien – dat zij niet kan zien – dat hij dat doet.

Een vrouw die waarschijnlijk te oud is om zijn moeder te zijn – maar die er toch heel slank en levendig uitziet – houdt hem midden op straat in het oog. Ze houdt een springtouw vast en praat met een man die haar echtgenoot niet kan zijn; daarvoor doen ze te aardig tegen elkaar.

De straat maakt een bocht en loopt dan dood. Ze kan niet verder.

Nancy richt zich met een verontschuldiging tot de volwassenen. Ze zegt dat ze op zoek is naar een dokter.

'Nee, nee', zegt ze. 'Schrik maar niet. Alleen zijn adres. Ik dacht dat u het misschien zou weten.'

Dan beseft ze dat ze nog steeds niet helemaal zeker van de naam is. Ze zijn te beleefd om hun verbazing te tonen, maar zeggen dat ze haar niet kunnen helpen.

De jongen doet een plotselinge uitval en rijdt hard op hen af en mist hen maar net.

Gelach. Geen standje. Een jonge woesteling en ze lijken hem alleen maar te bewonderen. Ze maken alle drie een opmerking over de mooie avond en dan draait Nancy zich om en begint terug te lopen.

Alleen loopt ze niet helemaal terug, niet tot aan het uitvaartbedrijf. Er is een zijstraat die ze daarvoor niet in gegaan was, misschien omdat hij niet bestraat is en ze daarom aannam dat er geen dokter zou wonen.

Er is geen trottoir en er ligt allerlei rotzooi om de huizen heen. Een paar mannen zijn onder de kap van een vrachtauto bezig en ze denkt dat ze hen maar beter niet kan storen. Ook heeft ze voor zich uit iets interessants opgemerkt.

Er staat een heg die helemaal tot aan de straat loopt. Hij is zo hoog dat ze niet verwacht dat ze er overheen zal kunnen kijken, maar ze denkt dat ze er misschien doorheen kan gluren.

Dat is niet nodig. Als ze langs de heg gelopen is, ziet ze dat het terrein – dat ongeveer zo groot als vier stadspercelen is – vrij open aan de weg ligt waarop ze loopt. Het lijkt een soort park te zijn, met flagstonepaden die het gemaaide en weelderige gras doorkruisen. Tussen de paden, in het gras, staan overal bloemen. Sommige kent ze – de donkergoudkleurige en lichtgele margrieten bijvoorbeeld, de witte flox met roze en paarse en rode hartjes – maar ze is zelf geen geweldig tuinierster en hier en daar staan en kruipen soorten in allerlei kleuren waarvan ze de namen niet weet. Sommige klimmen langs latwerk omhoog, andere spreiden zich vrijelijk uit. Alles is heel kunstig en helemaal niet stijf gedaan, ook de fontein niet die een paar meter oprijst en dan weer terugvalt in een met rotsblokken afgezette vijver. Ze is er van de straat heen gelopen om wat van de koele druppels op te vangen en daar ziet ze een smeedijzeren bank staan waar ze kan gaan zitten.

Een man komt een van de paden af met een snoeischaar in zijn hand. Men verwacht hier klaarblijkelijk dat een tuinman tot laat in de avond werkt. Hoewel hij er eerlijk gezegd niet als een tuinman uitziet. Hij is lang en heel mager en gekleed in een zwart hemd en een nauwsluitende zwarte broek.

Het is niet bij haar opgekomen dat dit waarschijnlijk helemaal geen stadspark is.

'Het is hier echt prachtig', roept ze hem op haar meest zelfverzekerde toon goedkeurend toe. 'En u onderhoudt het allemaal zo goed.'

'Dank u', zegt hij. 'U mag hier gerust zitten, hoor.'

Door iets droogs in zijn stem laat hij haar weten dat dit geen park is maar privé-eigendom, en dat hij niet voor de gemeente werkt maar de eigenaar is.

'Ik had uw toestemming moeten vragen.'

'Het geeft niet.'

In gedachten verzonken buigt hij zich en knipt iets van een plant af die over het pad begint te kruipen.

'Is het van u? Alles?'

Na nog wat geknip: 'Alles.'

'Dat had ik moeten weten. Het is te origineel voor een stadspark. Te ongebruikelijk.'

Geen antwoord. Ze wil hem vragen of hij hier 's avonds

graag zelf zit. Maar ze ziet ervan af. Het lijkt geen gemakkelijke man. Waarschijnlijk zo iemand die daar nog trots op is ook. Na een paar seconden zal ze hem bedanken en opstaan.

Maar in plaats daarvan komt hij even later naast haar zitten. En begint te praten alsof ze hem zojuist een vraag gesteld heeft.

'Ik voel me eigenlijk alleen goed als ik iets doe wat nodig is', zegt hij. 'Als ik ga zitten, kan ik nergens naar kijken, omdat ik alleen meer werk zie.'

Ze had onmiddellijk moeten weten dat dit een man is die niet van gebabbel houdt. Maar ze is toch nieuwsgierig.

Wat was er vroeger hier?

Voordat hij de tuin had aangelegd?

'Een breifabriek. Al deze kleine plaatsjes hadden iets soortgelijks, je kon mensen toen voor een hongerloontje laten werken. Maar op den duur is hij failliet gegaan en toen is er een aannemer gekomen die er een verpleegtehuis van wilde maken. Dat liep vast omdat de gemeente hem geen vergunning wilde geven, ze dachten dat het hier te deprimerend zou worden als er een heleboel oude mensen rondliepen. Toen heeft hij hem in brand gestoken of afgebroken, dat weet ik niet precies.'

Hij komt hier niet vandaan, denkt ze, want anders zou hij niet zo openlijk praten.

'Ik kom hier niet vandaan', zegt hij. 'Maar ik had een vriend die van hier was en toen hij overleed ben ik hier naartoe gekomen, alleen om het huis te verkopen en weer weg te gaan. Toen kon ik dit land goedkoop krijgen omdat de aannemer het als een groot gat had achtergelaten en het er vreselijk uitzag.

‘Ik hoop dat ik niet te nieuwsgierig ben.’

‘Het geeft niet. Als ik geen zin heb iets uit te leggen, doe ik het gewoon niet.’

‘Ik ben hier nog nooit geweest’, zegt ze. ‘Natuurlijk niet, anders zou ik deze plek wel gezien hebben. Ik liep hier rond omdat ik iets zocht. Ik dacht dat ik het gemakkelijker zou vinden als ik mijn auto parkeerde en ging lopen. Ik ben eigenlijk op zoek naar het kantoor van een dokter.’

Ze legt uit dat ze niet ziek is, maar alleen morgenochtend een afspraak heeft en er dan niet eerst naar wil lopen zoeken. Dan vertelt ze hem over het parkeren van haar auto en dat het haar verbaasd had dat de naam van de dokter die ze zocht nergens stond aangegeven.

‘Ik kon ook niet in het telefoonboek kijken, want u weet natuurlijk dat alle telefoonboeken en telefooncellen verdwenen zijn. Of anders is alles uit het telefoonboek gescheurd. Ik begin nu nogal dwaas te klinken.’

Ze vertelt hem hoe de dokter heet, maar de naam zegt hem niets.

‘Maar ik ga ook nooit naar de dokter.’

‘Daar doet u waarschijnlijk verstandig aan.’

‘O, dat misschien ook weer niet.’

‘In ieder geval kan ik nu beter naar mijn auto teruggaan.’

Hij staat tegelijk met haar op en zegt dat hij met haar mee zal lopen.

‘Zodat ik niet verdwaal?’

‘Niet echt. Ik probeer ’s avonds rond deze tijd altijd even mijn benen te strekken. Door het werk in de tuin raak je vaak verkrampt.’

‘Ik weet zeker dat er een redelijke verklaring bestaat wat betreft deze dokter. Denkt u soms ook niet dat er vroeger meer redelijke verklaringen voor dingen waren dan nu?'

Hij geeft geen antwoord. Hij denkt misschien aan de vriend die overleden is. De tuin is misschien een monument voor de overleden vriend.

In plaats van zich te generen als ze iets zegt waarop hij geen antwoord geeft, voelt ze nu iets verfrissends en vredigs van de conversatie uitgaan.

Ze lopen verder zonder dat ze iemand tegenkomen.

Algauw bereiken ze de hoofdstraat, met het medische centrum een blok verder. Wanneer ze het ziet, voelt ze zich wat minder op haar gemak en ze weet niet waarom, maar even later weet ze het wel. Ze heeft een absurde maar alarmerende gedachte door de aanblik van het medische centrum gekregen. Als de juiste naam, de naam die ze had gezegd niet te kunnen vinden, daar nu eens al die tijd gestaan had. Ze loopt wat sneller, ze merkt dat ze beeft en dan, daar ze nog vrij scherpe ogen heeft, ziet ze er net als daarvoor de twee nutteloze namen staan.

Ze doet net of ze vooruitgelopen is om naar de dingen in de etalage te kijken, de poppen met hun porseleinen hoofdjes, de ouderwetse schaatsen en po's en spreien die al aan flarden hangen.

'Treurig', zegt ze.

Maar hij let er niet op. Hij zegt dat hij net iets bedacht heeft.

'Die dokter', zegt hij.

'Ja?'

'Ik vraag me af of hij misschien aan het tehuis verbonden is.'

Ze lopen weer en passeren een paar jongemannen die op het trottoir zitten, een met zijn benen zo ver vooruitgestoken dat ze er omheen moeten lopen. De man die bij haar is, besteedt geen aandacht aan hen, maar hij is zachter gaan praten.

'Tehuis?' zegt zij.

'U zult het niet gezien hebben als u van de snelweg bent gekomen. Maar als u de stad uit rijdt in de richting van het meer, dan komt u erlangs. Het ligt nog geen kilometer hier vandaan. U rijdt langs de grindberg aan de zuidkant van de weg en dan is het maar een klein eindje verder, aan de andere kant. Ik weet niet of ze daar een inwonende dokter hebben, maar dat lijkt me wel logisch.'

'Een inwonende dokter', zegt ze hem na. 'Dat lijkt me wel logisch.'

Dan hoopt ze dat hij niet denkt dat ze hem expres naaapt en een dom grapje maakt. Het is waar dat ze graag nog wat langer met hem zou praten, domme grapjes of niet.

Maar nu dient zich weer een probleem aan: ze moet haar sleutels zien te vinden, zoals zo vaak wanneer ze in de auto wil stappen. Ze maakt zich regelmatig zorgen dat ze de auto op slot heeft gedaan met de sleutels erin of ze ergens heeft laten vallen. Ze voelt de bekende, ergerlijke paniek opkomen. Maar dan ontdekt ze dat ze in haar zak zitten.

'U kunt het proberen', zegt hij en dat vindt ze zelf ook.

'U kunt daar heel gemakkelijk afslaan en even gaan kijken. Als daar regelmatig een dokter is, is het niet nodig dat zijn naam op een bordje in de stad te staat. Of haar naam, als dat het geval is.'

Alsof hij ook liever nog geen afscheid wil nemen.

'Ik ben u veel dank verschuldigd', zegt ze.

'Het is maar een idee.'

Hij houdt het portier open terwijl ze instapt, slaat het

dicht en blijft staan wachten totdat ze de auto in de juiste richting gedraaid heeft en zwaait dan ten afscheid.

Als ze het plaatsje uit rijdt, ziet ze hem weer, in de achteruitkijkspiegel. Hij buigt zich voorover en praat tegen de jongens of jongemannen die daar op het trottoir zitten met hun rug tegen de muur van de winkel. Hij had hen zo duidelijk genegeerd dat het haar verbaast hem nu tegen hen te zien praten.

Misschien maakt hij een opmerking, of een grapje, over haar vaagheid of dwaasheid. Of gewoon over haar leeftijd. Iets wat tegen haar pleit bij die alleraardigste man.

Ze was van plan geweest om weer door het plaatsje terug te rijden en hem nogmaals te bedanken en hem te laten weten of het de juiste dokter was. Ze zou gewoon vaart kunnen minderen, lachen en iets door het raampje roepen.

Maar nu lijkt het haar beter de route langs het meer te nemen en bij hem vandaan te blijven.

Ze kan hem beter uit haar gedachten zetten. Ze ziet de grindberg naderen, ze moet opletten waar ze heen gaat.

Precies zoals hij heeft gezegd. Een bord met 'Verzorgingstehuis Meerzicht'. En hier heb je ook werkelijk uitzicht op het meer, een lichtblauw lint aan de horizon.

Een ruim parkeerterrein. Een lange vleugel met wat aparte suites of in ieder geval grote kamers lijken, elk met zijn eigen tuintje of plek om buiten te zitten. Met voor elk een vrij hoog hek van latwerk voor privacy of ter beveiliging. Hoewel er voor zover ze kan zien nu niemand zit.

Natuurlijk niet. In zo'n tehuis gaat iedereen vroeg naar bed.

Ze vindt het leuk zoals het latwerk het geheel iets fantasievols geeft. Openbare gebouwen zijn de laatste jaren veranderd, net als gewone huizen. Het strenge, onaantrekkelijke aanzien, het enige wat in haar jeugd was toegestaan, is verdwenen. Hier parkeert ze voor een stralende uitnodigende koepel, waaruit prettige overdaad spreekt. Sommige mensen zouden dit kitscherig vinden, denkt ze, maar is dit niet precies wat je zou willen? Al dat glas zal het humeur van oude mensen zeker ten goede komen, en misschien zelfs van mensen die nog niet zo oud zijn maar alleen wat in de war.

Ze kijkt rond naar een bel om op te drukken of aan te trekken als ze naar de deur loopt. Maar dat is niet nodig, de deur gaat vanzelf open. En als ze eenmaal binnen is, is het er nog ruimer en indrukwekkender en heeft het glas een blauwe glans. De vloer bestaat uit zilveren tegels, de soort vloer waar kinderen graag op glijden, en even stelt ze zich de patiënten voor die voor hun plezier over de vloer heen schieten en die gedachte stemt haar vrolijk. Natuurlijk kan het niet zo glad zijn als het eruitziet, je zou niet willen dat mensen hun nek braken.

'Ik durfde het zelf niet te doen', zegt ze heel charmant tegen iemand in haar hoofd, misschien haar man. 'Dat zou niet slim van me geweest zijn, hè? Dan zou ik misschien plotseling voor de dokter komen te staan, de dokter die juist mijn verstandelijke vermogens wilde gaan testen. Wat zou hij daarvan zeggen?'

Op dit moment is er nergens een dokter te zien.

Dat ligt ook niet voor de hand. Dokters zitten nu eenmaal niet achter de balie op hun patiënten te wachten.

En ze is hier niet eens voor een consult. Ze zal weer moeten uitleggen dat ze alleen zeker wil zijn van de tijd en de plaats van een afspraak voor morgen. Ze is nogal moe geworden van dit alles.

Er is een ronde balie, die tot haar middel reikt, met panelen van donker hout dat er als mahonie uitziet, maar het waarschijnlijk niet is. Er zit niemand achter op dit moment. Het is natuurlijk laat. Ze kijkt rond naar een bel maar ziet er geen. Dan kijkt ze of er misschien een bordje met een lijst van doktersnamen hangt of de naam van de dokter die hier aan het hoofd staat. Dat ziet ze evenmin. Je zou denken dat er een manier moest zijn om iemand te roepen, hoe laat het ook mag zijn. Dat er iemand dienst heeft.

Ze ziet ook niets van belang achter de balie. Geen computer of telefoon of papieren of gekleurde knoppen waarop je kunt drukken. Natuurlijk kan ze niet achter de balie komen, waar misschien kastjes zitten die op slot zijn en die ze niet kan zien. Knoppen waar een receptioniste bij kan en zij niet.

Ze keert de balie de rug toe en kijkt rond in de ruimte waar ze zich bevindt. Hij is zeshoekig, met deuren op enige afstand van elkaar. Vier deuren, waarvan een de grote deur is die het licht en de bezoekers binnenlaat en een andere, achter de balie, officieel en voor privégebruik bedoeld lijkt en niet gemakkelijk te bereiken is, terwijl de twee andere identieke deuren tegenover elkaar ongetwijfeld naar de lange vleugels en naar de gangen en kamers voeren waar de bewoners zijn ondergebracht. In elke deur zit van boven een raam en het glas ziet er doorzichtig uit, alsof iedereen erdoorheen kan kijken.

Ze loopt naar een van deze misschien toegankelijke deuren toe en klopt en voelt dan aan de deurknop, maar ze krijgt er geen beweging in. Op slot. En ze kan ook niet echt door het raam kijken. Van dichtbij golft en vervormt het glas.

De deur ertegenover heeft hetzelfde probleem met het

glas en hetzelfde probleem met de deurknop.

Door het geklik van haar schoenen op de vloer, het bedrieglijke glas en de nutteloze gepoetste deurknoppen begint ze behoorlijk ontmoedigd te raken.

Maar ze geeft het niet op. Ze probeert de deuren opnieuw in dezelfde volgorde en dit keer rammelt ze aan beide deurknoppen, voor zover dit mogelijk is, en roept ook 'Hallo?' met een stem die eerst zwak en dwaas klinkt en daarna gekrenkt en zonder veel hoop.

Ze wringt zich achter de balie en bonkt daar op de deur, bijna zonder enige verwachting. Hij heeft niet eens een deurknop, alleen een sleutelgat.

Er zit niets anders op dan te vertrekken en naar huis te gaan.

Het ziet er allemaal heel vrolijk en elegant uit, denkt ze, maar er is geen enkele poging gedaan om het publiek van dienst te zijn. Natuurlijk stoppen ze de bewoners of patiënten of hoe ze hen ook noemen vroeg in bed, net als overal, hoe mooi de omgeving ook mag zijn.

Terwijl ze hier nog over nadenkt, duwt ze tegen de grote toegangsdeur. Hij is te zwaar. Ze duwt nog eens.

En nog eens. Hij geeft niet mee.

Ze kan de bloempotten buiten zien staan. Over de weg rijdt een auto. Het zachte avondlicht.

Ze moet nu goed nadenken.

Er is hier geen kunstlicht. Het zal hier donker worden. Ondanks het dralende licht buiten lijkt het al donker te worden. Er zal niemand komen, ze zijn allemaal klaar met hun werk, of in ieder geval met de karweitjes die hen naar dit gedeelte van het gebouw brengen. Waar ze ook zitten, daar zullen ze blijven.

Ze opent haar mond om te schreeuwen, maar er lijkt geen geschreeuw uit te komen. Ze beeft nu over haar hele lichaam en hoe ze ook haar best doet, ze kan geen adem in haar longen krijgen. Het is alsof er vloei in haar keel zit. Verstikking. Ze weet dat ze zich anders moet gedragen en vooral iets anders moet geloven. Kalm blijven. Rustig ademen.

Ze weet niet of de paniek lang heeft geduurd of maar kort. Haar hart bonst, maar ze is er bijna doorheen.

Er is een vrouw hier die Sandy heet. Dat staat op het speldje dat ze draagt en Nancy kent haar trouwens ook.

'Wat moeten we met u aan?' zegt Sandy. 'We proberen u alleen maar in uw nachtjapon te krijgen. U lijkt wel zo'n kip die bang is dat hij opgegeten zal worden.

U zult wel gedroomd hebben', zegt ze. 'Waar hebt u nu over gedroomd?'

'Over niets', zegt Nancy. 'Het was toen mijn man nog leefde en toen ik nog autoreed.'

'Hebt u een mooie auto?'

'Een Volvo.'

'Ziet u wel? U bent nog helemaal bij de pinken.'

Dolly

Die herfst hadden we over de dood gepraat. Onze dood. Omdat Franklin al drieëntachtig was en ikzelf eenenzeventig, hadden we natuurlijk plannen gemaakt: geen begrafenisplechtigheid en een onmiddellijke teraardebestelling, in een graf dat we al gekocht hadden. We hadden besloten ons niet te laten cremeren, wat populair was bij onze vrienden. Alleen het sterven zelf was aan het toeval overgelaten.

Op een dag terwijl we over het platteland rondreden, niet ver van waar we wonen, waren we op een weg gestuit die we niet kenden. De bomen, esdoorns en eiken en andere, waren niet van het oorspronkelijke oerbos, hoewel ze imposant van omvang waren, wat erop duidde dat hier ooit land ontgonnen was. Dat hier boerderijen met weilanden, huizen en schuren hadden gestaan. Maar daar was niets meer van te zien. De weg was niet geplaveid maar werd duidelijk gebruikt. Er kwamen zo te zien een aantal voertuigen per dag langs. Misschien werd hij als sluiproute door vrachtwagens gebruikt.

Zoiets was belangrijk, zei Franklin. We wilden er geen dag of twee of zelfs een week liggen zonder gevonden te worden. Noch wilden we de auto leeg achterlaten, zodat de politie tussen de bomen op zoek moest naar stoffelijke resten waaraan de coyotes misschien al begonnen waren.

Ook moest de dag niet te somber zijn. Geen regen of vroege sneeuw. Bladeren die al verkleurd waren maar nog maar amper gevallen. Goudddoorschenen, zoals op deze dag. Maar misschien kon het beter niet zonnig zijn, omdat anders het goud, de schoonheid van de dag, ons het gevoel zou geven hem te verpesten.

We verschilden van mening over de brief. Dat wil zeggen, of we er een zouden achterlaten. Ik vond dat we mensen een verklaring schuldig waren. Ze zouden moeten weten dat er geen sprake van een terminale ziekte was, het begin van pijn die een normaal leven onmogelijk zou maken. Ze zouden ervan verzekerd moeten worden dat we deze beslissing bij ons volle verstand, op bijna luchthartige wijze, hadden genomen.

Eruit gestapt terwijl we het nog naar ons zin hadden.

Nee. Dat nam ik terug. Dat was spotten. Een belediging.

Franklin vond dat iedere verklaring op zich een belediging was. Niet voor anderen, maar voor onszelf. Voor onszelf. We hadden alleen met onszelf en met elkaar te maken en iedere verklaring leek hem huichelachtig.

Ik begreep wat hij bedoelde maar was het er nog steeds niet mee eens.

En daardoor – door ons verschil van mening – leek hij de hele mogelijkheid weer uit zijn hoofd te zetten.

Hij zei dat het natuurlijk onzin was. Voor hem zou het wel kunnen, maar ik was te jong. We konden er weer over praten als ik vijfenzeventig was.

Ik zei dat het enige wat me een beetje dwarszat de veronderstelling was dat er niets meer in ons leven zou gebeuren. Niets meer van belang, geen enkele uitdaging meer.

Hij zei dat we zojuist ruzie hadden gehad, wat wilde ik nog meer?

Het ging er te beleefd aan toe, zei ik.

Ik heb nooit het gevoel dat ik jonger ben dan Franklin, alleen misschien wanneer het gesprek op de oorlog – de Tweede Wereldoorlog – komt en dat gebeurt tegenwoordig nog maar zelden. In de eerste plaats is hij lichamelijk veel actiever dan ik. Hij was ooit de baas van een paardenpension, waar mensen hun rijpaarden onderbrengen. Hij gaat er nog steeds twee of drie keer per week op zijn eigen paard rijden en praat dan met de man die er de leiding heeft en hem van tijd tot tijd om advies vraagt. Hoewel hij zegt dat hij er zich zo weinig mogelijk mee probeert te bemoeien.

Hij is in feite dichter. Dichter én paardentrainer. Hij is een paar keer gastdocent op een universiteit geweest, maar nooit zo ver weg dat hij het contact met de paarden zou verliezen. Hij geeft toe dat hij soms lezingen geeft maar dat doet hij, zoals hij zegt, maar heel af en toe. Hij legt geen nadruk op zijn dichterschap. Soms erger ik me aan die houding – ik noem het zijn doe-maar-gewoon-personage – maar ik kan het wel begrijpen. Wanneer je je met paarden bezighoudt, kunnen mensen zien dat je bezig bent, maar wanneer je bezig bent een gedicht te schrijven, lijkt het net alsof je helemaal niets aan het doen bent en voel je je een beetje opgelaten als je moet uitleggen wat er gebeurt.

Een ander probleem is misschien dat hoewel hij een uiterst gesloten persoon is, hij vooral bekendstaat om een gedicht dat de mensen hier – dat wil zeggen, waar hij is opgegroeid – grof zouden noemen. Nogal grof, heb ik hem zelf horen zeggen, niet ter verontschuldiging maar om iemand alvast te waarschuwen. Hij houdt rekening met de gevoelens van deze mensen, waarvan hij weet dat ze bepaalde dingen schokkend zullen vinden, hoewel hij een groot verdediger van de vrijheid van meningsuiting is.

Niet dat er hier niets veranderd is in wat je hardop kunt zeggen en kunt lezen. Prijzen helpen, en regelmatig in de krant staan.

In al die jaren dat ik lesgaf aan een middelbare school, onderwees ik geen literatuur, zoals je misschien zou verwachten, maar wiskunde. Toen ik daarna thuisbleef, voelde ik me rusteloos en dat leidde tot iets anders: het schrijven van beknopte en hopelijk amusante biografietjes van Canadese romanschrijvers die ten onrechte vergeten zijn of nooit voldoende aandacht hadden gehad. Ik denk niet dat ik het werk gekregen zou hebben zonder Franklin en die literaire reputatie waar we nooit over praten, want ik ben in Schotland geboren en kende eigenlijk geen Canadese schrijvers.

Ik zou voor Franklin of enig ander dichter nooit de sympathie gevoeld hebben die ik voor de romanschrijvers had, in verband met hun tanende of zelfs verloren gegane reputatie, bedoel ik. Ik weet niet precies waarom. Misschien denk ik dat poëzie meer een doel op zichzelf is.

Ik vond het leuk werk en de moeite waard en na jaren voor de klas was ik blij met de vrijheid en de rust. Maar soms, zo rond vier uur 's middags, had ik zin in wat ontspanning en gezelschap.

En het was rond dat uur op een sombere dag dat er een vrouw met een koffer cosmetica aan de deur kwam. Op ieder ander tijdstip zou ik haar liever niet gezien hebben, maar nu was ik blij. Ze heette Gwen en ze zei dat ze niet eerder bij me was langs geweest omdat men tegen haar had gezegd dat ik er niet het type voor was.

'Wat dat dan ook mag zijn', zei ze. 'Maar toen dacht ik:

laat ik het maar eens aan haarzelf vragen, ze kan hoogstens nee zeggen.'

Ik vroeg of ze zin had in een kop koffie die ik zojuist had gezet en ze zei: graag.

Ze zei dat ze toch op het punt stond er voor vandaag mee op te houden. Ze zette haar lasten kreunend neer.

'U draagt geen make-up. Ik zou het ook niet opdoen als ik er niet zelf in handelde.'

Als ze me dat niet verteld had, zou ik gedacht hebben dat haar gezicht er even vrij van was als het mijne. Naakt en grauw en met verbazingwekkend veel rimpels rond haar mond. Met een bril die haar ogen groter maakten, die heel lichtblauw waren. Het enige duidelijke onechte aan haar was het koperkleurige haar dat in een rechte pony over haar voorhoofd hing.

Misschien vond ze het niet prettig om binnengevraagd te worden. Ze keek steeds zenuwachtig in het rond.

'Het is nogal koud vandaag', zei ze.

En toen, heel snel erachteraan: 'Ik zie hier geloof ik nergens een asbak staan.'

Ik vond er een in een kast. Ze haalde haar sigaretten tevoorschijn en liet zich opgelucht achteroverzakken.

'U rookt niet?'

'Vroeger wel.'

'Zoals iedereen toen.'

Ik schonk koffie voor haar in.

'Zwart', zei ze. 'O, is koffie niet heerlijk? Ik hoop dat ik u niet stoorde bij wat u aan het doen was. Schrijft u brieven?'

En ik begon haar over de verwaarloosde schrijvers te vertellen en gaf zelfs de naam van degene met wie ik op dat moment bezig was, Martha Ostenso, die een boek dat *Wild*

Geese heette had geschreven en een heleboel andere die nu allemaal vergeten waren.

'U wilt zeggen dat dit allemaal gedrukt gaat worden? Zoals in de krant?'

'In een boek', zei ik. Ze liet een ongelovig geluid horen en ik bedacht dat ik haar iets interessanters wilde vertellen.

'Men zegt dat haar man gedeeltes van haar roman heeft geschreven, maar het vreemde is dat zijn naam nergens vermeld staat.'

'Misschien wilde hij niet gepest worden door zijn maten', zei ze. 'U weet wel, wat moeten ze van een kerel denken die boeken schrijft.'

'Daar had ik nog niet aan gedacht.'

'Maar hij zou het niet erg vinden om het geld op te strijken', zei ze. 'U weet hoe mannen zijn.'

Toen begon ze te glimlachen en met haar hoofd te schudden en ze zei: 'U moet wel erg knap zijn. Wacht totdat ik ze thuis vertel dat ik een boek gezien heb dat iemand aan het schrijven was.'

Om haar van het onderwerp af te krijgen waardoor ik me opgelaten begon te voelen, vroeg ik wie dat waren bij haar thuis.

Verschillende mensen waarvan ik de verwantschap niet goed begreep, hoewel ik misschien niet echt mijn best deed. Ik weet niet meer in welke volgorde ze werden opgesomd behalve dat haar man de laatste was en hij was dood.

'Vorig jaar. Alleen was hij niet officieel mijn man. U weet wel.'

'Dat was de mijne ook niet', zei ik. 'Is hij niet, bedoel ik.'

'Eerlijk? Zo veel mensen leven nu zo, hè? Vroeger vond iedereen het zo verschrikkelijk en nu kan het niemand nog wat schelen. En dan zijn er degenen die al jaren samenleven en dan opeens zeggen: o, we gaan trouwen. Dan denk je, waarom toch? Voor de cadeaus misschien, of alleen omdat ze het leuk vinden om zo'n witte jurk aan te trekken. Het is wel om te gieren vind ik.'

Ze zei dat ze een dochter had die dat hele traject had afgelegd, maar het had haar geen goed gedaan omdat ze nu in de gevangenis zat wegens het dealen van drugs. Stom. De man met wie ze zo nodig moest trouwen had haar ertoe aangezet. Dus nu moest zij cosmetica verkopen en voor de twee kleine kinderen van de dochter zorgen, die niemand anders hadden.

Terwijl ze me dit allemaal vertelde, leek ze in een zeer opgewekte stemming. Pas toen ze op het onderwerp van een andere, vrij succesvolle dochter kwam, een gepensioneerde verpleegster die in Vancouver woonde, kreeg ze iets aarzelends en geërgerds.

Deze dochter wilde dat haar moeder alles en iedereen achter zou laten en bij haar kwam wonen.

'Maar ik hou niet van Vancouver. Iedereen is er dol op, dat weet ik. Maar ik niet.'

Nee. Het echte probleem was dat als ze bij haar dochter ging wonen ze niet meer zou mogen roken. Vancouver was het probleem niet, het was dat ze niet meer zou mogen roken.

Ik betaalde voor wat lotion die mij mijn jeugd zou teruggeven en ze beloofde het de volgende keer dat ze deze kant op kwam te brengen.

Ik vertelde Franklin in geuren en kleuren over haar. Ik zei dat ze Gwen heette.

'Het is een heel andere wereld. Ik heb ervan genoten', zei ik. En had toen een hekel aan mezelf omdat ik dat gezegd had.

Hij zei dat ik misschien wat meer het huis uit moest en me zou moeten opgeven als invalkracht op school.

Het verbaasde me niet dat ze algauw met de lotion langskwam. Ik had er tenslotte al voor betaald. Ze probeerde me niet eens iets anders te verkopen, wat een opluchting voor haar leek te zijn in plaats van een tactiek. Ik zette weer koffie en we voerden een vlot, zelfs opgetogen gesprek met elkaar, net als daarvoor. Ik gaf haar het exemplaar van *Wild Geese* dat ik had gebruikt om over Martha Ostenso te schrijven. Ik zei dat ze het kon houden omdat ik een nieuw exemplaar zou krijgen als de serie verscheen.

Ze zei dat ze het zou lezen. Hoe dan ook. Ze dacht niet ooit een boek uitgelezen te hebben, omdat ze het zo druk had, maar dit keer beloofde ze het te doen.

Ze zei dat ze nog nooit iemand had ontmoet als ik, iemand die zo geleerd was en tegelijk zo makkelijk in de omgang. Ik voelde me een beetje gevleid, maar was tevens op mijn hoede, zoals wanneer je beseft dat een leerling verliefd op je is geworden. En verder voelde ik me er opgelaten onder, alsof ik het recht niet had zo superieur te zijn.

Het was al donker toen ze wilde vertrekken en haar auto niet aan de gang kon krijgen. Ze probeerde het opnieuw en opnieuw en de motor maakte een gewillig geluid en hield dan op. Toen Franklin thuiskwam en er niet langs kon, rende ik naar hem toe om hem over het probleem te vertellen. Zij was uit de auto gestapt toen ze hem aan zag komen en begon uitleg te geven en te vertellen dat hij de laatste tijd niets dan kuren had.

Hij probeerde hem te starten, terwijl wij uit de weg bij zijn vrachtauto stonden. Het lukte hem evenmin. Hij ging naar binnen om de dorpsgarage te bellen. Zij wilde niet weer naar binnen gaan, hoewel het buiten koud was. Door de aanwezigheid van heer des huizes leek ze in haar schulp gekropen te zijn. Ik bleef met haar wachten. Hij kwam naar de deur en riep dat de garage gesloten was.

Er zat niets anders op dan haar uit te nodigen te blijven eten en slapen. Ze was een en al verontschuldiging, maar meer op haar gemak toen ze eenmaal zat met een nieuwe sigaret. Ik begon dingen voor het eten op tafel te zetten. Franklin was zich gaan verkleden. Ik vroeg of ze naar huis wilde bellen, naar wie daar ook was.

Ja, zei ze, dat kon ze maar beter doen.

Ik dacht dat er daar misschien iemand zou zijn die haar kon komen halen. Ik zag er niet naar uit om de hele avond te moeten praten terwijl Franklin zat te luisteren. Hij kon natuurlijk naar zijn eigen kamer gaan – hij wilde het niet zijn studeerkamer noemen – maar dat zou mij het gevoel geven dat ik hem verbannen had. En we zouden naar het nieuws willen kijken en zij zou erdoorheen willen praten. Zelfs mijn pienterste vriendinnen deden het, wat hij vreselijk vond.

Of ze zou zich stil houden en verdwaasd zitten kijken. Net zo erg.

Er leek niemand op te nemen. Dus belde ze de mensen ernaast – waar de kinderen waren – en er volgde een heleboel verontschuldigend gelach, toen een praatje met de kinderen, dat ze zich moesten gedragen, toen nog meer excuses en bedankjes tegen de mensen bij wie ze ondergebracht waren. Hoewel het bleek dat die vrienden de volgende morgen ergens heen moesten en de kinderen mee zouden moeten nemen, zodat het bij nader inzien toch niet zo goed uitkwam.

Franklin kwam juist de keuken weer in toen ze de telefoon ophing. Ze wendde zich tot mij en zei dat ze het vast uit hun duim gezogen hadden dat ze ergens heen moesten, zo waren ze nu eenmaal. Ook al had zij hun vaak genoeg een gunst bewezen als dat nodig was.

Toen beseften zij en Franklin het tegelijkertijd.

'O, mijn lieve god!' zei Gwen.

'Nee', zei Franklin. 'Ik ben het maar.'

En ze bleven aan de grond genageld staan. Hoe konden ze het niet meteen gezien hebben, zeiden ze. Terwijl ze zich realiseerden, neem ik aan, dat het niet gepast zou zijn om elkaar in de armen te vallen. In plaats daarvan maakten ze vreemde spastische bewegingen, alsof ze overal om zich heen moesten kijken om er zeker van te zijn dat dit de werkelijkheid was. Terwijl ze steeds elkaars naam zeiden op een toon waarin spot en verbijstering doorklonk. En het waren niet de namen die ik verwacht had.

'Frank.'

'Dolly.'

Ik besefte algauw dat je van Gwen, Gwendolyn, inderdaad gemakkelijk Dolly kon maken.

En iedere jongeman zou liever Frank dan Franklin genoemd worden.

Even waren ze mij helemaal vergeten, maar daarna kwam althans Franklin weer tot zichzelf.

'Je hebt me over Dolly horen praten?'

In zijn stem klonk door dat we weer normaal moesten doen, terwijl Dolly's of Gwens stem het ongelooflijke en zelfs bovennatuurlijke aspect benadrukte van het feit dat ze elkaar weer gevonden hadden.

'Ik weet niet hoe lang het geleden is dat iemand me zo noemde. Niemand kent me verder onder die naam. Dolly.'

Het vreemde was dat ik nu begon deel te nemen aan de algehele vrolijkheid. Want verbazing moest in vrolijkheid veranderen waar ik bij was, en dat gebeurde. De hele ontdekking moest die snelle wending nemen. En ik was er blijkbaar zo op gespitst mijn steentje bij te dragen dat ik met een fles wijn voor de dag kwam.

Franklin drinkt niet meer. Hij had nooit veel gedronken en was er geleidelijk helemaal mee gestopt. Gwen en ik, in onze nieuwe uitgelaten stemming, zorgden dus voor de conversatie en helderden dingen op en riepen geregeld uit wat een ongelooflijke samenloop van omstandigheden dit was.

Ze vertelde me dat ze kindermeisje was geweest toen ze Franklin kende. Ze had in Toronto voor twee kleine Engelse kinderen gezorgd die door hun ouders naar Canada waren gestuurd om het oorlogsgeweld te ontlopen. Er was nog meer hulp in huis geweest en ze had de meeste avonden vrij gehad en was dan op stap gegaan om zich te vermaken, zoals ieder jong meisje zou doen. Ze had Franklin tijdens zijn laatste verlof ontmoet, voordat hij overzee ging en ze hadden een geweldige tijd samen gehad. Hij had haar misschien een of twee brieven geschreven, maar zij had het eenvoudig te druk voor brieven gehad. Toen de oorlog voorbij was, was ze zo snel mogelijk op een boot gestapt om de kinderen naar huis te brengen en op die boot had ze een man ontmoet met wie ze was getrouwd.

Maar het had geen stand gehouden. Engeland was zo naargeestig na de oorlog, ze had gedacht dat ze er dood zou gaan en dus was ze naar huis gekomen.

Dat was een deel van haar leven waarover ik nog niets wist. Maar ik wist alles over haar enerverende twee weken met Franklin, net als vele anderen, zoals ik al heb gezegd. Tenminste als ze poëzie lazen. Ze wisten hoe gul ze met haar liefde was geweest, maar ze wisten niet, zoals ik, dat ze dacht dat ze niet zwanger kon worden omdat ze er een van een tweeling was en het haar van haar dode zusje in een medaillon om haar hals droeg. Ze had veel van zulke ideeën en had Franklin een magische tand gegeven – hij wist niet van wie – toen hij overzee ging, zodat hem niets zou overkomen. Hij was hem meteen kwijtgeraakt, maar zijn leven was gespaard gebleven.

Ze had ook een regel dat als ze met de verkeerde voet van het trottoir stapte, de hele dag verkeerd zou gaan, zodat ze weer terug moesten om het nog een keer te doen. Hij was betoverd door haar regels.

Maar ik was zelf, eerlijk gezegd, onttoverd toen hij me dit vertelde. Mannen raken gecharmeerd van de bizarste onzin, had ik gedacht, als het meisje maar mooi genoeg is. Natuurlijk is dat nu niet meer in de mode. Althans, dat hoop ik. Al die verrukking over het kinderlijke vrouwelijke brein. (Toen ik les begon te geven werd me verteld dat er, nog niet zo lang geleden, een tijd was geweest dat vrouwen geen wiskundeles gaven. Hun zwakke intellect stond het niet toe.)

Natuurlijk kon dat meisje, dat verleidelijke wezentje, over wie ik hem had uitgehoord, min of meer gefantaseerd zijn. Iedereen had haar kunnen creëren. Maar dat geloofde ik niet. Ze had haar eigen gedurfde keuze gemaakt. Ze had zo van zichzelf gehouden.

Natuurlijk hield ik mijn mond over wat hij me verteld had en over wat er in het gedicht was terechtgekomen. En Franklin zweeg daar ook voornamelijk over, behalve om iets over Toronto in die woelige oorlogsdagen te vertellen, over de stomme drankwetten en de klucht van de militaire kerkoptocht. Als ik had verwacht dat hij haar nu iets van zijn werk cadeau zou doen, dan had ik het mis.

Hij werd moe en ging naar bed. Gwen, of Dolly, en ik maakten een bed op de sofa op. Ze ging op de rand zitten met haar laatste sigaret en zei dat ik niet bang hoefde te zijn, ze zou het huis niet in brand steken, ze ging nooit liggen voordat ze hem opgerookt had.

Het was koud in onze slaapkamer, de ramen waren verder opengezet dan anders. Franklin sliep. Hij sliep echt. Ik zag het altijd als hij maar deed alsof.

Ik vind het vervelend om naar bed te gaan als de tafel nog niet afgeruimd is, maar ik was plotseling te moe om de afwas te doen, waarbij Gwen ongetwijfeld zou helpen. Ik nam me voor vroeg op te staan en het dan te doen.

Maar toen ik wakker werd was het al volop dag en hoorde ik afwasgeluiden uit de keuken komen en rook ik zowel de geur van ontbijt als van sigaretten. En er werd gepraat en ik hoorde dat het Franklin was, terwijl ik had verwacht dat het Gwen zou zijn. Ik hoorde haar lachen om wat hij zei. Ik stond onmiddellijk op en trok snel mijn kleren aan en bracht mijn haar in orde, iets wat ik meestal nooit zo vroeg doe.

Het veilige, vrolijke gevoel van de vorige avond was totaal verdwenen. Ik maakte zo veel mogelijk lawaai terwijl ik de trap af kwam.

En daar stond Gwen bij het aanrecht met een rij schoongewassen weckflessen op het afdruiprek.

'Ik heb alles met de hand gedaan omdat ik bang was dat ik niet met je afwasapparaat zou kunnen omgaan', zei ze. 'Toen zag ik die weckflessen op de plank staan en leek het me dat ik die net zo goed ook kon doen.'

'Die zijn in geen eeuwen gewassen', zei ik opgewekt.

'Ja, dat dacht ik al.'

Franklin zei dat hij weer had geprobeerd de auto te starten, maar dat het niet was gelukt. Maar hij had de garage te pakken gekregen en ze hadden gezegd dat er vanmiddag iemand naar zou kunnen komen kijken. Maar hij dacht dat hij, in plaats van daarop te wachten, de auto daar naartoe zou slepen zodat ze vanmorgen al konden beginnen.

'Dat geeft Gwen de kans om de rest van de keuken aan te pakken', zei ik opgewekt, maar hij zei nee, Gwen kon beter met hem meegaan, ze zouden met haar willen praten omdat het haar auto was.

Ik merkte dat het hem een beetje moeilijk viel om Gwen te zeggen en dat hij Dolly in moest slikken.

Ik zei dat het maar een grapje was.

Hij vroeg of hij wat ontbijt voor me kon klaarmaken en ik zei nee.

'Zo houdt ze haar figuur', zei Gwen. En zelfs dit compliment werd op de een of andere manier iets waarom ze samen konden lachen.

Ze leken geen van beiden op te merken hoe ik me voelde, hoewel het me voorkwam dat ik me vreemd gedroeg en iedere opmerking er bij me uit kwam als een kribbig soort spotternij. Ze worden zo door elkaar in beslag genomen, dacht ik. Ik wist niet waar die uitdrukking opeens vandaan kwam. Toen Franklin naar buiten ging om de auto gereed te maken om weggesleept te worden, liep ze achter hem aan alsof ze hem geen moment uit het oog wilde verliezen.

Toen ze vertrok, riep ze achterom dat ze me nooit genoeg zou kunnen bedanken.

Franklin claxonneerde ten afscheid, iets wat hij normaal nooit deed.

Ik wilde achter hen aan rennen en hen uit alle macht slaan. Ik liep op en neer terwijl ik steeds meer ten prooi viel aan een vreselijke opwinding. Ik twijfelde niet meer aan wat ik moest doen.

Al vrij snel liep ik naar buiten en stapte in mijn auto, nadat ik de huissleutel door de brievenbus in de voordeur had laten vallen. Er stond een koffer naast me, hoewel ik al min of meer vergeten was wat ik erin gestopt had. Ik had een kort briefje geschreven waarin stond dat ik wat feiten over Martha Ostenso na moest kijken en was toen aan een langere brief begonnen die voor Franklin bedoeld was, maar waarvan ik niet wilde dat Gwen hem zou zien als ze met hem terugkwam, wat ze zeker zou doen. Ik schreef dat hij vrij was om te doen wat hij wilde en dat ik alleen het bedrog, of misschien moest je het zelfbedrog noemen, zo ondraaglijk vond. Hij moest eenvoudig open zijn over wat hij wilde. Het was belachelijk en wreed om mij te laten toekijken en dus zou ik hem uit de weg gaan.

Ik schreef verder dat de taaiste leugens de leugens zijn die we onszelf vertellen en dan helaas moeten blijven vertellen om ons braaksel binnen te houden, waar het ons aanvreet, zoals hij gauw genoeg zou merken. Enzovoort, een scheldpartij die zelfs binnen dat korte bestek in herhaling verviel en onsamenhangend werd en dit alles steeds meer zonder enige waardigheid of gratie. Op dat punt gekomen, besefte ik dat ik hem opnieuw zou moeten schrijven voordat Franklin hem onder ogen kreeg en dat ik hem daarom mee moest nemen om later te posten.

Aan het eind van onze oprit nam ik de andere richting dan die naar het dorp en de garage en binnen de kortste keren, zo leek het, reed ik oostwaarts op een grote snelweg. Waar ging ik heen? Als ik niet snel de knoop doorhakte, zou ik in Toronto terechtkomen en in plaats van me daar te kunnen verstoppen, zou ik er waarschijnlijk op allerlei plaatsen en mensen stuiten die met mijn vroegere geluk en met Franklin te maken hadden,

Om dat te voorkomen draaide ik om en sloeg de richting naar Cobourg in. Een plaats waar we nooit samen geweest waren.

Het was nog geen twaalf uur. Ik nam een kamer in een motel in het centrum. Ik passeerde de kamermeisjes die de kamers van de vorige nacht aan het schoonmaken waren. In mijn kamer, waar niemand geslapen had, was het erg koud. Ik zette de verwarming aan en besloot een wandeling te gaan maken. Maar toen ik de deur opende, bleek ik daar niet toe in staat. Ik huiverde en beefde. Ik deed de deur op slot en stapte in bed met al mijn kleren aan en omdat ik nog steeds beefde, trok ik het dek tot over mijn oren.

Toen ik wakker werd was het al een eind in de middag en zonnig en plakten mijn kleren aan me vast van het zweet. Ik deed de verwarming uit, trok andere kleren aan en ging toen naar buiten. Ik liep heel snel. Ik had honger maar ik voelde dat ik mijn pas niet kon vertragen om te gaan zitten en te eten.

Wat me overkomen was, was niet ongewoon, dacht ik.

Noch in boeken, noch in het leven. Er moest een beproefde manier bestaan om ermee om te gaan. Lopen, zoals ik nu deed, natuurlijk. Maar soms moest je stoppen, zelfs in zo'n klein plaatsje moest je geregeld stoppen voor auto's en stoplichten. Ook waren er mensen die nu eens bleven staan en dan weer verder liepen en troepen schoolkinderen zoals de kinderen die ik in het gareel had moeten houden. Waarom waren het er zo veel en deden ze zo idioot met hun gegil en geschreeuw en hun overbodigheid, de pure onnodigheid van hun bestaan? Overal was wel iets wat niet te verdragen was.

Zoals de winkels en hun reclameborden niet te verdragen waren en het lawaai van de auto's die stilhielden en dan weer optrokken. Het werd overal uitgeschreeuwd: dit is het leven.

Waar de winkels ten slotte ophielden, stonden zomerhuisjes. Leeg, met planken voor de ramen gespijkerd, op het punt om afgebroken te worden. Waar mensen ooit eenvoudigere vakanties hadden doorgebracht, voordat er motels waren. En toen herinnerde ik me dat ik er ook verbleven had. Ja, in een van die huisjes toen ze goedkoper waren – het zal buiten het seizoen geweest zijn – en ze voor een middag gehuurd konden worden om zondaars toe te laten zoals ik er toen een was. Ik was nog een kwekeling en zou me niet eens herinnerd hebben dat het hier geweest was als ik deze dichtgespijkerde huisjes niet had gezien. De man was leraar en ouder. Met een vrouw thuis en ongetwijfeld kinderen. We speelden met levens. Zij mocht het niet weten, het zou haar hart breken. Het kon mij niet schelen. Laat het maar breken.

Ik zou me meer kunnen herinneren als ik mijn best deed,

maar het was de moeite niet waard. Wel had het de uitwerking dat ik in een rustiger tempo begon te lopen en weer terugging naar het motel. En daar, op de ladenkast, lag de brief die ik geschreven had. Dichtgeplakt maar zonder postzegel. Ik ging weer naar buiten, vond het postkantoor, kocht een postzegel en liet de envelop in de bus vallen. Bijna zonder na te denken of te twijfelen. Ik had hem net zo goed op de tafel kunnen laten liggen, wat gaf het? Alles was voorbij.

Tijdens de wandeling had ik een restaurant gezien, waarvoor je een klein trapje af moest. Ik vond het terug en keek naar het menu dat er hing.

Franklin hield er niet van om buitenshuis te eten. Ik wel. Ik liep nog een eindje, wat langzamer nu, terwijl ik wachtte totdat het restaurant open zou gaan. Ik zag een sjaal die ik mooi vond in een etalage en ik had het gevoel dat ik die moest kopen, dat dat goed voor me zou zijn. Maar toen ik hem oppakte moest ik hem weer laten vallen. De zijdeachtige stof maakte me misselijk.

In het restaurant dronk ik wijn en moest ik lang op mijn eten wachten. Er was bijna niemand, ze zetten juist de instrumenten klaar voor de band die die avond zou spelen. Ik ging naar het toilet en verbaasde me erover hoezeer ik er als mezelf uitzag. Ik vroeg me af of een man – een oude man – ooit nog een poging zou wagen om me te versieren. Het idee was bizar, niet vanwege zijn hoge leeftijd maar omdat ik nooit aan iemand anders dan aan Franklin zou kunnen denken.

Ik kon bijna niets door mijn keel krijgen toen mijn bestelling was gebracht. Het kwam niet door het eten. Maar het was zo vreemd om alleen te zitten, alleen te eten, de diepe eenzaamheid, de onwerkelijkheid.

Ik had eraan gedacht om slaappillen mee te brengen, hoewel ik ze bijna nooit nam. Ik had ze in feite al zo lang dat ik me afvroeg of ze nog wel zouden werken. Maar ze werkten; ik viel in slaap en werd niet één keer wakker, niet totdat het bijna zes uur 's morgens was. Een paar zware vrachtauto's reden de parkeerplaats van het motel al af.

Ik wist waar ik was, ik wist wat ik gedaan had. En ik wist dat ik een vreselijke fout begaan had. Ik kleedde me aan en verliet zo snel mogelijk het motel. Ik kon het vriendelijke gebabbel van de vrouw achter de balie bijna niet aanhoren. Ze zei dat het later zou gaan sneeuwen. Pas maar op, zei ze tegen me.

Er was al veel verkeer op de snelweg. En toen gebeurde er een ongeluk waardoor alles nog langzamer ging.

Ik dacht aan Franklin die me misschien aan het zoeken was. Hem kon ook een ongeluk overkomen zijn. We zouden elkaar misschien wel nooit meer zien.

Ik zag Gwen nu alleen nog als iemand die tussen ons in was gekomen en voor absurde problemen had gezorgd. Haar korte dikke beentjes, haar dwaze haar, al die rimpels. Een karikatuur zou je haar kunnen noemen, iemand die je niet de schuld kon geven en die je ook nooit serieus had moeten nemen.

Toen was ik thuis. Ons huis was niet veranderd. Ik reed de oprit op en zag zijn auto staan. Hij was er goddank.

Maar het viel me op dat de auto niet op de gebruikelijke plaats geparkeerd was.

De reden was dat er een andere auto, Gwens auto, op die plek stond.

Ik kon het niet verwerken. Als ik tijdens de rit al aan haar gedacht had, dan was het aan iemand die al aan de kant gezet was, die zich na de eerste opschudding niet had kunnen handhaven in ons leven. Ik voelde me nog steeds opgelucht dat ik thuis was en dat hij veilig thuis was. Ik was volkomen zeker van mijn zaak zodat mijn lichaam zich ook nu nog opmaakte om uit de auto te springen en naar het huis toe te rennen. Ik had zelfs naar mijn huissleutel getast, omdat ik was vergeten wat ik ermee gedaan had.

Ik had hem toch niet nodig gehad. Want Franklin deed onze huisdeur open. Hij slaakte geen kreet van verbazing of opluchting, ook niet toen ik uitgestapt was en op hem toe liep. Hij liep afgemeten het trapje af en hield me tegen met zijn woorden toen ik bij hem gekomen was. Hij zei: 'Wacht even.'

Wacht even. Natuurlijk. Zij was er.

'Ga weer in de auto zitten', zei hij. 'We kunnen hier niet praten, het is te koud.'

Toen we in de auto zaten, zei hij: 'Het leven is totaal onvoorspelbaar.'

Zijn stem klonk ongewoon zacht en droevig. Hij keek me niet aan maar staarde recht voor zich uit naar het autoraampje, naar ons huis.

'Het heeft geen zin om te zeggen dat het me spijt', zei hij tegen me.

'Weet je,' ging hij verder, 'het is niet eens de persoon zelf. Het is een soort aura. Een soort betovering. Nu ja, het is natuurlijk de persoon zelf, maar ze worden erdoor omgeven en door belichaamd. Of zij belichamen het, ik weet het niet. Begrijp je me? Het overvalt je als een eclips of zoiets.'

Hij schudde zijn gebogen hoofd. Helemaal verbijsterd.

Hij wilde heel graag over haar te praten, dat hoorde je.

Maar normaal zou hij van dit soort gepraat gewalgd hebben. Daardoor verloor ik alle hoop.

Ik begon het bitterkoud te krijgen. Ik wilde hem vragen of hij de andere partij van deze transformatie op de hoogte had gesteld. Toen leek het me dat hij dat natuurlijk al had gedaan en dat zij bij ons was, in de keuken met de dingen die ze aan het poetsen was.

Deze betovering van hem was zo treurig. Het was net als bij iedereen. Treurig.

'Hou je mond verder maar', zei ik. 'Praat alsjeblieft niet meer.'

Hij draaide zich om en keek me voor de eerste keer aan en sprak zonder die speciale verwonderde toon in zijn stem.

'Jezus, ik maakte maar een grapje', zei hij. 'Ik dacht dat je dat wel door zou hebben. Goed. Goed. O, in hemelsnaam, hou op. Luister nou eens.'

Want ik jankte nu van woede en opluchting.

'Oké, ik was een beetje kwaad op je. Ik had zin om je het een beetje moeilijk te maken. Wat moest ik wel denken toen ik thuiskwam en jij verdwenen was? Goed, ik ben een lul. Hou op. Hou alsjeblieft op.'

Maar ik had geen zin om op te houden. Ik wist dat alles nu in orde was, maar het gaf zo veel voldoening om te huilen. En ik vond iets nieuws om boos over te zijn.

'Wat doet haar auto dan hier?'

'Daar kunnen ze niets mee doen, het is schroot.'

'Maar waarom staat hij hier?'

Hij zei dat hij hier stond omdat de nog bruikbare onderdelen, en dat waren er niet veel, nu van hem waren. Van ons.

Omdat hij een auto voor haar had gekocht.

'Een auto? Een nieuwe?'

Zo nieuw dat hij in ieder geval beter reed dan deze.

'Ze wil namelijk naar North Bay. Ze heeft daar familie of iets in die trant wonen en daar zou ze heen gaan als ze een auto had waarin ze erheen kon rijden.'

'Ze heeft familie hier. Waar ze ook mag wonen. Ze heeft kinderen van drie om voor te zorgen.'

'Ze is blijkbaar liever bij die in North Bay. Ik weet niets over driejarigen. Misschien neemt ze die mee.'

'Heeft ze je gevraagd om een auto voor haar te kopen?'

'Ze zou me nooit om iets vragen.'

'Dus nu,' zei ik, 'nu is ze in ons leven.'

'Ze is in North Bay. Laten we naar binnen gaan. Ik heb niet eens een jasje aan.'

Terwijl we naar binnen gingen, vroeg ik hem of hij haar over zijn gedicht had verteld. Of het misschien had voorgelezen.

Hij zei: 'O, god, nee, waarom zou ik dat doen?'

Het eerste wat ik in de keuken zag was het gefonkel van weckflessen. Ik schoof een stoel bij de tafel vandaan en ging erop staan en begon ze op de kast terug te zetten.

'Kun je me helpen?' vroeg ik en hij gaf ze me aan.

Ik vroeg me af of hij misschien gelogen had over het gedicht. Zou het aan haar voorgelezen zijn? Of ergens neergelegd zijn om zelf te lezen?

In dat geval was haar reactie niet naar genoegen geweest. Welke was dat ooit wel?

Veronderstel dat ze had gezegd dat het echt mooi was. Dat zou hij vreselijk gevonden hebben.

Of ze had zich hardop kunnen afvragen hoe hij zoiets had durven opschrijven. De vuile taal, zou ze misschien gezegd hebben. Dat zou beter geweest zijn, maar ook weer niet zo veel beter, eerlijk gezegd.

Wie kan er ooit de juiste woorden spreken tegen een dichter over zijn werk? Zonder te veel of te weinig te zeggen.

Hij sloeg zijn armen om me heen en zette me op de grond. 'We kunnen het ons niet veroorloven om ruzie te maken', zei hij.

Nee, inderdaad. Ik was vergeten hoe oud we waren, ik was alles vergeten. Ik leek te denken dat we eindeloos de tijd hadden om te lijden en te klagen.

Ik zag nu de sleutel liggen, die ik door de brievenbus had laten vallen. Hij lag in een spleet tussen de harige bruine deurmat en de drempel.

Ik zou nu ook op de loer moeten liggen voor de brief die ik geschreven had.

Stel dat ik doodging voordat hij hier was? Je kunt denken dat je in redelijke conditie bent en dan opeens doodgaan. Zou ik voor alle zekerheid alvast een briefje voor Franklin moeten schrijven?

Als er een brief voor jou van mij komt, verscheur hem dan.

Hij zou namelijk doen wat ik hem vroeg. Ik zou dat in zijn plaats niet doen. Ik zou hem openscheuren, wat voor beloftes ik ook had gedaan.

Hij zou gehoorzamen.

Wat een mengeling van woede en bewondering voelde ik omdat hij bereid was dit te doen. Het was een rode draad die door ons hele leven samen liep.

FINALE

De laatste vier werken in dit boek kunnen niet echt verhalen genoemd worden. Ze vormen een aparte eenheid, een die autobiografisch is wat gevoelens betreft, hoewel soms niet helemaal volgens de feiten. Ik geloof dat dit de eerste en de laatste – en de persoonlijkste – dingen zijn die ik over mijn eigen leven te zeggen heb.

Het oog

Toen ik vijf was, kwamen mijn ouders plotseling met een jongetjesbaby voor de dag, iets wat ik volgens mijn moeder altijd had gewild. Hoe ze op dit idee gekomen was, weet ik niet. Ze voegde er nog allerlei details aan toe, allemaal verzonnen maar moeilijk te weerleggen.

En een jaar later verscheen er een meisjesbaby en dit bracht ook weer veel gedoe mee, maar minder dan de eerste keer.

Voordat die eerste baby kwam, was ik me er nooit van bewust geweest dat ik me anders voelde dan mijn moeder zei dat ik me voelde. En tot op dat moment was het huis doortrokken geweest van mijn moeder, van haar voetstappen, haar stem, haar poederachtige maar onheilspellende geur die in alle kamers hing, ook als ze er niet was.

Waarom zeg ik onheilspellend? Ik was er niet bang voor. Het was niet zo dat mijn moeder me vertelde wat voor gevoelens ik eropna moest houden. Ze was eenvoudig de autoriteit op dat gebied die nergens aan twijfelde. Niet alleen in het geval van een klein broertje, maar ook wat Red River-graanontbijt betrof, wat goed voor me was en waarvan ik dus wel moest houden. En inzake mijn interpretatie van de afbeelding die aan de voet van mijn bed hing en Jezus liet zien die de kinderen tot zich liet komen. Mijn moeder wees op het kleine meisje dat half verborgen in een hoek stond omdat ze naar Jezus toe wilde komen maar daarvoor te verlegen was. Dat was ik, zei mijn moeder, en ik nam aan dat het zo was, hoewel ik daar nooit op gekomen zou zijn als ze me het niet verteld had en ik ook liever wou dat het niet zo was.

Echt ellendig voelde ik me over Alice in Wonderland die, omdat ze zo groot geworden was, in het konijnenhol vastzat, maar omdat mijn moeder het grappig leek te vinden, lachte ik.

Maar pas bij de komst van mijn broertje en het eindeloze gezeur dat hij een soort cadeautje voor mij was, begon ik in te zien dat mijn moeders ideeën nogal van de mijne konden verschillen.

Ik neem aan dat dit me rijp had gemaakt voor Sadie toen ze bij ons kwam werken. Mijn moeders invloed was geslonken tot het gebied waar ze met de baby's was. Nu ik haar veel minder om me heen had, kon ik nadenken over wat waar en onwaar was. Ik wist dat ik er met niemand over moest praten.

Het bijzonderste aan Sadie – hoewel daar bij ons thuis geen nadruk op werd gelegd – was dat ze een beroemdheid was. Ons plaatsje had een radiostation waar ze gitaar speelde en een begintune zong die ze zelf had geschreven.

'Hallo, hallo, hallo iedereen ...'

Een half uur later klonk het: 'Tot ziens, tot ziens, tot ziens iedereen.' Daartussenin zong ze verzoeknummers en liedjes die ze zelf uitgekozen had. De meer wereldwijze mensen in het stadje maakten soms grapjes over haar liedjes en over het hele radiostation, dat het kleinste in Canada heette te zijn. Zulke mensen luisterden naar een station uit Toronto dat de populaire liedjes uit die tijd liet horen – drie kleine vissies en een mamavissie – en Jim Hunter die het wanhopige oorlogsnieuws uitschreeuwde. Maar de mensen op de boerderijen hielden van de plaatselijke zender en het soort liedjes dat Sadie zong. Haar stem klonk krachtig en droevig en ze zong over eenzaamheid en verdriet.

Terwijl ik over het hek heen tuur
naar het eenzame pad dat daar gaat
denk ik aan hoe het was op dit uur
met mijn lang verloren maat …

De meeste boerderijen in ons deel van het land waren hier ongeveer honderdvijftig jaar geleden gebouwd en uit het raam van bijna elke boerderij kon je een andere boerderij zien, niet meer dan een paar akkers verder. Maar de liedjes die de boeren wilden horen gingen allemaal over eenzame cowboys, de lokstem en teleurstelling van verre streken, de bittere misdaden die er toe leidden dat misdadigers met de naam van hun moeder, of van God, op hun lippen stierven.

Daarover kon Sadie zo droevig zingen met haar volle alt, maar wanneer ze bij ons aan het werk was, was ze vol energie en zelfvertrouwen en praatte graag, voornamelijk over haarzelf. En ik was meestal de enige tegen wie ze kon praten. Haar werk en dat van mijn moeder hield hen bijna altijd van elkaar gescheiden en ik denk trouwens niet dat zij het leuk gevonden zouden hebben om met elkaar te praten. Mijn moeder was ernstig van aard, zoals ik al duidelijk heb gemaakt, en was onderwijzeres geweest voordat ze mij begon te onderwijzen. Ze had Sadie misschien graag als iemand gezien die ze kon helpen, door haar bepaalde woorden af te leren. Maar Sadie leek niet om iemands hulp verlegen te zitten, of van plan te zijn anders te gaan praten dan ze altijd had gedaan.

Na het middageten waren Sadie en ik alleen in de keuken. Mijn moeder ging dan een dutje doen en als ze geluk had sliepen de kleintjes ook. Wanneer ze opstond trok ze een ander soort jurk aan alsof haar een heerlijk ontspannen middag wachtte, ook al zouden er meer luiers verschoond moeten worden en zou er dat onbetamelijke gedoe zijn, waar ik liever niet naar keek, waarbij de kleinste zich aan een borst te goed deed.

Mijn vader deed ook een dutje; misschien een kwartiertje op de veranda met de *Saturday Evening Post* over zijn gezicht, voordat hij naar de schuur terugging.

Sadie warmde water op de kachel en deed de afwas, met mij als helper en met de rolgordijnen dicht om de hitte buiten te houden. Wanneer we klaar waren, dweilde ze de vloer en droogde ik hem via een methode die ik zelf had bedacht: door er op oude doeken op rond te glijden. Daarna haalden we de kleverige gele vliegenvangers naar beneden die na het ontbijt waren opgehangen en al vol dode of nog zoemende, bijna dode vliegen zaten en hingen de nieuwe vliegenvangers op die bij het avondeten vol zouden zitten met nieuwe slachtoffers. En de hele tijd vertelde Sadie me over haar leven.

Ik had toen nog geen oordeel over iemands leeftijd. Men was of een kind of een volwassene en ik beschouwde haar als een volwassene. Ze was misschien zestien, misschien achttien of twintig. Wat haar leeftijd ook was, ze kondigde meer dan eens aan dat ze geen haast had om te trouwen.

Ze ging ieder weekend dansen, maar ze ging alleen. Ze ging alleen en voor haar eigen genoegen, zei ze.

Ze vertelde me over de danszalen. Er was er een in de stad, vlak achter de hoofdstraat, waar 's winters de curlingbaan was. Je betaalde een dubbeltje per dans en ging dan een podium op om te dansen terwijl er overal mensen stonden te kijken, niet dat het haar wat kon schelen. Ze betaalde altijd graag haar eigen dubbeltje, zodat ze niemand iets verplicht was. Maar soms was een vent haar voor. Die vroeg dan of ze wilde dansen, maar het eerste wat ze dan zei was: kan je dat? Kan je dansen? vroeg ze hem gewoon. Dan keken ze haar raar aan en zeiden ja, alsof ze wilden zeggen waarom zou ik hier anders zijn? En meestal bleek dat wat zij dansen noemden zomaar wat rond schuifelen was terwijl ze met hun dikke zweterige handen overal aan haar zaten. Soms trok ze zich gewoon los en liet hen staan en danste alleen verder, wat ze trouwens toch het fijnst vond. Ze maakte de dans af waarvoor betaald was, en als de man aan wie je betaalde bezwaar maakte en probeerde haar voor twee te laten betalen terwijl ze maar alleen was, zei ze dat hij de pot op kon. Ze konden haar allemaal uitlachen als ze dat wilden omdat ze alleen danste.

De andere danszaal lag even buiten de stad aan de grote weg. Je betaalde aan de deur daar en het was niet voor één dans, maar voor de hele avond. De zaal heette de Royal-T. Daar betaalde ze ook voor haarzelf. Daar trof je in de regel een beter soort dansers aan, maar ze probeerde er eerst achter te komen hoe goed ze waren voordat ze zich liet meenemen naar de dansvloer. Ze woonden meestal in de stad terwijl het in de andere zaal jongens van buiten waren. Beter op hun voeten – die uit de stad – maar het waren niet altijd de voeten waarvoor je uit moest kijken. Het was waar ze je probeerden vast te grijpen. Soms moest je ze waarschuwen en zeggen wat er met ze zou gebeuren als ze niet ophielden. Ze liet hun weten dat ze hier gekomen was om te dansen en daar zelf voor had betaald. En dat ze wist waar ze hen moest raken. Dat had meestal wel uitwerking. Soms waren het goede dansers en kreeg ze het naar haar zin. En dan, als de laatste dans gespeeld werd, ging ze zo snel mogelijk naar huis.

Ze was niet zoals sommigen, zei ze. Ze zou zich niet laten vangen.

Laten vangen. Wanneer ze dat zei zag ik een groot net van metaaldraad neerdalen, dat door kleine duiveltjes alsmaar vaster om je heen gewonden werd zodat je ten slotte geen adem meer kreeg en er nooit meer uit zou komen. Sadie moest zoiets op mijn gezicht hebben gezien, want ze zei dat ik niet bang moest zijn.

'Je hoeft nergens in de wereld bang voor te zijn, pas alleen goed op jezelf.'

'Jij en Sadie praten nogal veel met elkaar', zei mijn moeder.

Ik wist dat er nu zou komen dat ik ergens voor moest oppassen, maar ik wist niet wat het zou zijn.

'Je vindt haar aardig, hè?'

Ik zei ja.

'Natuurlijk vind je haar aardig. Ik ook hoor.'

Ik hoopte dat het daarbij zou blijven en dat leek ook even zo.

Toen: 'Jij en ik brengen niet meer zo veel tijd samen door nu de kleintjes er zijn. Ze gunnen ons niet veel tijd, hè? Maar we houden wel van ze, hè?'

Ik zei snel ja.

'Echt?' vroeg ze.

Ze zou er niet mee ophouden totdat ik 'echt' zei, dus dat deed ik.

Mijn moeder wilde iets heel erg graag. Aardige vriendinnen misschien? Vrouwen die bridge speelden en mannen hadden die in driedelig pak naar hun werk gingen? Niet helemaal, en daar was trouwens toch geen kans op. Was het het meisje dat ik was geweest, met mijn pijpekrullen waarvoor ik het niet erg had gevonden om stil te staan, het meisje dat zo mooi kon declameren op de zondagsschool? Ze had geen tijd om daar allemaal op toe te zien. En iets in mij begon zich tegen haar te verzetten, hoewel zij niet wist waarom en ik het zelf ook niet wist. Ik had geen stadsvriendinnetje op de zondagsschool gekregen. In plaats daarvan aanbad ik Sadie. Dat hoorde ik mijn moeder tegen mijn vader zeggen. 'Ze aanbidt Sadie.'

Mijn vader zei dat Sadie een godsgeschenk was. Wat betekende dat? Hij klonk opgewekt. Misschien betekende het dat hij geen partij ging kiezen.

'Ik wou dat we hier echte trottoirs voor haar hadden', zei mijn moeder. 'Als we echte trottoirs hadden zou ze misschien leren rolschaatsen en vriendinnetjes krijgen.'

Ik wilde heel graag rolschaatsen hebben, maar nu, zonder te weten waarom, wist ik dat ik dat nooit toe zou geven.

Toen zei mijn moeder iets in de trant van dat het beter zou zijn wanneer de school begon. Iets wat beter voor mij zou zijn of iets in verband met Sadie wat beter zou zijn. Ik wilde het niet horen.

Sadie was bezig me een paar van haar liedjes te leren en ik wist dat ik niet erg goed kon zingen. Ik hoopte dat dit niet datgene was wat beter moest worden of anders moest ophouden. Ik wilde echt niet dat het ophield.

Mijn vader had niet veel te zeggen. Mijn moeder had het gezag over mij, behalve later toen ik echt brutaal begon te doen en gestraft moest worden. Hij wachtte totdat mijn broertje ouder zou zijn en van hem werd. Een jongen zou niet zo ingewikkeld zijn.

En dat was mijn broer ook niet. Hij zou opgroeien volgens het boekje.

Nu is de school begonnen. De eerste dag was een paar weken geleden, voordat de bladeren rood en geel geworden waren. Nu waren ze bijna allemaal verdwenen. Ik heb mijn schooljas niet aan maar mijn zondagse mantel met de donkere fluwelen manchetten en kraag. Mijn moeder draagt de mantel die ze naar de kerk draagt en een tulband die bijna al haar haar bedekt.

Mijn moeder rijdt ons naar de plaats van onze bestemming. Ze rijdt niet vaak en chauffeert altijd waardiger en tegelijk onzekerder dan mijn vader. Ze toetert bij ieder bocht.

'Zo', zegt ze, maar het duurt nog even voordat ze de auto goed geparkeerd heeft.

'Hier zijn we dan.' Haar stem lijkt bemoedigend te willen klinken. Ze raakt mijn hand aan om me de kans te geven de hare vast te pakken, maar ik doe net of ik het niet merk en ze trekt haar hand weer weg.

Er is geen oprit voor het huis of zelfs een trottoir. Het ziet er fatsoenlijk maar nogal eenvoudig uit. Mijn moeder heft haar gehandschoende hand op om te kloppen, maar het blijkt niet nodig te zijn. De deur gaat voor ons open. Mijn moeder is juist begonnen iets bemoedigends tegen me te zeggen – iets in de trant van: het is zo weer achter de rug – maar ze kan het niet afmaken. De toon waarop ze het tegen me zei was een beetje streng maar ook een beetje troostend. Die toon wordt wat gedempter als de deur opengaat, zachter, alsof ze het hoofd buigt.

De deur is opengegaan om enkele mensen uit te laten, niet alleen om ons binnen te laten. Een van de vrouwen die naar buiten komt roept over haar schouder naar achteren, met een stem die ze helemaal niet zacht probeert te laten klinken.

'Hier is die mevrouw voor wie ze gewerkt heeft en dat kleine meisje.'

Dan komt er een vrouw die nogal is opgedoft en ze praat tegen mijn moeder en helpt haar uit haar mantel. Als dat gebeurd is, trekt mijn moeder mijn mantel uit en zegt tegen de vrouw dat ik bijzonder op Sadie was gesteld. Ze hoopt dat het goed is dat ze me heeft meegebracht.

'O, dat lieve kleine ding', zegt de vrouw en mijn moeder raakt me zachtjes aan zodat ik haar zal groeten.

'Sadie was dol op kinderen', zegt de vrouw. 'Dat was ze echt.'

Ik zie dat er twee andere kinderen zijn. Jongens. Ik ken ze van school, de ene zit samen met me in de eerste klas, de andere is ouder. Ze gluren naar me uit wat waarschijnlijk de keuken is. De jongste stopt op een komische manier een heel koekje in zijn mond en de andere trekt een gezicht waaruit walging spreekt. Niet naar de koekjesvreter, maar naar mij. Ze haten me natuurlijk. Jongens negeerden je als je ze ergens anders tegenkwam dan op school (waar ze je ook negeerden) of ze trokken van die gezichten en scholden je vreselijk uit. Als ik er bij een in de buurt kwam, verstijfde ik helemaal en wist ik niet wat ik moest doen. Het was natuurlijk anders als er volwassenen bij waren. Deze jongens hielden zich rustig, maar ik voelde me niet erg prettig, totdat iemand ze allebei de keuken in trok. Toen werd ik me mijn moeders uiterst zachte en meelevende stem bewust, nog damesachtiger dan de stem van de woordvoerster tegen wie ze praatte en ik bedacht dat het gezicht misschien voor haar bedoeld geweest was. Soms deed men haar stem na als ze voor mij op school moest zijn.

De vrouw met wie ze praatte en die de leiding scheen te hebben, voerde ons naar een deel van de kamer waar een man en een vrouw op een sofa zaten die keken alsof ze niet goed begrepen wat ze daar deden. Mijn moeder boog zich naar hen toe en sprak op eerbiedige toon tegen hen en wees toen op mij.

'Ze hield zo van Sadie', zei ze. Ik wist dat ik verondersteld werd iets te zeggen, maar voordat ik dat kon doen, stootte de vrouw die daar zat een schreeuw uit. Ze keek niemand van ons aan en het geluid dat ze maakte leek op het geluid dat je misschien zou maken als een dier je had gebeten of aan je knaagde. Ze gaf harde klappen op haar armen alsof ze iets kwijt probeerde te raken, maar het ging niet weg. Ze keek mijn moeder aan alsof zij degene was die hier iets aan hoorde te doen.

De oude man zei dat ze zich rustig moest houden.

'Het is hard bij haar aangekomen', zei de vrouw die ons hier gebracht had. 'Ze weet niet wat ze doet.' Ze boog zich naar voren en zei: 'Nou, nou. Je maakt het kleine meisje bang.'

'Maakt het kleine meisje bang', zei de man gehoorzaam.

Tegen de tijd dat hij uitgesproken was, maakte de vrouw het geluid al niet meer en wreef over haar opengekrabde armen alsof ze niet wist wat er met ze gebeurd was.

Mijn moeder zei: 'Arme vrouw.'

'Ze was ook nog enig kind', zei de vrouw die onze gids

was. Tegen mij zei ze: 'Maak je maar geen zorgen.'

Ik maakte me zorgen, maar niet over het geschreeuw.

Ik wist dat Sadie ergens was en ik wilde haar niet zien. Mijn moeder had niet werkelijk gezegd dat ik naar haar zou moeten kijken, maar ze had ook niet gezegd dat het niet hoefde.

Sadie was doodgereden terwijl ze van de Royal T-danszaal naar huis liep. Een auto had haar geraakt op dat kleine stukje grindweg tussen de parkeerplaats van de danszaal en waar het trottoir van de bebouwde kom begon. Ze zou zich daar, zoals haar gewoonte was, haastig hebben voortbewogen terwijl ze ongetwijfeld dacht dat auto's haar konden zien en dat zij net zo veel recht had om daar te zijn als die auto's, en misschien had de auto achter haar plots een zwenking gemaakt of misschien was ze niet helemaal waar ze dacht dat ze was. Ze was van achteren geraakt. De auto die haar raakte, was uitgeweken voor de auto erachter en die tweede auto wilde de hoek omgaan waar de eerste stadsstraat begon. Er was gedronken in de danszaal, hoewel je er geen drank kon kopen. En er werd altijd getoeterd en geschreeuwd en te snel opgetrokken als het dansen afgelopen was. Sadie die daar voortsnelde zonder zelfs een zaklantaarn had zich waarschijnlijk gedragen alsof iedereen háár uit de weg hoorde te gaan.

'Een meisje zonder vriend dat te voet naar een dansavond gaat', zei de vrouw die zich nog steeds als een vriendin van mijn moeder gedroeg. Ze praatte vrij zachtjes en mijn moeder mompelde iets spijtigs.

'Dan vraag je om moeilijkheden', zei de vriendelijke vrouw nog zachter.

Ik had thuis gepraat gehoord dat ik niet had begrepen.

Mijn moeder wilde dat er iets werd ondernomen tegen wat mogelijk te maken had met Sadie en de auto die haar geraakt had, maar mijn vader had gezegd dat ze zich er niet mee moest bemoeien. We hebben niets met de stad te maken, zei hij. Ik probeerde dat niet eens te doorgronden omdat ik probeerde niet aan Sadie te denken, laat staan aan dat ze dood was. Toen ik had beseft dat we naar Sadies huis zouden gaan, hoopte ik vurig dat ik me daaraan zou kunnen onttrekken, maar ik had geen enkele manier kunnen bedenken zonder mezelf diep te vernederen.

Nu, na de uitbarsting van de oude vrouw, leek het erop dat we ons misschien om zouden draaien en naar huis zouden gaan. Ik zou de waarheid niet onder ogen hoeven te zien dat ik ontzettend bang was voor ieder dood lichaam.

Net toen ik dacht dat dit misschien mogelijk zou zijn, hoorde ik mijn moeder en de vrouw, met wie ze nu leek samen te spannen, over het allerergste praten.

Sadie gaan zien.

Ja, zei mijn moeder. Natuurlijk moeten we Sadie gaan zien.

Dode Sadie.

Ik had mijn blik grotendeels neergeslagen gehouden en eigenlijk alleen die jongens gezien die niet veel langer dan ik waren en de oude mensen die zaten. Mijn nu voerde mijn moeder me aan haar hand een andere richting uit.

Er had de hele tijd een kist in de kamer gestaan, maar ik had gedacht dat het iets anders was. Wegens mijn gebrek aan ervaring wist ik niet precies hoe zoiets eruit zou zien. Het voorwerp dat we nu naderden had een plank om bloemen op te zetten kunnen zijn, of een dichte piano.

Misschien hadden de mensen die eromheen stonden de

ware omvang en vorm en bedoeling verhuld. Maar nu weken deze mensen eerbiedig uiteen en mijn moeders stem kreeg een nieuwe, uiterst zachte klank.

'Kom', zei ze tegen me. Die zachtheid klonk me onuitstaanbaar, triomfantelijk in de oren.

Ze boog zich om me aan te kijken en dit deed ze, wist ik zeker, om te voorkomen wat ik zojuist had bedacht: dat ik mijn ogen dicht zou knijpen. Toen wendde ze haar blik van me af maar bleef mijn hand stevig vasthouden. Ik sloeg mijn ogen neer zodra ze niet meer naar me keek, maar ik sloot ze niet helemaal voor het geval ik zou struikelen of iemand me naar de plek duwde waar ik juist niet wilde zijn. Ik zag vaag wat stijve bloemen en de glans van gepolitoerd hout.

Toen hoorde ik mijn moeder snikken en voelde ik dat ze terugdeinsde. Er klonk het geklik van haar tas die openging. Ze moest er haar hand in steken en haar greep op mij verslapte zodat ik me los kon maken. Ze huilde. Door de aandacht voor haar tranen en gesnuif had ik me uit haar greep kunnen bevrijden.

Ik keek recht in de kist en zag Sadie.

Het ongeluk had haar hals en gezicht gespaard, maar dat zag ik niet allemaal tegelijk. Ik kreeg alleen de algemene indruk dat er niets aan haar zo erg was als ik had gevreesd. Ik sloot snel mijn ogen maar voelde algauw de drang om weer te kijken. Eerst naar het kleine gele kussen dat onder haar hals lag en ook een beetje over haar keel en kin en de ene wang die ik gemakkelijk kon zien. De kunst was om heel snel naar een stukje van haar te kijken en dan weer naar het kussen en bij de volgende blik weer iets anders in je op te nemen waarvoor je niet bang was. En toen was het de hele

Sadie, of althans alles wat ik redelijk goed kon zien aan de kant die voor mij zichtbaar was.

Er bewoog iets. Ik zag het, haar ooglid aan mijn kant bewoog. Het ging niet open, het ging ook niet half open of iets dergelijks, maar alleen op een kiertje zodat je als je haar was, als je in haar zat, door haar wimpers kon kijken. Misschien alleen om het verschil te kunnen zien tussen wat er buiten licht en wat er buiten donker was.

Het verbaasde me niet op dat moment en ik was helemaal niet bang, het paste bij alles wat ik over Sadie wist en ook bij de speciale ervaring die ze me verschuldigd was. En ik was niet van plan het onder de aandacht van iemand anders te brengen, omdat het niet voor hen bedoeld was, maar exclusief voor mij.

Mijn moeder had mijn hand weer gepakt en zei dat we nu konden gaan. Er werden nog wat woorden gewisseld, maar binnen de kortste tijd, zo leek het, stonden we weer buiten.

Mijn moeder zei: 'Je hebt je goed gehouden.' Ze kneep in mijn hand en zei: 'En nu is het voorbij.' Toen moest ze stil blijven staan om tegen iemand die op het huis toe liep te praten en daarna stapten we in de auto en reden naar huis. Ik had het gevoel dat ze wilde dat ik iets zei, haar misschien iets vertelde, maar dat deed ik niet.

Ik had nooit meer een soortgelijke ervaring en ik vergat Sadie eerlijk gezegd nogal snel, vanwege de schok van school, waar ik me leerde te handhaven door een vreemde mengeling van doodsangst en aandachttrekkerij. Ze had trouwens al aan belang ingeboet in die eerste week van september, toen ze had gezegd dat ze thuis moest blijven om voor haar vader en moeder te zorgen en dus niet meer voor ons zou kunnen werken.

En toen had mijn moeder ontdekt dat ze op de melkfabriek werkte.

Maar lange tijd, wanneer ik aan haar dacht, twijfelde ik nooit aan wat ik geloofde dat me getoond was. Lang, lang daarna, zonder dat ik me voor paranormale verschijnselen interesseerde, dacht ik nog steeds dat het echt had plaatsgevonden. Ik geloofde het gemakkelijk, zoals je misschien gelooft en in feite nog weet dat je ooit een ander stel tanden hebt gehad, die nu verdwenen zijn maar er toch echt waren. Totdat ik op een dag, toen ik misschien zelfs al een tiener was, met een vaag soort hol gevoel van binnen wist dat ik het niet meer geloofde.

Nacht

Toen ik jong was leek iedere bevalling, blindedarmontsteking of andere ingrijpende lichamelijke gebeurtenis zich aan te dienen terwijl er juist een sneeuwstorm woedde. De wegen waren onbegaanbaar geworden en het was trouwens toch onmogelijk om een auto uit te graven zodat er een stel paarden ingespannen moest worden om de tocht naar het ziekenhuis in de stad te maken. Het was een geluk dat er nog paarden waren, normaal gesproken zouden ze weggedaan zijn, maar de oorlog en de benzinedistributie hadden daar, althans tijdelijk, verandering in gebracht.

Dus toen ik hevige pijn in mijn zij kreeg, moest dit wel om elf uur 's avonds gebeuren terwijl het heel hard sneeuwde, en omdat we op dat moment niet zelf paarden op stal hadden staan, moest het span van de buurman in actie komen om me naar het ziekenhuis te brengen. Een tocht van nog geen tweeënhalve kilometer, maar desondanks een avontuur. De dokter wachtte me op en tot niemands verbazing begon hij mijn blindedarm weg te halen.

Moesten er in die tijd meer blindedarmen weggenomen worden? Ik weet dat het nog steeds gebeurt en nodig is – ik weet zelfs van iemand die is doodgegaan omdat het niet snel genoeg gebeurde – maar ik herinner het me als een soort rite die vrij veel van mijn leeftijdsgenoten moesten ondergaan, niet echt in groten getale hoewel het toch zeker niet iets onverwachts was, en misschien ook niet iets erg vervelends, omdat het betekende dat je niet naar school hoefde en het je een zekere status gaf: je onderscheidde je even als iemand die met zijn sterfelijkheid geconfronteerd was, en dat alles in een fase van je leven waarin zoiets bevredigend was.

Zo lag ik, zonder mijn blindedarm, enkele dagen door een ziekenhuisraam naar de sneeuw te kijken die somber tussen een groepje naaldbomen neerdwarrelde. Ik neem aan dat ik me geen moment heb afgevraagd hoe mijn vader voor deze eer heeft moeten betalen. (Ik geloof dat hij een stuk bos heeft verkocht dat hij had aangehouden toen hij zijn vaders boerderij van de hand had gedaan, in de hoop het voor de pelsjacht of het tappen van ahornsiroop te gebruiken. Of misschien leed hij aan een onbenoembare nostalgie.)

Toen ging ik terug naar school en smaakte het genoegen dat ik langer dan nodig van gymnastiek was vrijgesteld, en op een zaterdagmorgen toen mijn moeder en ik alleen in de keuken waren, vertelde ze me dat zoals ik wist mijn blindedarm er in het ziekenhuis was uitgehaald, maar dat het niet het enige was geweest dat was weggehaald. Het had de dokter het beste geleken het weg te halen nu hij toch bezig was, want het had hem verontrust omdat het een gezwel was. Een gezwel, zei mijn moeder, zo groot als een kalkoenenei.

Maar maak je geen zorgen, zei ze, het is nu achter de rug.

De gedachte aan kanker kwam niet bij me op en zij zei er niets over. Ik denk dat vandaag de dag zo'n onthulling niet mogelijk zou zijn zonder dat er vragen gesteld werden, er werd onderzocht of het dat was of niet. Kwaadaardig of goedaardig, dat zouden we onmiddellijk willen weten. De enige manier waarop ik kan verklaren waarom we er niet over praatten, is dat er een schaduw over dat woord lag, een schaduw zoals over het praten over seks. Erger nog. Seks was walgelijk maar moest ergens bevredigend zijn – zoals wij inderdaad wisten, hoewel onze moeders het zich niet bewust waren – terwijl alleen het woord 'kanker' al je aan een donker, rottend, stinkend iets deed denken waar je niet eens naar wilde kijken terwijl je het wegschopte.

Dus ik vroeg niets en er werd niets verteld en ik kan alleen aannemen dat het goedaardig was of heel kundig verwijderd, want ik ben er nog steeds. En ik denk er zo zelden aan dat ik mijn hele leven wanneer ik wordt gevraagd om mijn operaties op te sommen, automatisch alleen 'blindedarm' zeg of opschrijf.

Dit gesprek met mijn moeder vond waarschijnlijk in de paasvakantie plaats, toen alle sneeuwstormen en sneeuwbergen verdwenen waren en de beken buiten hun oevers traden en alles meesleurden wat ze op hun pad tegenkwamen en de bloedhete zomer voor ons lag. Ons klimaat kende geen getreuzel of genade.

In de hitte van begin juni kwam ik uit school met cijfers die hoog genoeg waren om geen examen te hoeven doen. Ik zag er gezond uit en hielp in het huishouden, las zoals gewoonlijk boeken en niemand wist dat er iets met me aan de hand was.

Nu moet ik de indeling van de slaapkamer beschrijven waar mijn zusje en ik samen sliepen. Het was een kleine kamer, te klein voor twee eenpersoonsbedden naast elkaar, en de oplossing was een stel stapelbedden geweest met een ladder waarlangs degene die in het bovenste bed sliep omhoog kon klimmen. Dat was ik. Toen ik jonger was en graag plaagde, had ik soms de hoek van mijn dunne matras opgelicht en gedreigd dat ik op mijn zusje zou spugen, die hulpeloos in het bed onder me lag. Natuurlijk was mijn zusje – ze heette Catherine – niet helemaal hulpeloos. Ze kon onder de dekens kruipen, maar dan wachtte ik net zo lang totdat ze er door gebrek aan adem of uit nieuwsgierigheid weer onder vandaan kwam en op dat moment spuugde ik, of deed ik alsof, op haar blote gezicht, wat haar razend maakte.

Inmiddels was ik te oud voor zulke grapjes geworden. Mijn zusje was negen terwijl ik veertien was. De verhouding tussen ons lag nooit helemaal vast. Wanneer ik haar niet kwelde of op een flauwe manier plaagde, nam ik de rol van wereldwijze raadgever op me of die van vertelster van griezelverhalen. Ik kleedde haar in de oude kleren die in mijn moeders uitzetkist lagen opgeborgen en te goed waren om aan stukken geknipt te worden voor lappendekens en te ouderwets om nog te dragen. Ik deed mijn moeders oude korrelige rouge en poeder op haar gezicht en vertelde haar hoe mooi ze was. Ze was ongetwijfeld mooi, hoewel het gezicht dat ik haar gegeven had een bizarre uitheemse pop van haar had gemaakt.

Ik wil niet zeggen dat ik haar helemaal onder de duim had of zelfs dat onze levens aanhoudend met elkaar verweven waren. Ze had haar eigen vriendinnetjes, haar eigen spelletjes. Die neigden meer naar het huishoudelijke dan naar glamour. Poppen werden in hun kinderwagentje uit wandelen genomen en soms werden kleine poesjes aangekleed en in plaats daarvan rondgereden, terwijl ze verwoede pogingen deden te ontsnappen. Ook werd er schooltje gespeeld waarbij een van hen de juffrouw was en de anderen een tik op de polsen mocht geven en hen zogenaamd aan het huilen bracht, voor verschillende vergrijpen en stommiteiten.

In de maand juni hoefde ik, zoals ik zei, niet meer naar school en was ik, in een mate die ik me uit geen enkele andere periode van mijn jeugd herinner, op mezelf aangewezen. Ik hielp wat in het huishouden, maar mijn moeder moet nog in staat geweest zijn het meeste werk zelf te doen. Of misschien hadden we in die tijd net genoeg geld om wat zij – mijn moeder – een 'dienstbode' noemde, maar verder iedereen een 'meisje', in dienst te nemen. Ik herinner me in ieder geval niet dat ik iets van het werk moest doen dat zich in latere zomers voor me opstapelde, toen ik, geheel uit vrije wil, de uitdaging aanging ons huis fatsoenlijk te houden. Naar het schijnt had het mysterieuze kalkoenenei me de status van patiënt gegeven zodat ik een deel van de tijd rond kon lopen alsof ik een gast was.

Hoewel ik er niet mee te koop moest lopen dat ik speciaal was. Niemand in onze familie hoefde dat te proberen. Het moest allemaal binnengehouden worden, het vreemde gevoel van nutteloosheid dat me beving. En toch maakte ik me af en toe ook wel nuttig. Ik herinner me dat ik op mijn knieën peen heb uitgedund, iets wat ieder voorjaar moest gebeuren, zodat de wortels groot genoeg zouden worden om te eten.

Het moet alleen zo geweest zijn dat niet ieder moment van de dag door werk in beslag werd genomen, zoals in de zomers ervoor en erna.

En misschien was dat de reden waarom ik moeite met slapen begon te krijgen. Ik geloof dat dit in het begin betekende dat ik tot rond middernacht wakker lag en me erover verwonderde hoe klaarwakker ik was terwijl de rest van het gezin sliep. Ik had gelezen en was op de gewone manier moe geworden en had het licht uitgedaan en wachtte nu af.

Niemand had daarvoor geroepen dat ik het licht uit moest doen en moest gaan slapen. Voor het eerst (en dit moet ook op een speciale status hebben gewezen) mocht ik zelf over zoiets beslissen.

Het duurde een tijdje voordat het huis van het daglicht overging op het lamplicht, dat 's avonds laat aanging. Voordat het alle herrie van de dingen die gedaan en opgehangen en afgemaakt moesten worden, achter zich gelaten had en een veel vreemdere plek werd waar de mensen en het werk dat hun leven beheerste wegvielen, het gebruik dat ze van alles maakten wegviel en alle meubilair zich weer in zichzelf terugtrok en niet langer bestond bij de gratie van het feit dat iemand het aandacht schonk.

Je zou misschien denken dat dit een bevrijding was. In het begin misschien wel. Die vrijheid. Het vreemde. Maar toen mijn onvermogen om in slaap te vallen steeds langer voortduurde en ten slotte bezit van me nam totdat het al ochtend werd, begon het me steeds meer te verontrusten. Ik begon rijmpjes op te zeggen, toen echte gedichten, eerst zodat ik in slaap zou vallen maar daarna nauwelijks uit eigen wil. De bezigheid leek de spot met me te drijven. Ik dreef de spot met mezelf, terwijl de woorden in absurditeiten veranderden, in de meest dwaze onsamenhangende taal.

Ik was mezelf niet meer.

Dat had ik mijn hele leven van tijd tot tijd over mensen horen zeggen, zonder dat ik erbij stilgestaan had wat het betekende.

Wie denk je wel dat je bent?

Dat had ik ook horen zeggen, zonder dat ik er een dreiging in had horen doorklinken en het meer als een alledaagse beschimping had opgevat.

Dat dacht je maar.

Inmiddels was het de slaap niet meer die ik zocht. Ik wist dat zoiets als slapen niet waarschijnlijk was. Misschien niet eens wenselijk. Iets was bezig bezit van me te nemen en het was mijn zaak, mijn hoop, het te verjagen. Ik had nog genoeg gezond verstand me daarvoor in te zetten, maar het was maar net aan, zo leek het. Wat het ook was probeerde me dingen te laten doen, niet om een bepaalde reden maar alleen om te zien of zulke daden mogelijk waren. Het liet me weten dat je er geen motieven voor nodig had.

Het was alleen nodig eraan toe te geven. Heel vreemd. Niet uit wraak, of om normale redenen, maar alleen omdat je aan iets gedacht had.

En eraan denken deed ik zeker. Hoe meer ik de gedachte verjoeg, hoe meer hij terugkwam. Geen wraak, geen haat, geen reden, zoals ik heb gezegd, alleen dat een kille ondoorgrondelijke gedachte, die nauwelijks tot iets aanspoorde maar meer een overpeinzing was, bezit van me had genomen. Ik moest er niet aan denken maar ik dacht er toch aan.

De gedachte was er en zat in mijn hoofd.

De gedachte dat ik mijn zusje zou kunnen wurgen, die in het bed onder me sliep en van wie ik meer dan van wie ook ter wereld hield.

Ik zou het niet uit jaloezie, gemeenheid of boosheid doen, maar uit een krankzinnigheid die hier vlak naast me in de nacht op de loer lag. En geen wilde krankzinnigheid maar iets wat bijna een plagerij leek. Een luie, plagende, enigszins trage suggestie, die daar al lang leek te hebben liggen wachten.

Het zei: waarom niet? Waarom niet het ergste geprobeerd?

Het ergste. Hier in de meest vertrouwde omgeving, de kamer waarin we ons hele leven gelegen hadden en ons het veiligst gewaand hadden. En ik zou het niet om een reden doen die ik of een ander zou kunnen begrijpen, maar alleen omdat ik me er niet tegen had kunnen verzetten.

Wat ik moest doen was opstaan en die kamer en het huis zien uit te komen. Ik ging het laddertje af en wierp niet één blik op mijn zusje en waar ze sliep. Toen zachtjes de trap af, zonder dat ik iemand hoorde, de keuken in waar alles me zo vertrouwd was dat ik zonder licht mijn weg kon vinden. De keukendeur zat niet echt op slot, ik weet niet eens of we wel een sleutel hadden. Er werd een stoel onder de deurknop geschoven, zodat iemand die binnen probeerde te komen veel herrie zou maken. Het voorzichtig en langzaam verwijderen van de stoel kon geheel geruisloos gebeuren.

Na die eerste nacht wist ik alle handelingen in elkaar te laten overvloeien, zodat ik binnen enkele soepele seconden, zo leek het, al buiten was.

Er waren natuurlijk geen straatlantaarns, we woonden te ver van de stad.

Alles was groter. De bomen rond het huis werden altijd bij naam genoemd: de beuk, de iep, de eik, terwijl we over de esdoorns in het meervoud spraken en ze niet van elkaar onderscheidden omdat ze zo dicht op elkaar stonden. Nu waren ze allemaal diepzwart. Net als de witte sering (nu zonder seringen) en de paarse sering, die we altijd seringenbomen noemden in plaats van seringenstruiken omdat ze zo groot geworden waren.

Het gras dat voor en achter en naast het huis lag, was goed begaanbaar, omdat ik het zelf gemaaid had met de gedachte dat het er zo wat stadser uit zou zien.

De oost- en westkant van ons huis keken op twee verschillende werelden uit, althans dat vond ik. De oostkant was de stadskant, ook al kon je de stad niet zien. Maar nog geen drie kilometer verder stonden huizen in rijen, met straatlantaarns en stromend water. En hoewel ik heb gezegd dat je er niets van kon zien, leek het me toch niet onmogelijk dat je er een flauwe gloed van kon opvangen als je lang genoeg keek.

Naar het westen was er alleen de lange bocht die de rivier maakte, de akkers en de bomen en het ondergaan van de zon. Het had niets met mensen of het gewone leven te maken, vond ik.

Ik liep op en neer, eerst dicht bij het huis en toen ik me meer op mijn ogen kon verlaten en niet meer bang was dat ik tegen de pompzwengel of de verhoging onder de waslijn op zou botsen, waagde ik me verder. De vogels begonnen zich te roeren en toen te zingen, alsof ze daar elk apart aan gedacht hadden, hoog in de bomen. Ze werden veel vroeger wakker dan mij mogelijk had geleken. Maar algauw na het aanheffen van het eerste gezang begon de hemel iets lichter te worden. En opeens werd ik overmand door slaap. Ik ging het huis weer in, waar het plotseling overal donker was en schoof de stoel heel precies en voorzichtig en zachtjes in zijn schuine stand onder de deurknop en ging geluidloos naar boven, waarbij ik de noodzakelijke voorzichtigheid betrachtte bij deuren en treden, hoewel ik al half leek te slapen. Ik viel op mijn kussen neer en werd laat wakker; rond acht uur was laat bij ons.

En dan herinnerde ik me weer alles, maar het was zo absurd – het kwade gedeelte was inderdaad zo absurd – dat ik het vrij gemakkelijk van me af kon zetten. Mijn broertje en zusje waren al naar school, maar hun borden stonden nog op tafel, met wat restjes cornflakes die in een plasje melk dreven.

Absurd.

Wanneer mijn zusje uit school kwam, schommelden we in de hangmat, elk aan een kant.

Ik bracht een groot deel van de dag in die hangmat door, wat mogelijk de reden was waarom ik 's nachts niet kon slapen. En omdat ik niets over mijn nachtelijke moeilijkheden zei, kwam niemand met de eenvoudige mededeling dat het beter zou zijn als ik me overdag wat meer inspande.

's Nachts kwam mijn probleem natuurlijk terug. Weer namen de demonen bezit van me. Ik had ondertussen geleerd om meteen op te staan en niet te doen alsof het wel goed zou komen en ik in slaap zou vallen als ik mijn best maar deed. Ik ging voorzichtig het huis uit, net als de vorige keren. Ik begon gemakkelijker mijn weg te vinden, zelfs in de kamers was alles duidelijker te zien en tegelijk vreemder. Ik kon het houten keukenplafond onderscheiden dat was aangebracht toen het huis werd gebouwd, misschien honderd jaar geleden, en het kozijn van het raam aan de noordkant dat er gedeeltelijk was afgeknauwd door een hond die binnen was opgesloten, op een nacht lang voordat ik geboren was. Ik herinnerde me iets wat ik totaal vergeten was: dat ik daar een zandbak had gehad, die daar gezet was zodat mijn moeder me door het raam aan de noordkant in de gaten kon houden. Op zijn plaats bloeide nu een uit zijn krachten gegroeide spirea en je kon bijna niet meer door het raam kijken.

In de keukenmuur aan de oostkant zaten geen ramen,

maar er was een deur die op een stoep uitkwam, waarop we gingen staan om het zware, natte wasgoed op te hangen en weer naar binnen te halen als het droog was en fris en feestelijk rook, van witte lakens tot zware donkere overals aan toe.

Bij die stoep bleef ik soms tijdens mijn nachtelijke wandelingen staan. Ik ging er nooit op zitten maar het deed me goed om in de richting van de stad te kijken, misschien gewoon om de normaliteit ervan in te ademen. Al die mensen die spoedig op zouden staan, met winkels om naartoe te gaan, deuren die ontsloten moesten worden en flessen melk die naar binnen gebracht moesten worden, al dat gedoe.

Op een nacht – ik weet niet of het de twintigste of twaalfde of pas de achtste of negende keer was dat ik was opgestaan en was gaan lopen – had ik het gevoel, te laat om nog mijn pas in te houden, dat er iemand was om de hoek. Er zat iemand te wachten en ik kon niets anders doen dan verder lopen. Als ik me omdraaide zou het gemerkt worden en dat zou erger zijn dan een confrontatie.

Wie was het? Het was mijn vader maar. Hij zat op de stoep en keek in de richting van de stad en dat onwaarschijnlijke flauwe licht. Hij had zijn kleren voor overdag aan: een donkere werkbroek, bijna een soort overal maar nog net niet, een donker, grof hemd en laarzen. Hij rookte een sigaret. Een die hij zelf gerold had natuurlijk. Misschien had de sigarettenrook me op een andere aanwezigheid attent gemaakt, hoewel het mogelijk is dat je die geur in die tijd overal kon ruiken, zowel binnen als buiten en je het niet meer opmerkte.

Hij zei goedemorgen, op wat misschien een normale manier leek, behalve dat er niets normaals aan was. We waren niet gewend elkaar zo te groeten in onze familie. Dat had niets vijandigs, het werd alleen niet nodig gevonden, neem ik aan, omdat we elkaar de hele dag met tussenpozen zagen.

Ik zei goedemorgen terug. En het moest echt al bijna ochtend zijn anders zou mijn vader niet gekleed zijn alsof hij aan het werk ging. De hemel begon misschien lichter te worden maar lag nog steeds verborgen tussen de zware bomen. De zingende vogels ook. Ik was steeds langer bij mijn bed vandaan gebleven, ook al hielp het veel minder dan in het begin. De mogelijkheden die ooit alleen in de slaapkamer en de bedden bestonden, scholen nu in iedere hoek.

Nu ik erover nadenk, vraag ik me af waarom mijn vader zijn overal niet droeg. Hij was gekleed of hij voor iets in de stad moest zijn, zo vroeg mogelijk.

Ik kon niet verder lopen, het hele ritme was verstoord.

'Moeite om te slapen?' zei hij.

Mijn eerste opwelling was om nee te zeggen, maar toen besefte ik dat het moeilijk uit te leggen zou zijn dat ik zomaar wat rondliep en daarom zei ik ja.

Hij zei dat je daar vaak last van kon hebben op zomernachten.

'Je gaat moe naar bed en net als je denkt dat je in slaap valt, ben je opeens klaarwakker. Zo is het toch?'

Ik beaamde het.

Ik wist nu dat hij me niet alleen deze ene nacht had horen opstaan en rondlopen. Iemand wiens vee zich op het erf bevond, wiens verdiensten, hoe schamel ook, allemaal binnen handbereik lagen, die een revolver in zijn bureaula had liggen, zou zeker bij het minste geluid op de trap of het omdraaien van een deurknop wakker worden.

Ik wist niet goed wat hij hierna zou gaan zeggen, over

het feit dat ik wakker was. Hij leek te hebben gezegd dat slapeloosheid vervelend was, maar zou dat alles zijn? Ik was zeker niet van plan hem meer te vertellen. Als hij de minste aanwijzing had gegeven dat hij wist dat er meer achter stak, had laten doorschemeren dat hij hiernaartoe gekomen was om dat te horen, dan geloof ik niet dat hij iets uit me gekregen had. Ik moest de stilte zelf verbreken en zei dat ik niet kon slapen. Dat ik mijn bed uit gedreven werd en moest gaan lopen.

Hoe kwam dat?

Dat wist ik niet.

Toch geen boze dromen?

Nee.

'Een stomme vraag', zei hij. 'Mooie dromen jagen je het bed niet uit.'

Hij gaf me de tijd om te wachten voordat ik verderging en vroeg niets. Ik wilde eigenlijk terugkrabbelen maar ik bleef praten. Ik vertelde de waarheid en paste hem maar een klein beetje aan.

Toen ik over mijn zusje praatte, zei ik dat ik bang was dat ik haar pijn zou doen. Ik dacht dat dit genoeg zou zijn, dat hij zou weten wat ik bedoelde.

'Haar zou wurgen', zei ik toen. Ik kon me ten slotte toch niet inhouden.

Ik kon het ook niet meer terugnemen, ik kon niet meer degene worden die ik daarvoor was geweest.

Mijn vader had het gehoord. Hij had gehoord dat ik mezelf in staat achtte om zonder reden de kleine Catherine in haar slaap te wurgen.

Hij zei: 'Zo.'

Toen zei hij dat ik me geen zorgen moest maken. Hij zei:

'Iedereen heeft dat soort gedachten weleens.'

Hij zei dit vrij ernstig en zonder enige schrik of zenuwachtige verbazing. Iedereen heeft soms zulke gedachten of angsten, zo je wilt, maar je hoeft er niet echt over in te zitten, niet meer dan over een droom, zou je kunnen zeggen.

Hij zei niet specifiek dat er geen gevaar bestond dat ik zoiets zou doen. Het was meer dat hij het vanzelfsprekend leek te vinden dat zoiets niet kon gebeuren. Het komt door de ether, zei hij. De ether die ze je in het ziekenhuis hebben gegeven. Het is niet meer dan een droom. Het kon niet gebeuren, net zomin als ons huis door een meteoriet geraakt zou kunnen worden (dat kon natuurlijk wel, maar de graad van waarschijnlijkheid dat het zou gebeuren plaatste het in de categorie van 'onmogelijk'.)

Maar hij verweet me niet dat ik zoiets had gedacht. Hij keek er niet vreemd van op, zei hij.

Hij had andere dingen kunnen zeggen. Hij had me verder kunnen ondervragen over mijn houding tegenover mijn zusje of mijn ontevredenheid over het leven in het algemeen. Als dit vandaag gebeurde, zou hij misschien een afspraak met een psychiater voor me hebben gemaakt. (Ik denk dat ik dat voor een kind gedaan zou hebben, een generatie en een inkomen verder.)

Maar wat hij deed, werkte evengoed. Het bracht me terug, zonder spot of schrik, naar de wereld waarin we leven.

Als je tegenwoordig maar lang genoeg leeft als ouder, ontdek je dat je fouten hebt gemaakt waarvan je niet echt besefte dat je ze maakte, plus de fouten die je je maar al te goed bewust was. Het stemt je enigszins nederig en soms walg je van jezelf. Ik geloof niet dat mijn vader zulke gevoelens had. Ik weet dat als ik hem ooit ten laste had gelegd dat hij me met zijn scheerriem of broekriem had afgetuigd, hij daar zijn schouders over opgehaald zou hebben. Hij zou zich die klappen herinneren, als hij ze zich al herinnerde, als een noodzakelijk en doelmatig intomen van een brutaal kind dat dacht dat zij het voor het zeggen had.

'Je vond jezelf zo slim', zou hij misschien als zijn reden voor die straffen geven en dat hoorde je inderdaad vaak in die tijd, waarbij slimheid de rol van een walgelijk duiveltje speelde wiens brutaliteit eruit geslagen moest worden. Anders liep je het risico dat hij zou opgroeien in de waan dat hij zo slim was. Of zij, in het andere geval.

Maar op die vroege ochtend gaf hij me precies wat ik nodig had, ook al zou ik het weer snel genoeg vergeten.

Ik heb gedacht dat hij misschien in zijn betere werkkleren gekleed was omdat hij die ochtend een afspraak met de bank had, waar hij, niet echt tot zijn verbazing, zou horen dat hij niet meer zou kunnen lenen. Hij had keihard gewerkt, maar de markt zou zich niet herstellen en hij moest een andere manier zien te vinden om ons te onderhouden en tegelijk onze schulden af te betalen. Of misschien had hij ontdekt dat het trillen van mijn moeder een naam had en dat het nooit meer zou overgaan. Of dat hij verliefd was op een onmogelijke vrouw.

Hoe dan ook. Vanaf dat moment kon ik weer slapen.

Stemmen

Toen mijn moeder opgroeide, ging ze met haar hele familie vaak naar dansavonden. Deze werden in het schoolgebouw gehouden of soms op een boerderij met een voorkamer die groot genoeg was. Jong en oud waren er aanwezig. Iemand speelde op de piano – die van het huis of van de school – en er was altijd iemand die een viool had meegebracht. De dansen hadden ingewikkelde patronen of passen, die iemand die daar een speciaal talent voor had (het was altijd een man) met luide stem en met een vreemde en wanhopige soort haast afriep, waar je helemaal niets aan had tenzij je die dans al kende. Maar iedereen kende hem, daar ze alle dansen al op hun tiende of twaalfde machtig waren.

Hoewel gehuwd nu en met drie kinderen, was mijn moeder nog jong en levenslustig en zou ze graag naar zulke dansavonden gegaan zijn als ze op het echte platteland had gewoond, waar ze nog steeds plaatsvonden. Ze zou ook van het kringdansen genoten hebben, dat door paren werd uitgevoerd en de oude vorm tot op zekere hoogte begon te verdringen. Maar ze verkeerde in een vreemde situatie. Wij allemaal. Ons gezin woonde niet in de stad, maar ook niet helemaal op het platteland.

Mijn vader, die door iedereen aardiger werd gevonden dan mijn moeder, was een man die geloofde dat je had te accepteren wat het leven je bracht. Mijn moeder was anders. Ze had zich van haar leven als boerenmeisje tot onderwijzeres opgewerkt, maar dat was niet genoeg geweest, het had haar niet de positie gegeven die ze graag had willen hebben, of de vriendinnen in de stad die haar voor ogen hadden gestaan. Ze woonde op de verkeerde plek en had niet genoeg geld, maar ze was er ook niet voor toegerust. Ze speelde euchre maar geen bridge. Ze nam aanstoot aan een vrouw die rookte. Ik geloof dat de mensen haar opdringerig vonden met haar aanstellerige manier van praten. Ze zei dingen als 'uiteraard' en 'klaarblijkelijk'. Het klonk alsof ze in een vreemde familie was opgegroeid waar iedereen zo praatte. Maar dat was ze niet. Zo hadden ze niet gepraat. Op hun boerderijen praatten mijn tantes en ooms net als iedereen. En zij waren ook niet dol op mijn moeder.

Ik wil niet zeggen dat ze al haar tijd doorbracht met wensen dat de dingen anders waren dan ze waren. Zoals iedere vrouw die het zonder stromend water moest stellen en die wastobbes de keuken in moest slepen en het grootste deel van de zomer bezig was voedsel in te maken dat in de winter gegeten kon worden, had ze het druk. Ze had niet eens echt de tijd om zich met haar teleurstelling over mij bezig te houden en zich af te vragen waarom ik niet de juiste vriendinnetjes, of helemaal geen vriendinnetjes, mee naar huis bracht van de school in de stad. Of waarom ik geen zondagsschoolteksten meer op wilde zeggen, iets wat ik daarvoor maar al te graag had gedaan. En waarom ik met losgetrokken pijpekrullen thuiskwam, een wandaad die ik al had verricht voordat ik op school was aangekomen, omdat niemand zijn haar zo droeg. Of waarom ik zelfs mijn buitengewone geheugen voor het opzeggen van gedichten had onderdrukt en weigerde er ooit nog gebruik van te maken om op de voorgrond te treden.

Maar ik was niet altijd een pruilend en opstandig kind. Nog niet. Hier ben ik een jaar of tien en vol verlangen om mooi aangekleed met mijn moeder naar een dansavond te gaan.

De dansavond werd gehouden in een van de al met al nette maar nogal armoedige huizen aan onze weg. Een groot houten huis dat door mensen bewoond werd over wie ik niets wist, behalve dat de man op de gieterij werkte, ook al was hij oud genoeg om mijn grootvader te zijn. In die tijd ging je niet weg bij de gieterij, je bleef zo lang mogelijk werken en probeerde geld te sparen voor de tijd dat je het niet meer kon. Het was een schande, zelfs midden in de crisistijd, zoals ik het later leerde noemen, om ouderdomspensioen aan te moeten vragen. Het was een schande als je volwassen kinderen dat toestonden, hoe moeilijk ze het zelf ook mochten hebben.

Er komen nu vragen bij me op die ik toen niet stelde.

Hielden de mensen die in dat huis woonden deze dansavond alleen om voor wat feestelijkheid te zorgen? Of moest je ervoor betalen? Misschien maakten ze een moeilijke periode door, ook al had de man een betrekking. Doktersrekeningen. Ik wist hoe zwaar die last kon drukken op een gezin. Mijn zusje was zwak van gestel, zoals men dat noemde, en haar amandelen waren al geknipt. Mijn broertje en ik kregen iedere winter zware bronchitis, wat altijd een bezoek aan de dokter tot gevolg had. Dokters kosten geld.

Ik had me ook kunnen afvragen waarom ik, in plaats van mijn vader, was uitgekozen om met mijn moeder mee te gaan. Maar dat is niet echt een raadsel. Ik denk dat mijn vader niet van dansen hield en mijn moeder wel. Ook moest er thuis op twee kleine kinderen gepast worden en daarvoor was ik nog niet oud genoeg. Ik kan me niet herinneren dat mijn ouders ooit een babysitter hebben gehad en ik weet niet eens of men die term toen al gebruikte. Toen ik een tiener was, kreeg ik zelf werk op die manier, maar het was toen al een andere tijd.

We hadden ons mooi aangekleed. Op de dansavonden die mijn moeder zich herinnerde, droeg men nooit van die frivole linedance-kleding die je later op de televisie zag. Iedereen droeg zijn beste goed, want als je dat niet deed maar met al die ruches en zo'n zakdoek om, de zogenaamde plattelandsoutfit, was verschenen, zou dat een belediging voor de gastheer en gastvrouw en alle andere aanwezigen geweest zijn. Ik droeg een jurk die mijn moeder voor me genaaid had, van zachte winterwol. De rok was roze en het lijfje geel, met een hart van de roze wol op de plek genaaid waar mijn linkerborst ooit moest komen. Mijn haar was gekamd en vochtig gemaakt en in van die lange dikke worstachtige pijpekrullen gedraaid die ik er elke dag op weg naar school weer uittrok. Ik had geklaagd dat ik ze op de dansavond moest dragen terwijl niemand anders ze droeg. Mijn moeder had geantwoord dat niemand anders zo bofte. Ik had het daarbij gelaten omdat ik zo graag mee wilde, en misschien ook omdat ik dacht dat er niemand van school op de dansavond zou zijn en dat het daarom niet uitmaakte. Het was vooral de hoon van mijn schoolgenoten die ik vreesde.

Mijn moeder had haar jurk niet zelf genaaid. Het was haar mooiste, te elegant voor de kerk en te feestelijk voor een begrafenis, en daarom droeg ze hem zelden. Hij was van zwart fluweel gemaakt, met mouwen tot aan de ellebogen en een hoge halslijn. Het bijzondere eraan waren de vele kleine kraaltjes, in goud en zilver en andere kleuren, die overal op het lijfje genaaid waren en het licht steeds anders weerkaatsten als ze zich bewoog of alleen maar ademde. Ze had haar haar, dat nog grotendeels zwart was, in vlechten gedaan die ze in een strakke kroon op haar hoofd gespeld had. Als ze niet mijn moeder was geweest, zou ik haar adembenemend mooi gevonden hebben. Ik geloof dat ik dat nu ook wel vond, maar zodra we het vreemde huis waren binnengegaan, zag ik dat haar mooiste jurk in niets op die van de andere vrouwen leek, terwijl zij ook hun beste kleren moesten hebben aangetrokken.

De andere vrouwen over wie ik het heb waren in de keuken. Daar bleven we staan en keken naar wat er op een grote tafel was neergezet. Allerlei gebakjes en koekjes en taarten en cakes. En mijn moeder zette ook iets lekkers neer dat zij gebakken had en begon er toen van alles aan te doen zodat het beter tot zijn recht zou komen. Ze merkte op dat alles wat ze zag om van te watertanden was.

Heeft ze dat werkelijk gezegd: om van te watertanden? Wat ze ook zei, het miste de juiste toon. Ik wou toen dat mijn vader er was, die voor iedere gelegenheid de juiste toon wist te treffen, zelfs als hij grammaticaal correct praatte. Wat hij binnenshuis altijd deed, maar buiten de deur niet zo gauw. Hij voegde zich naar hoe de anderen praatten, hij begreep dat wat je zei nooit uit de toon mocht vallen. Mijn moeder deed precies het tegenovergestelde. Bij haar werd alles duidelijk en schallend uitgesproken, zodat het de aandacht trok.

Dat gebeurde nu ook en ik hoorde haar vrolijk lachen als om te compenseren voor het feit dat niemand iets tegen haar zei. Ze vroeg waar we onze mantels konden wegbergen.

Het bleek dat dit overal kon, maar als we wilden, zei iemand, konden we ze op het bed boven leggen. Je ging naar boven via een trap waar geen licht was, alleen bovenaan. Mijn moeder zei dat ik alvast maar moest gaan, zij zou zo komen en dus deed ik dat.

Hier dringt zich de vraag op of er werkelijk betaald moest worden om de dansavond bij te wonen. Misschien was mijn moeder achtergebleven om dat in orde te brengen. Aan de andere kant, als mensen hadden moeten betalen, zouden ze dan ook al dat heerlijks hebben meegebracht? En was er werkelijk zo'n overdaad aan lekkers als ik me herinner? Terwijl iedereen zo arm was? Maar misschien voelde men zich al minder arm, nu er door de oorlog werk was en soldaten geld naar huis stuurden. Als ik echt tien was, en ik geloof dat ik dat was, dan zouden deze veranderingen al twee jaar aan de gang zijn.

Er liep een trap uit de keuken omhoog en ook een uit de voorkamer die samen één trap vormden die naar de slaapkamers leidde. Nadat ik mijn mantel en laarzen in de nette slaapkamer aan de voorkant had achtergelaten, hoorde ik nog steeds de schallende stem van mijn moeder in de keuken. Maar ik hoorde ook muziek uit de voorkamer komen en daarom nam ik de trap daarheen.

Alle meubilair was uit de kamer weggehaald behalve de piano. De donkergroene stoffen rolgordijnen, van een soort dat ik bijzonder saai vond, waren voor de ramen neergelaten. Maar de sfeer in de kamer was allesbehalve saai. Er werd door veel mensen gedanst, die elkaar sierlijk vasthielden en rond schuifelden of dicht tegen elkaar heen en weer wiegden. En paar meisjes die nog op school zaten, dansten op de manier die toen juist populair begon te worden, los tegenover elkaar, waarbij ze soms elkaars handen vasthielden en dan weer niet. Ze glimlachten zelfs naar me toen ze me zagen en ik werd week van genoegen, zoals meestal wanneer een zelfverzekerd ouder meisje me opmerkte.

Er was een vrouw in die kamer die me onmiddellijk opviel, in een jurk die de japon van mijn moeder beslist in de schaduw stelde. Ze moet een stuk ouder dan mijn moeder geweest zijn; haar haar was wit en in een modieuze watergolf gelegd, dicht tegen de schedel aan. Het was een forse vrouw met imposante schouders en brede heupen en ze droeg een jurk van goudoranje tafzijde, met een vrij laag uitgesneden vierkante hals en een rok die net haar knieën bedekte. Haar korte mouwen spanden om haar armen, waarvan het vlees zwaar en glad en wit als reuzel was.

Dit was een verrassende aanblik. Ik wist niet dat iemand er zowel oud als elegant uit kon zien, zwaar en tegelijk gracieus, brutaal en toch heel waardig. Je had haar onbeschaamd kunnen noemen en misschien heeft mijn moeder dat later gedaan; het was het soort woord dat ze gebruikte. Iemand die haar beter gezind was, zou misschien statig gezegd hebben. Ze probeerde niet echt de aandacht te trekken, behalve door de hele stijl en kleur van de jurk. Zij en de man die bij haar was, dansten op een beleefde, enigszins afwezige manier, als echtgenoten.

Ik kende haar naam niet. Ik had haar nog nooit gezien. Ik wist niet dat ze ongunstig bekendstond in ons stadje en misschien wel in de wijde omtrek.

Ik denk dat als ik nu fictie schreef in plaats van me iets te herinneren wat werkelijk is gebeurd, ik haar nooit die jurk gegeven zou hebben. Het was het soort reclame dat ze niet nodig had.

Als ik in de stad had gewoond in plaats van er alleen iedere dag naar school te gaan, zou ik misschien geweten hebben dat ze een bekende prostituee was. Ik zou haar zeker ergens gezien hebben, hoewel niet in die oranje jurk. En ik zou het woord 'prostituee' niet gebruikt hebben. Een slechte vrouw, zou ik waarschijnlijk gezegd hebben. Ik zou geweten hebben dat er iets walgelijks en gevaarlijks en opwindends en stoutmoedigs aan haar kleefde, zonder precies te weten wat het was. Als iemand had geprobeerd het me te vertellen, zou ik het vast niet geloofd hebben.

Er waren verschillende mensen in de stad die er ongewoon uitzagen en ik zou misschien gedacht hebben dat zij ook zo iemand was. Er was de gebochelde man die elke dag de deuren van het stadhuis poetste en die, voor zover ik wist, niets anders deed. En de fatsoenlijk uitziende vrouw die aan een stuk door luid tegen zichzelf praatte en die mensen uitschold die nergens te zien waren.

Ik zou op den duur uitgevonden hebben hoe ze heette en ontdekt hebben dat ze werkelijk die dingen deed waarvan ik niet kon geloven dat ze die deed. En dat de man die ik met haar had zien dansen – en wiens naam ik misschien nooit heb gekend – de eigenaar van het biljartlokaal was. Op een dag, toen ik op de middelbare school zat en we langs het biljartlokaal liepen, daagden een paar meisjes me uit er binnen te gaan en ik deed het en daar stond hij, dezelfde man. Hoewel hij kaler en zwaarder was geworden en armoediger kleren droeg. Ik herinner me niet dat hij iets tegen me zei, maar dat was ook niet nodig. Ik rende terug naar mijn vriendinnen, die uiteindelijk toch mijn vriendinnen niet waren, en vertelde hun niets.

Toen ik die eigenaar van het biljartlokaal zag, was het

hele tafereel van de dansavond weer bij me naar bovengekomen: de bonkende piano en de vioolmuziek en de oranje jurk die ik inmiddels belachelijk genoemd zou hebben en de plotselinge verschijning van mijn moeder, gekleed in haar mantel die ze waarschijnlijk nooit had uitgedaan.

Daar stond ze en riep mijn naam door de muziek heen, op een toon waar ik een bijzondere hekel aan had, de toon die me eraan leek te herinneren dat ik het aan haar te danken had dat ik me op deze aarde bevond.

Ze vroeg: 'Waar is je jas?' Alsof ik die ergens kwijtgeraakt was.

'Boven.'

'Ga hem dan halen.'

Als ze zelf boven was geweest, zou ze het daar al gezien hebben. Ze moet nooit verder dan de keuken gekomen zijn, ze moet met het eten bezig geweest zijn, haar jas losgeknoopt hebben maar niet uitgedaan, en toen in de kamer gekeken hebben waar gedanst werd en meteen hebben geweten wie die oranje danseres was.

'En nu niet treuzelen.'

Dat was ik niet van plan. Ik deed de trapdeur open en rende de eerste treden op en ontdekte dat waar de twee trappen samenkwamen een paar mensen zaten, waardoor ik niet verder kon. Ze zagen me niet, ze werden door iets ernstigs in beslag genomen, zo leek het. Niet echt een meningsverschil, maar een dringend soort communicatie.

Twee van hen waren mannen. Jongemannen, die het uniform van de luchtmacht droegen. De ene zat een tree hoger dan de andere, die naar voren leunde met een hand op zijn knie. Er zat een meisje op de tree boven hen en de man die het dichtst bij haar zat aaide troostend over haar been. Ik dacht dat ze misschien gevallen was op deze smalle trap en zich bezeerd had, want ze huilde.

Peggy. Ze heette Peggy. 'Peggy, Peggy', zeiden de jongemannen, met een dringende en zelfs tedere toon in hun stem.

Ze zei iets wat ik niet kon verstaan. Ze sprak met een kinderlijk stemmetje. Ze klaagde, op de manier waarop je klaagt dat iets niet eerlijk is. Je zegt steeds maar weer dat iets niet eerlijk is, maar op hopeloze toon, alsof je niet verwacht dat wat niet eerlijk is zal worden rechtgezet. 'Gemeen' is nog een woord waarvan in zulke omstandigheden gebruik wordt gemaakt. Het is zo gemeen. Iemand was zo gemeen geweest.

Door te luisteren naar wat mijn moeder mijn vader vertelde toen we thuiskwamen, kwam ik iets te weten over wat er gebeurd was, maar ik kon het niet allemaal begrijpen. Mevrouw Hutchison was op de dansavond verschenen, na er te zijn heen gereden door de man van het biljartlokaal, die ik toen nog niet als de man van het biljartlokaal kende. Ik weet niet meer hoe mijn moeder hem noemde, ze had zijn gedrag bedroevend en verbijsterend genoemd. Het nieuws over de dansavond had zich verspreid en een paar jongens uit Port Albert – dat wil zeggen van de luchtmachtbasis – hadden besloten er ook naartoe te gaan. Dat zou natuurlijk best geweest zijn. Met die jongens van de luchtmacht was niets mis. Het was mevrouw Hutchison die een schande was geweest. En het meisje.

Ze had een van haar meisjes meegebracht.

'Misschien wilden ze er eens uit', zei mijn vader. 'Misschien houden ze gewoon van dansen.'

Mijn moeder leek dit niet eens gehoord te hebben. Ze

zei dat het een schande was. Je verwachtte een leuke avond, een leuke fatsoenlijke dansavond in de buurt en toen was alles bedorven.

Ik had de gewoonte het uiterlijk van oudere meisjes te beoordelen. Ik had Peggy niet bijzonder mooi gevonden. Misschien was haar make-up eraf gekomen door het huilen. Haar opgestoken muiskleurige haar was onder een paar schuifspeldjes vandaan gegleden. Ze had gelakte nagels, maar ze zagen er toch nog uit alsof ze erop beet. Ze leek niet echt volwassener dan een van die zeurende, achterbakse, altijd klagende oudere meisjes die ik kende. Toch hadden de jongemannen haar behandeld alsof ze iemand was die nooit een moeilijk moment mocht hebben, die gestreeld en vermaakt moest worden en met alle egards behandeld.

Een van hen had haar een sigaret uit een pakje aangeboden. Dat leek me op zichzelf al een traktatie, omdat mijn vader de zijne zelf rolde, net als iedere andere man die ik kende. Maar Peggy had haar hoofd geschud en met dat gekwetste stemmetje gezegd dat ze niet rookte. Toen had de andere man haar een reepje kauwgom aangeboden en dat had ze wel geaccepteerd.

Wat speelde zich daar af? Ik had geen flauw idee. De jongeman die de kauwgom had aangeboden, merkte me op terwijl hij in zijn zak zocht en zei: 'Peggy? Peggy, er is een klein meisje dat geloof ik naar boven wil.'

Zij liet haar hoofd zakken zodat ik haar niet aan kon kijken. Ik rook parfum terwijl ik passeerde. Ook rook ik hun sigaretten en hun mannelijke wollen uniforms, hun gepoetste laarzen.

Toen ik weer terugkwam, met mijn jas aan, zaten ze er nog steeds, maar dit keer hadden ze me verwacht en ze zeiden niets terwijl ik passeerde. Peggy gaf alleen een luide snik en de jongeman die het dichtst bij haar zat, bleef haar bovenbeen strelen. Haar rok was omhooggeschoven en ik zag de jarretel die aan haar kous vastzat.

Lang zou ik me de stemmen herinneren. Ik peinsde over de stemmen. Niet die van Peggy. Die van de mannen. Ik weet nu dat sommige luchtmachtsoldaten die in Port Albert gestationeerd waren aan het begin van de oorlog uit Engeland gekomen waren en er trainden om tegen de Duitsers te gaan vechten. En ik vraag me dus af of het een accent uit een bepaald deel van Groot-Brittannië was dat ik zo mild en betoverend vond. Ik had in ieder geval nog nooit een man op die manier tegen een vrouw horen praten, alsof ze zo'n mooi en gewaardeerd schepseltje was dat wat het ook was, wat haar ook voor vervelends was overkomen, tegen de wet indruiste en een zonde was.

Wat dacht ik dat er gebeurd was waardoor Peggy was gaan huilen? De vraag interesseerde me toen niet bijzonder. Ik was zelf niet erg moedig. Ik had gehuild toen ik op weg naar huis van mijn eerste school achterna was gezeten en met spanen was geslagen. Ik had gehuild toen mijn juffrouw in de stad me voor de klas had laten komen om aan iedereen te vertellen wat een rommel het op mijn lessenaar was. En toen ze mijn moeder had gebeld over datzelfde probleem en mijn moeder begon te huilen nadat ze de telefoon had opgehangen en zich ellendig voelde omdat ik haar geen eer aandeed. Het leek dat sommige mensen van nature moedig waren en andere juist niet. Er moest iemand iets tegen Peggy gezegd hebben en ze was in huilen uitgebarsten, omdat ze net zoals ik nergens tegen kon.

Het moest die in het oranje geklede vrouw geweest zijn

die gemeen had gedaan, dacht ik, zonder aanwijsbare reden. Het moest een vrouw geweest zijn. Want als het een man geweest was, zou een van haar vertroosters in uniform hem hebben gestraft. Gezegd hebben dat hij op zijn woorden moest passen, hem misschien naar buiten gesleept hebben om hem af te tuigen.

Ik was dus niet in Peggy geïnteresseerd, niet in haar tranen, haar behuilde gezicht. Ze deed me te veel aan mezelf denken. Het waren haar vertroosters voor wie ik belangstelling had. Hoe ze zich voor haar in het stof leken te buigen en haar hun trouw zwoeren.

Wat hadden ze gezegd? Niets speciaals. Goed, hadden ze gezegd. Het komt wel goed, Peggy, hadden ze gezegd. Rustig nou maar, Peggy. Goed. Goed.

Zo veel vriendelijkheid. Dat iemand zo vriendelijk kon zijn.

Waarschijnlijk spraken deze jongemannen, die naar ons land gebracht waren om voor bommissies te trainen, waarbij velen van hen zouden omkomen, eenvoudig met het normale accent van iemand uit Cornwall of Kent of Hull of Schotland. Maar mij leek het dat ze hun mond niet konden openen zonder een soort zegening uit te spreken, de zegening van het moment. Het kwam niet bij me op dat hun toekomst geheel met onheil verbonden was, dat al het gewone uit hun leven verdwenen was, aan stukken geslagen. Ik dacht alleen aan de zegening en hoe heerlijk het moest zijn om die te ontvangen en dat die Peggy wel een bofkont was en het eigenlijk niet verdiende.

En ik bleef, ik weet niet hoe lang, aan hen denken. In het koude donker van mijn slaapkamer wiegden ze me in slaap. Ik kon hen oproepen, hun gezichten en hun stemmen en daar kwam nog iets bij: hun stemmen richten zich nu tot mij en niet tot een onnodige derde partij. Hun handen zegenden mijn eigen magere dijen en hun stemmen verzekerden me dat ook ik liefde waardig was.

En terwijl ze mijn nog niet echt erotische fantasieën bevolkten, waren ze vertrokken. Sommigen misschien voor altijd.

Lief leven

Ik woonde toen ik jong was aan het eind van een lange weg, of aan een weg die ik lang vond. Wanneer ik van de lagere school en daarna van de middelbare school naar huis liep, lag de echte stad, met zijn activiteiten en trottoirs en straatlantaarns voor na het donker, achter me. De stad hield op bij de twee bruggen die over de Maitland River lagen: een smalle ijzeren brug, waar auto's soms met het probleem te maken kregen wie eraf moest om op de ander te wachten en een houten loopbrug, waaraan van tijd tot tijd een plank ontbrak, zodat je gewoon in het heldere voortstromende water kon kijken. Dat vond ik leuk, maar op den duur kwam er altijd iemand die een nieuwe plank aanbracht.

Daarna volgde een lager gelegen stuk, met een paar armoedige huizen die ieder voorjaar onderliepen maar waar mensen – verschillende mensen – toch steeds kwamen wonen. En daarna kwam weer een brug, over de molenbeek, die smal was maar diep genoeg om in te verdrinken. Daarna splitste de weg zich en liep één deel zuidwaarts een heuvel op en de rivier weer over en werd een echte grote weg, terwijl het andere deel zich om het oude kermisterrein heen boog en daarna westwaarts liep.

Die westwaartse weg was de mijne.

Er was ook een weg die naar het noorden liep, waarlangs een kort maar echt trottoir lag en waar verschillende huizen dicht naast elkaar stonden, zoals in de stad. Voor het raam van een van deze huizen hing een bordje met de woorden 'Salada Thee', het bewijs dat daar ooit kruidenierswaren verkocht waren. Dan was er een school, die ik twee jaar van mijn leven had bezocht en nooit meer wilde zien. Na die twee jaar had mijn moeder mijn vader gedwongen een oude schuur in de stad te kopen, zodat hij stadsbelasting zou betalen en ik naar de school in de stad kon gaan. Het bleek echter dat ze dat niet had hoeven doen, omdat in het jaar, in de maand zelfs, dat ik op de school in de stad begon, Duitsland de oorlog verklaard werd en het als door een wonder op de oude school, waar pestkoppen mijn lunch afgepakt hadden en gedreigd hadden me een pak op mijn donder te geven en waar niemand te midden van alle hectiek iets scheen te leren, plotseling rustig was geworden. Algauw was er nog maar één lokaal en één onderwijzer, die waarschijnlijk niet eens de deuren op slot deed tijdens de pauze. Het bleek dat de jongens die me zo vaak retorisch en tot mijn schrik hadden gevraagd of ik wilde neuken, net zo graag uit werken gingen als hun oudere broers in het leger wilden.

Ik weet niet of de schooltoiletten er inmiddels op vooruitgegaan waren, want dat was het ergste geweest. Niet dat we thuis geen gebruik van een buiten-wc maakten, maar hij was schoon en er lag zelfs zeil op de vloer. Uit minachting, of om wat voor reden ook, leek niemand op die school de moeite te nemen in het gat te mikken. In de stad had ik het in veel opzichten evenmin erg gemakkelijk, omdat iedereen elkaar al vanaf de eerste klas kende en er veel dingen waren die ik nog niet had gehad, maar het was een weldaad om de onbezoedelde closetbrillen van mijn nieuwe school te zien en het nobele, stadse geluid van een doorgetrokken wc te horen.

Gedurende mijn tijd op de eerste school, had ik één vriendinnetje gekregen. Een meisje dat ik Diane zal noemen, arriveerde er halverwege mijn tweede jaar. Ze was ongeveer van mijn leeftijd en woonde in een van die huizen met een trottoir. Ze vroeg me op een dag of ik de Schotse driepas kon dansen en toen ik ontkennend antwoordde, bood ze aan me die te leren. Om die reden gingen we na schooltijd naar haar huis. Haar moeder was overleden en ze was bij haar grootouders komen wonen. Om de Schotse driepas te dansen, zei ze, had je schoenen met ijzertjes nodig, die zij had maar ik natuurlijk niet, maar omdat we ongeveer dezelfde maat hadden, konden we ruilen terwijl ze het mij probeerde te leren. Na een tijdje kregen we dorst en haar grootmoeder gaf ons een glas water, maar het was smerig water uit een gegraven put, net als op school. Ik legde uit over het superieure water dat we thuis uit een geslagen put kregen en de grootmoeder zei, zonder in het minst beledigd te zijn, dat ze wou dat zij er ook een hadden.

Maar toen, al te snel, stond mijn moeder buiten, omdat ze naar de school was gegaan en had ontdekt waar ik was. Ze toeterde vanuit de auto om me te roepen en beantwoordde het vriendelijke gewuif van de grootmoeder niet eens. Mijn moeder reed niet vaak en wanneer ze het deed, bracht het een nerveuze plechtigheid met zich mee. Op weg naar huis kreeg ik te horen dat ik dat huis nooit meer binnen mocht gaan. (Dit bleek niet moeilijk, omdat Diane na een paar dagen niet meer naar school kwam; ze was ergens anders naartoe gestuurd.) Ik vertelde mijn moeder dat Dianes moeder dood was en ze zei dat ze dat wist. Ik vertelde haar over de Schotse driepas en ze zei dat ik die misschien weleens zou kunnen leren, maar niet in dat huis.

Ik kwam er toen niet achter – en ik weet niet wanneer

dat wel is gebeurd – dat Dianes moeder een prostituee was geweest en was overleden aan een of andere kwaal die prostituees kregen. Ze had thuis begraven willen worden en de dominee van onze kerk had de dienst geleid. Er was onenigheid ontstaan over de tekst die hij gebruikt had. Sommige mensen vonden dat hij dat niet had moeten doen, maar mijn moeder vond dat hij juist gehandeld had.

Want het loon van de zonde, is de dood.

Mijn moeder vertelde me dit pas een hele tijd later, of wat me een hele tijd later leek, toen ik in een fase verkeerde waarin veel van wat ze zei me ergerde, vooral wanneer ze die huiverende en zelfs opgewonden toon aansloeg vol rotsvaste overtuiging.

Van tijd tot tijd kwam ik de grootmoeder tegen. Ze gaf me altijd een klein gerimpeld glimlachje. Ze zei dat het prachtig was dat ik nog steeds op school zat en bracht verslag uit over Diane, die waar ze ook was, ook nog lang naar school was blijven gaan, hoewel niet zo lang als ik. Volgens haar grootmoeder had ze toen werk in een restaurant in Toronto gekregen, waar ze een kostuum met lovertjes droeg. Ik was op dat punt oud en gemeen genoeg om aan te nemen dat het een plek was waar je dat kostuum ook uittrok.

Dianes grootmoeder was niet de enige die vond dat ik lang naar school bleef gaan. Aan mijn weg had je een aantal huizen die wat verder uit elkaar stonden dan in de stad het geval zou zijn, terwijl er toch maar weinig grond omheen lag. Een ervan, op een klein heuveltje, was van Waitey Streets, een eenarmige veteraan uit de Eerste Wereldoorlog. Hij hield wat schapen en had een vrouw die ik maar één keer gezien heb, toen ze een emmer bij de pomp vol liet lopen. Waitey maakte graag grapjes over hoelang ik al op school zat en dat het zo jammer was dat ik maar niet voor mijn examen slaagde en ervanaf was. En ik maakte grapjes terug en deed net of het waar was. Ik wist niet wat hij werkelijk dacht. Zo kende je mensen langs de weg en zo kenden zij jou. Je groette hen en zij groetten terug en je zei iets over het weer, en als ze een auto hadden en jij liep, dan gaven ze je een lift. Het leek niet op het echte platteland, waar mensen meestal de binnenkant van elkaars huizen kenden en iedereen op min of meer dezelfde wijze aan de kost kwam.

Ik deed niet langer over de middelbare school dan iemand anders zou doen die alle vijf klassen doorliep. Maar niet veel leerlingen deden dat. Niemand verwachtte toen dat al diegenen die in de eerste klas van de middelbare school begonnen waren er aan het eind van de examenklas, volgestouwd met kennis en correct pratend, weer uit zouden rollen. Men kreeg parttimewerk dat geleidelijk in fulltimewerk veranderde. Meisjes trouwden en kregen kinderen, in die volgorde of andersom. In de examenklas, met nog ongeveer een kwart van het oorspronkelijke aantal leerlingen, hing een sfeer van leergierigheid, van serieuze prestaties en misschien ook van een zekere waardige onhandigheid die je zou behouden, wat er daarna ook met je gebeurde.

Er leek een heel leven te liggen tussen mij en de meeste anderen die ik in de eerste klas had gekend, laat staan die op die eerste school.

In een hoek van onze eetkamer stond iets wat me altijd een beetje verbaasde wanneer ik de Electrolux pakte om de vloer te stofzuigen. Ik wist wat het was: een nieuw uitziende golftas met golfclubs en ballen erin. Ik vroeg me gewoon af wat hij in ons huis deed. Ik wist bijna niets van de sport af, maar ik had zo mijn ideeën over het type mensen die het speelden. Het waren geen mensen die overals droegen, zoals mijn vader, hoewel hij een nettere werkbroek aantrok wanneer hij de stad in ging. Ik kon me mijn moeder, tot op zekere hoogte, nog wel voorstellen in de soort sportieve kledij die je hoorde te dragen terwijl ze een sjaal om haar fijne haar knoopte tegen de wind. Maar niet dat ze een bal in een hole probeerde te slaan. Tot zo'n frivole daad kon ze niet echt in staat zijn.

Zelf moet ze daar ooit anders over gedacht hebben. Ze moet hebben gedacht dat zij en mijn vader zich tot een ander soort mensen zouden transformeren, die een zekere mate van vrije tijd genoten. Golf. Etentjes. Misschien had ze zichzelf wijsgemaakt dat bepaalde grenzen niet bestonden. Ze had zich aan een boerderij op het kale Canadese Schild – een veel hopelozer bedoening dan de boerderij waar mijn vader vandaan kwam – weten te ontworstelen, en was onderwijzeres geworden en op zo'n manier gaan praten dat haar eigen familieleden zich niet op hun gemak voelden in haar buurt. Ze had misschien het idee gekregen dat ze na zo veel inspanning overal welkom zou zijn.

Mijn vader had andere ideeën. Hij vond niet dat stadsmensen of welke mensen dan ook beter waren dan hij. Maar hij geloofde misschien dat ze dat zelf wel vonden. En hij gaf hun liever niet de kans het te tonen.

Het zag ernaar uit dat mijn vader het, wat golf betrof, gewonnen had.

Niet dat hij tevreden was geweest om zo verder te leven

als zijn ouders van hem hadden verwacht en hun goedlopende boerderij had overgenomen. Toen hij en mijn moeder hun omgeving achter zich lieten en dit stuk grond hadden gekocht, aan het eind van een weg in de buurt van een stadje dat ze niet kenden, was het bijna zeker de bedoeling geweest om met het fokken van zilvervossen en later nertsen goed geld te verdienen. Als jongeman was mijn vader gelukkiger geweest wanneer hij zijn vallen naliep dan wanneer hij op de boerderij hielp of naar de middelbare school ging – en ook rijker dan hij daarvoor ooit was geweest – en zo was dit plan bij hem gerijpt om iets te beginnen waarvan hij dacht dat hij het zijn hele leven zou blijven doen. Hij had er het geld ingestopt dat hij verdiend had en mijn moeder had haar onderwijzeressenspaarpotje bijgedragen. Hij had alle hokken en kooien gebouwd waarin de dieren zouden worden ondergebracht en de omheiningen neergezet die hen gevangen moesten houden. Het stuk land van zes hectare had de juiste omvang, met een perceel hooiland en genoeg weiland voor onze eigen koe en de oude paarden die aan de vossen gevoerd zouden worden. Het weiland liep helemaal tot aan de rivier en werd door twaalf iepen van schaduw voorzien.

Er werd aardig wat gedood, nu ik erbij stilsta. Van de oude paarden moest vlees gemaakt worden en de pelsdieren werden elk najaar geselecteerd zodat alleen de fokdieren overbleven. Maar ik was eraan gewend en kon het allemaal gemakkelijk negeren door voor mezelf een van smetten gezuiverd tafereel te construeren dat enigszins leek op dat in de boeken die ik graag las, zoals *Anne of Green Gables* of *Pat of Silver Bush*. Ik werd daarbij geholpen door de iepen die over het weiland en de glanzende rivier hingen, en de verrassing van een bron die uit de oever naast het weiland kwam en voor water zorgde voor de gedoemde paarden en de koe en ook voor mij, uit een tinnen beker die ik had meegebracht. Er lag overal verse stront, maar die negeerde ik, zoals Anne op het Groene Huis moest hebben gedaan.

In die tijd moest ik mijn vader soms helpen, omdat mijn broertje er nog niet oud genoeg voor was. Ik pompte water, liep de rijen hokken langs en maakte de waterbakken van de dieren schoon en schonk ze opnieuw vol. Ik genoot ervan. De belangrijkheid van het werk en de omstandigheid dat je meestal alleen was, waren precies dingen waar ik van hield. Later, toen ik binnen moest blijven om mijn moeder te helpen, was ik vol wrok en kritische opmerkingen. 'Een grote mond hebben', heette het. Ik deed haar pijn, zei ze en het resultaat was dat ze naar de schuur ging om het aan mijn vader te vertellen. Dan moest hij zijn werk onderbreken om me een afranseling met zijn riem te geven. (Dit was geen ongewone straf in die tijd.) Daarna lag ik huilend op bed en maakte plannen om weg te lopen. Maar die fase ging ook voorbij en als tiener werd ik handelbaar en zelfs jolig en stond bekend om de grappige manier waarop ik over wat ik in de stad had gehoord of wat er op school was gebeurd vertelde.

Ons huis was redelijk groot. We wisten niet precies wanneer het gebouwd was maar het moest minder dan honderd jaar oud zijn omdat de eerste kolonist in het jaar 1858 bij een plaats die Bodmin heette – en die nu niet meer bestond – was gestopt, en daar een vlot had gebouwd waarmee hij de rivier was afgezakt om bomen te vellen op het land dat later een heel dorp geworden was. Dat prille dorp had algauw een zagerij en een hotel en drie kerken en een school, de school die mijn eerste was geweest en me zo veel angst had ingeboezemd. Toen was er een brug over de rivier gelegd en begon het tot mensen door te dringen dat het zo veel gemakkelijker zou zijn om aan de andere kant, op hogere grond, te wonen en was de oorspronkelijke nederzetting ingekrompen tot het beruchte, en daarna alleen vreemde halve dorp waarover ik het hier heb gehad.

Ons huis zal niet een van de eerste in die vroege nederzetting geweest zijn, want het was met baksteen bekleed en de oudste waren alleen van hout, maar het stamde waarschijnlijk van niet veel later. Het stond met de achterkant naar het dorp gekeerd en keek op het westen uit over enigszins afhellende velden naar de verborgen bocht waar de rivier de zogenaamde Grote Kromming maakte. Voorbij de rivier stond een groep donkere naaldbomen, waarschijnlijk ceders maar te ver weg om dat te kunnen zien. En nog verder weg, op een andere heuvel, stond ook een huis, vrij klein op die afstand, dat op het onze uitkeek en dat we nooit zouden bezoeken of kennen en dat voor mij op het huis van een dwerg in een sprookje leek. Maar we wisten hoe de man heette die er woonde, of er ooit had gewoond, want hij was inmiddels misschien wel overleden. Hij heette Roly Grain en hij speelt geen verdere rol in wat ik nu aan het schrijven ben, ondanks zijn trolachtige naam, omdat dit geen verhaal is, maar het leven.

Mijn moeder had twee miskramen gehad voordat ze mij kreeg, zodat toen ik geboren werd, in 1931, het enige voldoening moet hebben gegeven. Maar de omstandigheden werden steeds minder veelbelovend. Mijn vader was in feite net iets te laat in de bonthandel terechtgekomen. Het succes waarop hij hoopte zou in het midden van de jaren twintig waarschijnlijker geweest zijn, toen bont nog maar pas populair was en de mensen geld hadden. Maar toen was hij nog niet begonnen. Toch redden we het tot aan en ook tijdens de oorlog, en aan het eind van de oorlog moet er zelfs een bemoedigende drukte geweest zijn omdat mijn vader die zomer het huis opknapte en een laag bruine verf over de traditionele rode baksteen aanbracht. Er was een probleem met hoe de bakstenen en de planken op elkaar aansloten; ze hielden de kou minder goed buiten dan ze hoorden te doen. Er werd gedacht dat de laag verf zou helpen, hoewel ik me niet kan herinneren dat deze dat ooit gedaan heeft. We kregen ook een badkamer en van de ongebruikte etenslift werden keukenkastjes gemaakt en de grote eetkamer met de open trap veranderde in een gewone kamer met een ingesloten trap. Die verandering troostte me op een onbestemde manier, omdat mijn vaders afranselingen, waarbij ik wel dood had willen gaan van schaamte en ellende, in de oude kamer hadden plaatsgevonden. Door het veranderde decor was het bijna niet meer voor te stellen dat er zoiets was gebeurd. Ik zat op de middelbare school en deed het elk jaar beter, nu activiteiten zoals het leggen van zomen en met een kroontjespen schrijven achter ons lagen, en we echte geschiedenis kregen en je Latijn kon leren.

Maar na het optimisme van dat seizoen van huisverfraaiing droogde de handel weer op en dit keer kwam er geen verbetering. Mijn vader vilde alle vossen, toen de nertsen en kreeg er een schokkend laag bedrag voor; vervolgens hield hij zich overdag bezig met het afbreken van de schuren waar het bedrijf was geboren en doodgebloed en vertrok daarna om aan de vijfuurswacht op de gieterij te beginnen.

Hij kwam pas rond middernacht weer thuis.

Zodra ik uit school was, begon ik mijn vaders broodtrommel te vullen. Ik bakte twee plakken worst en deed er een heleboel ketchup op. Ik vulde zijn thermosfles met sterke zwarte thee. Ik deed er een muffin met jam bij of misschien een dik stuk zelfgebakken taart. Soms bakte ik zaterdags een taart en soms deed mijn moeder het, hoewel je wat bakken betrof steeds minder op haar kon rekenen.

We waren door iets overvallen dat nog onverwachter was en verwoestender zou blijken dan het verlies van inkomen, hoewel we dat nog niet wisten. Het waren de eerste symptomen van de ziekte van Parkinson, die zich bij mijn moeder openbaarden toen ze in de veertig was.

In het begin was het niet zo erg. Haar ogen rolden toen nog maar zelden onbeheerst omhoog en het zachte donsje door een teveel aan speeksel was bijna nog niet rond haar lippen te zien. Ze kon zich 's morgens met wat hulp aankleden en was in staat om verschillende werkjes in huis te doen. Ze wist verbazend lang een bepaalde kracht in zichzelf op te roepen.

Je zou denken dat dit allemaal te veel zou zijn. Het einde van ons bedrijf, mijn moeders afnemende gezondheid. In fictie zou je dat niet kunnen maken. Maar het vreemde is dat ik me die tijd niet als ongelukkig herinner. Er hing geen bijzonder wanhopige sfeer in huis. Misschien begrepen we toen nog niet dat er nooit verbetering in mijn moeders toestand zou komen, dat het alleen maar erger zou worden. Wat mijn vader betrof, hij had zijn kracht nog en zou die lang behouden. Hij mocht de mannen met wie hij op de gieterij werkte, voornamelijk mannen zoals hijzelf, die met tegenslag te kampen hadden gehad of er een extra last bij hadden gekregen. Hij hield van het moeilijke werk dat hij naast dat van bewaker deed. Bij dit werk moest gesmolten metaal in vormen gegoten worden. De gieterij maakte ouderwetse kachels die over de hele wereld verkocht werden. Het was gevaarlijk werk, maar het was aan jou om voorzichtig te zijn, zoals mijn vader zei. En het werd goed betaald: iets nieuws voor hem.

Ik geloof dat hij het fijn vond om eruit te zijn, zelfs om dit zware, riskante werk te doen. Om het huis uit te zijn en in het gezelschap van andere mannen, die hun eigen problemen hadden maar er het beste van maakten.

Wanneer hij vertrokken was, begon ik aan het avondeten. Ik kon dingen klaarmaken die ik exotisch vond, zoals spaghetti of omeletten, zolang het weinig kostte. En nadat de afwas gedaan was – mijn zusje moest afdrogen en mijn broertje gooide na enig zeuren het afwaswater weg over het donkere land (dat had ik zelf kunnen doen maar ik hield ervan bevelen te geven) – ging ik zitten, met mijn voeten in de oven die geen deur meer had, en las de dikke romans die ik uit de stadsbibliotheek had meegebracht: *Onafhankelijke mensen*, dat over het leven in IJsland ging en veel zwaarder was dan dat van ons, maar een soort hopeloze grandeur had, of *Op zoek naar de verloren tijd*, dat over dingen ging waar ik helemaal niets van begreep, hoewel ik dat geen reden vond om ermee op te houden, of *De toverberg*, over tuberculose, waarin een groot debat plaatsvond tussen wat een milde en progressieve levensopvatting leek en een donkere maar tegelijk opwindende wanhoop. Ik deed nooit huiswerk in deze kostbare tijd, maar toen het examentijd werd, ging ik aan de slag, bleef bijna de hele nacht op en stampte mijn hoofd vol met alles wat ik moest weten. Mijn kortetermijngeheugen was uitstekend en bijzonder geschikt voor wat er vereist werd.

Ondanks alle tegenslag zag ik mezelf als iemand die het goed getroffen had.

Soms praatten mijn moeder en ik, meestal over haar jongere jaren. Ik maakte nu nog maar zelden bezwaar tegen hoe zij de dingen zag.

Een paar keer vertelde ze me een verhaal dat met het huis te maken had dat nu van de oorlogsveteraan Waitey Streets was, de man die zich verbaasde over hoelang ik erover deed om de school te doorlopen. Het verhaal ging niet over hem maar over iemand die lang daarvoor in het huis had gewoond, een gekke oude vrouw die mevrouw Netterfield heette. Mevrouw Netterfield kreeg, net als iedereen, haar boodschappen thuisbezorgd, nadat ze die door de telefoon had besteld. Op een dag, zei mijn moeder, was de kruidenier vergeten haar boter mee te geven, of zij was vergeten het te bestellen, en toen de besteljongen de wagen van achteren opende, had ze de vergissing bemerkt en was boos geworden. Maar ze was er in zekere zin op voorbereid geweest. Ze had haar handbijl meegebracht en had die opgeheven alsof ze de kruideniersjongen wilde straffen – hoewel het natuurlijk zijn schuld niet was – en hij was naar de cabine toe gerend en was zonder de achterdeuren te sluiten weggereden.

Er waren raadselachtige dingen in dit verhaal, hoewel ik daar toen niet aan dacht en mijn moeder evenmin. Hoe kon de oude vrouw al zo zeker geweten hebben dat de boter ontbrak tussen alle boodschappen? En waarom zou ze met een bijl klaarstaan voordat ze wist dat er iets te bekritiseren viel? Droeg ze hem altijd bij zich voor eventuele confrontaties?

Mevrouw Netterfield heette een hele dame geweest te zijn toen ze jonger was.

Er was nog een verhaal over mevrouw Netterfield, dat ik boeiender vond omdat ik er zelf een rol in speelde en het bij ons was gebeurd.

Het was een prachtige dag in de herfst. Ik was in mijn kinderwagen op het kleine stukje nieuw gazon te slapen gelegd. Mijn vader was de hele middag weg – misschien om zijn vader op de oude boerderij te helpen, zoals hij soms deed – en mijn moeder waste wat kleertjes in de gootsteen. Voor een eerste baby was er altijd een flinke hoeveelheid gebreid goed, linten, allerlei dingen die voorzichtig met de hand in zacht water gewassen moesten worden. Er was geen raam waar mijn moeder stond terwijl ze alles waste en boven de gootsteen uitwrong. Om naar buiten te kijken, moest je de kamer door naar het raam aan de noordkant. Daar zag je uit over de oprit, die van de brievenbus naar het huis liep.

Waarom besloot mijn moeder het wassen en uitwringen te staken om een blik op de oprit te slaan? Ze verwachtte geen visite. Mijn vader was niet laat. Misschien had ze hem gevraagd iets van de kruidenier mee te brengen, iets wat ze voor het avondeten nodig had en vroeg ze zich af of hij op tijd thuis zou zijn zodat ze het kon maken. Ze besteedde veel zorg aan wat ze kookte in die tijd, veel meer dan haar schoonmoeder en de andere vrouwen in mijn vaders familie nodig vonden. Gezien de kosten, zoals ze zouden zeggen.

Of misschien had het niets met het avondeten te maken maar met een patroon dat hij mee zou brengen, of een lap stof voor een nieuwe jurk die ze voor zichzelf wilde naaien.

Ze zei later nooit waarom ze het had gedaan.

Twijfel over mijn moeders manier van koken was niet het enige probleem met mijn vaders familie. Er zal ook over haar kleren gediscussieerd zijn. Zo droeg ze bijvoorbeeld een middagjapon, ook al was ze bij de gootsteen aan het wassen. Ze ging na het middageten een half uurtje liggen en trok als ze opstond altijd een andere jurk aan. Toen ik later foto's bekeek, bedacht ik dat de mode van die tijd niet flatterend voor haar was geweest, of voor wie dan ook. De jurken waren vormeloos en het kortgeknipte haar stond niet bij mijn moeders zachte, ronde gezicht. Maar dat zou het bezwaar niet geweest zijn van mijn vaders vrouwelijke familieleden, die dicht genoeg in de buurt woonden om haar in de gaten te houden. Haar fout was dat ze er niet uitzag als wie ze was. Ze zag er niet uit alsof ze op een boerderij was opgegroeid, of alsof ze van plan was er op een te blijven.

Ze zag niet mijn vaders auto de oprit op komen. In plaats daarvan zag ze de oude vrouw, mevrouw Netterfield. Mevrouw Netterfield moest van haar eigen huis naar ons toe gelopen zijn. Dat huis waar ik, veel later, de eenarmige man die me plaagde zou zien en maar één keer zijn vrouw, met haar korte kapsel, aan de pomp. Het huis waar, lang voordat ik iets over haar wist, de gekke vrouw de kruideniersjongen met een bijl achterna had gezeten, vanwege een pakje boter.

Mijn moeder moest mevrouw Netterfield al een paar keer gezien hebben voordat ze haar onze oprit zag op lopen. Misschien hadden ze elkaar nooit gesproken. Maar het had ook best gekund. Mijn moeder had er misschien een punt van gemaakt, ook al zou mijn vader gezegd hebben dat het niet nodig was. Dat het misschien zelfs tot moeilijkheden kon leiden, was wat hij waarschijnlijk had gezegd. Mijn moeder sympathiseerde met mensen zoals mevrouw Netterfield, zolang ze maar fatsoenlijk waren.

Maar nu dacht ze niet aan vriendelijkheid of fatsoen. Nu rende ze de keuken uit om mij uit mijn kinderwagen te halen. Ze liet de kinderwagen met de dekentjes staan en rende het huis weer in terwijl ze de keukendeur achter zich op slot probeerde te doen. Over de voordeur hoefde ze zich geen zorgen te maken, die zat altijd op slot.

Maar er was een probleem met de keukendeur. Voor zover ik weet, had hij nooit een echt slot gehad. Er was alleen de gewoonte om 's avonds een van de keukenstoelen tegen die deur te schuiven en de stoel zo te kantelen dat hij met de rug onder de deurknop kwam te zitten, zodat iemand die er tegen duwde om binnen te komen een vreselijke herrie zou maken. Een nogal halfslachtige manier om de veiligheid te garanderen, lijkt me, die ook niet strookte met het feit dat mijn vader een revolver in huis had, in een bureaula. Ook waren er, zoals je zou verwachten in het huis van een man die regelmatig paarden dood moest schieten, een buks en een paar jachtgeweren. Ongeladen natuurlijk.

Dacht mijn moeder aan een wapen, toen ze de deurknop eenmaal op zijn plaats gekregen had? Had ze ooit een geweer opgepakt, of er een geladen?

Kwam het bij haar op dat de oude vrouw misschien alleen op buurvisite kwam? Ik geloof het niet. De vrouw die naderde, moet anders gelopen hebben en een vastberadenheid getoond hebben die niet bij een bezoeker paste die met vriendelijke bedoelingen het weggetje afliep in de richting van ons huis.

Misschien heeft mijn moeder gebeden, maar daar heeft ze nooit iets over gezegd.

Ze wist dat er tussen de dekentjes in de kinderwagen was gekeken omdat ze, vlak voordat ze het rolgordijn voor de keukendeur had neergelaten, zag dat een van die dekentjes eruit gegooid werd en op de grond viel. Daarna probeerde ze geen andere rolgordijnen meer neer te laten, maar bleef met mij in haar armen in een hoek staan waar ze niet kon worden gezien.

Er werd niet netjes op de deur geklopt. Maar er werd ook niet tegen de stoel geduwd. Er werd niet gebonsd of gerammeld. In haar schuilplaats bij de etenslift hoopte mijn moeder tegen beter weten in dat de stilte betekende dat de vrouw zich had bedacht en weer naar huis was gegaan.

Maar nee. Ze liep op haar dooie gemak om het huis heen en bleef bij elk benedenraam staan. De stormramen zaten er natuurlijk nog niet voor. Ze kon haar gezicht tegen iedere ruit drukken. De rolgordijnen waren allemaal omhooggetrokken, omdat het een mooie dag was. De vrouw was niet erg lang, maar ze hoefde zich niet uit te rekken om naar binnen te kijken.

Hoe wist mijn moeder dit? Ze had niet met mij in haar armen rondgerend en zich achter steeds een ander meubelstuk verborgen, terwijl ze uitzinnig van angst naar buiten had getuurd en misschien in de starende ogen had gekeken en een woeste grijns had gezien.

Ze bleef bij de etenslift. Wat kon ze anders doen?

Er was natuurlijk de kelder. De raampjes waren te klein voor iemand om doorheen te kruipen. Maar er zat geen haak aan de binnenkant van de kelderdeur. En het zou op de een of andere manier nog vreselijker geweest zijn om daar in het donker in de val te zitten als de vrouw uiteindelijk het huis was binnengedrongen en de keldertrap was afgedaald.

Er waren ook de kamers boven, maar om daar te komen moest mijn moeder de grote eetkamer door, de kamer waar de afranselingen later plaatsvonden, maar die nadat de trap was ingebouwd zijn onheilspellende karakter weer verloor.

Ik weet niet wanneer mijn moeder mc dit verhaal voor het eerst vertelde, maar ik geloof dat de vroegste versies daar ophielden: met mevrouw Netterfield die haar gezicht en handen tegen het glas drukte terwijl mijn moeder zich verborgen hield. Maar in latere versies bleef het niet bij kijken. Ze was door ongeduld of woede overmand en toen was het gerammel en gebons begonnen. Er werd niets over geschreeuw gezegd. Daar had de oude vrouw misschien de kracht niet voor. Of misschien was ze vergeten waarvoor ze gekomen was toen ze eenmaal vermoeid begon te raken.

Ze had het in ieder geval opgegeven en dat was alles wat er was gebeurd. Nadat ze haar rondgang langs alle ramen en deuren had gemaakt, was ze weggegaan. Mijn moeder had eindelijk weer om zich heen durven kijken en was tot de slotsom gekomen dat mevrouw Netterfield ergens anders heen gegaan was.

Ze had de stoel echter pas onder de deurknop weggetrokken toen mijn vader was thuisgekomen.

Ik wil het niet doen voorkomen dat mijn moeder hier vaak over praatte. Het maakte geen deel uit van het repertoire dat ik goed zou leren kennen en voor het merendeel interessant vond. Haar gevecht om naar de middelbare school te mogen. De school in Alberta waar ze had lesgegeven en waar de kinderen te paard arriveerden. De vriendinnen die ze op de kweekschool had gehad. De onschuldige grappen die ze hadden uitgehaald.

Ik kon altijd verstaan wat ze zei, hoewel andere mensen, nadat ze met een dikke stem was gaan praten, daar vaak niet in slaagden. Ik was haar tolk en voelde me soms ellendig als ik ingewikkelde zinnen moest herhalen of wat zij als grapjes beschouwde en ik kon zien dat de aardige mensen die langsgekomen waren om te praten, popelden om weer weg te komen.

Over de bezoeking van de oude mevrouw Netterfield, zoals ze het noemde, heb ik nooit hoeven te praten. Maar ik moet er heel lang van geweten hebben, want ik herinner me dat ik haar op een bepaald moment vroeg of ze wist wat er van de vrouw geworden was.

'Ze zijn haar komen halen', zei ze. 'O, dat geloof ik wel. Ze hebben haar niet in haar eentje laten sterven.'

Nadat ik getrouwd was en naar Vancouver was verhuisd, kreeg ik nog steeds het weekblad dat gepubliceerd werd in de plaats waar ik was opgegroeid. Ik geloof dat iemand, misschien mijn vader en zijn tweede vrouw, er mij op had geabonneerd. Vaak keek ik het nauwelijks in, maar toen ik het een keer deed, kwam ik de naam Netterfield tegen. Het was niet de naam van iemand die op dit moment in het stadje woonde, maar blijkbaar de meisjesnaam van een vrouw uit Portland, Oregon, die een brief aan het blad had geschreven. Deze vrouw had net als ik nog steeds een abonnement op het blad uit haar geboortestad, en ze had een gedicht over haar kindertijd daar geschreven.

Ik ken een grazige heuvel
Boven een heldere stroom
Een plek van vrede en genoegen
Waarvan ik nog steeds droom ...

Het bestond uit meerdere verzen en terwijl ik het las begon ik te beseffen dat ze het over het land naast de rivier had, waarvan ik dacht dat het van mij was.

'De regels die ik bijsluit werden ter herinnering aan die heuvel van weleer geschreven', schreef ze. 'Als ze een plaatsje in uw traditierijke blad waardig zijn, dan dank ik u.'

De zon op de rivier
Zo eindeloos veelkleurig
En op de andere oever
Staan bloesems wild en fleurig ...

Dat was onze oever. Mijn oever. Een ander vers ging over een groep esdoorns, maar ik dacht dat ze zich dat verkeerd herinnerde, het waren iepen die inmiddels allemaal aan iepziekte waren doodgegaan.

De rest van de brief maakte alles duidelijker. De vrouw schreef dat haar vader – hij had Netterfield geheten – in 1883 een stuk land van de overheid had gekocht, in wat later de Lagere Stad werd genoemd. Het land liep af naar de Maitland River.

Boven het water met zijn lissen
Spreiden zich esdoorns uit
En groepen witte ganzen zoeken
In drassig land naar buit

Ze had weggelaten, net als ik zou hebben gedaan, dat de bron modderig werd gemaakt door paardenhoeven, die de grond eromheen vertrapten. En natuurlijk had ze de stront weggelaten.

Ik had trouwens zelf ooit enkele gedichten in min of meer dezelfde trant opgesteld, hoewel die verloren waren gegaan en misschien nooit opgeschreven waren. Verzen die de natuur bezongen en een beetje moeilijk te voltooien waren. Ik moet ze gecreëerd hebben rond de tijd dat ik niets van mijn moeder kon velen en mijn vader de onaardigheid uit me ranselde. Of me eens goed op mijn sodemieter gaf, zoals men in die tijd nog vrolijk zei.

Deze vrouw schreef dat ze in 1876 was geboren. Ze had haar jeugd, totdat ze getrouwd was, in haar vaders huis doorgebracht. Het stond waar de stad ophield en het open veld begon en je zag er de zon ondergaan.

Ons huis.

Is het mogelijk dat mijn moeder dit nooit heeft geweten, nooit heeft geweten dat de familie Netterfield in ons huis had gewoond en dat de oude vrouw door de ramen van wat haar eigen huis was geweest, had gekeken?

Het is mogelijk. Op mijn oude dag is het me zodanig gaan interesseren dat ik me met archiefstukken bezighou en het saaie werk om dingen op te zoeken, en ik heb ontdekt dat verschillende families het huis in bezit hebben gehad in de periode nadat de Netterfields het verkocht hadden en voordat mijn ouders er gingen wonen. Je kunt je afvragen waarom het van de hand was gedaan toen die vrouw nog jaren te leven had. Was ze als weduwe achtergebleven en had ze geld nodig gehad? Een raadsel. En wie was haar komen halen, zoals mijn moeder had gezegd? Misschien was het haar dochter geweest, de vrouw die gedichten schreef en in Oregon woonde. Misschien was het die dochter, al volwassen en ver weg, die ze in de kinderwagen had gezocht. Vlak nadat mijn moeder mij had weggegrist, alsof haar lieve leven ervan afhing, zoals ze zei.

De dochter woonde een tijdje niet zo ver bij me vandaan toen ik volwassen was. Ik had haar kunnen schrijven, misschien kunnen bezoeken. Als ik het niet zo druk had gehad met mijn eigen jonge gezin en mijn eigen onveranderlijk onbevredigende schrijven. Maar degene met wie ik toen echt graag had willen praten was mijn moeder, die niet langer beschikbaar was.

Ik ben niet naar huis gegaan vanwege mijn moeders laatste ziekte, noch voor haar begrafenis. Ik had twee kleine kinderen en niemand in Vancouver bij wie ik hen achter kon laten. We konden ons de reis nauwelijks veroorloven en mijn man verachtte formeel gedrag, maar waarom zou ik hem de schuld geven? Ik dacht er net zo over. Over sommige dingen zeggen we dat ze onvergeeflijk zijn, of dat we het onszelf nooit zullen vergeven. Maar we doen het wel, we doen het de hele tijd.

Alice Munro bij De Geus

De liefde van een goede vrouw
De (meestal vrouwelijke) personages in deze verhalenbundel proberen hun dagelijks bestaan, of dat van anderen, naar hun hand te zetten – in werkelijkheid of in hun fantasie. Ze ontmoeten nieuwe mensen, knopen relaties aan, verliezen een geliefde en maken keuzes in het leven. Maar ze rekenen daarbij buiten de onvermoede en geheime kracht van de liefde.

Liefde slaapt nooit
Alice Munro beheerst het genre van het korte verhaal als geen ander. Een onverwachte wending, een toevallige herinnering of een terloopse ontmoeting kan de aanleiding zijn om een heel leven bloot te leggen. Zoals dat van de onberispelijke huishoudster die langzaam tot de categorie van oude vrijsters dreigt te gaan behoren als ze door een uit de hand gelopen grap van een paar meiden in contact komt met een aan lagerwal geraakte man.

Stilte
In *Stilte* vinden we verhalen over vrouwen van alle leeftijden en in alle mogelijke omstandigheden. Hun levens worden tastbaar gemaakt door de subtiliteit en de compassie van de schrijfster. Alice Munro laat de lasten van het leven en de verrassingen van de liefde zo levendig zien dat het onze eigen verhalen zouden kunnen zijn.

Weg van haar
Grant en Fiona leiden al vijftig jaar een comfortabel en teruggetrokken bestaan op het platteland van Ontario. Fiona krijgt steeds meer problemen met haar geheugen en laat zich opnemen in een verpleegtehuis om haar man Grant niet tot last te zijn. Wanneer Grant haar voor het eerst opzoekt in het tehuis herkent Fiona hem niet meer en blijkt ze verliefd te zijn geworden op Aubrey, een andere patiënt.

Het uitzicht vanaf Castle Rock
In *Het uitzicht vanaf Castle Rock* put Alice Munro (geboren Laidlaw) uit haar familiegeschiedenis. Haar vaders betovergrootvader waagt de oversteek van Schotland naar de Nieuwe Wereld. Er zijn brieven bewaard gebleven van meerdere generaties Laidlaw; zo heeft Munro een beeld kunnen geven van hoe het de nieuwe emigranten en hun nageslacht verging. Munro schrijft over de streek waar ze is geboren en opgegroeid, en trekt in de laatste verhalen in deze bundel de lijn door naar het heden.

De droom van mijn moeder
Jill woont met haar kind en schoonzusters in één huis. Haar man is gesneuveld in de Tweede Wereldoorlog, tijdens Jills zwangerschap. Jill lijdt aan een postnatale depressie en is niet goed in staat om voor haar baby te zorgen. Op een ochtend wordt ze wakker van het geschreeuw van haar schoonzus.